dtv

Emma Herwegh ist eine Frau, die beides will: Die ganze Freiheit und das ganze persönliche Glück. Als reiche Bürgerstochter heiratet sie den revolutionären Dichter Georg Herwegh – ein Skandal! Sie geht ins Paris von Karl Marx und Heinrich Heine und reiht sich 1848 als einzige Frau in den bewaffneten Trupp, der die Revolution von Frankreich in die Heimat tragen soll. Als sich ihr Mann unsterblich in Natalie verliebt, die Frau seines Genossen Alexander Herzen, beginnt ein Kampf um Treue und Verrat. Aber auch verarmt und allein in Paris nimmt Emma, die sich nicht als betrogene Frau sehen will, nichts zurück von dem, was ihr das Wichtigste ist: der unbändige Wunsch nach Freiheit.

Dirk Kurbjuweit, 1962 in Wiesbaden geboren, war von 1990 bis 1999 Redakteur bei ›Die Zeit‹, und arbeitet heute als stellvertretender Chefredakteur bei dem Nachrichtenmagazin ›Der Spiegel‹. Sein Werk wurde vielfach ausgezeichnet, mehrere seiner Romane wurden fürs Kino (zuletzt ›Zweier ohne‹ und ›Angst‹) und für die Bühne adaptiert. 2012 erhielt er den Deutschen Reporterpreis.

Dirk Kurbjuweit

Die Freiheit der Emma Herwegh

Roman

dtv

Von Dirk Kurbjuweit ist bei dtv außerdem lieferbar:
Nicht die ganze Wahrheit (13867)

Ausführliche Informationen über unsere Autoren und Bücher
www.dtv.de

MIX
Papier aus verantwortungsvollen Quellen
FSC® C019821

2018 dtv Verlagsgesellschaft mbH & Co. KG, München
Lizenzausgabe mit Genehmigung des
Carl Hanser Verlages, München

Umschlaggestaltung: dtv nach einem Entwurf von
Peter-Andreas Hassiepen unter
Verwendung eines Bildes von akg-images
Satz: C.H.Beck.Media.Solutions, Nördlingen
(Satz nach einer Vorlage des Carl Hanser Verlages)
Druck und Bindung: Druckerei C.H.Beck, Nördlingen
Gedruckt auf säurefreiem, chlorfrei gebleichtem Papier
Printed in Germany · ISBN 978-3-423-14666-1

Für Andrea

PARIS, JANUAR 1894

Vielleicht leiht er mir Geld. Wenn er mir zehn Franc gibt, könnte ich überleben, knapp überleben, bis sich Madame Read entschieden hat, ob sie mir fünfhundert Franc leiht. Ich gehe davon aus, aber sie zögert, zweifelt, und das beleidigt mich. Es ist viel Geld, aber mehr für mich als für sie. Madame Read soll sich nicht so anstellen, sie hat genug, und was habe ich? Zum Glück hat mir Marcel das Holz gebracht, einen ganzen Baum, den er für kleines Geld erwerben konnte, zersägen und anliefern ließ. Guter Junge. Aber bei dieser Kälte reicht ein Baum nur für zehn Tage. Bis dahin brauche ich das Geld von Madame Read. Und bis zu ihrem Darlehen müssen die zehn Franc von Benjamin Franklin reichen. Er hat geerbt, das weiß ich. Er leistet sich ein Hotel und jeden Morgen eine heiße Schokolade im Bett, allerdings ist sein Morgen oft ein Nachmittag, vorher wacht er nicht auf. Die Mädchen muss er auch bezahlen. Ich werde Benjamin sagen, dass ich mich wegen des Holzstapels in meinem Wohnzimmer fühle wie eine indische Witwe, die neben dem Scheiterhaufen lebt und weiß, dass sie bald hinaufsteigen muss. Das wird ihn freuen, er mag diesen Humor. Ich mag Ihren derben Humor, hat er zu mir gesagt. Mir gefällt nicht, dass er denkt, ich sei derb. Tatsächlich habe ich gestern Abend gedacht, als ich am Kamin saß, neben dem Holz, dass ich wie eine indische Witwe lebe, in Gesellschaft eines Scheiterhaufens. Aber es liegt kein Mann drauf, keine Leiche. Der Mann ist lange begraben.

Wann kommt er denn? Warum kommt er nicht? Hat er

wieder bis zum Sonnenaufgang im Café d'Harcourt gegessen? Und dann noch ein Mädchen mit nach Hause genommen, Alice oder Rachel oder Marie Louise oder Henriette? Henriette nicht, er hat mir gesagt, dass sie gestorben sei, an Syphilis, nehme ich an. Wahrscheinlich Alice. Bald will er nach London gehen, das wird traurig für mich. Die Datteln stehen auf dem Tisch, er isst so gerne Datteln, dazu einen Grog, den ich schön stark gebraut habe, so wie er ihn mag. Marzipan mag er auch, aber ich habe nur noch wenig Marzipan, hebe es auf für einen besonderen Moment. Manchmal kommt er auch nicht, weil er an seinem Buchdrama schreibt. Hat es geklingelt? Ja, es hat geklingelt.

Er sitzt im Sessel, isst eine Dattel, trinkt Grog. Ein Mädchen hat sich am frühen Morgen auf der Terrasse vom Café d'Harcourt mit Supinat vergiftet, erzählt er, kein schöner Anblick. Kannten Sie das Mädchen, frage ich. Nein. Der Clown Chocolat war auch da, fährt Benjamin fort, ein Neger, er tritt jetzt im Nouveau Cirque auf, das sind die Neuigkeiten. Ach, und das noch: Leontine habe ich wieder Filzläuse zu verdanken, es reicht mir jetzt, nie mehr Léontine, sagt er, und dass er Doktor Letourneau getroffen hat, der zurück ist aus Italien, ganz bedrückt. In Florenz hat sich ein fünfzehnjähriges Mädchen seinetwegen erschossen. Meine Güte, rufe ich, ein Kind. Immerhin fünfzehn, sagt Benjamin. Vor einigen Wochen erzählte er mir, dass er am Abend am Boulevard Rochechouart nach einem zwölfjährigen Kind Ausschau gehalten habe, und als er dachte, er sei fündig geworden, stellte sich heraus, dass sie achtzehn war. Er hat sie trotzdem mitgenommen. Das Mädchen in Florenz, sagt er, liebte Doktor Letourneau abgöttisch, aber er ist verheiratet und scheint ein anständiger Mann zu sein. Sie war die jüngste Tochter von

Alexander Herzen, sagt Benjamin. Oh, sage ich. Kennen Sie ihn, fragt Benjamin. Natürlich kannte ich Alexander Herzen, er ist tot. Kannten Sie ihn gut? Ja, sage ich, eine Zeit lang habe ich ihn täglich gesehen. Oh, là, là, er grinst. Nein, sage ich, die falsche Spur, haben Sie nie von der Herzen-Affäre gehört? Nein, sagt er, tut mir leid. Sie sind entschuldigt, sage ich, Sie waren damals noch nicht geboren, die Herzen-Affäre spielte sich um 1850 ab, sie hat damals halb Europa bewegt, die Zeitungen waren voll davon. Er guckt interessiert. Erzählen Sie. Das kann ich nicht in ein paar Minuten, sage ich, das kann ich nicht einmal in ein paar Stunden, und Sie zieht es ja gleich wieder ins Café d'Harcourt oder ins Vachette oder in die Folies Bergère oder direkt ins Hotel Hétair. Sie sind ja eifersüchtig, sagt er frech. Er hat es gemerkt, ich muss mehr auf meine Stimme achten, die Tonlage. Mein lieber Benjamin Franklin, sage ich, bald bin ich achtzig Jahre alt, und Eifersucht, das werden Sie merken, sollten Sie die Geduld aufbringen, meiner Geschichte zu folgen, war nie die größte meiner Schwächen. Nennen Sie mich bitte nicht Benjamin Franklin. Aber Sie heißen so. Ich weiß, schnaubt er, durchaus gutmütig, dass ich so heiße, aber Sie wissen, dass ich nicht so genannt werden will. Ich weiß, lieber Benjamin, ich weiß. Wann frage ich nach dem Geld? Jetzt? Nein. Es braucht einen passenden Moment. Erzählen Sie endlich, sagt er.

Sie wissen, sage ich, dass Georg und ich nach dem badischen Feldzug nach Paris zurückgekehrt sind, dass wir unser Emigrantenleben fortgesetzt haben, dass ich 1849 eine Tochter geboren habe, Ada. Er nickt. Sie hat mir wieder nicht geschrieben, sage ich, jeden Tag warte ich auf einen Brief aus São Paulo, aber es kommt nichts, auch nichts von den Enkeln, das ist eine abstrakte Großmutterschaft, die ich hier leben muss. Ein schönes Wort, sagt er, abstrakte Großmutterschaft.

Aber kein schöner Zustand, sage ich. Sie wollten eigentlich von Paris erzählen, sagt Benjamin. Geduld, Geduld. Oder ruft schon das Café d'Harcourt? Sie sind eifersüchtig, geben Sie's zu, sagt er. Ich will nur in Ruhe erzählen können, sage ich, aber bitte, jetzt zur Herzen-Affäre: Alexander fand übrigens, Georg sei der einzige echte Russe unter den Exilanten in Paris, und Georg hat das geschmeichelt, weil er wusste, dass Russe in Alexanders Augen für Leidenschaft und Tatkraft stand, für Ungestüm. Aber wer um Gottes willen war Alexander Herzen, fragt Benjamin dazwischen, eine Dattel im Mund, Sie müssen mir erst erzählen, wer Alexander Herzen war. Haben Sie etwa nie von ihm gehört, frage ich. Der Name sagt mir etwas, gähnt er, irgendein Emigrant in London, der sich um die Freiheit der Polen bemühte. Aber ich weiß nicht, wer er wirklich war. Er gähnt wieder. Die Mädchen, immer diese Mädchen.

Alexander Herzen arbeitete im russischen Innenministerium, bis er für ein Jahr nach Nowgorod in die Verbannung geschickt wurde, wegen Unbotmäßigkeit. Er war ein Gegner des Zarentums, war schon als Vierzehnjähriger fasziniert vom Aufstand der Dekabristen und wollte selbst ein Revolutionär sein. Warum hieß er Herzen, wenn er Russe war, fragt Benjamin. Seine Mutter war Deutsche, sage ich, obwohl es das nicht unbedingt erklärt, zumal sie Haag hieß, aber Benjamin fragt nicht weiter, und ich könnte ihm die Antwort nicht geben. Ich habe vergessen, warum er Herzen hieß. Er war reich, sage ich, er hat geerbt. Wie Sie selbst, denke ich, weshalb Sie zehn Franc entbehren können, Alexander gab mir zehntausend. Herzen hat seine Cousine Natalie geheiratet, eine Cousine ersten Grades, beide sind Kinder der Brüder Jakowlew, beide wurden unehelich gezeugt. Das verband sie. Natalie war eine Vollwaise, als sie zusammenkamen, fünf

Jahre jünger als er. Wie sah sie aus, fragt Benjamin. War sie schön? Natürlich fragt er das. Wie könnten wir jemals dieser Frage entkommen? Die Antwort auf diese Frage bleibt das, was man vor allem über uns wissen muss. Sie war schön, sage ich, weil das Benjamins Aufmerksamkeit erhöhen wird, weil er dann länger zuhören kann, bevor es ihn ins d'Harcourt zieht. Und wie schön sie war, denke ich, zart, blass, durchsichtig, von reizender Zerbrechlichkeit, ein Engel, der zeitlebens so aussah, als könne der Tod nicht lange auf diese erfreuliche Gesellschaft warten. Sie brauchte Schutz, brauchte einen Beschützer. Schön wie ein Engel, sage ich zu Benjamin, der aber will das genauer wissen, weshalb ich zart sage, durchsichtig sage, mehr aber nicht, nichts von ihrer Anmut, den fließenden Bewegungen, nichts von ihrem schlanken, dabei perfekt gerundeten Körper, denn ich will nicht, dass er Georg verstehen kann, zumal er vielleicht denkt, ich sei immer füllig gewesen. Und derb. Soll er sich meinetwegen eine schöne Natalie ausmalen, aber nicht eine Natalie, die das Gegenteil ist von der Emma, die er kennt. Ah, sagt er, mit seinem kulinarischen Ton, den er beim Thema Frauen nie vermeiden kann, schön wie ein Engel. Und wann haben Sie diese beiden herrlichen Menschen getroffen, liebe Frau Herwegh? Sein Sarkasmus, so redet Benjamin gern.

Anfang 1848 nahmen die Herzens eine Wohnung an den Champs-Élysées, in der Nähe vom Arc de Triomphe. Sie hatten damals drei Kinder, Tata, Sascha und den taubstummen Kolja, sie waren Exilanten wie wir alle, Flüchtlinge. Heine brachte die beiden Männer zusammen, Alexander und Georg. Heinrich Heine? Ja, sage ich, Wunderbar, sagt Benjamin. Ich rede schnell weiter: Damals habe ich Natalie einmal in einem Salon gesehen, aber sie gehörten noch nicht zu unserem Kreis, machten nicht mit beim badischen Feldzug, und erst nach unserer Rückkehr schlossen sich Georg und Alexander eng zusammen. Ich liebe Heine abgöttisch, sagt Benjamin Franklin, ohne Heine könnte ich nicht eine Zeile schreiben. Es wäre die Freundschaft von zwei wunderbaren Männern geworden, sage ich sofort, hätte sich nicht eine Frau dazwischengedrängt. Immer die Frauen, sagt Benjamin. Was für ein dummer Satz, eigentlich nicht seine Art, Benjamin ist nicht so einfältig, dass es bei diesem Satz bleibt. Das waren Jahre, sagt er, in denen Frauen so waren, wie Männer sie gewünscht und gemacht haben. Nicht alle, sage ich. Sie natürlich nicht, sagt er lachend. Wir prosten uns zu, ein schöner, steifer Grog.

Vielleicht wissen Sie das nicht, sage ich, aber die Dinge liefen nicht gut nach der Februarrevolution in Paris. Das Volk war unzufrieden mit der bürgerlichen Regierung, Aufstände, die brutal niedergeschlagen wurden, Kriegsrecht, viel Blut ist geflossen, sehr viel Blut. Sie verhafteten Herzen, weil sie ihn für radikal hielten, ließen ihn aber bald frei. Im Dezember achtundvierzig wählten die Franzosen Louis Napoleon zu ihrem Präsidenten, Napoleons Neffen. Ich weiß, ich weiß, sagt Benjamin. Das weiß er, gut, dann weiß er das, aber von Herzen weiß er fast nichts. Wir lebten also unter Louis Napoleon, und zunächst lebten wir nicht schlecht. Georg ging fast jeden Abend zu den Herzens, in die schöne Wohnung an den Champs-Élysées. Manchmal nahm er mich mit, meistens nicht. Und Natalie, fragt Benjamin, war die immer dabei? Oft war sie dabei, sage ich, die Männer trafen sich in ihrer Wohnung, nicht in meiner. Nicht dass Sie mich falsch verstehen, lieber Benjamin, ich mochte Natalie, mochte sie wirklich. Aber Natalie hatte einfach zu viel George Sand gelesen. Dass ich das einmal sagen würde. Ich habe alles von George Sand gelesen, jedes Wort. Als ich jung war. Und nicht mehr ganz jung. Das sage ich nicht. Ich sage, dass Natalie zu viel George Sand gelesen hat. Und dass sie nicht verstand, dass sich ein Roman nicht nachleben lässt. Und dass die Romantik etwas für die Jugend ist, für die Zeit der Träume, bevor das Leben richtig anfängt. Wobei ich das vielleicht auch zu lange nicht verstanden habe. Welchen Roman wollte sie denn nachleben, fragt Benjamin, weil ich eine Weile geschwiegen habe. »La petite Fadette«. Haben Sie »La petite Fadette« gelesen? Nein, sagt er, und es ist ihm unangenehm, weil er, der Schriftsteller, gerne mehr gelesen hätte als ich, die Witwe eines Schriftstellers.

Es geht um die Zwillingssöhne eines Bauern, Landry ist stark und fröhlich, Sylvinet sensibel und leidenschaftlich. Landry hat eine Verlobte, Fadette, aber die mag auch Sylvinet, und Sylvinet liebt Fadette, weil er denkt, nur sie könne ihn verstehen, und das denkt sie ebenfalls. Sie wissen, was jetzt kommt, sage ich. Natalie, sagt Benjamin, denkt, Alexander ist Landry und Georg ist Sylvinet und sie … Ist Fadette, falle ich ihm ins Wort. Und haben Sie verstanden, fahre ich fort, dass ich in dieser Geschichte gar nicht vorkomme, weil Sylvinet keine Frau hat, er ist alleine, während Georg jemanden hatte, der ihn verstand … Und das waren Sie, sagt Benjamin Franklin. Ich schweige. Sie haben Ihren Sylvinet immer verstanden, sagt er. Meinen Georg, sage ich. Ihren Georg, sagt er.

Die beiden haben das Spiel mit Alexander gespielt, sage ich, sie haben ihn eingeweiht und ihn Landry genannt, und manchmal hat Georg seinen Freund Alexander als Zwillingsbruder angesprochen. Es war die große Liebe zwischen den beiden, ich meine, zwischen den beiden Männern, sie wurden unzertrennlich, sie verachteten Louis Napoleon und schwärmten von einer neuen Revolution, einer echten, nicht der Revolution der Paulskirchenwaschlappen, wie sie sagten, eine Revolution der Richtigen mit dem richtigen Ergebnis: Herrschaft des Volkes. Natalie war immer dabei, wenn sie über Politik redeten, aber sie hat nicht über Politik geredet, das war nicht ihre Sache, während die Frau, die über Politik hätte reden können, daheim saß, bei den Kindern. Sie, sagt Benjamin. Ich, sage ich. Ada war damals ein Baby, ich hatte ständig ein Baby auf dem Arm. Wenn mein Kindermädchen nicht da war, füge ich in Gedanken hinzu, meistens war mein Kindermädchen da. Und jetzt schreibt Ada nicht, sage ich zu Benjamin und klinge bitter, will das aber nicht.

Nicht dass Sie mich falsch verstehen, sage ich, es liegt mir fern, Georg einen Vorwurf zu machen. Er musste sein Leben auf eine eigene Art führen, auf die Art eines Schriftstellers, und die ist für die, die nicht Schriftsteller sind, manchmal schwer zu verstehen, gerade wenn es sich um einen großen Schriftsteller handelt. Ich mache eine Pause, Benjamin schweigt. Ich frage mich, ob er denkt, dass er ein großer Schriftsteller ist und deshalb das Recht hat, auf diese eigene Art zu leben, auf das Minet, das ungewaschene Minet, wobei das Eigene am ungewaschenen Minet weniger das Minet ist als die Tatsache, dass er darüber redet, mit einer alten Frau darüber redet. Er redet vom Minet und lacht und denkt vielleicht, ich wisse nicht, was das heißt, dass er den Mädchen das Minet macht, oder er denkt, dass ich schockiert bin, wenn er vom Minet redet, vom Miezekätzchen, aber das stimmt beides nicht. Sie waschen sich nicht unbedingt vorher, sagte er vorgestern und lachte laut, ein Genuss, sagte er. Da war ich schockiert. Beim Minet mit Alice, einem wilden Minet, sei ihm das Zungenband gerissen und deshalb lispele er wie ein Jude. Er lispelte tatsächlich ein bisschen, aber warum wie ein Jude? Er ist rot geworden, als er mir vom ungewaschenen Minet erzählte, das habe ich gesehen, und ich werde ihn fragen, warum er nicht darauf besteht, dass die Damen sich waschen, bevor er ihnen das Minet macht, damit er erkennt, dass ich weiß, was das heißt, und ich werde es in aller Ruhe fragen, damit er sieht, dass es mich nicht schockiert, obwohl es mich ein bisschen schockiert, aber nur wegen der Ungewaschenheit. Wir haben früher nie so gesprochen. Benjamin macht es Freude, mir von diesen Dingen zu erzählen. Von der Rachel aus dem Café d'Harcourt weiß ich, dass sie in einer Nacht, die sie bei Benjamin verbrachte, von ihrer Mutter träumte. Da kam das Minet auch vor. Sie habe es erst nicht leiden wollen, aber dann sei sie darauf eingegangen, und das sei so süß gewesen. So süß, sagte Benjamin zweimal, aber ich weiß nicht, ob Rachel es zweimal gesagt hatte oder er es mir zweimal sagen wollte. Pfui. Warum muss er mir das erzählen? Was soll ich mit diesen Bildern im Kopf? Ich bin eine Mutter. Keine abstrakte.

Er ist kein großer Schriftsteller, niemand kennt ihn. »Frühlings Erwachen« darf in Deutschland nicht aufgeführt werden, die Zensur hat es verhindert, noch immer die Zensur, nichts ist besser geworden. Gegen Georg ist Benjamin Franklin ein unbedeutender Schriftsteller. Ich hoffe, dass er schweigt, um darüber nachzudenken. Ich habe meinen Georg verstanden, sage ich, und ich habe nie aufgehört, ihn zu verstehen. Er nickt. Benjamin hat im Reclame- und Pressbureau von Maggi gearbeitet, hat er mir erzählt. Er hat für eine Gewürzsoße Werbung gemacht. Ich habe noch kein Maggi hier im Quartier Latin gesehen. Aber er ist nett. Er kommt mich besuchen, und auf seine Art ist er hübsch. Zudem hat Benjamin Franklin Geld. Er heißt wirklich so. Seine Eltern gaben ihm allen Ernstes diesen Namen, sie sind auch Achtundvierziger. Nach dem Scheitern der Revolution wanderten sie nach Amerika aus und ließen sich in San Francisco nieder, und weil sie die Revolution liebten, nannten sie später ihren Sohn nach dem Mann, der eine erfolgreiche Revolution angeführt hatte, machten aus seinem kompletten Namen zwei Vornamen. Aber der Benjamin Franklin, der vor mir sitzt, will nicht nach einem anderen Mann benannt sein, auch wenn der Anführer einer Revolution war und ein Gründungsvater der Vereinigten Staaten. Was ich verstehen kann, weil man ein Eigener sein will und nicht ein Anderer, und trägt man den Namen eines Anderen, verstellt das den Blick auf das Eigene, aber es ist mir egal, ich sage gerne den Namen eines Mannes, dessen Revolution gelungen ist, also sage ich Benjamin Franklin. Benjamin Franklin will Frank genannt werden, Benjamin ist unser Kompromiss.

Der Papillon flatterte, sage ich, und er fragt, wie erwartet: Der Papillon? Er kann es nicht wissen. Der Schmetterling, sage ich. Er wisse, dass ein Papillon ein Schmetterling ist, sagt er, obwohl sein Französisch nicht gut ist. Ich musste ihm bei den französischen Stellen in der »Büchse der Pandora« helfen. Und kennen Sie auch Fourier, frage ich. Vom Namen, ein Sozialist, sagt er. Für Fourier war der Papillon das Symbol für die Abwechslung, sage ich. Aha. Ich will dazu nicht mehr sagen und sage deshalb: Ich habe es erst nicht gemerkt. Ich konnte nicht glauben, dass sich Georg in solch ein dummes Geschöpf verlieben würde, eine Frau, die von Politik nichts versteht, gar nichts, die nicht wusste, was der Unterschied zwischen einem Louis Napoleon und einem Guizot war. Hahaha. Ich dachte, es sei ein lustiges, meinetwegen auch neckisches Spiel, dieses Ich-bin-die-kleine-Fadette-und-du-bist-der-unverstandene-Sylvinet-Getue. Kinder. Meinetwegen. Ich war da und verstand Georg. Es ging um andere Dinge, um größere. Louis Napoleon begann, gegen das Volk zu regieren, gegen das Parlament, darüber war zu reden, und die Männer redeten darüber, redeten viel, redeten laut, nicht nur bei der kleinen Natalie zu Hause, in dem Haus in Ville-d'Avray, das Herzen für den Sommer gemietet hatte, den Sommer neunundvierzig, und Georg fuhr oft hinaus nach Ville-d'Avray, zu den Gesprächen, zu Natalie.

Wollen Sie nicht rauchen, frage ich. Gerne, sagt er und zieht seine Zigarettenspitze aus der Jackentasche. Ich hole die Zigaretten aus der Schublade und gebe ihm zwei. Er geht zum Kamin und steckt sich eine Zigarette an, dann sitzt er im Sessel und raucht. Im Kamin prasselt das Feuer, wir haben es gemütlich, es geht uns gut.

Wenn sich Georg und Alexander nicht bei den Herzens trafen, gingen sie in ein Restaurant in der Rue St-Germain-l'Auxerrois, das von einer sozialistischen Vereinigung von Köchen betrieben wurde, der Association fraternelle des cuisiniers réunis. Dort sprachen sich alle mit Citoyen an, wie bei der Revolution von 1789, Citoyen Aufwärter, Citoyen Gast. Ich glaube, dass sich dort eine Menge Spitzel herumtrieben. Einer wird gehört haben, wie Georg und Alexander miteinander redeten, und im Juni haben Napoleons Schergen das Haus in Ville-d'Avray durchsucht, weil sie dachten, sie fänden einen Plan für eine Revolution oder ein Attentat auf Napoleon, aber sie fanden nichts. Wer schreibt schon dafür den Plan auf. Überdies waren Georg und Alexander nicht die Männer, die mit Bomben auf Politiker warfen. Keine Orsinis, sagt Benjamin Franklin und grinst frech. Keine Orsinis, sage ich und gehe nicht ein auf das Grinsen, auf Orsini, sondern erzähle schnell weiter. Herzen entschied sich zu fliehen, er hatte keine Angst vor den Franzosen, er hatte Angst, dass ihn die Franzosen an die Russen ausliefern würden. Er wollte nicht wieder zu den Wölfen von Nowgorod, aber wahrscheinlich hätten sie ihm eher den Kopf abgeschnitten, und das wollte er auch nicht. Verständlich, sagt Benjamin. Ja, verständlich, sage ich. Deshalb floh Herzen Mitte Juni in die Schweiz, nach Genf, ohne seine Familie. Georg fuhr immer noch nach Ville-d'Avray. Ich glaubte, er kümmere sich um Natalie, um seinem Freund einen Gefallen zu tun. Schließlich holte Alexander seine Familie nach.

Am Tag vor ihrer Abreise machten wir ein Picknick im Park von St-Cloud, beide Familien, Natalie und ihre drei Kinder, Herzens Mutter, also Madame Haag, die immer dabei war, und meine kleine Familie, Georg, Horace, Ada, die mir nicht mehr schreibt, und ich. Und die Diener der Herzens. Wir hatten noch ein Kinder- und Stubenmädchen, aber keinen Diener mehr, denn mein Vater hatte durch die Revolution in Deutschland, durch den erbärmlichen Versuch einer Revolution, eine Menge Geld verloren. Der Wert seiner Immobilien war gesunken wegen der unsicheren Lage, er bekam weniger Kredit, und deshalb kürzte er seine Zahlungen an uns. Wir mussten uns einschränken. Klingt gerecht, sagt Benjamin, und ich frage, vielleicht zu schnippisch: Warum gerecht? Ich mag dieses süffisante Lächeln nicht. Ich weiß, was er meint, aber ich will nicht, dass er das meint. Ihr Vater, sagt er, verliert Geld durch eine Revolution, an der seine Tochter beteiligt war, und dann kürzt er dieser Tochter die Zuwendungen, ist doch gerecht. Und deshalb müssen Sie mir jetzt Geld leihen, denke ich, sage es aber nicht. Das ist der falsche Moment. Aber es stimmt. Meine allmähliche Verarmung begann damals, aber sie war noch nicht schlimm. Wir hatten eine große Wohnung, wir hatten Geld genug für uns, wenn auch nicht für einen Diener.

Die Diener der Herzens breiteten Decken im Park von

St-Cloud aus, verteilten Porzellan und Besteck, holten Käse und Pasteten aus den Kühlboxen und öffneten Flaschen mit Pommery. Ah, Pommery, sagt Benjamin, wir haben gestern zwei, drei Fläschchen Pommery geköpft. Mit Alice? Die Frage ist mir rausgerutscht. Mit der göttlichen Alice, sagt er, sie lächelt immer so olympisch. Ich will nicht hören, wobei. Die Kinder, sage ich schnell, spielten miteinander, Horace hatte sich daran gewöhnt, sein Spiel auf den taubstummen Kolja einzustellen. Man durfte nichts spielen, was Rufen erfordert, Kolja musste immer sehen können, was erwartet wurde. Es waren die stillsten Spiele, die Kinder jemals gespielt haben. Wir hatten unsere Ruhe, nur Ada knatschte manchmal. Sie war ein schwieriges Kind.

Es war ein herrlicher Tag, warm, blauer Himmel, wir feierten Abschied von Natalie und ihren Kindern. Sie wich nicht von Georgs Seite. Sie machte Brote mit Pasteten nur für Georg, legte liebevoll Cornichons auf die Pasteten und reichte Georg die Cornichonspastetenbrote mit einem seifigen Blick und dem Hinweis, er möge aufpassen, dass die Cornichons nicht von den Pasteten rollten, weil sich der wahre, der unübertreffliche Geschmack nur einstelle, wenn Brot, also Baguette, Pastete und Cornichons zur selben Zeit im Mund landeten. Seifig? Benjamins Frage. Es klingt gemein, nicht wahr, sage ich, und ich sollte nicht so gemein daherreden. Die arme Natalie. Entzückt, schmachtend, das meine ich mit seifig. Bei diesem ganzen Cornichonsgeplapper wird mir klar, sage ich, was hier gespielt wird. Georg belächelte Natalie nicht wegen ihres törichten Verhaltens, sondern genoss es, so umgarnt zu werden, so mit Gürkchen verwöhnt zu werden. Das sage ich aber nicht zu Benjamin, sage nichts von Gürkchen, weil mich das Wort Gürkchen noch beleidigter klingen lässt, und ich bin nicht beleidigt, bin nur schnodderig, bin eine Berlinerin und vielleicht, mit den Jahren, ein bisschen derb geworden, wie Benjamin richtig beobachtet hat. Bin jetzt gerne derb für ihn. Also sage ich doch Gürkchen. Bei diesem Gürkchengetue, fahre ich fort, und er grinst, wurde mir klar, dass der Papillon schon fliegt, der schwarze Schmetterling der verbotenen Liebe, nicht der farbenfrohe, unbeschwerte. Es war Liebe zwischen den beiden, und ich hatte über Wochen nichts bemerkt. Benjamin kichert, nicht wegen der Liebe, denke ich, sondern wegen der Gürkchen. Ich wurde still bei diesem Picknick im wunderschönen Park von St-Cloud, obwohl Georg und Madame Haag darüber redeten, was für ein Schurke dieser Louis Napoleon ist und wie man ihn wegfegen könnte, vielleicht von Genf aus. Ich liebte solche Gespräche, die heute keiner mehr führt. Die Franzosen denken jetzt, sie lebten in einer perfekten Republik, und die Deutschen sind närrisch mit ihrem zweiten Wilhelm, als wäre er das glückliche Ende der Geschichte. Kolonien, Flottenwahn, aber keiner regt sich auf, keiner schreibt ein Gedicht. Es gibt keinen Nachfolger für Georg. Auch das ist traurig.

Ich sagte nichts zu dem, was ich sah im Park von St-Cloud, sage ich zu Benjamin, schwieg den ganzen Tag, aß selbst Brote mit Pastete, aber ohne Gürkchen, und suchte nach Worten, die ich Georg am Abend sagen würde, keine aggressiven oder beleidigten Worte, sondern verständige, wenn auch betrübte. Warum musste er sich in Natalie verlieben, wenn er in mir alles hatte, was er brauchte? Die Traurigkeit darüber sollte er spüren. Ansonsten war alles nicht so schlimm, dachte ich, Natalie würde morgen verschwinden, und ich lebte weiter mit Georg in Paris, besser sogar, ohne seine Fahrten nach Ville-d'Avray. Eine Episode, dachte ich, nicht so schlimm wie die mit der Comtesse, eine Spielerei mit einer kindischen Frau, harmlos. Ich war blöd.

Dummer Schatz, sagte Georg am Abend, als die Kinder im Bett waren und ich ihn zur Rede stellte. Kein Papillon noir. Keine Liebe. Sein dummer Schatz, also ich, habe sich geirrt. Ich finde sie sehr lieb, sagte Georg, und sie gefällt mir, aber das ist alles. Es sei ein literarisches Spiel gewesen, die Aufführung eines Romans als Theaterstück. Schau dir Herzen an, sagte Georg zu mir, ist er eifersüchtig? Kein bisschen, obwohl er immer dabei gewesen sei, wenn er, Georg, die kleine Fadette gesehen habe. So sagte es mein Georg: die kleine Fadette. Damit ich an das Theaterstück glaubte. Tatsächlich hatte sich Alexander nie eifersüchtig gezeigt, wenn ich die drei miteinander erlebte, hatte gelacht über das Fadette-Spiel, hatte nicht reagiert auf die seifigen, schmachtenden Blicke, hatte getan, als sei das in Ordnung, hatte vielleicht wirklich gedacht, dass dies in Ordnung sei, weil er häufig erlebt hatte, wie sich Georg und Natalie zueinander verhielten, und davon ausging, davon ausgehen konnte, dass sie gute Freunde waren, mehr nicht. Das Problem lag also bei mir. Ich hatte zu wenig mitbekommen von Georg und Natalie und wusste daher nicht, wie es wirklich zuging, was das alles bedeutete und was nicht. Aber, wirft Benjamin ein, ihr Georg hat doch verhindert, dass Sie mehr wussten, weil er Sie nicht mitnahm zu den Herzens, und dann macht er Ihnen das Nichtwissen zum Vorwurf. Nicht nett, sagt er. Georg hat mir das nicht zum Vorwurf gemacht, sage ich, er hat es nur erwähnt, um mich von meinem Verdacht zu befreien. Ich wusste zu wenig, um einen Verdacht haben zu können. Das ist nicht logisch, unterbricht mich Benjamin, wenn man wenig weiß, kann sich ein Verdacht entwickeln. Weiß man viel, hat man Wissen und braucht den Verdacht nicht mehr. Gut, dann ist das nicht logisch, sage ich. Georg meinte nur, dass ich von so wenigen Stunden nicht auf Liebe schließen könne. Ich sei im Irrtum,

Liebe sei es nicht, sondern Zuneigung und Literatur, also unvermeidlich. Ein Schriftsteller lebe immer halb in der Literatur. Das weißt du doch, sagte Georg. Stimmt, sagt jetzt Benjamin. Und kann damit eine Menge entschuldigen, sagt er auch noch. So wie Sie Ihre ungewaschenen Minets, bin ich versucht zu sagen, schweige aber, bis ich sage: Georg sagte, Alexander vertraue ihm so sehr, dass er ihn gebeten habe, Natalie und die Kinder nach Genf zu begleiten, um sie auf der langen Reise zu beschützen. Oha. Benjamin hat das ausgerufen, und? Was und, frage ich. Er. Sie haben das doch nicht etwa zugelassen? Ich: Ich glaubte an die Freiheit, nicht an Verbote. Er pfeift leise zwischen den Zähnen.

Georg hatte den Eindruck gewonnen, sagte er mir, dass er verfolgt werde, bespitzelt, dass es nur noch Tage dauern könne, bis ihn Louis Napoleons Gendarmerie verhaften, vielleicht sogar verschwinden lassen würde. Ich bin in großer Gefahr, sagte Georg zu mir. Auch deshalb wolle er mit Natalie und den Kindern nach Genf reisen. Stimmte das, fragt Benjamin, war Ihr Georg in Gefahr. Ich weiß es nicht, sage ich. Wenn Alexander in Gefahr war, weil er zu offen gesprochen hatte, konnte Georg auch in Gefahr sein, weil er ebenso offen sprach. Ich weiß es nicht. Aber ich will annehmen, dass er in Gefahr war, und ich habe allen Grund, das zu glauben, denn Napoleon, da bin ich sicher, bereitete längst den Staatsstreich vor, und da waren ihm Männer wie Alexander und Georg im Weg. Daran kann es keinen Zweifel geben. Benjamin nickt. Und wie ging es weiter, fragt er, ein wenig ungeduldig, scheint mir. Am 7. Juli haben Natalie und Georg Paris verlassen, sage ich, mit den Kindern der Herzens. Am 10. Juli waren sie in Genf. Heute geht es schneller, sagt Benjamin.

Ich will nach dem Geld fragen, aber ich halte mich zurück, weil mir einfällt, dass es einen besseren Moment geben könnte, einen Moment des Mitleids, wenn Benjamin das Leid der Emma von damals auf die Emma von heute überträgt. Ist das schäbig? Ist das berechnend? Ja. Aber was soll ich tun, ich brauche die zehn Franc, bis Madame Read endlich ihre Entscheidung trifft, und das Liebesleid findet eine andere Anerkennung als das Armutsleid. In der Liebe haben alle gelitten, auch die Reichen. In der Liebe sind wir da, wo Karl mit Geld und Eigentum hinwollte, wir sind gleich. Einer versteht den anderen, jeder kennt das Glück und den Schmerz, das Scheitern hat keinen so großen Makel wie beim Geld.

Es gibt zwei Geschichten, sage ich. Benjamin sofort: Wieso zwei? Ich: Welche wollen Sie hören? Er: Ich müsste erst wissen … Ich sage es Ihnen, sage ich. Es gibt die Geschichte, die ich damals erlebte, im Sommer und im Herbst neunundvierzig, als Georg in Genf lebte und ich in Paris, mit den Kindern. Die Geschichte, die ich mitbekam, war karg. Ich empfing Briefe von Georg, aber nicht viele, gar nicht viele. Ich habe den halben Tag Russisch gelernt, schrieb er mir, ich habe darin eine neue Quelle der Poesie entdeckt. Schön, dachte ich, mit echter Freude, eine neue Quelle der Poesie, ich war immer daran interessiert, dass Georg weitermachte mit seiner Poesie, und er schrieb kaum noch Gedichte.

Aber was genau war damals, in Genf, am Lac Léman, die Quelle seiner Poesie? Das Russische, die Sprache von Turgenjew, von Gogol? Von Puschkin, ruft Benjamin. Von Puschkin, sage ich, Natalie und Georg lasen zusammen Romane von Puschkin, schrieb Georg. Oder war die Russischlehrerin die Quelle seiner Poesie? Sie meinen Natalie, sagt Benjamin. Ich meine Natalie, sage ich, Georg lernte Russisch bei Natalie Herzen, den halben Tag lang. Sie schrieb mir ebenfalls, liebe Briefe, sie schrieb ihre Briefe auf Briefpapier mit dem Monogramm GH. Warum GH, fragt er. Wie kann man nur so begriffsstutzig sein? Es fällt ihm aber sofort auf, und er ruft: Georg Herwegh. Richtig, sage ich, Natalie schrieb ihre Briefe an mich auf Georgs Briefpapier, das ich für ihn ausgesucht hatte und mit seinen Initialen bedrucken ließ. Ein Geschenk zum Geburtstag. Natalie schrieb, wie schön es sei in Genf und welche Fortschritte Georg im Russischen mache, ein gelehriger Schüler, und wie sehr sie alle mich vermissen würden. Ob ich nicht bald nach Genf kommen könne. Ich glaubte ihr kein Wort, ich wusste, dass sie ihn liebte, aber ich vertraute Georg. Ich dachte, dass es stimmen kann, dass sie ihm nur Unterricht gibt, dass sie zusammen Puschkin lesen, den unübertrefflichen Puschkin, die Hauptmannstochter vielleicht, ich liebe die Hauptmannstochter. Ich auch, ruft Benjamin. Dass ich Vertrauen haben muss, dass ich kein dummer Schatz sein soll. Eifersucht ist ein albernes Gefühl, und man kann sie hinter sich lassen, dachte ich, weil ich wollte, dass es so ist, aber dann hatte ich Bilder vor Augen, die … Vom Minet, ruft er grinsend. Soll ich jetzt so tun, als wisse ich nicht, was ein Minet ist? Wusste ich es damals? Ich glaube nicht. Es war eine andere Welt, es ist so viel passiert in den letzten vierzig Jahren. Ich übergehe das Minet. Ich sage: Ich habe ihm vertraut, obwohl ich schon enttäuscht worden war.

Aber was ist die zweite Geschichte, fragt Benjamin. Das musste kommen, zu dieser Frage hatte ich ihn eingeladen. Die zweite Geschichte ist die wahre Geschichte, sage ich. Und Sie kennen die wahre Geschichte? Ich kenne die wahre Geschichte, einen großen Teil davon. Woher? Durch Überleben, ich habe Georg überlebt, sage ich, seine Hinterlassenschaft fiel mir zu, seiner Ehefrau bis zum letzten Tag, und in einer Kiste fand ich die Briefe von Natalie an Georg, dreihundert Briefe. Dreihundert, ruft Benjamin aus. Und wie viele Briefe hat Ihr Georg an Natalie geschickt, fragt er. Ich weiß es nicht, sage ich, seine Briefe habe ich nicht, aber ich nehme an, dass es zu jedem Brief von Natalie eine Antwort von Georg gibt oder umgekehrt, also auch dreihundert. Aber die sind nicht bei mir gelandet, sondern bei Natalie, und bei den Herzens war Alexander der Überlebende, und ich weiß nicht, was er mit Georgs Briefen gemacht hat. Später, nachdem das alles lange vorbei war, schrieb eine Freundin von Herzen an Georg und bat darum, dass er Natalies Briefe zurückgeben möge, wegen der Kinder und so weiter. Georg schrieb einen bösen Brief zurück und behielt die Briefe.

Sind Sie froh, dass Sie Georgs Briefe nicht kennen, fragt er. Gute Frage. Ich bin froh, sage ich, sicherer als ich bin, und dann: Wollen Sie gleich hören, was ich später aus den Briefen Natalies erfuhr, oder wollen Sie hören, was ich damals erlebte, um dann später zu erfahren, was sich wirklich zugetragen hat, soweit das, was wir den Briefen Natalies entnehmen können, die Wirklichkeit war? Sagen Sie mir, was wirklich geschah, sagen Sie mir aber auch, was Sie dachten und fühlten, ohne wirklich zu wissen, was geschah, sagt er. Zwei Geschichten gleichzeitig, frage ich. Zwei Geschichten, sagt Benjamin.

Nach dem Lunch gab Georg Natalies Söhnen Botanikunterricht. Die Frutti di Mare hatte er hinter sich gelassen, nun widmete er sich den Pflanzen an Land. Im August fuhr er mit Natalie nach Montreux, und sie stiegen auf den Dent de Jaman, über achtzehnhundert Meter hoch, man kommt ganz schön außer Atem, der Gipfel hat die Form einer Haifischflosse, wussten Sie das? Nein. Mein Georg, der frischgebackene Botaniker, fand ein Vielliebchen, und sie nahmen das als Symbol ihres Schicksals. Warum, fragt Benjamin. Wissen Sie nicht, was ein Vielliebchen ist, frage ich zurück. Eine Blume, sagt er. Nein, keine Blume, ein Vielliebchen ist eine Haselnuss mit zwei Kernen. Mit zwei Herzen könnte man auch sagen. Weil Natalie zwei Männer liebte, sagt Benjamin. Georg doch auch, sage ich, zwei Frauen, wieder ein bisschen schnippisch. Ich muss auf meine Stimme aufpassen. Sie dürfen nicht vergessen, sage ich, dass Georg nie aufhörte, mich zu lieben, nie, während der ganzen Herzen-Affäre nicht. Benjamin nickt, schaut dabei schuldbewusst. Eine kleine Pause, dann erzähle ich weiter: Natalie berichtete mir in einem Brief von diesem Ausflug, vom Vielliebchen schrieb sie nichts. Sie schrieb auch nicht, dass sie sich auf ein Symbol geeinigt hatten, ein Dreieck, nach unten offen, das der Gipfel eines Berges sein könnte. Natalies Briefe an Georg sind voll mit offenen Dreiecken, mit Gipfeln. Was hat sie ihm geschrieben, fragt Benjamin. Ich habe das nicht auswendig gelernt, sage ich. Entschuldigung, sagt er. Schon gut. Ich weiß aber, dass Natalie ihn drängte, Georg war zögerlich, unentschlossen, und sie wollte ihn mitreißen, verführen zum Ehebruch. Aber Sie kennen seine Briefe nicht, wirft er ein. Aber ihre Briefe sind Antworten auf seine, sage ich, sie nimmt auf, was er schreibt, sein Zögern, seine Skrupel, Alexander ist sein Freund, sein Zwillingsbruder, und er hat eine Frau, die er liebt und … Schreibt er das, schreibt er von Ihnen, fragt Benjamin aufgeregt. Ich sagte bereits, dass ich nicht weiß, was er geschrieben hat, gebe ich kühl zurück. Natürlich, natürlich, sagt Benjamin, ich Dummkopf, aber nimmt Natalie auf, was Georg ihr über Sie geschrieben, gesagt hat? Natalie erwähnt mich kaum. Schweigen, wir schweigen beide. Ich war ihre Rivalin, sage ich schließlich, Georgs Frau, ich besaß seine Liebe, da konnte sie mich nur ignorieren, nicht wahr, ich war ihr Schmerz. Er will etwas sagen, verschluckt es, sagt: Stimmt.

Im Oktober merkte Natalie, dass sie schwanger war. Als

ich das sage, freue ich mich über meine feste Stimme. Von wem, fragt Benjamin. Er kennt keine Gnade. Georg und Natalie dachten, hofften, dass sie von Georg schwanger war, sage ich. Von ihrem Ausflug nach Montreux, zum Gipfel. So steht es in den Briefen. Natalie hat viele Gipfel gemalt. Dreiecke, fragt er. Ich nicke. Auf dem Kopf stehende Dreiecke? Er grinst. Ich weiß, warum. Nein, sage ich, dann wären es ja keine Gipfel.

Können Sie mir zehn Franc leihen, frage ich in die Stille hinein. Er ist überrascht, sagt nichts. Frau Read, ergänze ich, hat versprochen, mir mit fünfhundert Franc auszuhelfen, hat mir das Geld aber noch nicht ausgehändigt. Ich muss Lebensmittel kaufen, habe nur noch Datteln und Milchreis. Den Rest Marzipan verschweige ich. Benjamin sieht enttäuscht aus. Überlegen Sie in Ruhe, sage ich, in der Zeit kann ich weitererzählen. Aber ich bringe kein Wort heraus. Er zieht an der Zigarettenspitze, kringelt den Rauch, schaut auf das große Porträt von Georg, das über dem Sekretär hängt.

Natalie war schwanger, sage ich, von wem auch immer, aber nicht lange. Im November verlor sie das Kind. Neutrale Stimme, sachlich. Benjamin: Oh. Warum dieses Oh? Hätte er lieber gewollt, dass die beiden ein Kind bekommen, weil die Geschichte dann dramatischer wäre, interessanter für ihn als Schriftsteller? Oder ist er betroffen, dass die beiden kein Kind bekommen? Georg war untröstlich, wenn stimmt, was Natalie in ihren Briefen an Georg über seine Stimmung schrieb. Es wird ein anderes Kind geben, schrieb sie und malte Dreiecke. Erfuhren Sie damals von der Schwangerschaft, fragt Benjamin. Nein. Ich wusste nicht einmal etwas von einem Kuss. Wenn Georg schrieb, dann von den anderen Emigranten. Es waren viele Achtundvierziger in Genf. Georg berichtete, dass die Struves regelmäßig in der eiskalten Arve badeten, stellen Sie sich das bitte vor, lieber Benjamin, der Fluss kam aus dem Gebirge und hatte acht Grad. Struve, schrieb Georg, sei ein großer Phrenologe und habe seine Frau Amalie nach dem Prinzip von Gall ausgesucht. Gall? Benjamin hat nie von ihm gehört. Ein Arzt, der Kraniometrie betrieb. Kraniometrie? Schädelvermessung, Gall vermaß Schädel, oft die Totenschädel von Irren und Verbrechern, und zog daraus Schlüsse auf die Form des Gehirns und damit auf die Eigenschaften des Menschen. Moment, sagt Benjamin, das heißt, Struve untersuchte den Schädel dieser Frau, bevor er sie heiratete? Vermaß den Schädel, korrigiere ich, und wissen Sie, was den Ausschlag gab? Benjamin schüttelt den Kopf. Der hintere Teil von Amalie Struves Schädel war ganz platt. Ich mache eine Pause. Es gefällt mir, dass Benjamin fragen muss. Und was heißt das? Das heißt, dass ihr der Gehirnhügel der Leidenschaft fehlte, sage ich. Nach Gall sitzt in der hinteren Schädelrundung die Leidenschaft. Aber das ist doch ein Grund, eine Frau zu verschmähen, ruft Benjamin aus. Natürlich kann er das nicht verstehen, bei all den Alices und Léontines. Nicht für Struve, sage ich, Struve wollte vor allem eine treue Frau und eine Frau, die sich mit ihm auf die Revolution konzentrieren konnte. Das hat sie getan, sage ich. Sie zog mit ihrem Mann in den Krieg, so wie ich, aber mein Schädel ist hinten nicht platt, schauen Sie selbst. Ich drehe den Kopf um ein Viertel, damit er meinen Hinterkopf sehen kann. Ich ziehe unten an den Haaren, damit sie eng am Schädel liegen und dessen Form kenntlich wird. Was für eine schöne Rundung, sagt Benjamin und pfeift laut. An Leidenschaft hat es Ihnen sicherlich nicht gefehlt, sagt er. Ich lasse die Haare los, drehe ihm den Kopf zu, sehe sein großes Grinsen. Als gäbe es keine Leidenschaft mehr in mir. Ich sage nichts dazu. Die Struves sind Vegetarier, schrieb mir Georg, statt von sich und Natalie zu berichten. Das vegetarische Essen sei frei von Giften und rieche nicht nach dem Tod, habe Struve ihm in Genf gesagt. Ich war daher nicht überrascht, als mir Ende der sechziger Jahre eine Freundin ein Buch zuschickte: »Pflanzenkost – die Grundlage einer neuen Weltanschauung«. Autor war Gustav Struve, so weit war es mit ihm gekommen. Achtundvierzig sagte er noch, dass es kein Heil für Deutschland geben könne, so lange vierunddreißig Fürstenfamilien über dasselbe herrschten. Nur eine föderative Republik nach dem Vorbild der Vereinigten Staaten von Amerika könne die Einheit und zugleich die Freiheit Deutschlands sicherstellen. Das waren noch Worte, zwanzig Jahre später: Pflanzenkost. Immerhin hat er nicht in dem Bemühen nachgelassen, die Menschheit retten zu wollen, nun eben mit Birnen und Salat. Noch eine Zigarette? Benjamin schüttelt den Kopf.

Georg saß meist im Café de la Poste, wenn er mir oder Natalie schrieb. Es lag nicht weit vom Hôtel des Bergues, wo er wohnte, wie die Herzens auch, das beste Haus am Platz, mit Blick auf den Lac Léman. Georg mochte die anderen Emigranten nicht, er hat sie verachtet, glaube ich. Moment, sage ich, darf ich Ihnen vorlesen, was er mir zu den Emigranten geschrieben hat? Dann haben Sie einen Eindruck. Er nickt, ich stehe auf, gehe zu dem Sekretär, über dem Georgs Porträt hängt, schaue hoch zu ihm, etwas theatralisch vielleicht, für Benjamin. Sei nicht albern, schelte ich mich. Im Sekretär liegen die Schachteln, in denen die Briefe lagern. Rechts liegen Georgs Briefe an mich, links die Briefe von Natalie. Ich öffne nie die linke Tür, auch jetzt nicht. Ich werde diese Briefe eines Tages in den Kamin werfen, vielleicht morgen. Es kann schnell gehen mit mir, in meinem Alter, der Tod klopft nicht immer an, wenn er vor der Tür steht. Die

Briefe aus Genf sind in einer Schachtel ganz unten, ich muss mich bücken, ziehe die Schublade auf, so, hier ist die Genfer Schachtel. Lassen Sie doch, ruft Benjamin, erzählen Sie einfach weiter. Aber ich will jetzt Georgs Worte vorlesen und gehe mit der Schachtel zurück zu meinem Sessel. Wo ist mein Lorgnon, ah, hier auf dem Tisch. So, Lorgnon auf, der Brief muss ganz unten liegen, einer der ersten aus Genf, hier, das ist er. Ich überfliege seine Worte, finde die Stelle, die ich meine, lese vor: »Nein – in dem Kreise dieser deutschen Republikaner ist mir immer etwas zu Mut wie in einer Kirche. Das wirklich Freie in mir wird durch ihre Berührung verletzt und in ihrer Nähe fühle ich mich unterdrückt. Auch ihre Republik ist am Ende nur ein neuer politischer Glaubensstall, in den sie uns hineintreiben wollen. Sie zweifeln an Nichts mehr – es giebt für mich keinen fürchterlicheren Menschen als einen, der an Nichts mehr zweifelt. Sie lieben alle die ganze Menschheit – womit sie ihr Unvermögen maskieren, einen Einzigen, der ihnen in der Wirklichkeit entgegentritt, wirklich zu lieben. Sie erlauben mir nicht, einen Menschen zu lieben, weil mir seine Nase gefällt, aber sie befehlen mir, den Haufen von Canaillen zu embrassieren, den sie Menschheit titulieren. Und sie halten sich für revolutionär, weil sie viel Blut verlangen und zu schreien verstehen.« Das schrieb Georg, sage ich, aber wenig von Natalie, fast nichts. Manchmal badete er in der Rhone, als es wärmer war. Wurde Natalie noch einmal schwanger, fragt Benjamin. Geduld, Benjamin Franklin, sage ich, falte den Brief und lege ihn zurück in die Schachtel, ein bisschen glücklich. Es ist immer schön, Georg zu hören, auch wenn das meine Stimme ist. Vielleicht gerade. Georg mit meiner Stimme. Warum sagt Benjamin nichts zu meiner Frage, zu den zehn Franc?

Im Dezember reisten die Herzens nach Zürich, weil dort

eine Taubstummenschule war, die Kolja besser helfen konnte. Natalie wollte nicht weg von Georg, aber das Wohl ihres Kindes war ihr dann doch wichtiger. Sie drängte Georg, ebenfalls nach Zürich zu reisen, und wie sie ihn drängte, ich habe es in den Briefen lesen können. Mein Georg zögerte, wollte erst nicht, aber dann reiste er ihr nach, Sirenen sind mächtig. Er hat in jenen Tagen den Geburtstag von Horace vergessen, keine Gratulation, kein Geschenk für seinen Sohn. Horace wartete, wartete. Ich sagte, dass Postkutschen manchmal überfallen würden. Kaum waren die Herzens in Zürich angekommen, erfuhren sie, dass der russische Staat das Vermögen von Frau Haag eingezogen hatte, ein beträchtliches Vermögen. Wer ist nochmal Frau Haag, fragt Benjamin. Die Mutter von Alexander. Er reiste sofort nach Paris, wo sich die Lage beruhigt hatte, um seiner Mutter mit Hilfe des Bankhauses Rothschild ihr Geld zurückzuholen. Georg und Natalie waren alleine in Zürich. Das heißt, Natalies Kinder waren natürlich auch dort. Aber die Kinder scheinen nicht gestört zu haben, schon in Genf nicht. Ich sollte das nicht so bitter sagen, ich klinge bitter, fürchte ich, und das will ich auf keinen Fall. Neutral: Sie waren nicht lange alleine in Zürich, Natalie wurde von ihrem Mann nach Paris gerufen. Georg blieb in Zürich.

Die Lage war nun so, sage ich: Georg lebte in der Schweiz. Natalie, Alexander und ich lebten in Paris. Georg schickte mir eine Menge Briefe, beinahe täglich, und in den Umschlägen steckten Umschläge, die ich Natalie überreichen sollte, dicke Umschläge.

Das haben Sie natürlich nicht gemacht, ruft Benjamin, dieser Schurke, ein Schuft. Er schreit beinahe. Das habe ich natürlich gemacht, sage ich. Das haben Sie gemacht? Ich war seine Frau, sage ich, er war mein Mann, ich habe ihn geliebt, ich hätte alles für ihn getan. Aber, sagt Benjamin aufgewühlt, Sie mussten doch ahnen, dass dies Liebesbriefe sind. Das ahnte ich selbstverständlich, zumal mir Georg geschrieben hatte, ich solle die Briefe unauffällig überreichen, Herzen sei überaus eifersüchtig und könne den Charakter dieser Briefe missverstehen. Was für ein Charakter, fragt Benjamin. Ich weiß es nicht, Georg hat nur Charakter geschrieben, nicht, um welchen Charakter es sich bei diesen Briefen handelte. Und Sie haben, sagt Benjamin, Natalie artig diese Briefe überreicht, diese Liebesbriefe? Ich habe sie ihr überreicht. Was hat sie gesagt? Seine Stimme ist wieder ruhiger. Er sitzt tief im Sessel und starrt mich an. Natalie war freundlich, sage ich, aufmerksam, wir saßen oft beisammen und haben über die Kinder gesprochen. Ich hatte aufgegeben, sie in politische Gespräche zu ziehen, obwohl sich der Kampf zwischen dem Parlament und Louis Napoleon zuspitzte. Was haben Sie gesagt, wenn Sie ihr Georgs Briefe übergaben? Nichts, ich habe geschwiegen, und Natalie hat danke gesagt und den Umschlag mit Georgs Initialen sofort in ihrer Handtasche verschwinden lassen. So war das, sage ich. Er sackt noch tiefer in den Sessel und schüttelt den Kopf. Ich verstehe Sie nicht, sagt er. Ich habe Ihnen alles dazu gesagt, sage ich.

Wissen Sie, wie das ist, auf Briefe zu warten, auf Liebesbriefe? Schreibt Ihnen Ihre Alice manchmal einen Brief oder die Rachel? Er kichert, nein, sagt er, die schreiben keine Briefe. Ich weiß nicht einmal, ob sie schreiben können. Aber Sie haben schon auf Liebesbriefe gewartet, frage ich. Selbstverständlich, sagt er. Dann kennen Sie das, diese Sehnsucht, dieses Fiebern, diese Zweiteilung des Tages: vor dem Postboten, nach dem Postboten. Die Stunden zählen, bis er kommt, das Ausmalen des Moments, wenn er den Stapel mit den Briefen überreicht, ihn rasch verabschieden, nein, schon vor dem

Verabschieden, die Briefe durchgehen und schauen, ob der eine, der erwartete darunter ist. Sie sind ja Romantikerin, ruft Benjamin. Sie hätten mich als Mädchen kennenlernen sollen, sage ich. Nichts lieber als das, sagt er. Wieder dieses freche Grinsen. Lassen Sie uns beim Thema bleiben, sage ich, jeden Tag erwartete ich bangend den Postboten, meist kam er am Nachmittag. Nun gab es drei Möglichkeiten. Erstens: Kein Brief von Georg. Enttäuschung, Vernichtung. Aber auch eine kleine Genugtuung, nichts für Natalie. Sie wird enttäuscht sein, wenn Sie mich nachher besuchen kommt, wie beinahe jeden Tag, um einen Brief von Georg abzuholen. Ich sagte dann nichts, sagte nicht, dass kein Brief gekommen war, ließ sie warten, plauderte mit ihr, fragte nach Koljas Befinden, ob er Fortschritte mache, erzählte von Ada, von Horace. Sie wartete, wartete, wir tranken Tee in unserem Salon, und nach einer Stunde kündigte sie an, nun aufbrechen zu wollen. Ich sagte immer noch nichts, begleitete sie zur Tür, sah, wie ihr kleines, blasses Gesicht zerbrach, als ich ihr zum Abschied die Hand reichte, ohne Brief. Sie sind ja grausam, sagt Benjamin. Wer war grausamer, frage ich, Natalie oder ich? Eine Antwort brauche ich nicht, rede weiter. Zweitens: Der Postbote brachte einen Umschlag, der an mich adressiert war, jedoch nur einen Umschlag mit einem Brief an Natalie enthielt, den ich überreichen sollte, nun selbst Postbote. Kein Briefbogen mit GH für mich. Ein Alptraum. Natalies Freude, wenn ich ihr den Brief überreichte, das Glühen ihrer Wangen, der seifige Blick, der nicht nur Georg galt, sondern auch seinen Briefen, gestört von einer kleinen Scham wegen des Ehebruchs, des doppelten Ehebruchs, der hier so offen vollzogen wurde, obwohl ich immer noch hoffte, dies könne eine reine Freundschaft sein. Nicht Ihr Ernst, ruft Benjamin. Doch. Natalie flog die Treppen hinunter, um noch in der Droschke Georgs Zeilen zu lesen, nehme ich an. Ich schloss leise die Tür, nur nicht meine Niedergeschlagenheit zeigen und ihr damit den Triumph weiter versüßen. Drittens: ein Umschlag für Natalie, ein, zwei Briefbögen für mich, Berichte über die Flüchtlinge in Zürich, wo ebenfalls eine Menge Achtundvierziger lebten, Semper, Wagner und so weiter. Gab es kein Viertens, fragt Benjamin. Was für ein Viertens? Sie, sagt er, bekommen einen Brief, Natalie aber nicht. Es gab kein Viertens, sage ich.

Natalie muss den Eindruck gewonnen haben, dass ich leide. Sie schrieb, wenn ich mich richtig erinnere, Georg solle sich vorstellen, jemand habe Durst und müsse zusehen, wie jemand anderes ein volles Glas in der Hand halte. So hat sie es formuliert. Schönes Bild, sagt Benjamin. Aber schrecklich für mich, sage ich. Sie schrieb Georg, dass ich elend aussehe. Ich würde ihn vermissen, schrieb sie, ich fühlte mich vernachlässigt und einsam ohne ihn. Haben Sie ihr das gesagt, fragt Benjamin. Ja, sage ich. Sie haben, sagt er, Ihrer Rivalin Ihr Herz ausgeschüttet? Ja. Aber Sie litten doch wegen ihr, haben Sie ihr das auch gesagt? Nein. Natalie schrieb Georg, dass er mich nach Zürich einladen solle, mir ein Zeichen seiner Liebe geben, mich vielleicht sogar einweihen solle in ihr Verhältnis. Offenbar hat Georg gezögert, sie musste ihn überreden, sie schrieb, ich hätte eine gute Behandlung verdient, immerhin sorge ich dafür, dass sie sich gefahrlos schreiben konnten. Das haben Sie in Natalies Briefen gelesen, fragt Benjamin. Ja. Natalie hatte Mitleid mit ihrer Briefträgerin, sagt er. Wenn Sie es so sehen wollen, sage ich. Er: Entweder Sie sind verrückt oder Sie können wirklich groß lieben. Ich: Ich sehe diesen Gegensatz nicht. Er: Sie haben recht.

Im Februar lud mich Georg nach Zürich ein, wohl auf

Natalies Drängen, aber das konnte ich damals nicht wissen. Ich war so glücklich, meinen Mann wiedersehen zu dürfen. Kurz vor der Abreise erzählte mir Natalie, dass sie schwanger sei. Haben Sie gefragt, will Benjamin wissen, ob das Kind von Georg war? Wo denken Sie hin, sage ich. Aber Sie hatten diesen Gedanken? Stimmt, ich hatte diesen Gedanken, aber ich habe ihn abgelehnt. Ich konnte und wollte das nicht glauben. Trotz der vielen Briefe hielten Sie es für möglich, dass Georg nicht in Natalie verliebt war? Ich wollte nicht kleinlich denken, sage ich.

In Zürich blieb ich drei Wochen. Georg fragte mich, welchen Eindruck Natalie auf mich mache, und ich sagte, es gehe ihr gut, sie sei schwanger. Er schien für einen Moment verblüfft, sogar verärgert, als wisse er nichts davon, finde aber, dass er das wissen müsse. Dann fragte er, wie es Alexander gehe und ob er von der Schwangerschaft erfahren habe. Dazu konnte ich nichts sagen, da ich nicht mit ihm geredet hatte. Georg wollte wissen, in welcher Woche Natalie schwanger sei, aber das wusste ich nicht genau. Wenige Wochen, sagte ich. Er schien zu rechnen, aber vielleicht habe ich mir das nur eingebildet. Oder ich denke heute, dass ich damals in Zürich den Eindruck gehabt haben muss, als würde er rechnen. Die Dinge vermischen sich in meinen Gedanken, ich kann manches nicht mehr genau zuordnen. In den drei Wochen darauf sagte er nicht viel. Er rauchte und rauchte … Mögen Sie noch eine Zigarette? Danke, nein … Ich hatte Georg bald alles erzählt, was von den Kindern zu erzählen war, er fragte nichts. Wir machten schweigend Spaziergänge auf der Seepromenade oder fuhren schweigend mit dem Dampfer nach Rapperswil, drehten dort schweigend eine Runde und fuhren schweigend mit dem Dampfer zurück nach Zürich. Wir gingen schweigend die Limmat entlang. Manchmal traf sich Georg mit Richard, dem Komponisten, mit dem er sich angefreundet hatte, aber er nahm mich nie mit. Richard Wagner, fragt Benjamin. Ja, Richard Wagner, er lebte damals ebenfalls im Exil, weil er Neunundvierzig bei der Revolution in Dresden mitgemacht hatte, nicht ruhmreich, gar nicht ruhmreich. Hat auf dem Kirchturm gehockt, um nach den Preußen auszuschauen, und als die Preußen kamen, hat er dieses Wissen genutzt, um als Erster abzuhauen. Ganz so war es wohl nicht, sagt Benjamin, der Schlaumeier. Aber so ähnlich, sage ich.

Es war kalt in Zürich, über dem See waberte oft Nebel, und wir konnten weder die Berge noch das andere Ufer sehen. Keine Gipfel. Oft lagen wir nebeneinander auf dem Bett und lasen, auch Russen. Manchmal setzte Georg sich an den kleinen Tisch und schrieb einen Brief. An Natalie? Er sagte nicht, an wen er schrieb, aber als ich abreiste, händigte er mir sechs Briefe für Natalie aus. Haben Sie ihn nicht nach Natalie gefragt? Ich habe nicht gefragt, ich dachte, dass er mir alles erzählen würde, wenn es etwas zu erzählen gäbe. Oder Sie hatten Angst vor der Antwort, sagt Benjamin. Ich kannte die Antwort, ich wusste inzwischen, dass er Natalie liebte, ich hatte es mir eingestanden nach dieser Flut von Briefen, für mich war nur wichtig zu wissen, dass er mich ebenfalls liebte. Und danach wollte ich nicht fragen, das wäre unwürdig gewesen. Nach der Liebe eines anderen fragt man nicht, man spricht von seiner eigenen Liebe, so habe ich das gesehen. Er rührte mich nicht an, wir gingen in Konzerte, wir gingen ins Theater. Beim Promenieren hakte ich mich in seinen Arm ein, wie es Paare eben machen. Wenn wir einmal ins Gespräch kamen, dann redeten wir über Louis Napoleon oder über Friedrich Wilhelm, der Preußen wirklich eine Verfassung gegeben hatte und ein Parlament, aber das wurde nach dem Dreiklassenwahlrecht gewählt, und das machte uns beide zornig. In solchen Momenten fanden wir zueinander, in unserem Zorn, unserem Hass. Ich sage Benjamin nicht, dass ich mich damals bei dem Gedanken ertappte, dass es für Männer immerhin ein Dreiklassenwahlrecht gibt, für Frauen aber gar keins. Georg verriet ich diesen Gedanken nicht. Ich wollte mit ihm einig bleiben, und das preußische Dreiklassenwahlrecht war ohne Frage schrecklich ungerecht. In jeder Beziehung, sagte ich zu Georg, aber ich glaube nicht, dass er verstand, was ich meinte.

Am letzten Tag in Zürich, wir waren in unserem Hotel, lagen auf dem Bett, brach Georg in Tränen aus. Er gestand mir sein Verhältnis mit Natalie, gestand mir die Liebe, die sie verband. Er sagte, dass das Kind von ihm sei und dass er dieses Kind haben wolle, weil sie schon ein Kind verloren hätten, und ihre Liebe sei so groß, dass sie in einem Kind ihre Erfüllung finden müsse. Ich zog mich an, weil ich es nicht mehr aushielt in diesem engen, überheizten Zimmer, das durch Georgs Worte noch enger, noch schwüler geworden war, aber dann sank er vor mir auf die Knie und sagte, dass ich ihn nicht verlassen dürfe, er könne nicht ohne mich leben. Ich hatte nicht vorgehabt, ihn zu verlassen, ich wollte nur raus aus dem Zimmer. Er würde sich umbringen, wenn ich ihn verließe, sagte er. Ich zog ihn hoch, schlang meine Arme um seinen Hals und sagte, dass ich ihn niemals verlassen werde. Was sagten Sie ihm zu Natalie, fragt Benjamin. Nichts sagte ich zu Natalie. Nicht dass er sich von ihr trennen müsse? Benjamin Franklin, sage ich, seit wann sind Sie ein Romantiker, ausgerechnet Sie? Warum ausgerechnet ich? Sie mit ihren Damen aus dem Café d'Harcourt, Sie mit Ihrem Minet, Sie mit ihrem Buchdrama, in dem sich diese Lulu oder Nelly oder Eva oder wie sie heißt, allen hingibt, aber niemanden liebt? Wissen Sie etwa, was ein Minet ist, fragt er mit großen Augen. Selbstverständlich. Er lacht, lacht laut und lauter und wird schrecklich rot dabei. Er hebt den Zeigefinger und droht mir lachend. Wann reden wir über »Die Büchse der Pandora«, fragt er, Sie haben mir noch nichts zum vierten Akt gesagt. Der vierte Akt ist fürchterlich, sage ich. Er starrt mich an, fassunglos, schnappt nach Luft. Warum, japst er, warum nur? Sie wollten meine Geschichte hören, sage ich, nun müssen Sie Geduld haben bis zum Ende. Es ist immerhin eine gute Geschichte, sagt er. Warten Sie ab, sage ich.

Ich bat Georg, mit mir nach Paris zu kommen, zu den Kindern, aber er sagte, dass er noch nicht so weit sei, er brauche noch Zeit in Zürich. Wofür sagte er nicht. Ich reiste ab, nicht unglücklich, ich wusste nun, dass Georg mich immer noch liebte und brauchte. Wäre er sonst vor mir auf die Knie gefallen? In Paris ging ich sofort zu Natalie. Alexander war nicht da. Ich fragte sie, wie es ihr gehe, wie es dem Bauch gehe. Gut, sagte sie, manchmal sei ihr übel, aber ich wisse ja, wie das ist. Ich wusste es. Sie sah mich ängstlich an. Ich reichte ihr die sechs Briefe von Georg, und sie ließ sie sofort in ihrer Tasche verschwinden. Er hat mir alles erzählt, sagte ich. Sie schaute zu Boden, schwieg. Er liebt Sie, sagte ich, aber er hat viele geliebt, er hatte eine Menge Affären. Er hat mich deshalb nicht verlassen, und er wird mich auch jetzt nicht verlassen. Er liebt mich, Natalie, sagte ich, und er wird sein Leben mit mir verbringen, auch wenn er Ihnen ein wenig Zeit schenkt. Sie schwieg weiter. Er hofft, dass das Kind in Ihrem Bauch von ihm ist, und ich möchte Sie fragen, ob das Kind dort von meinem Mann ist. Ich zeigte auf ihren Bauch. Sie schüttelte den Kopf. Natalie, drängte ich, ist das Kind von Georg, ich muss das wissen. Sie sah auf, sie sah mich an, Tränen in den Augen, natürlich, bei Natalie flossen die Tränen schnell. Das Kind ist von Alexander, sagte sie. Sind Sie sicher? Ich bin sicher, sagte sie. Das wird Georg weh tun, sagte ich. Sie weinte haltlos. Können Sie ihm das sagen, fragte Natalie. Sie traute sich nicht, dieses Miststück traute sich nicht, meinem Mann zu sagen, dass das Kind in ihrem Bauch nicht von meinem Mann war, sondern von ihrem. Ich musste es meinem Mann sagen. Haben Sie es ihm gesagt, fragt Benjamin. Ich habe ihm sofort einen Brief geschrieben und ihm mitgeteilt, dass das Kind in Natalies Bauch nicht von ihm ist, sondern von Alexander. Mit Genugtuung haben Sie es ihm mitgeteilt, sagt Benjamin. Mit Sorge, sage ich. Nehmen Sie mich nicht auf den Arm, sagt er. Das tue ich nicht, ich wollte nicht, dass Georg unglücklich ist, und ich wusste, diese Nachricht würde ihn unglücklich machen, sehr unglücklich. War es so, fragt Benjamin, wurde er unglücklich? Er schrieb mir wütend zurück, dies sei nicht wahr, er wisse genau, dass dieses Kind sein Kind sei. Sie müssen ehrlich zu ihm sein, sagte ich daraufhin zu Natalie, wenigstens zu ihm. Und sie war es, immerhin, und schrieb Georg, dass sie ein Kind von ihrem Mann erwarte, ohne jeden Zweifel, ein legitimes Kind. Dieses Wort schrieb sie nicht, das ist von mir. Dem nächsten Brief von Georg lag ein dicker Umschlag für Natalie bei. Sie nahm ihn angstvoll entgegen, ohne seifige Augen. Zu Ihrer Freude, sagt Benjamin. Vielleicht, sage ich. Dieser Brief war so wütend, so verletzend, so grausam, dass die kleine Natalie erst einmal krank wurde. Sie kränkelte häufig, sie war nicht robust. Woher wissen Sie, dass der Brief grausam war, fragt Benjamin. Na, weil ich ihre Antwort kenne. Können Sie mir das vorlesen, fragt er. Nein, sage ich. Warum nicht? Weil ich Natalies Briefe nicht mehr lese. Ich könnte ihn lesen, sagt er. Nein. Bitte.

Ich stehe auf, hocke mich vor die linke Tür des Sekretärs,

sie klemmt, ich ziehe fester, sie springt auf, ich suche unter den Briefen Natalies diesen einen heraus, finde ihn schnell, da ich ihn oft gelesen habe und trage ihn zu Benjamin; Papier, leicht vergilbt, das in ihren Händen war, in seinen Händen, Worte, die beide aufgewühlt haben, sie beim Schreiben, ihn beim Lesen. Ich reiche Benjamin den Brief. Er nimmt sein Pince-nez, das an einem Band um seinen Hals hängt. Er klemmt es auf die Nasenwurzel und liest. Er hat ein langes, schmales Gesicht, die Stirn hoch, aber gerade, nicht fliehend, kleine Ohren, eine steil abfallende Nase, ein Schnurrbart, ein Kinnbart, der etwas struppig auf den Kragen fällt, volles, dickes Haar, nach hinten gekämmt. Sie ist schlau, sagt er. Warum schlau, frage ich. Sie argumentiert gut, sagt er. Wie meinen Sie das? Ich sollte mich jetzt nicht ärgern, ihn nicht angreifen. Darf ich Ihnen vorlesen, was ich meine? Er schaut mich an wie ein lieber Hund. Meinetwegen, sage ich. Was soll's. Solange ihre Worte nicht durch meinen Mund fließen müssen.

Er liest: »Mein Kind, mein liebster Engel.« Kind hat sie ihn genannt, einen Mann von zweiunddreißig Jahren. »Ich verstehe dich.« Schleimerin. »Wenn ich ein Mann wäre – meinst Du – nein, auch ich werde, ohne zu erröten, sprechen. Erinnerst Du Dich, wie Du mir einmal gesagt hast, ich würde Dein Kind an einem kleinen Mal erkennen, das Du auf der Unterlippe hast? Damals rechnetest Du mit der Möglichkeit eines anderen Kindes, das nicht Deines wäre – und wirklich, könnte es denn ohne diese Möglichkeit die andere überhaupt geben?« Das ist verdammt schlau, sagt Benjamin. Warum denn? Ist er jetzt auch verliebt? Tun Sie doch nicht so, sagt er, als würden Sie ihre Masche nicht durchschauen: Natalie weist Georg darauf hin, dass er selbst davon ausgegangen ist, sie würde weiterhin mit ihrem Mann schlafen.

Und mehr noch, dass sie nur mit Georg schlafen kann, weil sie auch mit Alexander schläft, denn hätte sie damit aufgehört, wäre Alexander misstrauisch geworden und hätte die Affäre womöglich entdeckt und unterbunden. Das haben Sie doch längst erkannt, sagt Benjamin. Ja, ja. Er liest weiter: »Georg, meine Liebe ist unabhängiger, größer, mutiger, sie ist wie der Phönix, der sich mit immer mehr Lebenskraft aus der Asche erhebt.« Ich höre Natalies Stimme, die gedehnten Worte, die Pausen dazwischen, man musste sich ihr entgegenbeugen, um sie verstehen zu können, so leise sprach sie, ein Wispern. Am Ende jedes Satzes hob sie die Stimme an, was die Erwartung weckte, es müsse noch etwas kommen, mehr von diesem Gesäusel, aber oft kam nichts. »Du sagtest, niemand auf der Welt dürfe erfahren, dass es Dein Kind sei, nicht einmal das Kind selbst – wie sollte ich da nicht auch …?« … mit Alexander ficken, ergänzt Benjamin. Entschuldigung, sage ich streng, mit Fragezeichen. Das meint sie doch mit diesen Pünktchen, sagt er, ficken. Er hat Freude daran, das Wort vor mir zu wiederholen. Solche Worte hat Natalie nicht benutzt, sage ich. Sie ist ein Früchtchen, sagt Benjamin, wenn das Kind nicht erfahren darf, wer der wahre Vater ist, geht Georg davon aus, dass Natalie mit Alexander zusammenbleibt, also auch mit ihm schläft. Wahrlich ein Früchtchen, sagt Benjamin, mehr zu sich als zu mir, sie rechtfertigt dieses Kind von Alexander mit den Worten Georgs. Ja, ein Früchtchen, und mein Georg war ihr nicht gewachsen. Mein armer Georg. Ich höre wieder ihre Worte, aus Benjamins Mund: »Habe ich Dir nicht gesagt, dass ich mich nie jemandem so hingegeben habe, wie ich mich dir hingegeben habe, ich war jungfräulich, bevor ich dich kennenlernte« – pah, *ich* war jungfräulich –, »ich bin es noch immer, wenn Du nicht da bist, ich werde es immer sein, selbst wenn ich noch zehn Kinder bekomme – genügt Dir das nicht?«

Das wäre auch etwas für ein Theaterstück, sagt Benjamin, eine Frau bleibt Jungfrau, solange sie nicht mit dem schläft, den sie liebt, weshalb es ihr gestattet ist, mit allen zu schlafen, aber das kann natürlich nicht gut ausgehen. Nein, das kann nicht gut ausgehen, sage ich nicht, denke es aber. Und wie schön sie ihn einlullen kann, sagt Benjamin: »Oft nehme ich Dich auf die Knie und wiege Dich wie ein kleines Kind, mein Liebling – Du schläfst ein, und ich betrachte Dich, betrachte Dich lange, lange Zeit – und ich lege Dich aufs Bett und sinke neben Dir auf die Knie – bedecke Dich mit Küssen. Du Lieber, Lieber, Lieber!! Ja, und dann wachst Du auf, und wir reden und reden und umarmen uns.« Er legt den Brief weg. Was für eine Frau, sagt er. Und dann, wie erschrocken: Aber eine Schlange. Das Wort hat er für mich gesagt. Wegen Tränen? Ich glaube es nicht, meine Augen sind feucht, aber Tränen kullern nicht, das würde ich merken.

Es ist warm in der Stube, Benjamin wischt sich Schweiß von der Stirn, ich schwitze auch, das Holz im Kamin glüht, wir sollten erst einmal keinen Scheit nachlegen. Hat Alexander nichts gemerkt, fragt Benjamin. Nichts, gar nichts, sage ich. Alexander war damit beschäftigt, das Vermögen seiner Mutter aus Russland zu holen, und es ist ihm schließlich gelungen. Ansonsten betrachtete er den Bauch seiner Frau mit Wohlgefallen, redete mit mir über Louis Napoleon, ich war ihm Ersatz für seinen Freund Georg, mit dem er rege Briefe austauschte, ohne zu ahnen, dass seine Frau noch fleißiger schrieb. Ich gab weiterhin die Postbotin. Allerdings wunderte sich Alexander allmählich, dass Georg in Zürich blieb, wofür es keinen offensichtlichen Grund gab. Er war den Herzens, also Natalie, nach Zürich gefolgt, und nun waren die Herzens in Paris, so wie Georgs Familie in Paris weilte, und er sollte, fand Alexander, bei seiner Familie sein und seinem Freund. Wovon lebte er in Zürich, fragt Benjamin. Ich schickte ihm Geld, sage ich, und das wäre ein Moment, meinen Wunsch noch einmal anzusprechen, da nun schon über Geld geredet wird, aber ich versage mir das, weil es ein billiger Übergang wäre.

Ich wusste, warum Georg in Zürich blieb, sage ich, er hat es mir geschrieben. Er schrieb, er könne es nicht aushalten zuzuschauen, wie Natalies Bauch schwoll, sich aufblähte von einem Kind, das nicht seins ist. Er werde in Zürich bleiben, bis dieses Kind geboren ist. Das war sein Plan. Und Sie haben das alles ertragen, sagt Benjamin. Das ist nicht das richtige Wort, sage ich. Ich war nicht unzufrieden damit, dass ich eine Rolle spielte in dieser Liebesgeschichte meines Mannes. Ich war nicht draußen, ich war Georgs Vertraute auch in dieser Sache, er schrieb mir von seinem Schmerz, dass Natalie ihn betrogen hatte, und ich tröstete ihn. Ich überbrachte seine Briefe, ich wusste ungefähr, was passierte, was mein Mann dachte und tat. Alexander wusste nichts. Wenn ich mich mit ihm verglich, war ich in einer günstigen Position, nicht wahr? Benjamin zuckt mit den Achseln. Armer Alexander, sage ich. Wissen Sie, dass das Buch mit seinen Lebenserinnerungen nicht vollständig ist? Was heißt nicht vollständig, fragt Benjamin. Er hat einen Teil sperren lassen, den Teil über mich. Was er über mich geschrieben hat, darf erst erscheinen, wenn ich tot bin. Können Sie sich das vorstellen? Warum hat er das getan, fragt Benjamin. Es wird wohl wenig schmeichelhaft sein, was er geschrieben hat, gehässig vielleicht, wobei ich manchmal rätsele, warum. Ich habe ihm nichts getan, im Gegenteil, ich wollte meine Ehe retten und damit auch seine. Ich muss lachen, ich lache laut und lang. Benjamin starrt mich an, als wisse er nicht, warum ich lache. Ich weiß es auch nicht.

Ich gehe jetzt, sagt er. Aber warum? Ich gehe noch ins Café, sagt er. Das Minet ruft, miau, miau. Ich komme morgen wieder, sagt er. Das Geld erwähnt er nicht. Soll ich ihn fragen? Nein, ich warte bis morgen. Er ist aufgestanden, geht zur Tür. Das ist eine traurige Geschichte, sagt er. Ich habe aufgehört, das so zu sehen, sage ich und folge ihm in den Flur. Wir stehen uns gegenüber, ich sage: Wissen Sie, was ich Natalie ins Gesicht gesagt habe? Diesen Satz: Es ist Ihre Pflicht, Georg entweder von dieser Liebe zu heilen oder ihn glücklich zu machen. Große Augen, damals bei Natalie, jetzt bei Benjamin. Das haben Sie Natalie gesagt? Genau so. Sie sind wirklich verrückt, sagt er. Ich habe geliebt, sage ich, und dann: Im Juni 1850 zogen die Herzens nach Nizza. Alexander fühlte sich nicht sicher in Louis Napoleons Frankreich, weniger denn je. Aber Nizza liegt doch auch in Frankreich, sagt er. Tss, dass er das nicht weiß. Heute, sage ich nachsichtig. Damals gehörte Nizza zum Königreich Sardinien. Ich muss jetzt wirklich gehen, sagt Benjamin und greift nach dem Türknopf. Ich bin auch nach Nizza gezogen, sage ich. Was? Benjamins Stimme schnappt fast über: Alexander hat mich eingeladen, mit ihnen dort zu leben. Benjamin nimmt die Hand vom Türknauf. Wahrscheinlich hoffte Alexander, seinen Freund Georg so nach Nizza ziehen zu können. Benjamin zögert, ich sehe, dass er überlegt zu bleiben, um der Geschichte, meiner Geschichte weiter folgen zu können. Wir haben in Nizza sogar im selben Haus gewohnt. Sie und Natalie? Er wird bleiben. Ja, sage ich. Bis morgen, sagt er, reißt die Tür auf und stürmt raus, ohne mir die Hand gereicht zu haben. Wann kommen Sie denn, rufe ich ihm durchs Treppenhaus hinterher. Ich höre seine Schritte, er springt fast die Stufen hinunter, seine Schuhe, die genagelten Winterschuhe, landen krachend auf dem Holz. Eine Antwort kommt nicht. Vielleicht hat er die Frage nicht gehört. Ich schließe die Tür.

BERLIN, NOVEMBER 1842

Es war niemand da. Er stieg aus und sah gleich, dass niemand gekommen war, keine Kapelle, keine Hochrufe, keine Lieder, keine Marseillaise. Er sah Familien, sie begrüßten die Reisenden wie Überlebende, Jubel, Tränen. Kinder starrten ängstlich auf die Lokomotive und erschraken, als sie ächzend Dampf abließ. Der Mann, der während der Fahrt neben ihm gegessen hatte, trat auf wie ein Held, straffe Haltung, militärischer Ton. Er erklärte zwei Frauen die Gefahren der Fahrt von Potsdam nach Berlin, nur fünfundfünfzig Minuten, eine unglaubliche Geschwindigkeit. Er zeigte auf Herwegh. Dieser Herr habe sich sehr gut gehalten, sagte er zu den beiden Frauen, die wahrscheinlich Braut und künftige Schwiegermutter waren. Sie hatten auf dem Bahnsteig gewartet. Er ist ein Dichter, sagte der Mann. Herwegh verbeugte sich leicht und ging schnell weiter, vorbei an den Waggons, die sich geleert hatten, vorbei an der Lokomotive, die nicht mehr ächzte. Der Mann kannte seine Gedichte nicht.

Er verließ den Bahnhof, dann blieb er stehen, um sich zu orientieren. Einen Moment lang fragte er sich, ob ihm schwindelig war, aber ihm war nicht schwindelig. Er stellte seine Taschen ab und sah sich um. Droschken rasselten heran, rasselten davon, glücklich vereinte Familien, Gepäckträger, Händler, die Süßigkeiten verkauften, Gendarmen, er zählte drei. In Köln und Leipzig waren es mehr gewesen, aber da hatte man ihn erwartet. Warum hier nicht? Er hatte ein paar Leute informiert, vielleicht die falschen, vielleicht musste er warten. Herwegh zog seine Uhr hervor, halb vier. Es nieselte.

Ein alter Mann rollte seinen Guckkasten heran. Schaun'se, schaun'se, krächzte er. Paris und London und Waterloo und allet, wat'se seh'n woll'n. In Ordnung, er hatte Zeit. Der Mann schraubte einen Deckel vom Guckloch, und Herwegh beugte sich nach vorn, um hindurchzuschauen. Er sah ein Paris, das er kaum erkannte, grob gemalt. Zum Glück stand unter jedem Bild, welche Stadt es darstellen sollte. Es folgten Bilder einer Schlacht, schießende, sterbende Männer, ein trauriges Gesicht, Napoleon, ein fröhliches Gesicht, Blücher. Dann eine nackte Frau, große Brüste, breites Becken, sich räkelnd. Herwegh fuhr zurück, richtete sich auf.

Runter, runter, da komm'n noch mehr, sagte der Guckkastenmann.

Herwegh schaute zu den Gendarmen, eine Falle? Der Platz war leer geworden, die Gendarmen rührten sich nicht. Er gab dem Guckkastenmann ein paar Pfennige, nahm seine Taschen und ging los, durch das Anhalter Tor, dann die Stadtmauer entlang, Richtung Norden. Er sah die Quadriga.

Er war nicht weit gekommen, als ihn ein Mann überholte und von der Seite ansprach: Machen Sie nichts Auffälliges, sagte der Mann, tun Sie so, als würden wir nur reden.

Er trug schmutzige Kleider, geflickte Schuhe, roch streng.

Geben Sie mir ein bisschen Geld, aber machen Sie das unauffällig, seien Sie barmherzig, guter Mann, ich bitte Sie.

Herwegh blieb stehen und stellte sein Gepäck ab. Er griff in die Manteltaschen, aber die Münzen, die er dort für Bettler aufbewahrte, hatte er dem Guckkastenmann gegeben. Er nestelte an seinem Beutel, der Mann schaute panisch, flehend, dann lief er davon, mit krummen Bewegungen, weil er einen Schuh, der nicht fest an seinem rechten Fuß saß, nach jedem Auftreten mit einem Ausschlagen des Beines neu justieren musste, damit er ihm nicht verlorenging. Herwegh sah zwei Gendarmen herbeirennen, sie hatten ihre Stöcke gezückt und schlugen zu, als sie den Mann erreichten. Er fiel zu Boden, die Gendarmen standen über ihm, die Stöcke sausten nieder.

Lassen Sie den Mann, rief Herwegh. Er nahm seine Taschen auf und wollte hinüber zu den Polizisten und dem Bettler eilen, als ihn eine Hand an seinem Arm zurückhielt.

Lassen Sie, lassen Sie, nuschelte eine Stimme, Sie können nichts tun für diese Kreatur.

Herwegh drehte seinen Kopf und erblickte einen Mann, der einen hohen Zylinder trug, dazu einen bodenlangen Mantel. Das ließ ihn merkwürdig aussehen, weil ihn der Zylinder größer machte, der tief wallende Mantel kleiner. So wirkte er nach oben groß und nach unten klein. Er hatte ein rundes Gesicht mit einer kleinen Narbe, die seine linke Augenbraue in zwei Hälften teilte. Seine Hand hielt immer noch Herweghs Arm, fester als freundschaftlich. Herwegh riss sich los. Der Mann hob sofort seine Hände, eine Geste der Unschuld, der Harmlosigkeit.

Warum schlagen die Gendarmen diesen armen Mann, fragte Herwegh zornig, er wollte nur ein wenig Geld von mir, ich hätte es ihm gern gegeben.

Betteln ist in dieser Stadt verboten, sagte der Mann, das wissen Fremde nicht.

Die Gendarmen hatten aufgehört, den Bettler zu schlagen. Sie zogen ihn hoch und führten ihn davon.

Was machen Sie mit ihm, fragte Herwegh.

Erlauben Sie mir, dass ich mich zunächst vorstelle, sagte der Mann, mein Name ist Lichtweiß, und wie ist der Ihre?

Herwegh, sagte Herwegh automatisch und ärgerte sich, dass er so folgsam war.

Ah, sagte der Mann, und Herwegh dachte, nun würde der

Dichter folgen, aber es folgte nichts. Es blieb unklar, ob dieser Lichtweiß ihn kannte.

Um Ihre Frage zu beantworten, fuhr er fort, die Gendarmen nehmen ihn, so denke ich, mit auf die Wache, um ein paar Dinge zu klären. Wurde der Mann zum ersten Mal beim Betteln erwischt, wird er ermahnt und darf gehen. Ist er wiederholt aufgefallen, wird er für einige Zeit hinter Gittern verschwinden. So sind die Gesetze hier, sagte er, streng, aber gerecht.

Herwegh sah ihn kurz an, sagte nichts. Er nahm seine Taschen auf und setzte seinen Weg fort, Richtung Quadriga. Lichtweiß ging neben ihm her.

Darf ich Ihnen bis zum Hotel mit Ihrem Gepäck helfen? Seine Worte kamen etwas undeutlich, leicht verrutscht.

Nein, danke, sagte Herwegh. Woher wusste dieser Mann, dass er ein Hotel ansteuerte?

Haben Sie sich die neuen Fontänen im Park von Sanssouci angeschaut, fragte Lichtweiß.

Nein, ich war nur auf der Durchreise in Potsdam.

Borsig hat sie zwei Monate zu spät geliefert, das kostet ihn eine Konventionalstrafe von fünfhundert Talern. Lichtweiß lachte, ein kurzer, heiserer Stoß aus seiner Kehle.

Herwegh schritt schneller aus. Das Nieseln war stärker geworden, wurde Regen. Eine Abteilung Soldaten ritt vorbei, die Tschakos ins Gesicht gezogen.

Kurz vor dem Brandenburger Tor merkte er, dass Lichtweiß nicht mehr an seiner Seite lief. Er schaute sich um, nichts. Er bog nach rechts ab, in die Straße Unter den Linden, die er nun etwas langsamer hinunterging. Die Taschen zogen schwer an seinen Armen. Sein Blick klebte am Boden, der glitschig war, er musste aufpassen, nicht auf einem Haufen Pferdemist auszurutschen. Manchmal sah er auf, sofort schlug ihm Regen ins Gesicht. Er passierte das Gebäude der Akademie, das er von einem Kupferstich kannte, unten waren die Ställe der Kavallerie. Er roch nasse Pferde, hörte Trompetenstöße. Der Regen ließ nach. Ein Mann zündete mit einer langen Stange die Gaslaternen an.

Vor dem Schloss suchte Herwegh eine halbwegs saubere Stelle auf dem Trottoir, blieb stehen und stellte seine Taschen ab. Ein wuchtiges, hässliches Schloss, plump, steinerne Abwehr. Er hielt nach Lichtweiß Ausschau, sah ihn aber nicht. Eine Wache vor dem Tor, zwei, drei Gendarmen auf dem Platz. Eine Kutsche näherte sich dem Schloss, zwei Pferde. Der König fuhr sechsspännig, hatte Blum in Leipzig erzählt. Sein Vater war noch vierspännig gefahren. Herwegh nahm seine Taschen und ging um das Schloss herum. Er hatte das nicht tun wollen, erst am zweiten oder dritten Tag in Berlin, aber nun musste er es tun. Er wollte sehen, wie sie wohnte, lebte. Breite Straße 1, Ecke Schlossplatz war eine Adresse, die ihm und seiner Partei Sorgen machen musste.

Als er auf dem Schlossplatz stand, sah er links an der Ecke das, was er befürchtet hatte: ein herrschaftliches Haus, das Haus eines reichen Geschäftsmannes, eines königlichen Hoflieferanten für Seiden und andere Stoffe, Johann Gottfried Siegmund. Seine Tochter wünschte ihn, Herwegh, dringend zu sehen. Diese Botschaft hatte ihn in Halle erreicht, bei einem Arzt, der frei dachte. Wenn der Verfasser von »Gang um Mitternacht« in Berlin sei, würden Emma Siegmund und ihre Eltern die größte Freude empfinden, könnte er sich zu einem behaglichen Mittagessen einfinden, Breite Straße 1, Ecke Schlossplatz. Das übermittelte die Tochter des Arztes von der Tochter des Seidenhändlers, mit der sie eine Brieffreundschaft pflegte. Am Schlossplatz würde das Schloss stehen, das war gewiss, also würde jene Emma eine Nachbarin des Königs sein, also der reichen Klasse angehören. Aber sie liebte seinen »Gang um Mitternacht«, wie die Freundin in Halle ausrichten sollte, und das war kein Gedicht, das einem König und seinen Nachbarn Freude bereiten konnte. Seitdem dachte Herwegh überraschend oft an jene Emma, obwohl er kein Bild von ihr besaß und über ihr Alter nur rätseln konnte, weil es unschicklich gewesen wäre, ihre Freundin in Halle danach zu fragen. Aber die Freundin war so alt wie er, und da die Einladung die Eltern einbezog, war jene Emma offenbar in einem Alter, in dem man noch zu Hause lebte, also unverheiratet. Zwanzig, schätzte er, fünf Jahre jünger als er selbst, ein knapp gutes Alter. Noch ein, zwei Jahre, und sie wäre auf dem Weg zum späten Mädchen. Er kam rechtzeitig. Emma. Emma. Emma. Jeden Tag, beinahe jede Stunde. Es war ein bisschen albern, schalt er sich. Er kannte diese Emma nicht, und er hatte andere Aufgaben. Und sie die falsche Adresse.

Ob sie am Fenster stand? Er musterte die Fassade, sah niemanden, sah Seidenstoffe in den Schaufenstern. Eine Droschke fuhr vor, die Tür des Hauses sprang auf, und eine junge Frau trat hinaus, schwarze Kleidung, Trauer. Sie verschwand in der Droschke, die sofort davonfuhr, erst langsam, dann schnell. Herwegh fürchtete, dass ihn jemand beobachtete, nahm seine Tasche und ging, ohne sich umzudrehen, zur Schlossbrücke. Eine Witwe? Er lief bis zur Mitte der Brücke, blieb stehen und schaute hinunter auf das braune Wasser der Spree.

Plötzlich hatte er Angst vor der Cholera. Er wurde von solchen Anfällen heimgesucht, seitdem sein Vater diesen Brief ins Seminar Maulbronn geschrieben hatte. Eine Epidemie kündigte sich an, weshalb die Schulleitung allen Eltern schriftlich riet, die Söhne nach Hause zu rufen, und alle reisten ab, nur sein Vater hatte geschrieben, dass die ärztliche Versorgung im Seminar sicherlich ausgezeichnet sei und sein Sohn daher bleiben könne. Dann war er allein im Seminar und wartete auf die Cholera. War er dreizehn gewesen? Vierzehn? Bald hatte er die Cholera, ohne infiziert zu sein, lebte in den Symptomen, die er sich ausmalte, Schwäche, Hitze, Bauchgrimmen. Panisch betrachtete er seinen Stuhlgang. War da Blut? Nein, kein Blut. Aber es konnte noch kommen. Es kam nicht. Er wurde diese Angst nie mehr ganz los.

Herwegh lief rasch über die Brücke, wählte einen falschen Abzweig, fand den richtigen, um dann eine Menschenmenge vor dem Hotel zu sehen. Es waren fünfzig, sechzig, sogar einige Frauen, er sah eine Kapelle und berittene Gendarmen. Sie warteten wohl schon länger, die schweren Instrumente lagen auf dem Boden, eine Tuba, Trommeln.

Sind Sie Herwegh, schrie ein Student, der die Uniform einer Burschenschaft trug, und sofort griffen die Musiker nach ihren Instrumenten.

Ja, sagte er.

Die Kapelle spielte die Marseillaise, die Leute standen ergriffen da, die Männer zogen sich Hut oder Mütze vom Kopf. Herwegh stellte seine Taschen ab. Als die Hymne beendet war, trat ein Student vor und schaute ihn fest an. Es wurde still, Herwegh hörte nur das Schnauben eines Pferdes und sah Lichtweiß in einem Hauseingang stehen. Der Student sprach mit lauter, fester Stimme: »Bekämpfet sie ohn Unterlass / Die Tyrannei auf Erden, / Und heiliger wird unser Hass / Als unsere Liebe werden.« Seine Verse, Herweghs, nicht die schlechtesten, wie er fand. Jubel, Hüte und Mütze flogen in die Luft, die Menge strömte auf ihn zu, schloss ihn ein, Hände auf seinen Schultern, eine junge Frau mit schwarzen Haaren reichte ihm eine schwarze Locke, er schüttelte Hände, wurde umarmt. Ein Mann stellte sich als Bruno Bauer vor, wir hatten geschrieben, sagte er, morgen um fünf am Nachmittag im Café Stehely am Gendarmenmarkt, Ihre Partei trifft sich dort, die Freien. Bauer wurde zur Seite gedrängt, ein dicker Kerl nahm Herwegh in den Arm und krähte danke, danke, mit überraschend hoher Stimme. Herwegh blickte sich um nach der Frau mit den schwarzen Haaren, deren Locke er in seiner linken Hand hielt, aber er sah sie nicht mehr. Zwei Studenten nahmen seine Taschen und trugen sie zum Hotel, Herwegh folgte, die Menge teilte sich, die Gendarmen blickten teilnahmslos von ihren Pferden. Auf der obersten Stufe des Eingangs drehte er sich um, hob einen Arm und winkte. Jubel. Lichtweiß winkte zurück.

Als Herwegh in der Nacht aufwachte und aus dem Fenster schaute, sah er unten auf dem Trottoir zwei Studenten, die Wache hielten.

Am Morgen des nächsten Tages, um Punkt elf, stand Herwegh vor dem Haus an der Breiten Straße 1, Ecke Schlossplatz, zögerte nur kurz und ließ dann den schweren Klopfer gegen die Tür pochen. Ein Diener in schwarzer Livree öffnete und sah ihn indigniert an. Herwegh sagte, dass er Georg Herwegh sei und einer Einladung von Fräulein Emma Siegmund Folge leiste. Das Fräulein sei nicht da, sagte der Diener, sie sei im Museum, aber den Besuch eines Herrn Herwegh habe man ihm angekündigt, wenn auch nur vage, ohne Termin, sicher jedoch nicht für heute, eher ab morgen oder übermorgen. Aber er möge bitte hereinkommen. Herr Siegmund sei im Hause und werde ihn empfangen. Der Diener führte ihn in einen Salon und entfernte sich nach einer kleinen Verbeugung. Seine Schritte hallten.

Spiegelndes Parkett, ein Raum, der nahezu leer war oder eher leer wirkte, denn er war so groß, dass ihn auch mehrere Tische, Stühle, Sofas und ein Flügel nicht ausfüllten. Drei Kronleuchter. Ein übermannshoher Spiegel an der hinteren Wand, rechts und links davon zwei schlanke Sockel, auf denen weiße Statuen thronten. Herwegh konnte aus der Ferne nicht erkennen, wen sie darstellten. Beklemmung, er war nie in einem Saal wie diesem gewesen, in einem Palast. Ihm fiel auf, dass zwei Hocker am Flügel standen. Wer spielte hier mit wem? Ein runder Tisch in der Mitte, ohne Stühle. Warum? Wieder hallten Schritte, er drehte sich um und sah einen kleinen, rundlichen Mann auf sich zukommen, hohe Stirn, krauses Haar an den Schläfen, auf den Wangen je ein schmaler Bartstrich, der bis auf Mundhöhe reichte. Güte im Gesicht, auch Einfalt, ein bisschen Schalk.

Herr Herwegh, seien Sie uns willkommen, sagte er, bitte, folgen Sie mir in diese Ecke, ja, hier, nehmen Sie doch Platz, dort, genau, ich habe uns einen kleinen Imbiss bestellt, Austern, ein bisschen Champagner, wir frühstücken nicht groß, und bald gibt es schon Mittagessen, und dann wird auch meine Tochter hier sein, Emma, entschuldigen Sie bitte, dass wir so unvorbereitet sind, aber wir haben noch nicht mit Ihnen gerechnet.

Es tut mir leid, dass ich Ihnen Umstände mache, sagte Herwegh und erhob sich halb, aber Siegmund legte ihm eine Hand sanft auf den Unterarm.

Ich bitte Sie, sagte er, Herr Herwegh, das sind doch keine Umstände, bleiben Sie sitzen, wir freuen uns, einen so berühmten Mann in unserem Haus begrüßen zu dürfen. Hatten Sie eine gute Reise? Die Zeitungen sind voll von Ihnen, du liebe Güte, Sie machen Furore, »Gedichte eines Lebendigen«, das ist ein schöner Titel, und nun sitzen Sie vor mir, so ganz und gar lebendig, wenn ich das so sagen darf. Siegmund lachte herzlich. Ein Scherz, lieber Herr Herwegh, das war ein dummer Satz, den Sie bestimmt oft gehört haben. Wir hier, meine Frau und ich, lasen die »Briefe eines Verstorbenen« vom Fürsten Pückler-Muskau, aber Emma lieber die »Gedichte eines Lebendigen« von Ihnen, heimlich, unter der Bettdecke. Er lachte wieder. Sind ja verboten, wenn ich das richtig sehe. Er hob mahnend einen Finger und lachte.

Die »Gedichte eines Lebendigen« beziehen sich auf die »Briefe eines Verstorbenen«, sagte Herwegh.

Verstehe. Ah, hier kommen schon der Champagner und die Austern.

Bald strebten Champagnerperlen aufwärts durch die Gläser, die beiden Männer stießen an und tranken. Siegmund griff nach einer Auster und schlürfte sie geräuschvoll aus der Schale.

Samson, rief er dem Diener zu, schicken Sie doch bitte nach Emma, sie ist in der Akademie, und senden Sie Professor Schönlein ein Billett, er möge sich zum Mittagessen bei uns einfinden, wenn es ihm beliebt, dann haben wir eine angenehme Gesellschaft beisammen. Johann Lukas Schönlein wird Sie interessieren, er ist der Leibarzt des Königs, sagte Siegmund und wandte sich wieder Herwegh zu, nahm sein Glas und sagte: Auf den Höchstlebendigen. Ein Scherz, ein Scherz.

Sie stießen an. Wo waren Sie denn überall, fragte Siegmund.

Der Alkohol breitete sich kalt in Herweghs Kopf aus und legte Nebel über seine Gedanken.

Köln, sagte er, Frankfurt, Düsseldorf, Halle, Dresden, Leipzig. Er nahm eine Auster, führte sie zum Mund, wie er es bei Siegmund gesehen hatte, und versuchte, sie aus der Schale zu schlürfen. Aber sie floss nicht in seinen Mund, blieb hängen. Er verstärkte den Sog, saugte kräftig, aber es gelang ihm nicht, das Fleisch zu lösen. Fischiger Geschmack legte sich auf seinen Gaumen, intensiv, bitter wie Gift, als habe er Brackwasser getrunken. Ihm wurde übel, er schielte nach der Schale, während er saugte, konnte jedoch nicht sehen, was das Fleisch zurückhielt. Sein Schlürfen hallte durch den Saal. Er gab auf.

Manchmal sind sie widerspenstig, hörte er Siegmund sagen, kommen Sie, ich helfe Ihnen. Er griff nach Herweghs Auster, nahm sie ihm aus der Hand und löste mit einer Gabel einen Fleischfaden, der mit der Schale verwachsen war. So, sagte Siegmund, und gab ihm die Auster zurück.

Herwegh schlürfte das Fleisch hinunter und trank sofort von seinem Champagner, bis das Glas leer war. Siegmund goss nach.

Eine halbe Stunde später führte der Diener Emma Siegmund in den Salon, von der gegenüberliegenden Seite, ein weiter Weg, viel Zeit zum Schauen. Herwegh fiel als Erstes ihr Gang auf, elastisch, starker Vorwärtsdrang, nicht weiblich. Klein, zierlich. Sie war älter, als er gedacht hatte, sein Alter ungefähr. Dann stand sie vor ihm. Er sah ein ovales Gesicht, Olivenaugen, einen kleinen Mund, der aber hübsch geschwungen war, eine gerade Nase. Ihr dunkles, feines Haar war in der Mitte geteilt, an den Schläfen bauschte es sich zu kleinen Haarballen, unter denen je eine Locke hervorlugte. Ein spitzes Kinn, sehr spitz. Die Männer standen auf, Siegmund umarmte und küsste seine Tochter.

Uh, ein Fisch küsst mich, sagte sie. Dann reichte sie Herwegh die Hand und wurde rot. Es ist schön, dass Sie zu uns gefunden haben, sagte sie. Er verbeugte sich und wollte etwas sagen, aber dann sagte er nichts.

Ich ziehe mich für das Mittagessen um, sagte Emma und ging davon. Sie war nicht schön im klassischen Sinne, dachte Herwegh, aber sie hatte einen Liebreiz, den niemand übersehen konnte. Warum war sie dann unverheiratet in ihrem Alter?

Nach und nach trafen die anderen Gäste ein, Emmas Bruder Gustav August, ihre Schwester Minna, ihre Schwester Fanny, die schwarze Kleider trug. Dann kam Schönlein, wuchtige Nase, dicke Lippen, die Haare an den Seiten nach vorn gekämmt. Er begrüßte Herwegh aufgeräumt, aber auch mit einem spöttischen Blick. Als Letzte trat Emmas Mutter in den Salon, klein, gedrungen, etwas trübsinnige Augen, fand Herwegh. Ihr Haar war am Hinterkopf zu einem Knoten gebunden.

Professor Schönlein ist nicht nur der Leibarzt des Königs, sagte Siegmund, er ist auch unser Hausarzt. Was den König nicht umbringt, werden auch wir überleben. Er lachte. Ein Scherz, lieber Schönlein.

Ich weiß schon.

Sie kennen meine Scherze, nicht wahr?

Schönlein nickte. Gustav schaute verdrossen, Fanny wirkte auf Herwegh, als habe sie nichts von diesen Worten mitbekommen. Der Diener schenkte Champagner aus. Emma kam zurück und trug ein schulterfreies Kleid und Perlenohrringe, die wie kleine Pyramiden gestaltet waren. Fester Gang, störend. Siegmund forderte sie und Schönlein auf, vor dem Essen auf dem Flügel zu spielen, zur Einstimmung, wie er sagte. Sie setzten sich auf die beiden Hocker und spielten, vertraut, innig, mit einem genau gleichen Lachen im Gesicht. War das geteilte Liebe zur Musik oder Liebe füreinander? Was hatte dieser Mann von Emma gesehen? Wo hatte er sie berührt?

Braten, Burgunder. Meistens redete Schönlein, von Kranken aus der Charité. Herwegh hörte kaum hin, für ihn war das ein langweiliges Summen, Gehirn-, Bauch-, und Fiebersymptome, Abdominaltyphus, Status atonicus. Manchmal sah er zu Emma hinüber, die an Schönleins Lippen hing und manchmal laut lachte, ein bisschen zu laut für eine Frau in einem so feinen Haus. Herwegh sah, wie die beiden alten Siegmunds an diesem Lachen litten. Es konnte eine Ehe verhindern.

Ihm war schlecht. Die Austern wüteten in seinem Magen. Er sollte nicht hier sein, in dieser Pracht. Sein Rock war ihm peinlich, alt, abgewetzt, seit vielen Tagen getragen, weil er nur einen Rock besaß, und das hier, beim Seidenhändler. Auf seinem Halstuch waren Flecken. Scham, dann Wut. Krieg den Palästen. Er nahm noch einen Schluck Burgunder, Würgereiz. Ein Blick zu Emma, die nur Schönlein ansah. Er musste raus. Er stand auf, sah die irritierten Blicke, ja doch, er wusste auch, dass man nicht, während alle aßen, den Tisch verließ, so viel hatte er zu Hause gelernt, immerhin war sein Vater Gastwirt gewesen, und schon kam Samson herbeigeeilt, um ihn zu diesem hier sicherlich unaussprechlichen Ort zu geleiten, mit der stolzen Dienstbeflissenheit des Untergebenen, der sich überlegen fühlt, und andererseits musste Samson doch sein Verbündeter sein, als Pauper, der er bestimmt war, als Opfer des Pauperismus, weil Leute wie Siegmund bestimmt nur Hungerlöhne zahlten. Rein in den unaussprechlichen Ort, auf die Knie und speien, in einem langen, fischig riechenden Schwall geräuschvoll speien.

Ist Ihnen nicht wohl?

Warum stand denn dieser verdammte Diener noch vor der Tür? Doch, doch, alles gut, sagte Herwegh, gespielt munter. Er ließ sich auf den Boden gleiten, lag dort in gekrümmter Haltung und malte sich aus, wie er sich an diesen Leuten, die ihm das zumuteten, rächen würde: ihnen ihre Tochter nehmen, sie eine schlechte Partie machen lassen, während er eine ungeheure Mitgift kassierte, um sie unter dem Volk zu verteilen, als Maßnahme gegen den Pauperismus. Aber sie gefiel ihm, das musste er sich eingestehen auf dem kalten Boden, obwohl sie zu alt war, Mitte zwanzig. Hatte nicht Fourier genau dieses Alter gewählt, fünfundzwanzig, um zu illustrieren, wie ungerecht die Welt gegenüber älteren, unverheirateten Frauen war? Einerseits erwarte man Entbehrungen von den Mädchen, Keuschheit, aber lebten sie zu lange in dieser Entbehrung, würden sie verspottet. Man glossiere sie wie eine verdächtig gewordene Ware. Gut gesagt.

Er stand auf, stellte sich ans Waschbecken, wusch sich den Mund, die Hände. Wie gut diese Seife roch. Er richtete sich auf. Du magst diese verdächtig gewordene Ware, murmelte er, unfähig, sein Spiegelbild zu belügen. Uh, ein Fisch küsst mich. Er grinste. Er füllte Wasser in seine Hände, warf es in seinen Mund, in sein Gesicht, gurgelte und spuckte aus. Dann verließ er diesen Ort, kehrte zurück zum Tisch und setzte sich. Die Blicke waren ihm egal.

Der Unterleib war weich, summte Schönlein, und in der Coecalgegend sehr empfindlich, trockene, glatte Zunge, das Epithelium zusammengeschrumpft.

Professor Schönlein hat Georg Büchner an seinen letzten Tagen begleitet, sagte Siegmund, an Herwegh gewandt.

Ist das so?

Das ist so. Ich habe 1837 in Zürich praktiziert.

Verstehe. Wie ist er gestorben?

Er war schwach, fiebrig, Schleim im Hals, Husten. Er wollte mich sprechen, aber ich war verreist, so dass mein

Assistent hinging. Am 14. Februar konnte ich den Patienten endlich aufsuchen, er sprach noch vernünftig, war aber schwach, hohes Fieber. Am Tag darauf erkannte er mich nicht mehr, phantasierte viel, über Schulden, über seltsame Dinge. Sein Stuhlgang war schwarz, sein Blut dick. Faulfieber, in diesem Stadium nicht mehr zu heilen. Büchners Braut Minna war nicht in der Stadt, aber man hatte nach ihr geschickt. Ich war täglich zweimal an seinem Bett, aber was sollte ich tun? Am 17. Februar wunderte ich mich, dass er noch lebte. Minna kam, und Gott sei Dank hat er sie erkannt. Am 19. Februar ist er gestorben.

Fanny weinte.

Mein Büchner tot!, sagte Emma leise, tonlos, Ihr habt mein Herz begraben!

Wie bitte, mein Kind, fragte ihr Vater.

Unser Gast hat das geschrieben, sagte sie, in einem Gedicht.

Alle sahen ihn an. Er hatte Lust auf eine kleine Attacke. Warum, fragte er, ist ein Mann, dem Georg Büchner an seinen letzten Tagen offenkundig vertraute, heute Leibarzt des Königs von Preußen?

Emma schaute ihn interessiert an.

Schönlein erzählte grantig, dass er 1832 in Preußen aller Ämter enthoben worden sei, weil er als politisch unzuverlässig gegolten habe. Er sei, wie der Herr Herwegh, nach Zürich ausgewandert, um unbehelligt leben zu können. Büchner habe das gewusst und ihm deshalb, wie Herr Herwegh richtig sage, vertraut. Der neue König habe ihn schließlich zurückgeholt, und er, Schönlein, habe darauf vertraut, dass mit diesem König eine neue Zeit anbreche. Da sei er ja nicht alleine, wenn er Herweghs Gedicht »An den König von Preußen« richtig verstehe.

Was ist denn das für ein Gedicht, fragte Siegmund.

Wollen Sie oder soll ich, fragte Schönlein maliziös an Herwegh gewandt.

Bitte.

Schönlein deklamierte: »In Ehrfurcht tret ich zu dir her / Wirf nach dem Dichter nicht den Speer / Und Du bist der Stern, auf den man schaut, / Der letzte Fürst, auf den man baut.«

Oh, sagte Siegmund, ich hörte, Sie seien Kommunist.

Im Sinne Fouriers, sagte Herwegh, Freiheit gibt es nur, wenn alle frei sind. Es sei wahr, dass auch er auf diesen König gehofft habe, deshalb dieses Gedicht, vor zwei Jahren, aber jetzt seien seine Hoffnungen weitgehend verflogen, und nun müsse jemand kommen und den König daran erinnern, dass sein Vater beim Wiener Kongress den Preußen eine Verfassung versprochen habe, dass er selbst dieses Versprechen erneuert habe, dass es Zeit sei, die Willkür zu beenden, den Staat berechenbar zu machen. Als Anfang.

Und der Überbringer dieser Botschaft wollen Sie sein, lachte Schönlein.

Warum nicht.

Dann bringen Sie den Herrn Herwegh doch zum König, rief Siegmund.

Ja, tun Sie das bitte, sagte Emma.

Wenn Sie sich das wünschen, will ich es gern probieren, sagte Schönlein mit einer kleinen Verbeugung zu Emma.

Auf den König, sagte Siegmund.

Alle erhoben sich von den Stühlen und tranken auf den König. Siegmund schlug vor, dass Emma und Fanny dem Gast den Tiergarten zeigen sollten.

Fanny hat Gesangsstunde, sagte Emma schnell.

Aber wer geht dann mit, fragte Siegmund.

Du, sagte Emma.
Aber ich habe jetzt Kontorstunde
Ich weiß.
Aber warum …
Es ist schon gut, Papa, wir schaffen das.

Die Sonne schien auf das Schloss, als sie das Haus verließen. Sie gingen über den Platz und bogen nach links auf die Linden. Emma redete wie die Leute, die man dafür bezahlt, dass sie Fremden Sehenswürdigkeiten erklären. Das Kommandantenhaus. Das Zeughaus. Die Neue Wache. Das Forum Fridericianum. Die Universität. Die Akademie. Sie sprach munter, sie wusste viel, aber Herwegh hörte in ihren Worten die Befangenheit, die er selbst spürte. Vor einer Konditorei auf der anderen Straßenseite hatte sich eine Menschentraube versammelt, Herwegh fragte, was das zu bedeuten habe, so viele Leute, auch weil er hier, in Berlin, damit rechnete, dass die Gendarmen kommen würden, um die Versammlung aufzulösen. Emma sagte, er solle selbst sehen, und sie warteten, bis ein Trupp Soldaten vorbeigezogen war, und überquerten dann die Straße. Weil eine Kutsche nahte, nahm er ihren Arm. Er beschleunigte seinen Schritt, zog sie mit, ein Blick zur Seite, aber sie schaute geradeaus. Die Menschentraube stand so dicht, dass er im Fenster der Konditorei nur zwei braune Spitzen über die Köpfe ragen sah. Er bahnte eine Gasse für sich und Emma, bis sie in der zweiten, dritten Reihe standen. Herwegh erkannte den Dom, den er in Köln gesehen hatte. Er war aus Schokolade modelliert und gut getroffen, wenn er sich richtig erinnerte. Auf der Bodenplatte, die gleichfalls aus Schokolade war, las er in weißem Zuckerguss die Worte: Dom zu Köln – Weiterbau im Jahr 1842. Der größte Pfaffenstall der Welt, rief ein Mann, ein paar Leute lachten. Karl war mit ihm zum Dom gegangen. Damit zeigen sie dem Volk, hatte er gesagt, dass es keinen Sinn hat, sich zu erheben, denn wer solche Häuser bauen kann, der hat auch Macht über die Menschen.

Bedeutet Ihnen der Dom etwas, fragte Herwegh, als Emma und er auf den Linden weitergingen, das Brandenburger Tor schon im Blick.

Wir sind Protestanten, sagte Emma.

Nicht Juden?

Nein, nicht Juden, meine Familie ist konvertiert.

Aus Überzeugung?

Aus Gleichgültigkeit. Und wenn man spirituell gleichgültig ist, sucht man sich die Religion aus, mit der man in Preußen am besten leben kann. Haben Sie gehört, dass überlegt wird, die Juden vom Militärdienst auszuschließen, weil sie im Gefecht angeblich nicht in der Reihe bleiben? So würden die Preußen den Juden Gutes tun, weil sie böse von ihnen denken. Deshalb ist es besser, sich einen Protestanten nennen zu können, zumal für eine Familie, die das Schloss mit Seidenwaren beliefert. Ich hörte, Sie wurden in einem Seminar unterrichtet.

In Maulbronn.

Aber da haben Sie nicht gelernt zu dichten: »Reißt die Kreuze aus der Erden! / Alle sollen Schwerter werden«.

Er lachte. Sie kennen offenbar den »Aufruf«, sagte er.

Natürlich kenne ich den »Aufruf«.

Sie kennen auch mein Gedicht über Büchner.

Auch das.

Sie können es sogar auswendig aufsagen.

Das musste vorhin so auf Sie wirken.

Ist es so?

Nicht das ganze Gedicht. Es ist lang.

Nur das, was Sie bewegt?

Nur das, was mich bewegt.

Bewegt Sie Büchners Tod? Oder sind es meine Verse über seinen Tod?

Das ist keine schöne Frage.

Er schämte sich. Er hatte keine Erfahrung mit solchen Gesprächen. Sie erreichten das Brandenburger Tor, gingen schweigend hindurch, an der Wache vorbei und in den Park.

Lenné hat den Tiergarten in einen Park verwandelt, das hat er sehr schön gemacht, finde ich, sagte Emma. Erzählen Sie mir vom Seminar in Maulbronn.

Ich hätte es fast nicht dorthin geschafft.

Sie waren ein schlechter Schüler?

Ich war ein mäßiger Schüler, aber die Aufnahmeprüfung für Maulbronn habe ich bestanden. Dann wurde ich krank, für lange Zeit.

Verraten Sie mir den Namen der Krankheit?

Er wartete mit der Antwort. Er hatte dieses Wort lange nicht mehr gesagt, er hatte es aus seinem Leben entfernt, weil es einen nicht nur krank, sondern auch albern wirken ließ. Veitstanz, sagte er.

Oh, Sankt-Veits-Tanz?

Ja.

Darf ich Sie fragen, wie alt Sie waren, als Sie den Veitstanz hatten, oder hat man den Veitstanz immer?

Sie meinen, ich könnte den Veitstanz immer noch haben?

Sie wirken nicht so.

Danke.

Er wollte nicht verstimmt wirken, aber er hatte den Eindruck, verstimmt gewirkt zu haben. Sie waren an einen Teich gekommen, ein Steg, grünes Wasser, grün von den Bäumen, die sich dort spiegelten. Sie blieben stehen.

Ich muss dreizehn gewesen sein, sagte er. Es war kurz vor Weihnachten, als ich heftiges Fieber bekam. Meine Mutter sagte, ich sei bleich, mager, meine Haut durchsichtig, bläulich. Dann sprach sie von meinem wilden Blick, von einem leisen Murmeln, das ich selbst nicht wahrnahm, von einem plötzlichen Zusammenschrecken. An einem Tag im Januar schrie ich plötzlich auf, und meine Beine zuckten.

Mein Gott.

Ich führte täglich fünfmal, sechsmal solche Tänze auf. Es begann mit einem Summen im Sechsachteltakt, ich schnellte aus dem Bett, wie von einer Feder getrieben, tanzte, begleitet von einem wilden, rauen Gesang. Bis ich erschöpft zusammenbrach.

Darf ich Sie noch etwas fragen?

Fragen Sie. Und fragen Sie nicht immer, ob Sie fragen dürfen. Sie dürfen immer fragen. Aber lassen Sie uns weitergehen, bitte.

Er berührte Emma sanft am Arm, und sie nahmen ihren Weg wieder auf

Warum Sechsachteltakt? Warum wissen Sie das so genau? Sie waren jung.

Der Arzt, der mich behandelte, schrieb später eine Doktorarbeit über meinen Fall. Er schickte mir eine Abschrift, nachdem er die »Gedichte eines Lebendigen« gelesen hatte: »Geschichte eines St.Veits-Tanzes welcher mit dem thierischen Magnetismus behandelt und zum Theil geheilt wurde«.

Tierischer Magnetismus?

Herwegh schien, als würde sie ein wenig von ihm abrücken. Er drehte seinen Kopf nach ihr, erhaschte einen fragenden Blick, dann sah sie wieder geradeaus.

Haben Sie von Mesmer gehört?

Vom Fluidum?

Ja, vom Fluidum.

Ich habe davon gelesen. Das Fluidum, das zwischen zwei Körpern und Seelen tänzeln kann und heilsame Kräfte überträgt, ist das nicht Mesmer?

Das ist Mesmer, sagte Herwegh. Dieser Schmidt, ich glaube Friderich Achill Schmidt, versuchte es bei mir auf ähnliche Weise. Offenbar tanzte ich manchmal polnisch, manchmal wie beim Walzer, manchmal klopfte ich auf meine Füße wie bei einem Bauerntanz. Dann wieder fühlte er sich an eine Chassé oder eine Gallopade erinnert. Ich weiß nur, dass da ein schmerzhaftes Zucken war, mehr nicht. Schmidt schrieb von einer Marmorkälte meiner Haut. Wissen Sie, was mich manchmal beschäftigt?

Was?

Ich habe damals gesagt, mir würde eine schwarze Figur erscheinen, von mir der Zauberer genannt, und sobald sie zwei Bleche aneinanderschlüge, müsse ich tanzen.

Das ist unheimlich.

Wer ist der Zauberer? Das frage ich mich manchmal.

Eine gute Frage.

Ich sage Ihnen noch etwas: Schmidt schrieb, ich habe einmal meinen Vater für ein Pferd gehalten und so getan, als würde ich es striegeln und satteln, um dann tüchtig auf das Pferd einzuschlagen. Er schrieb auch, ich habe eine starke Abneigung gegen meinen Vater gezeigt.

Mochten Sie Ihren Vater nicht?

Er hatte einen Hang zu cholerischen Ausbrüchen. Sie wurden häufiger in jener Zeit, schlimmer. Ich möchte dazu nicht mehr sagen.

Darf ich … erzählen Sie mir, wie der tierische Magnetismus funktioniert hat?

Ich kann es nicht genau sagen. Schmidt schrieb von Strichen und Gegenstrichen, die er ausgeführt habe, sobald ich einen Anfall hatte. Ich glaube, er strich mit einer Hand entlang bestimmter Körperpartien durch die Luft, Hals und Brustkorb, vielleicht auch anderer.

Und das hat Sie geheilt?

Ich weiß es nicht. Ich bekam auch Zink- und Wismutsalze, ich bekam Zinkvitriol und Baldrianwasser, ich nahm Bäder mit Kamillenblüten. Mir wurde täglich eine Klistierspritze zugemutet. Einmal soll ich mit ihr gefochten haben wie mit einem Säbel. Nach ein paar Monaten hörten die Anfälle auf. Wenig später haben sich meine Eltern scheiden lassen.

Vielleicht war es der Tanz einer eingesperrten Seele, sagte Emma.

Sie gingen schweigend nebeneinander her. Sie verließen ein Waldstück und bogen in eine kurze Allee, die belebter war, flanierende Paare, Kinder mit ihren Gouvernanten. Herwegh hörte Schritte in seinem Rücken, die näher kamen, aber er wollte sich nicht umdrehen. Bald ging jemand neben ihm her. Herwegh hörte eine ihm bekannte Stimme, bevor er zur Seite blickte. Rutschende Worte.

Ah, der lebendige Dichter hat schon Gesellschaft gefunden, das ist vortrefflich. Fräulein Siegmund, meine Verehrung.

Lichtweiß krümmte Emma seinen Oberkörper im Gehen entgegen. Er trug wieder den Zylinder und den langen Mantel.

Ich hatte Sie im Café Stehely erwartet, mein lieber Herwegh, und nun flanieren Sie hier, auch gut, auch gut, die Politik kann warten, solange unsere Herzen für Frauen schlagen, das ist in der Tat ein angemessener Blick auf das Leben.

Ich wünsche den Herrschaften einen schönen Tag, behalten Sie mich in guter Erinnerung. Und grüßen Sie den königlichen Hoflieferanten von mir.

Er lachte hämisch, verneigte sich wieder, beschleunigte seine Schritte und verschwand bald in einem Waldstück.

Wer ist das, fragte Emma.

Ich weiß es nicht, er nennt sich Lichtweiß.

Ich glaube, er ist ein Mainzer.

Mainzer Informationsbüro?

Ja, Metternich hat seine Spitzel überall.

Warum kannte diese Frau das Mainzer Informationsbüro, wo alles landete, was von der Partei der Freiheit gesagt und getan wurde?

Ich möchte Sie noch etwas fragen, sagte Emma.

Bitte, Sie haben seit zehn Minuten die Erlaubnis, alles zu fragen.

Diese Dissertation sagt im Titel, dass Ihr Sankt-Veits-Tanz zum Teil geheilt wurde. Nun …

Ich weiß schon, was Sie fragen wollen, fiel ihr Herwegh ins Wort. Ist etwas geblieben? Gibt es noch die schwarze Figur, den Zauberer?

Sie haben recht, sagte Emma, das geht zu weit. Ich bitte um Entschuldigung für meine Forschheit. Das hätte ich nicht fragen dürfen.

Sie dürfen das fragen. Ich tanze nicht mehr, so viel kann ich sagen.

Oh, so gar nicht?

Sie lächelte, erst ein wenig frivol, dann verlegen. Er sah, wie sich ihre Wangen röteten.

Bei Gelegenheit gerne, sagte er, aber nie für mich allein, nur mit einer Dame und nicht unbedingt im Sechsachteltakt. Also im Dreivierteltakt, wenn man es kürzt. Walzer.

Der Sechsachteltakt ist nicht identisch mit dem Dreivierteltakt, sagte Emma. Hegel schrieb, dass der Sechsachteltakt zwar dem Dreivierteltakt gleich zu sein scheint, in Wahrheit aber nicht in drei, sondern in zwei Teile zerfalle, von denen sich aber der eine wie der andere in Betreff auf seine nähere Einteilung die Drei als die ungerade Anzahl zum Prinzip nimmt.

Ich verstehe das nicht, sagte Herwegh.

Niemand versteht Hegel, sagte Emma. Wussten Sie, dass ein Neunachteltakt einem Dreivierteltakt mit Achtel-Triolen entspricht?

Ich verstehe Sie auch nicht.

Oh.

Leben wir nicht alle mit einer schwarzen Figur, fragte er.

Und manchmal heißt sie Lichtweiß, sagte Emma. Sie lachten. Sie hakte sich bei ihm ein, weil sie die Allee verlassen hatten und nun einem regennassen Pfad folgten.

Schönlein würde sich bestimmt sehr für Ihre Geschichte interessieren, sagte Emma.

Seine gute Stimmung brach zusammen. Warum musste Sie jetzt an Schönlein denken, ihm diesen Namen zumuten? War sie nicht doch zu alt für ihn?

Sie zeigte auf eine Villa am Rand des Parks. Die gehört auch uns, sagte sie.

Er sagte nichts.

Erzählen Sie bitte mehr von Maulbronn. Ihre Stimme klang munter, als wolle sie etwas wiedergutmachen.

Sein Schweigen hielt noch acht Schritte, dann erzählte er von Maulbronn, dem evangelischen Seminar, wo er vier Jahre lustlos absaß und unter dem Tisch die Reden vom Hambacher Fest und Börnes »Briefe aus Paris« las, bis er im Herbst 1835 an das Tübinger Stift wechselte, um Theologe zu werden, so wie es seine getrennten Eltern wünschten, die nicht fromm waren, doch als nicht erfolgreichem Gastwirt fehlte seinem Vater das Geld, um ein Studium zu bezahlen, und die Theologie gab es umsonst. Aber Georg Herwegh befasste sich vor allem mit dem skandalösen Werk David Friedrich Strauß' »Das Leben Jesu, kritisch bearbeitet«, und in Maulbronn empörte er sich wegen der knebelnden Beschlüsse des Bundestags gegen das »Junge Deutschland«, Verbote gegen Gutzkow, gegen Heine, und dann saß er selbst im Karzer, einmal für vierundzwanzig Stunden, einmal für achtundvierzig Stunden und einmal für acht Tage, aber nicht wegen politischer Aufsässigkeit, sondern wegen Faulheit, wegen einer überzogenen Reiseerlaubnis und weil er Lehrer beleidigt hatte, aber das erzählte er Emma nicht. 1837 wechselte er an die juristische Fakultät, weil er das Leben Jesu äußerst kritisch betrachtete, nämlich als Erfindung, aber ein knappes Jahr später warf er auch dieses Studium hin, weil er nur noch in Versen dachte, wie er zu Emma sagte, weil ihn die Poesie erobert hatte, aber damit war er kein Student mehr, und wer nicht Student war in Württemberg, der musste Soldat werden. Achtes Infanterie-Regiment, der Dichter war Soldat, hielt das aber nicht aus, ließ sich freistellen, beleidigte auf einem Maskenball einen Offizier, Graf von Scheler, wurde wieder einberufen, und dann machte er sich davon, in die Schweiz.

Ich bin Deserteur, sagte er zu Emma, ein wenig bange, weil er sich nicht sicher war, was dieses preußische Mädchen dazu sagen würde.

Sie sagte: Das ist gut.

Wenn es nicht so ganz und gar unschicklich gewesen wäre, sie zu umarmen, hätte er sie umarmt. Geküsst? Kein Gedanke. Ein kleiner Gedanke.

Sie hatten den Rand des Parks erreicht, wo eine Reihe neuer Häuser entlang der Chaussee stand, schöne Häuser, manche noch im Bau, Gerüste, Dachfirste ohne Ziegel.

Da wohnen die Grimms, sagte Emma und zeigte auf einen der Neubauten.

An welchem Buchstaben ihres Wörterbuchs sie wohl gerade arbeiten, fragte Herwegh.

Am G, glaube ich, sagte Emma, und morgen kommt das H an die Reihe.

Das ist sehr süß, dass Sie das sagen, sagte er, wagte aber nicht, sie dabei anzusehen. Meines Wissens sind sie erst beim E, fügte er so leise hinzu, dass er sich selbst kaum hörte.

Das F war schon immer ein fürchterlicher Buchstabe, sagte Emma, es hat etwas Trennendes mit diesen beiden ausgestreckten Armen. Wenn es mit rechten Dingen zuginge, müsste nach dem E das G kommen. Finden Sie nicht auch?

Er traute sich nicht zu antworten. Sie schwiegen, wendeten ihre Schritte zurück in den Tiergarten und gingen still nebeneinander her.

Und dann sind Sie nach Zürich gegangen und haben Gedichte geschrieben, sagte Emma.

Es dämmerte, sie gingen durch den Park zurück zum Brandenburger Tor, Herwegh erzählte von seinem Leben in Zürich, von den Übersetzungen, den Gedichten, und kurz vor dem Haus der Siegmunds fiel ihm auf, dass er Emma keine einzige Frage gestellt hatte, dass er nichts von ihr wusste, sie jetzt aber eine Menge über ihn.

Am Abend saßen sie im Parkett des Schauspielhauses und sahen Müller-Strübings »Oliver Cromwell«. Herwegh war enttäuscht, dass sich der König nicht in seiner Loge zeigte, denn er hatte gehört, dass der König häufig ins Theater ging.

Während das Stück lief, war Herwegh nicht aufmerksam, er dachte mehr daran, dass er Luft atmete, die zuvor Emma Siegmund geatmet hatte, und dass er in ihrer Aura saß, in ihrem Fluidum, und dann sah er sie an, aber sie schaute auf die Bühne und schwenkte ihren Fächer, weil es so heiß war im Theater, und er spürte den kleinen Wind, den sie ihm zufächelte, und das war der Wind Emma. Als Harrison rief »Vertraue nicht den Fürsten«, hörte Herwegh Lacher im Publikum, und nun war er aufmerksam. Er sah, wie sich ein Aufstand gegen Cromwell zusammenbraute, bis Harrison sagte: »O Zaubermacht des Wortes Rebellion«, und nun klatschten ein paar Leute. Andere riefen »Unerhört« oder »Polizei«. Sybercomb schoss auf Cromwell, aber Ingoldsby fiel ihm in den Arm, und der Schuss ging fehl. Sie fochten, etwas staksig, fand Herwegh. Sybercomb wurde tödlich getroffen. Im Sterben rief er: »O Freiheit, endlich frei! Hoch für die Freiheit!« Die Rebellen auf der Bühne fielen ein: »Hoch! Hoch!« Auch im Publikum wurde »Hoch, hoch« gerufen, erst leise, dann laut. Herwegh hörte Emma »Hoch« rufen und rief ebenfalls »Hoch«. Die Türen sprangen auf, Gendarmen strömten in den Saal. Zwei von ihnen zwängten sich in eine der hinteren Reihen, die anderen schlugen mit ihren Stöcken gegen die hölzerne Wand des Theaters, das unter den Schlägen erbebte. Zwei Männer wurden hinausgezerrt, die Hoch-Rufe verstummten. Die Gendarmen verließen das Theater, die Schauspieler spielten weiter den »Oliver Cromwell«. Der Schlussapplaus war gewaltig.

Im Foyer begegneten Emma Siegmund und Georg Herwegh einem anderen Paar, einer älteren Frau und einem jüngeren Mann. Die beiden Frauen begrüßten sich lebhaft, Emma stellte ihre Bekannte als Frau von Arnim vor, und Frau von Arnim nannte den Namen Grunholzer für ihren Begleiter. Er war Schweizer, wie Herwegh bei der Begrüßung hörte.

Finden Sie nicht, fragte Frau von Armin, dass Müller das äußerst geschickt gemacht hat.

»Wie er auf krummen Wegen angelte«, ist nicht gerade elegantes Deutsch, sagte Herwegh.

Wurde das so gesagt, fragte Grunholzer.

Eindeutig, sagte Herwegh, aber wer angelt schon auf krummen Wegen?

Sie als Dichter achten auf die Worte, sagte Frau von Arnim, und natürlich setzt niemand die Worte so wohl wie Sie selbst.

Er wollte protestieren, aber Frau von Arnim legte eine Hand auf seinen Arm und sagte: Schon gut, betrachten Sie die Sache lieber politisch.

Sie hatte eine auffällig hohe Stirn, eine elegante Nase und lange, dünne Augenbrauen. Ihre Haare lagen eng am Kopf, fielen dann lockig über ihre Schultern.

Das ist mein Beruf, sagte Herwegh.

Ich weiß, ich weiß, junger Mann, Sie sind jetzt Mode mit Ihren Gedichten, politischen Gedichten, wie man sagt. Mein Freund Heine nennt es Tendenzpoesie.

Er wollte etwas sagen, aber sie legte eine Hand auf seinen Arm. Es ist gut, sagte sie, regen Sie sich nicht auf.

Ich rege mich nicht auf.

Wie fanden Sie Seydelmann, fragte Emma an Frau von Arnim gewandt.

Seydelmann ist ausschließlich fabelhaft, sagte sie und wendete sich dann wieder Herwegh zu. Was ist der Kniff, fragte sie. Warum ging dieses Stück durch die Zensur? Denken Sie nur, mitten in Berlin, in einem Theater, in dem der König eine Loge hat, wird eine Rebellion aufgeführt.

Aber sie scheitert, sagte Herwegh, etwas dumm, wie er selbst fand.

Natürlich scheitert sie, sagte Frau von Arnim, das ist es nicht, die Fürsten haben Angst vor jeder Rebellion, auch vor denen, die scheitern, und alle scheitern. Die Rebellion ist das Problem, nicht der Erfolg. Denken Sie an die Französische Revolution, sie ist gescheitert und hat doch alles verändert.

Müller konnte das nur durch die Zensur bekommen, sagte Emma, weil sich die Rebellion gegen einen Mann richtet, der selbst ein Rebell ist, der die Monarchie beendet hat.

Richtig, mein Herzchen, Cromwell hat die Monarchie beendet und die Republik eingeführt. Also ist eine Rebellion gegen Cromwell eine Rebellion gegen dessen Republik. Und wie kann der königliche Zensor eine Rebellion gegen die Republik verbieten. Das ist der Kniff. Verstehen Sie das, großer Dichter à la mode? Das Stück unseres lieben Herrn Müller ist lausig, keine Frage, Müller kann überhaupt nicht schreiben, aber er hat verstanden, wie man in Preußen eine Mine unter das preußische Regime legt, trotz der Zensur. Während Sie Ihre Bömbchen von der spektakulär sicheren Schweiz aus schmeißen, verehrter Herr Herwegh.

Aber nun ist er hier, sagte Emma.

Ja, er ist hier, sagte Bettina von Arnim, zum Glück ist er hier, unbehelligt ist er hier, weil die preußische Regierung die Schrift verfolgt und nicht die Schriftsteller. Haben Sie gehört, dass der König das politische Ausspähen verboten hat, fragte sie Herwegh.

Hat er das?

Er hat. Und wissen Sie, was der Berliner dazu sagt?

Ich weiß es nicht, ich bin gerade erst angekommen.

Der Berliner sagt: Das verdoppelt nur die Zahl der Spione. Die neuen Spione müssten spionieren, ob noch spioniert wird. Sie lachte wild. So sind die Berliner, köstlich, prustete sie.

Er sah sie kalt an. Sie zog Grunholzer heran, der etwas abseits gestanden hatte. Vielleicht interessiert Sie das, sagte sie: Dieser Mann hier macht, unterstützt von mir, eine Studie zu den Lebensverhältnissen im Vogtland, und damit ist nicht eine Region in Franken gemeint, sondern ein Gebiet am nördlichen Rand Berlins, in der Rosenthaler Vorstadt, außerhalb der Zoll- und Akzisemauer. Dort leben die Elenden, und weil sie zu einem größeren Teil aus dem echten Vogtland kamen, wo sie keine Arbeit mehr fanden, nannten die Berliner ihre Siedlung das Vogtland. Erzählen Sie doch, was Sie dort treiben, lieber Grunholzer.

Er räusperte sich und sagte, dass er in jede Wohnung gehe und die Leute nach ihrem Einkommen befrage, nach ihren Ausgaben sowie den Lebensverhältnissen, die sich daraus ergaben. Frau von Armin fiel ihm bald ins Wort und sagte, dass der Bericht dem König vorgelegt werde, damit er mal wisse, wie es stehe um »die große Suppenfrage«, wie ihr Freund Heine das so schön ausgedrückt habe.

Immer wieder Heine. Wo er hinkam: Heine.

Und dem Dichter könne solches Wissen auch nicht schaden, fuhr sie fort. Grunholzer solle Herwegh doch bitte schön mitnehmen bei seinem nächsten Ausflug ins Vogtland, damit der Dichter mal erfahre, wie es den Leuten, die er mit seinem Kommunismus beglücken wolle, wirklich gehe, und mal wegkomme von den trüben Buchstaben, hinein ins Leben.

Herwegh sagte, dass er das gerne machen werde, aber wenn Sie glaube, dass er …

Ich glaube gar nichts. Und nun haben Sie einen schönen Abend und verzeihen Sie mir bitte das Auslassen der Bewunderung. Es ist nur die Marotte einer älteren Dame, die vor Autoritäten nicht knien mag, weil sie die Gicht fürchtet.

Sie machte einen kleinen Knicks, der sich selbst karikierte, hakte sich bei Grunholzer ein und dirigierte ihn zur Garderobe.

Aber dem König ist sie immer zu Diensten, sagte Herwegh steif zu Emma.

Sie denkt immer noch, sagte Emma, dass sie den König zu einem Mann des Volkes umerziehen kann, und versteht nicht, dass er sich längst als Mann des Volkes wähnt, aber sein Volk ist ein anderes als ihres.

Sie holten ihre Mäntel und traten hinaus in das herbstkühle Berlin. Emma hakte sich bei ihm ein, die Kälte gab ihr das Recht dazu. Sie sprachen über die Schauspieler, einig, lebhaft, lachten über den Jubel für die Rebellion und senkten ihre Stimmen, als sie einen Nachtwächter passierten. Dann standen sie vor der Tür des königlichen Hoflieferanten, und Emma zog sofort am Klopfer, weil nur das den Abschluss bringen konnte, der möglich war. Samson öffnete die Tür, ein Knicks, eine Verbeugung, und dann ging Herwegh über die Brücke, ohne Angst vor der Cholera zu haben, und lag einige Minuten später im Bett, schlief sofort ein, war aber nach einer guten Stunde wach und fand den Schlaf nicht mehr.

Gegen halb sechs stand er auf, hörte Hufschlag, hörte die Räder von Fuhrwerken auf dem Pflaster, zwei Männer im Gespräch. Ein Zimmermädchen klopfte, aber er ließ es nicht hinein, sondern bestellte einen Tee, den er sich durch den Türspalt anreichen ließ. Er saß an einem kleinen Tisch, trank den Tee, dann legte er sich wieder ins Bett, schlief sofort ein und träumte unruhig. Er wurde wach, wusch sich und ging an die Rezeption, um nach Post zu fragen. Ein

Brief von Blum aus Leipzig, ein Brief von Follen aus Zürich. Er las und schrieb sofort zurück. Berliner Eindrücke, die er mehr erfand als berichtete. Kein Wort von Emma. Er legte sich wieder hin, schlief nicht ein. Nach einer halben Stunde stand er auf, weil er etwas schreiben wollte, ein Gedicht, kramte ein Lederetui aus seinem Gepäck und zog ein paar Bögen Papier, Tinte und seinen Federhalter heraus. Dann hatte er Angst, dass ihm etwas einfiel. Er hatte Angst vor der Panik, der Besessenheit, in die ihn das Schreiben stieß. Andererseits: Berliner Lieder. Das wäre etwas. Er wäre gerechtfertigt, seine Abwesenheit im Café Stehely wäre entschuldigt und gut begründet. Dann hatte er wieder Angst. Wenn ihn der Text nicht mehr entließ, wenn er zur Totalität würde, sich über ihn stülpte, ihn alles andere vergessen ließ. Oder war nicht Schwarzes Loch das bessere Bild für diesen Zustand des Schreibens? Ein schwarzes Loch, das alles ansaugte, alles verschlang, alles verdaute und damit nichts anderes nährte als das weitere Ansaugen, Verschlingen, Verdauen, Nähren. Er hatte den trockenen Mund, den er beim Schreiben immer hatte, obwohl er noch nicht schrieb. Er wollte schreiben und auch nicht, wollte diese Traurigkeit, die mit jedem Wort größer wurde, obwohl jedes Wort eine Therapie gegen die Traurigkeit sein müsste. Er wollte das haben und hatte Angst davor. Es würde Emma ausschließen. Das wollte er nicht. Wollte es doch, um diesen Emmagedanken zu entkommen. Sie könnte zu reich für ihn sein, hatte er beim Mittagessen gedacht, Trottel, es ging darum, ob er zu arm für sie war. Weil er sie wollte. Und wenn er jetzt dichtete, würde er sie verlieren. Das Schwarze Loch würde auch sie verdauen. Oder ein Liebesgedicht? Unsinn. Nicht seine Stärke. Und dafür würden ihn die Freunde endgültig vernichten, wenn er seine Zeit in Berlin mit einem Liebesgedicht auf die Tochter eines königlichen Hoflieferanten vertrödelte. Schlossplatz.

Er saß da und schrieb nichts. Er dachte nur an Emma. Der Hotelpage klopfte, ein dringendes Billett für den Herrn. Emma. Er raste zur Tür, drei Schritte Raserei. Aber es war die Schrift eines Mannes, Bruno Bauer: Wann dürfen wir mit Ihnen rechnen?

PARIS, FEBRUAR 1848

Die Stadt war so still an diesem Tag, keine Fuhrwerke, keine Stimmen, die von der Straße durchs Fenster drangen, nur das Rauschen von Regen. Emma sah hinaus, sah Leere. Sie hörte Schritte, leise hallend, dann laut, schwere Schritte im Gleichklang, Soldaten. Als sie weg waren, vereinte sich die Stille der Straße mit der Stille der Wohnung. Laurent war unterwegs, um Besorgungen zu machen. Die Köchin kam erst später, Madeleine spielte mit den Kindern, gedämpfte Stimmen. Georg schrieb um diese Zeit. Ein Gedicht? Hoffentlich ein Gedicht. Die Tür zu seinem Arbeitszimmer war verschlossen. Emma schlich hin, lauschte, nichts. Sie ging ins Kinderzimmer, setzte sich in einen Sessel und schaute dem Spiel eine Weile zu, zerstreut, bis ihr auffiel, wie blass Camille war. Eine erste Kinderkrankheit? Früh. Sie ging zurück in den Salon und stellte sich wieder ans Fenster. Zwei, drei Fußgänger, sonst waren es am Morgen Hunderte. Sie las einen Brief ihrer Mutter aus Berlin, nichts Neues. Emma war noch im Herbst dort gewesen, um die Polen, denen nach dem Posener Aufstandsversuch die Todesstrafe drohte, im Gefängnis zu besuchen.

Laurent kam zurück, nass vom Regen, brachte Gemüse und Obst, zudem eine Schüssel, aus der es nach Meer roch, und ein Kleid, das sie zum Schneider gegeben hatte. Guizot habe das Reformbankett verbieten lassen, sagte Laurent, Soldaten versammelten sich in der Stadt, aber er habe den Eindruck, die Leute würden diesmal nicht weichen. Emma sah sich das Kleid an und war zufrieden mit den Ausbesserungen, hatte aber nicht gründlich hingeschaut. Sie gab Laurent das Kleid zurück, damit er es aufhängte, sie nahm die Schüssel, in der Krustentiere mit Fühlern und Scheren winkten, und trug sie zu Georgs Arbeitszimmer. Emma klemmte, angewidert, die Schüssel zwischen Tür und Bauch und klopfte an die Tür des Arbeitszimmers. Dann hielt sie die Schüssel wieder mit beiden Händen, weit weg von ihrem Bauch. Wie schnell, das hatte sie sich oft gefragt, konnte eines dieser Ungeheuer die Schüsselwand hinaufkrabbeln und ihr in den Bauch zwicken? Entrez, rief Georg. Sie ging hinein, er saß über seinen Schreibtisch gebeugt und betrachtete eingehend den Panzer einer toten Krabbe, den er in der linken Hand hielt. Mit rechts machte er Notizen. Auch das Zimmer roch nach Meer, faulig, fischig. Deine Frutti di Mare, sagte sie. Er schaute nicht auf, schrieb weiter. Sie sagte, dass Guizot das Reformbankett verboten habe. Georg brummte Worte, die sie nicht verstand. Soldaten ziehen in die Stadt, sagte sie. Keine Reaktion. Sie stand noch eine Weile in dem Zimmer, das mit Büchern verstopft war. Dann hob sie eine leere Schüssel mit einem brackigen Wasserrest vom Boden und schloss leise die Tür.

Emma zog feste Schuhe und einen Mantel an und ging auf die Straße. Sonne, vor ihrer Tür war es ruhig, aber in der Ferne hörte sie Lärm, Geklapper, Stimmen. Sie ging hin. Ein Mann schrie Attention, sie sah nach oben und sah eine dünne Matratze fliegen. Der Mann hatte sie aus dem Fenster gestoßen, sie segelte zu Boden und wurde dort von Leuten empfangen, die an einer Barrikade bauten. Sie verkeilten Fuhrwerke miteinander, fällten Bäume, rollten Fässer herbei und stopften Lücken mit Matratzen. Gewehre lehnten an Hauswänden, Lanzen, Degen. Emma wurde freundlich empfangen. Die Männer sagten, sie seien Louis-Philippe leid, sie seien Guizot leid, sie seien die sinkenden Löhne leid, die Arbeitslosigkeit, den hohen Wahlzensus. Sie hätten dagegen mit einem Bankett auf den Champs-Élysées protestieren wollen, einem Festessen der Tausenden, aber Guizot habe es verboten, und nun reiche es ihnen. Louis-Philippe und seine Minister müssten weg, allen voran Guizot. Madame solle besser nach Hause gehen, dort hinten sammelten sich Soldaten, und bald würden hier die Kugeln fliegen, aber ganz sicher würden sie nicht weichen, es sei genug. Emma fragte, ob sie etwas brauchten, aber sie sagten, sie hätten alles, nur an Gewehren würde es fehlen, aber die würde die Dame kaum beschafften können. Sie lachten gutmütig und bauten weiter an ihrer Barrikade. À bas Guizot, vive la République, rief ein alter Mann. Vive la République, riefen die anderen. Ein Kind gab seine Trommel ab, als Beitrag für die Revolution.

Sie lief zurück, rannte. Es war so weit, endlich, es hatte sich schon im vergangenen Jahr angekündigt, der Hunger, das wachsende Elend, und jetzt, ihr Herz schlug hoch, und jetzt: Revolution.

Keuchend stand sie in Georgs Arbeitszimmer und sagte, die Pariser würden Barrikaden bauen, endlich, endlich, endlich. Er legte eine fuchtelnde Krabbe zur Seite und sah sie an. Er war dicker geworden in den Jahren ihrer Ehe, hatte weniger Haare, er trug eine Krawatte aus Atlasseide, auch zu Hause, er mochte die feinen Stoffe, so wie sie auch. Er hatte kaum etwas publiziert in den letzten Monaten, war häufig am Meer, zusammen mit seinem Freund Karl Vogt, Naturforscher, und sammelte das Getier, das er dann in seiner Schreibstube untersuchte. In der Schreibstube, die Emma ihm liebevoll eingerichtet hatte, mit seinen Büchern, mit Bildern, mit Stuhl und Schreibtisch, die sie beim besten Möbelschreiner von Paris hatte anfertigen lassen. Das alles für Krustentiere.

Er hatte Emma gebeten, den Freunden in Berlin zu erklären, dass er nicht der Politik abhandengekommen, sondern seine Aufgabe größer geworden sei. Er müsse den alten Dualismus von Natur und Geschichte überwinden. Wie die Leute schauten, wenn sie das getreu aufsagte, blöde Augen, aber das war nicht deren Schuld. Sie konnte ihnen auch nicht erklären, was Georg damit meinte. Er folge damit Fourier, sagte sie vage, der habe auch in großen Systemen gedacht, alles hänge mit allem zusammen. Liebe mit Politik, Natur mit Weltgeschichte. Das machte es nicht besser. Es tat ihr weh, die Zweifel der alten Freunde zu hören, zu sehen, aber hatte sie die nicht auch? Seeigel. Schleimiges Meeresgetier. War das ihr Georg? Manche spotteten.

Barrikaden, fragte er.

Ja, Georg, ich glaube, die Revolution ist da. Sie erzählte, was sie an der Barrikade gehört hatte, sagte dann: Es ist Zeit für eine neue Marseillaise. Sie ging zu ihm hin und küsste seine Stirn. Sie nahm seine Brille ab, damit er seinen Kopf gegen ihre Brust legen konnte. So standen sie eine Weile, bis er sich von ihr löste und sagte, er müsse noch ein paar Stunden arbeiten.

Am folgenden Tag erschienen die Hausangestellten nicht. Georg hatte sich früh an seinen Schreibtisch gesetzt, Emma machte den Kindern ein Frühstück, dann las sie Horace etwas vor, Camille schlief ein. Als draußen Schüsse fielen, kam Georg aus seinem Zimmer, zog wortlos seine Schuhe an, seinen Mantel und seine gelben Handschuhe und verließ wortlos die Wohnung. Er ging ausschließlich mit gelben Handschuhen auf die Straße. Horace fragte, wo Papa hingehe, und sie sagte, er müsse etwas Wichtiges erledigen. Warum es so knalle, wollte Horace wissen. Ein Feuerwerk, sagte sie. Kavallerie sprengte durch die Gasse, eine Trompete, Trommeln, ein dumpferer Klang als in Preußen. Sie hatte lange nicht mehr so viele Stunden mit ihren Söhnen verbracht. Horace war lebhaft, aber Camille, zehn Monate alt, wirkte apathisch, lag still da, wo man ihn hingelegt hatte. Er war blass, hustete. Sie würde ihn, nach der Revolution, ihrem Hausarzt zeigen. Sie sang mit Horace, auch die Marseillaise. Ihre Stimmung war gut, obwohl sie sich langweilte. Sie wäre lieber dort draußen gewesen, bei Georg, um den sie ein bisschen Angst hatte, aber immerhin passierte das, was passieren musste.

Als es klingelte, stand Marie vor der Tür, mit ihrer Tochter Cosima und einem der weißen Windhunde. Der andere sei davongerannt, sagte sie traurig, durch eine Barrikade gewischt, sie sei hinterhergelaufen, aber die Männer an der Barrikade hätten sie zurückgehalten. Die Soldaten drüben würden sofort schießen, die Schweine. Der Windhund sei nicht mehr zurückgekommen. Ein Märtyrer der Revolution, sie lachte. Wo Georg sei, wollte sie wissen, und Emma tat dieses Interesse der Freundin für ihren Mann immer noch weh. Er kämpfe, sagte sie. Oh, sagte Marie.

Das Geschäft des Waffenhändlers Devines in der Rue du Helder sei geplündert worden, fuhr Marie fort, ein paar Straßen weiter habe sie Blutflecken auf der Straße gesehen. Ihr Eindruck sei, dass die Barrikaden gut verteidigt würden. Cosima spielte mit Horace, Camille schlief. Die beiden Frauen kochten gemeinsam für ihre Kinder, was sie beide nicht gewohnt waren, und lachten über ihre Ungeschicklichkeit. Cosima verzog das Gesicht, Horace schien keinen Unterschied zu bemerken. Camille verweigerte die Milch.

Am Abend wurde das Gewehrfeuer stärker. Emma war in Sorge um Georg, sagte das aber nicht, weil sie diese Sorge nicht mit Marie teilen wollte, aber dann sagte Marie, dass sie hoffe, Georg würde heil durch die Revolution kommen. Ein Krieger sei er ja wohl nicht. Sie entschieden, dass es zu gefährlich war für Marie und Cosima, nach Hause zu gehen. Als die Kinder im Bett lagen, saßen sie schweigend in den Sesseln und warteten. Georg kam nicht. Emma richtete Marie das Bett im Gästezimmer, dann gingen sie schlafen.

Als Emma in der Nacht aufwachte, lag eine tiefe, schwarze Ruhe über der Stadt. Der Platz neben ihr war leer. Sie stand auf, schaute ins Arbeitszimmer, niemand da. Sie konnte nicht widerstehen, an der Tür des Gästezimmers zu lauschen, und hörte Maries leises Schnarchen. Der Windhund knurrte. Emma war sich peinlich. Dann war sie wütend, dass diese Frau sie immer noch in Situationen bringen konnte, in der sie sich peinlich war. Sie ging ins Bett. Manchmal musste sie aufhören zu denken, damit das Leben so bleiben konnte, wie sie es mochte. Dabei hatte sich die Affäre der beiden doch erledigt, ganz sicher.

Sie waren kaum in Paris angekommen, schon ging es los. Liszt hatte sich von Marie abgewendet, sie brauchte einen anderen, und Georg war so töricht, ihrem Locken zu folgen, vielleicht auch, weil Marie Comtesse d'Agoult über Jahre die Mätresse von Franz Liszt war und drei Kinder von ihm hatte. Ein Künstler seiner Klasse, so sah Georg das, und sollte jemand das bezweifeln, war Marie ein Argument. Eine Frau für die oberste Künstlerklasse. Dachte Georg. Schön war sie nicht. Oder doch? Emma hielt sich in dieser Frage nicht an das, was sie sah, sondern an das, was Balzac über Marie geschrieben hatte, vor allem an seine Beschreibung ihrer unteren Gesichtshälfte: »Sie hat einen österreichischen Mund; die obere Lippe hat mehr Charakter als die untere, die verächtlich herabsinkt. Ihr Kinn ist eher fett.«

Richtig. Das mit dem Kinn auf jeden Fall. Sie fragte sich, was ein österreichischer Mund ist, aber es klang, zum Glück, nicht gut. Es klang nach Restauration, nach Metternich, nach Unterdrückung und Spitzelei. In Österreich herrschte nach Russland das schlimmste der alten Regime, fand Emma. Österreichischer Mund klang auch nach Eitelkeit und tänzelndem Ballgetue.

Sie hatte es sofort gemerkt, beim ersten Abend im Salon der Comtesse, im Herbst 1843, ein gutes halbes Jahr nach ihrer Hochzeit. Sie war schwanger. Maries Blicke für Georg, spöttisches Anhimmeln. Sie sah ihn an wie einen großen Schriftsteller und Freiheitshelden. Sie sah in ihn hinein, was er selbst in sich sehen wollte. Wahrscheinlich las Marie keine deutschen Zeitungen, dachte Emma – und mochte sich nicht für diesen gehässigen Gedanken. Georg war immer noch ein großer Schriftsteller, und ein Freiheitsheld konnte er noch werden. Auf dem Weg nach Hause, nach diesem ersten Abend bei der Comtesse, blieb sie stehen und sagte zu Georg: Kein Papillon, nicht wahr?

Kein Papillon, sagte er, so haben wir es verabredet.

Aber der schwarze Schmetterling flog schon, flatterte und schwebte, er war nicht aufzuhalten. Sie setzte sich an Georgs Schreibtisch, als er bei der Comtesse war, damals noch ein Dichterschreibtisch, und begann, wieder Tagebuch zu schreiben, an Georg gerichtet.

Sie tauchte die Feder ins Tintenfass, dachte kurz nach und schrieb: »Die letzten Tage haben mir Schmerzen gebracht, Schmerzen, wie ich sie bisher noch nie gekannt habe. Du denkst, ich bin eifersüchtig, weil eine andere Frau Dich fesseln kann. Ich bin es nicht, mein Herz. Ich kann nicht die ganze Menschheit Dir ersetzen, ich möchte es nicht, denn von dem Moment an, wo ich allein Dir genügen würde, wärest Du nicht mehr, was Du bist, was Du sein solltest – ich bin nicht eifersüchtig.«

Sie schrieb: »Glaub mir Georg, so liebenswürdig, so geistvoll das Wesen sein mag, das Dich jetzt so vielfach beschäftigt, die Atmosphäre, in der sie lebt, ist Nichts für Dich und während Du Stunden und halbe Nächte mit ihr verplauderst, bringst Du Dich um die höchsten Momente.«

Sie schrieb: »Morgen ist unser Hochzeitstag, und ich feiere jetzt mit Dir den Polterabend. Sei immer offen gegen mich, Georg, das ist das Einzige, was ich mir erflehe, laß keine Dritte zwischen uns treten, laß mich die Freude an dem, was Dich beglückt, mit genießen, nur verheimliche mir Nichts.«

Sie schrieb: »Was Du jetzt in mir verkennst, Du wirst es, ich fühle es, in den Stürmen des Lebens erkennen. Auf Deiner schönen leuchtenden Bahn, wer begleitete Dich da nicht gern, wenn aber die Schatten über den Weg ziehn, wenn das Lob der Menge Dich verläßt, das Unglück Dich mit giftigem Hauch verfolgt, dann komm zu mir, flüchte Dich zu meinem Herzen.«

Sie schrieb: »Warum diese Heimlichkeit? Warum einer Dritten ein Recht einräumen, das Du mir nicht zugestehst.«

Keine bürgerlichen Kleinlichkeiten, das hatten sie sich geschworen, und auch dafür hatte sie Georg gewählt. Nun erstickte sie fast an dem Versuch, ihren eigenen Anspruch auszuhalten. Und kam nieder, eine neue, andere Art von Schmerz. Sie lag im Wochenbett, Georg bei der Comtesse und empfing Küsse vom österreichischen Mund, darunter das fette Kinn.

Der Schmetterling flog weiter, flatterte munter, verliebt in die eigene Schönheit, in einer eigenen Welt. Georg sprach nicht mit Emma über seine Affäre, und weil sie nicht ausgeschlossen sein wollte von dieser Welt, warb sie um die

Freundschaft der Comtesse. Sie schrieb ihr einen Brief: »Da mich mein Georg liebt, dünkt mich, muss auch etwas in mir sein, was Ihnen gefallen könnte.« Es tat weh, aber es war ihr egal. Sie wurden Freundinnen, und das machte es Georg und Marie schwer, ihre Affäre fortzusetzen. Der Schmetterling taumelte und verschied.

Später las ihr Marie aus einem Brief von Liszt vor, der seiner ehemaligen Mätresse Ratschläge für einen Artikel über Herwegh gab. Marie veröffentlichte Bücher und Texte unter dem Namen Daniel Stern. So machten das die Frauen. George Sand hieß auch nicht George Sand. Frauen, die schrieben, gaben sich die Namen von Männern. So musste es wohl sein. Emma hatte schon nach einem Männernamen für sich gesucht, aber sie konnte, fand sie, nicht schreiben. Also musste sie sich nicht für einen Männernamen entscheiden. Liszt schrieb an die Comtesse: »Man darf Herwegh aber nicht zu sehr unterstützen, sondern muss ihn als jungen Mann, als einen Dichter, aber auch ein bisschen wie einen Schaumschläger behandeln, der aber genug Verstand besitzt, um eines Morgens als halboffizieller Poet zu erwachen.«

Das ist nicht gut getroffen, sagte Emma zu Marie, Georg ist kein Schaumschläger, Georg ist ein Poet. Marie erwiderte nichts, aber Emma sah ihr an, dass sie fand, Emma nehme ihren Mann zu wichtig. Nachdem Marie ihm das Gefühl äußerster Wichtigkeit gegeben hatte, um ihn in ihr Bett ziehen zu können. Manchmal hatte Emma den Eindruck, in Paris würden alle spielen und nur sie nähme das Leben ernst, vor allem die Liebe, womit sie sich dann lächerlich machte. Also hatte sie versucht, spielerisch zu denken, spielerisch zu handeln, war jedoch gescheitert, weil sie sich fünfmal am Tag mit großem Ernst aufforderte, ein Spiel zu spielen, mit Georg, mit dem Leben, und damit war das Spiel Teil einer Lebensstrategie für Paris, also nicht urwüchsig wie bei Marie, sondern erzwungen. Das Gegenteil von spielerisch. Sie gab auf.

Am nächsten Morgen wurde nicht mehr geschossen. Marie und Cosima gingen gegen zehn Uhr, Georg war noch nicht nach Hause gekommen. Emma las Horace wieder vor, aber gegen Mittag hielt sie es nicht mehr aus und sagte ihm, dass Mama einkaufen gehen müsse, weil nichts mehr zu Essen da sei, er solle sich nicht fürchten und auf den kleinen Camille aufpassen. Horace sah ihr stumm hinterher, als sie die Wohnung verließ. Camille hustete. Die Straße war belebter als gestern und vorgestern, ein guter Geist schien zu herrschen, sie sah Fröhlichkeit, Erleichterung. Über der Barrikade wehte eine rote Fahne, der alte Mann, der einen blutigen Verband am Arm trug, sagte ihr, der König habe Guizot abgesetzt und sei geflohen, zu den Engländern, ausgerechnet, er lachte und zeigte mit dem Arm dorthin, wo er England vermutete. Ob es möglich sei, hinter die Barrikaden zu kommen, fragte Emma, sie suche ihren Mann, der mitgekämpft habe. Zwei Männer halfen ihr über das Gerümpel, das arg zerschossen war, aber offenkundig standgehalten hatte. Sie ging die Straße hinunter, sah eingeknickte Gaslaternen, aufgerissenes Pflaster, sah einen umgekippten Omnibus mit Schusslöchern. Ein totes Pferd lag daneben, der Bauch aufgerissen. Fliegen. Sie ging weiter, sah Blutflecken auf dem Bürgersteig, so wie Marie, hörte Freudenfeuer, Männer riefen Vive la République. Einige Läden waren geplündert. Sie traf Laurent, der auf dem Weg zu ihr war, Gott sei Dank, sie hatte kurz darüber nachgedacht, ob nun eine Zeit ohne Hausangestellte anbrechen würde, weil niemand mehr dienen wollte, und war, mit etwas Nachdruck, zu dem Schluss gekommen, dass sie das aushalten würde, aber so war es besser. Sie gab

Laurent den Auftrag, die Dinge einzukaufen, die sie hatte einkaufen wollen, keine Krustentiere. Dann ging sie in ein Krankenhaus, in dem sie mit Horace gewesen war, als er sich einen Arm gebrochen hatte. Frische Schusswunden, ein amputiertes Bein, der Geruch von Blut, Eiter, Narkose, aber Siegesstimmung. Sie fragte, rief den Namen ihres Mannes. Einige Männer flirteten mit ihr, einer rief, er sei Georg, Geög, wie er sagte, sie solle zu ihm kommen, er habe Platz in seinem Bett, je suis Geög, Gelächter. Sie verließ das Krankenhaus und eilte nach Hause. Madeleine war da, Laurent, Georg nicht. Die Köchin kam am frühen Abend.

Ein Heldentod? Und wie schlimm wäre das? Besser als ein Leben als gewesener Freiheitsdichter mit dem neuen Schwerpunkt Krustentiere? Sie wollte das nicht denken, aber nun hatte sie es gedacht und musste sich konzentrieren, dass der Gedanke, der abscheuliche Gedanke, wie sie lautlos schimpfte, nicht zurückkehrte. Georg sollte leben. Sie wollte mit ihm leben. Auch wenn er jetzt bei Marie war. Diesen Verdacht wurde sie nicht los. Wie viele Leben hat ein Schmetterling?

Als sie sich fürs Bett umzog, hörte sie die Klingel. Georg stand vor der Tür, abgerissen, schmutzig, stinkend, müde Augen. Sie machte ihm ein Bad und rückte einen Stuhl neben die Wanne. Als er in der Wanne lag, stellte sie die Frage, die sie nicht hatte stellen wollen, höchstens am Ende seines Berichts. Immerhin gelang ihr ein fürsorglicher Ton: Wo hast du geschlafen?

Er habe nicht geschlafen, sagte Georg, höchstens ein paar Stunden, im Schloss, auf einer Recamière. Er habe eine Menge gefunden, eine Menge Menschen, und die habe ihn aufgenommen, und er sei mit der Menge geströmt, als Teil der

Menge, einer ausgehungerten, unbewaffneten Menge, die aber nicht aufzuhalten war, die Kanonen und Lanzen nicht mehr fürchtete, Schüssen trotzte und durch die Tuilerien wogte, wie 1789, sagte Georg, den Palast stürmte, ohne Gegenwehr, weil die Nationalgarde meuterte, und er war dabei, als Teil dieser Menge, sei die Stufen hinaufgelaufen, durch die menschenleeren Säle, hinein in die Kammern, immer weiter, bis in den Thronsaal. Er habe Emma etwas mitgebracht, sie solle in seiner Hose nachschauen. Sie bückte sich zu Georgs Hose, ließ eine Hand in die Tasche gleiten und zog zwei Stücke festen Stoffes heraus. Vom Thron, sagte Georg kichernd. Handwerker hätten den Stoff zerschnitten und aufgeteilt und dann den Thron verbrannt. Jubel, sagte er, die Massen hätten gejubelt. Weißt du, wer das alles anführt, fragte er Emma und gab die Antwort selbst: Alphonse de Lamartine, der Dichter, den er Ende der dreißiger Jahre übersetzt hatte, als er nicht wusste, wovon er leben solle, fünf Bände Lamartine, sein Vorbild.

Wir wussten, dass die Stunde der Dichter kommen würde, sagte Emma.

Das wussten wir.

Sie brachte Georg ins Bett und schlief mit ihm, aber schärfte ihm ein aufzupassen, man wisse nicht, welche Aufgaben anstünden in diesen Zeiten, in Berlin zumal. Wir können auch später ein drittes Kind haben, sagte sie. Es würde ein Kind sein, das als freier Mensch geboren würde. Ist dir aufgefallen, wie schwach Camille wirkt, fragte sie.

Nein, ihm war nichts aufgefallen.

Nach ein paar Tagen war ihre Euphorie verflogen. Die neue Regierung hatte die Republik ausgerufen und Nationalwerkstätten für die Arbeitslosen gegründet. Aber Georg saß in seinem Arbeitszimmer und untersuchte Krabben. In Berlin regte sich nichts. Lass uns nach Berlin gehen, hatte sie ihm gesagt, aber er wollte nicht, konnte nicht. Preußen ließ ihn immer noch nicht einreisen. Er ging nicht aus dem Haus, er bekam nichts mit von diesem großen Aufbruch. Draußen geschah so viel, aber in ihrer Wohnung geschah nichts.

In den ersten Jahren hatte Emma das Pariser Exil genossen. Georg schrieb letzte Gedichte für einen zweiten Teil der »Gedichte eines Lebendigen«. Er saß in seinem Arbeitszimmer, und wenn er abends hinauskam, blickte er aus irren Augen, sein Haar zerrauft, Geruch von Tabak, Schweiß und Rotwein. Schreiben ist Gefressenwerden, sagte er ihr, als sie ihn besorgt darauf ansprach. Du denkst, dass du Verse schaffst, aber die Verse schaffen dich ab, du verschwindest in ihnen, wirst Teil ihrer Welt, und die andere Welt kommt dir abhanden. Er sprach von äußerster Bedrängung, von der Angst am Morgen, sich den Versen wieder auszuliefern, denn er wisse nie, wie sie ihn am Abend entließen, wenn sie ihn überhaupt entließen. Verzeih mir, mein Liebling, sagte er, ich gehöre gerade ihnen mehr als dir. Lieber den Versen als der Comtesse, dachte Emma.

Die Besten der Emigranten machten den »Vorwärts!« für die deutschen Handwerker und Arbeiter in Paris, Georg, Bakunin, Marx, Ruge, Börnstein, Bernays, Heine. Georg wollte erst nicht mitmachen, weil Heine mitmachte. Das Gedicht gegen »Tendenzdichter« hatte er ihm nicht verziehen: »Herwegh, du eiserne Lerche, / weil du so himmelhoch dich schwingst, / Hast du die Erde aus dem Gesichte / Verloren – Nur in deinem Gedichte / Lebt jener Lenz den du besingst.« Eiserne Lerche. Er rätselte mit Emma, ob eisern hieß, dass er gleichsam in einer Rüstung für die Freiheit stritt, oder ob es seinen Stil meinte. Er entschied sich für die erste Variante, weil er das als Auszeichnung empfand, war aber so beleidigt, als würde die zweite Variante gelten. Eiserner Stil hieß, sagte er zu Emma: nicht schreiben können, keine Leichtigkeit, keine Eleganz. Heine hatte beides, keine Frage, auch wenn es Georg schwerfiel, das einzuräumen. Ihm fehlte das, was Emma wusste, aber niemals sagen würde. Sie sagte: Heine begnügt sich damit, die Welt mit spöttelnder Distanz zu betrachten und zu beschreiben. Du willst eine bessere Welt schaffen. Dein Projekt ist größer, deshalb bist du der größere Dichter. Er wirkte zufrieden, blieb aber dabei, Heine das kleine Gedicht übel zu nehmen.

Marx vermittelte zwischen den beiden, Georg versöhnte sich zähneknirschend mit Heine und ging regelmäßig in das Haus an der Ecke Rue du Moulin und Rue Neuve-des-Petits-Champs, wo sich die Redaktion des »Vorwärts!« traf, wo die Männer rauchten und debattierten. Emma ließ sich jeden Abend jedes Wort berichten, jede Einzelheit, so dass sie ein Bild von der Debatte gewann, als sei sie dabeigewesen. Bald war ihr klar, dass sich die Männer nicht auf einen Kurs würden einigen können. Die Gemäßigten um Ruge stritten heftig mit den Radikalen um Marx. Ihr Mann? Saß in der Mitte. Redete eine Menge, schrieb aber kaum für den »Vorwärts!«. Einen Artikel.

Die »Gedichte eines Lebendigen«, zweiter Teil, wurden kein großer Erfolg. Georg hörte beinahe ganz auf mit dem Schreiben. Im Salon von Marie, im eigenen Salon, in vielen Salons, rief er, dass das Wort nicht mehr reiche, es gehe um die Tat, wie beim Aufstand der Weber in Schlesien. Freude bei Emma, zunächst, bis ihr klar wurde, dass zwar Gedichte weitgehend ausblieben, Taten jedoch nicht folgten.

Aber sie hatten die Mitgift, sie lebten herrlich in einer großen Wohnung, führten einen Salon, in den sogar Heine kam, ein schöner Mann, fand Emma, und Liszt, und Turgenjew, Bakunin, Ruge und wer so durchreiste. Sie tranken Champagner, schlürften Austern, um Mitternacht kalter Braten mit Mayonnaise, Diener in Livreen, die Comtesse zog großspurig an ihrer Zigarre, die weißen Windhunde lagen ihr zu Füßen, wenn sie lachte, bebte das Parkett. Lange Abende, Nächte, Streit, Versöhnung, Geflüster in den Ecken. Heine ging meist früh, er kränkelte, redete nicht viel, beobachtete von einem Sessel aus. Emma hatte oft den Eindruck, zu Hause würde er noch schnell ein spöttisches Gedicht schreiben. Sie mied seine Nähe, nachdem sie einmal eine knappe Stunde neben ihm auf dem Sofa gesessen hatte, plaudernd, und irgendwann einen Sog spürte, der sie mitzureißen drohte, seine charmanten Worte, sein Jünglingslächeln, der Champagner. Liszt spielte auf dem Flügel im Salon. Das Lachen der Comtesse holte sie aus dieser süßen Trance. Sie stand auf, ging in die Küche, leicht schwankend, gab die Anweisung, weitere Flaschen Champagner ins Eis zu legen, und ging zurück in den Salon, nicht aber zu Heine.

Sie war traurig, dass der »Vorwärts!« nicht lange lebte, vor allem weil das ein Sieg Preußens war. Der preußische Botschafter protestierte bei der Regierung Guizot, bis sie dem Blatt den Garaus machte. Ruge ging nach Zürich, Karl bekam Anfang 1845 Besuch vom Polizeikommissar. In vierundzwanzig Stunden. Das alte Lied. Er floh nach Brüssel, Jenny wohnte zwei Tage bei den Herweghs. Bakunin wurde von den Russen in Abwesenheit zu Zwangsarbeit verurteilt. Sie schämte sich ein bisschen, dass die Polizei nie bei ihnen auftauchte. Georg tat nicht genug dafür. Immerhin schrieb er ein paar Verse, die ihr gefielen: »Ordonnanzen! Ordonnanzen! / Meine Völker müssen tanzen, / Wie ich ihnen aufgespielt! / Tanzt, o Polen – tanzt, o Deutsche, / Alle nach derselben Peitsche, / Wenn der König es befiehlt!« Aber das reichte nicht, um ausgewiesen zu werden.

Ansonsten: Ödnis, Krustentiere.

Die Revolution holte sie da raus. Ende Februar 1848 schrieb sie ihrer Mutter, ihrem Vater, allen Freunden, Verwandten in Deutschland, begierig nach politischen Neuigkeiten. Regte sich etwas? Sie ging in das Lesekabinett im Palais Royal, wo deutsche Zeitungen auflagen, und las. Nichts passierte, Stille, Totenstille. Aber die Zeitungen waren alt, die Briefe brauchten ewig. Der König könnte schon vertrieben sein, und sie wüsste nichts davon. Die Welt war unzulänglich. Erste kleine Meldungen, über die sie sich freute. Die Bauern im Großherzogtum Baden wurden unruhig. Nur zu.

Zu Hause überreichte ihr Laurent ein Billett. Adelbert von Bornstedt kündigte seinen Besuch an. Sie sagte es Georg, der Sympathien für Bornstedt hegte, da er Heine einst als bezahlten Agenten von Thiers denunziert hatte, was sogar stimmte. Heine bekam ein Salär von der französischen Regierung. Staatsdichter, pfui. Außerdem hatte Bornstedt Gedichte von Georg in der »Deutsch-Brüsseler-Zeitung« gedruckt. Nun war er wieder in Paris, viele kehrten zurück. Georg wollte Bornstedt empfangen. Emma forderte die Köchin auf, an nichts zu sparen, feinstes Fleisch, Austern, Champagner. Sind noch Kubanische da? Laurent schaute nach, zwei Stück, zu wenig. Besorgen Sie Zigarren, Laurent, bester Schnitt. Sie setzte ihre Hoffnungen auf Bornstedt, er war umtriebig, rastlos, mit ihm konnte etwas beginnen.

Er kam, war umtriebig, war rastlos, ein Mann, der sich straff hielt und rauchte, als gehöre er in feinste Kreise. Sie aßen, und sofort passierte das, was Emma befürchtet hatte. Es redete nur einer, Georg, und sein Thema war nicht die Revolution. Er erzählte von einem Tauchapparat, den er anzuschaffen wünschte, um Krustentiere auf dem tiefen Meeresboden in ihrem natürlichen Habitat beobachten zu können. Milne-Edwards habe einen solchen Tauchapparat auf seiner sizilianischen Forschungsreise benutzt, mit gutem Erfolg. Bornstedt müsse sich den Tauchapparat so vorstellen: Im Wesentlichen sei das ein lederner Helm, wie ihn Oberst Paulin für Feuersbrünste entwickelt habe. Georgs Hände formten einen Feuerwehrhelm. Ob Bornstedt Paulins Helm kenne? Kannte er nicht. Bornstedts ratloser Blick, der dann bei Emma landete, sie nickte ihm beruhigend zu, Geduld, Geduld. Der Helm, fuhr Georg engagiert fort, sitze fest auf den Schultern und schließe luftdicht, damit kein Rauch eindringen könne. Für die Augen seien Fenster angebracht, naturgemäß. Georg lachte kurz, niemand lachte mit. Oben sei ein langes, elastisches Rohr angeschraubt, welches mit einer Druckluftpumpe in Verbindung stehe. Wieder Bornstedts Blick, wieder ihr Lächeln, jetzt schon eine Spur verzweifelt. Der Gedanke, sagte Georg, der dem Ganzen zugrunde liege, sei außerordentlich einfach. Man führe mittels der Pumpe, welche über das elastische Rohr mit dem Helm verbunden sei, dem Kopf, der in dem Helm stecke, beständig frische Luft zu, die durch die Fugen an der Schulter wieder entweiche und den verbrauchten Atem mitnehme. Georg pustete lebhaft, um das Pumpen der Luft zu illustrieren. Milne-Edwards habe seinem Freund Karl Vogt von seinen Erfahrungen mit einem solchen Tauchapparat berichtet. Von einer Barke aus sei er damit ins Meer gesprungen, vor der sizilianischen Küste, und er sei zufrieden gewesen, fuhr Georg fort. Stellen Sie sich vor, sagte er, nun glühend, mit welchem Vergnügen ein Naturforscher, so wie er selbst, mit einem solchen Apparat, der alle Glieder frei lässt, auf dem Grunde des

Meeres wandeln und dem geheimnisvollen Treiben zuschauen könne, das uns jetzt nur in Bruchstücken an die Oberfläche gebracht werde. Er stand auf und trottete schwerfällig um den Tisch herum, die Arme abgespreizt, der Tritt so plump, als hinge Blei an seinen Füßen.

Es geht nicht nur um Fische und Krustentiere, sagte Georg im Laufen, es geht um die Geheimnisse der Menschheit.

Er sah Bornstedt mit aufgerissenen Augen an. Verstehen Sie, sagte er, die Geheimnisse der Menschheit.

Ich verstehe nicht ganz, sagte Bornstedt.

Georg setzte sich wieder, Emma atmete auf.

Bornstedt, sagte Georg, leuchte hoffentlich ein, dass Naturforschung und Historie zusammengehörten, Vogt sage, und auch da könne er dem Freund, der hier in Paris übrigens einige Zeit mit Bakunin in einer Wohnung gelebt habe, nur beipflichten …

An dieser Stelle griff Emma ein, um über Bakunin auf die Politik zu kommen, aber Georg wies diesen Versuch schroff zurück und fuhr fort: Vogt sagt, wir schwatzen und reden in unseren geologischen Abhandlungen unendlich viel von Schichten, die sich in der Hochsee ablagern, von untergegangenen und überspülten Reichen, und die ganzen Vergleichspunkte, auf die wir uns stützen können, bestehen in einigen Häuflein Sand und ein paar Muscheln, die Schleppkratze und Senkblei zu Tage gefördert haben. Wie größer wären unsere Erkenntnisse, sagte Georg, Vogt zitierend, könnten alle Interessierten einen solchen Tauchapparat nach dem Vorbild Paulins einsetzen, auch wenn der noch Mängel habe, aber er, Georg, werde sich demnächst persönlich darum kümmern, dass dieser Tauchapparat weiterentwickelt werde.

Emma konnte ihre Verzweiflung kaum unterdrücken.

Sollte nun auch ein Tauchapparat Georgs Zeit stehlen? Er begann von Krustentieren zu erzählen, in das irritierte Gesicht von Bornstedt hinein, aber dann gelang es Emma doch, das Gespräch umzulenken, indem sie mit einem Hinweis auf die Höflichkeit dem Gast gegenüber fragte, was Bornstedt in Brüssel zuletzt erlebt habe und, vor allem, weshalb er nach Paris gekommen sei. Georgs zornigen Blick hielt sie gern aus, solange sie nur wegkamen von diesem fürchterlichen Tauchapparat.

Mit Brüssel hielt sich Bornstedt nicht lange auf, zwei, drei Sätze, dann sagte er, dass er die Deutschen in Paris, vor allem die Arbeiter und Handwerker versammeln wolle, damit sie eine Solidaritätsadresse an die neue Regierung verfassten, die Polen hätten das längst getan. Fünfzigtausend deutsche Handwerker in Paris – und kein Grußwort an die Regierung der Republik, das konnte nicht sein. Emmas Blicke fahndeten in Georgs Gesicht. Sprang er an, ließ er sich mitreißen? Sie sah Zurückhaltung, manchmal Abwesenheit, als würde er an die Krabben denken.

Einer von uns muss die Adresse verfassen, sagte Bornstedt, einer der schreiben kann, ein Dichter wie Sie, ein großer Mann, den jeder kennt.

Haben Sie Heine gefragt?

Heine ist krank und zynisch. Ihm fehlt das Engagement, das wir jetzt brauchen. Ich schreibe einen Wettbewerb aus. Wer bei der Versammlung die beste Adresse vorträgt, wird sie auch den Franzosen vortragen. Machen Sie mit.

Ich muss überlegen.

Immerhin. Der Braten war gegessen, die Austern vertilgt, auf den Bordeaux folgten Champagner, Zigarren. Bornstedt sagte, dass er sich auf lange Sicht mehr vorstelle als eine Grußadresse.

Was? Georg war im Laufe des Abends wacher geworden. Aufgetaucht, dachte Emma.

Eine Deutsche Demokratische Gesellschaft in Paris, später eine Deutsche Legion. Wir bewaffnen die Deutschen in Paris und schicken sie über den Rhein, damit sie die Revolution in den deutschen Landen entfachen.

Georg zog an seiner Zigarre. Klingt gut, sagte er.

Sie war glücklich, als sie ins Bett gingen, aufpassen, aufpassen, nur kein Kind jetzt. Deutsche Legion, das klang wirklich gut. Emma hatte das Gefühl, ihr Leben beginne neu, mit dreißig Jahren.

Sie ging weiterhin ins Palais Royal, las, las. Unruhe in Deutschland, sie spürte die Unruhe zwischen den Zeilen. Es konnte nicht mehr lange dauern. Ihre Mutter schrieb, dass die Leute sich verrückt machen würden mit dem Politisieren. Schlecht werde das ausgehen. Schlecht ist gut, dachte die Tochter. Georg saß in seinem Arbeitszimmer bis spät in die Nacht, und hoffentlich schrieb er am richtigen Text. Da Laurent keine Krustentiere mehr ins Haus brachte, sah sie gute Chancen.

Hast du schön geschrieben, fragte sie ihn beim Essen am Abend des 5. März. Morgen würde die Versammlung sein.

Ja.

Über die Schamkrabbe?

Nein.

Die Bogenkrabbe?

Nein.

Die …? Sie konnte, wollte sich all diese Namen nicht merken.

Nein.

Das?

Ja.

Sie hob ihr Glas, prostete Georg zu. Ihre Gläser schlugen gegeneinander, der Champagner perlte nur noch schwach, es war der Rest aus der Flasche.

Zeigst du mir das Grußwort?

Ich möchte, dass du es dort hörst, mit den anderen.

Das heißt, du nimmst mich mit.

Ich nehme dich mit.

Er hatte Angst, das merkte sie, er hatte immer Angst, wenn er vor vielen Menschen reden musste. Weil ich das Reden nicht habe, habe ich das Schreiben, hatte er einmal zu ihr gesagt.

Viertausend Deutsche in der Salle Valentino, keine Frau, auf den ersten Blick, dann sah sie doch ein paar. Bakunin lief ihr über den Weg, große Freude, er war wieder in Paris, sprach noch immer sein Gemisch aus Französisch, Deutsch und Russisch, das Deutsche jetzt Schweizerisch eingefärbt. Die Stirn war höher geworden, der Bart grauer. Locken an den Schläfen, länger als vor fünf Jahren, als er ihr Brautführer war.

Eine wüste Hochzeit. Ende Februar 1843 traf Emma endlich bei Georg in Zürich ein, begleitet vom Vater, von der Schwester Minna, mit der sie dann das Zimmer teilte, weil der Vater dachte, dass es noch etwas zu bewachen gäbe. Dann wies die Stadt Zürich Georg aus, seine politische Prominenz war den Bürgern unliebsam geworden. Er störte ihr stilles Dasein. Sie zogen um in die Stadt Baden im Kanton Aargau, und in diesen Wirren entschieden sie, schnell zu heiraten, noch morgen, obwohl der Vater abgereist war, um seine Frau zur Hochzeit zu holen.

Schnee in dichten Flocken. Sie saßen in alten Kleidern in der Kutsche, die sie zur Kirche brachte, ihr Brautkleid und sein Hochzeitsfrack wurden noch geschneidert. Sie trug einen Myrthenkranz, den Minna geflochten hatte. Einige Scheiben der Kutsche waren zerbrochen, Schneeflocken wehten herein, Kälte. Hinten saß Bakunin auf der Kutsche. Als sie vor der Kirche hielten, sprang er herunter und half Emma aus dem Wagen. Adieu, Mademoiselle, sagte er. Als sie dem Pfarrer zuhörte, dachte sie an den Brief, in dem sie Georg vor einem halben Jahr geschrieben hatte, dass sie einen Pfarrer für ihre Liebe nicht brauche, aber nun war es doch ganz schön, dass einer redete. Was sprach schon gegen Feierlichkeit? Sie weinte. Nicht wegen Gott und dem Pfarrer, der dann doch und wie erwartet eine bornierte Rede hielt, mit guten Ratschlägen für die gute Ehe, wobei sich die meisten Ratschläge an sie richteten, ihre Pflichten als Weib, danke, nein, sie weinte, weil es so überaus richtig war, diesen Mann zu heiraten, weil sie abschloss mit dem Höhere-Tochter-Leben, das sie aber nicht in eine Höhere-Tochter-Ehe überführte, sondern in das, was sie eine Ehe von Freien nannte, ohne dass sie schon wusste, wie weh das tun würde. Selbstverständlich bereute sie nichts.

Nach der Trauung stand Bakunin wieder an der Kutsche, half ihr hinein und sagte: Bonjour, Madame. Sie fuhren in den »Freihof«, weil der Name so schön passte, und feierten, eine kleine Gesellschaft, zehn Leute, Emma spielte Klavier, sie tanzten, sangen. Ihre Eltern kamen eine Woche nach der Heirat in Baden an und blieben für einen Monat.

Hochzeitsreise: Genf, Lyon, Sète. Georg schrieb Xenien, eine hieß »Die Kommunisten«: »Spottet des Völkleins nicht! es hat ja den römischen Adler / Eine geringere Zahl solcher Apostel gestürzt.« Neapel. Rom. Er mochte sein Parfüm nicht mehr. Emma schrieb an Jean Marie Farina in Köln, er solle eine Kiste seines berühmten Kölnisch Wasser nach Rom schicken, aber sie traf nicht rechtzeitig ein. Venedig, Mailand. Ostende. Farinas Kölnisch Wasser reiste ihnen nach, erreichte sie in Mailand. Georg las, neu riechend, den »Don Quijote«, sie den »Horace« von George Sand, und danach stand fest, wie das Kind, das auf dieser Reise in ihrem Bauch wuchs, heißen würde. Sie entschieden, in Paris leben zu wollen. Bakunin wurde auch ihr Freund. Sie gingen an der Seine spazieren, redeten über Politik.

Der Wettbewerb begann. Georg stieg als Erster auf das Podest, um seine Rede zu halten. Sie sah seine Angst und hoffte, nur sie könne die Angst sehen, weil sie darum wusste. Es war die Starrheit seiner Gesichtszüge, aber die anderen sahen ihn ja nicht ohne Angst und wussten nicht, dass dieses Gesicht in diesem Moment ungewöhnlich starr war. Jetzt schluckte er, zweimal, dreimal. Das konnte jeder sehen.

»Der Sieg der Demokratie für ganz Europa ist entschieden«, begann Georg mit zitternder Stimme.

Jubel. Aber was war mit Berlin, mit Wien, dachte Emma. Wenn Georg das sagte, dann musste doch niemand mehr etwas tun, er auch nicht.

Er lobte Frankreich, gepresster Atem: »Du hast endlich den Funken der Freiheit zur Flamme angefacht, die Licht und Wärme bis in die letzte Hütte verbreiten soll.«

Ein bisschen Büchner, gut, aber zu viel Alliteration für ihren Geschmack.

»Ja, überall in Europa erwachen die demokratischen Ideen, überall stehen Millionen Männer bereit, dafür zu leben und zu sterben.«

Nur wo?

Am Ende seiner Rede rief Georg, endlich mit sicherer Stimme: »Es lebe die Freiheit, die Gleichheit, die Bruderliebe! Es lebe die Demokratie! Es lebe die europäische Republik!«

Großer Jubel. Sie stand auf, klatschte mit den anderen, hätte ihn gern umarmt, aber das würde ihm wohl nicht gefallen, hier in der Salle Valentino vor viertausend Männern und ein paar Frauen.

Ein junger Mann mit einer Narbe auf der Stirn sprach sie an. Ob sie sich an ihn erinnern könne? Sie sah ihn genauer an, etwas flackerte in ihrem Gedächtnis, aber sie brauchte seine Hilfe. Die gnädige Frau habe seine Familie damals in Berlin besucht, mit dem Schweizer, der alles wissen wollte, und dem Dichter. Emma fiel ein, dass es der Junge war, der damals im Vogtland das Spinnrad gedreht hatte. Was er hier mache? Sie betrachtete ihn genauer, schwarze Hosen, weißes Hemd, schwarze Weste, schwere Schuhe, alles schmutzig, Löcher in den Hosen, Bartstoppeln. Er habe bei einem Zimmermann in Berlin gelernt, sagte der junge Mann. Da sei es ihm anfangs gut ergangen, obwohl es kein Geld gab für die Arbeit, aber er habe im Meisterhaushalt leben dürfen, Kost und Logis frei, und war keine Last mehr für die Eltern. Doch in der Hungerkrise von 1847, Dürre und Kartoffelfäule, falls sich die gnädige Frau erinnere, habe ihn der Meister rausgeworfen, weil er nicht einmal das Essen für seine Familie habe bezahlen können, die Preise seien ums Doppelte gestiegen, die Zahl der Aufträge dagegen gesunken. Deshalb sei er nach Paris gewandert, er habe gehört, dass es dort gute Arbeit gebe und viele Landsleute dort seien, aber als er hier ankam, habe er erfahren müssen, dass das Erste nicht stimme, das Zweite jedoch schon. Und nun sei er hier, weil er hoffe, etwas tun zu können, damit die Fürsten abdanken, denn am Ende seien sie schuld am Elend, auch der von Preußen. Wir müssen töten, sagte der junge Mann. Wir werden dafür sorgen, dass Sie die

Gelegenheit dazu bekommen, sagte Emma fest. Das »wir« tat ihr gut.

Dann hörte sie wieder zu, weil sich ein Herr Venedey gemeldet hatte und seinerseits ein Grußwort an die Franzosen vortragen wollte. Er tat das auf Französisch, weil das die Sprache der Adressaten für das Grußwort war, aber kaum hatte er begonnen, protestierten Arbeiter und Handwerker, die nur wenig oder gar kein Französisch sprachen, und er musste sein Manuskript während des Redens ins Deutsche übersetzen, was den Vortrag ruinierte. Georg gewann die Abstimmung mit großer Mehrheit und war Präsident der Deutschen Demokratischen Gesellschaft und Grußredner bei den Franzosen. Emma hatte immer noch Angst, vor dem Meer und seinen Bewohnern, und dass es ihren Mann wieder überspülen würden, aber die Chancen, seinem Leben eine neue Richtung zu geben, standen weit besser als vor wenigen Tagen. Am Abend Champagner: In Paris war die Nachricht eingetroffen, dass der Bundestag in Frankfurt die Zensur aufgehoben hatte. Schwarz-Rot-Gold wurde Bundesflagge. Die Fürsten bekamen Angst. Emma lachte.

Zwei Tage nach der Versammlung in der Salle Valentino zogen sechstausend Deutsche von der Place du Carrousel zum Hôtel de Ville, an der Spitze, hinter der französischen und der schwarz-rot-goldenen Fahne, Georg Herwegh und Adelbert von Bornstedt. Emma ging halb neben, halb hinter ihrem Mann, der eine blau-weiß-rote Kokarde am Rock trug. Es war der 8. März, ihr Hochzeitstag, der fünfte, das erste kleine Jubiläum. Blumen, er hatte daran gedacht. Als sie vor dem Rathaus standen, wurden dreißig Deutsche ausgewählt, die mit Georg hineindurften. Emma wollte sich anschließen, wie selbstverständlich, als seine Frau, aber Bornstedt hielt sie zurück. Nur dreißig, nur die Ausgewählten. Ein Blick zu Georg, der aber schon auf dem Weg ins Rathaus war. Sie rief, er drehte sich nicht um. Sie wartete draußen mit den rauchenden, trinkenden Männern. Niemand sprach sie an.

Georg erzählte später etwas knapp, sagte aber, nachdem sie ihn gefragt hatte, dass er nur ein bisschen nervös gewesen sei.

Am Tag darauf las Emma im »Moniteur«: »Die provisorische Regierung empfing eine Abordnung deutscher Demokraten, die gekommen war, ihr eine von 6000 ihrer Landsleute unterzeichneten Grußadresse zu überreichen. Im Namen der provisorischen Regierung antwortete Mr. Crémieux: Bürger Deutschlands, unsere Herzen sind lebhaft bewegt durch die noblen Worte, die Sie uns gerade hören ließen.«

Crémieux, Crémieux, Crémieux, ein Absatz nach dem anderen. Er sagte: »Deutschland überstürzt sich nicht, es marschiert, aber wenn Deutschland marschiert, kommt es ans Ziel. (Bravo! Bravo!)«

Erst ganz unten tauchte Georg auf, ihr Georg, und dann nur kurz: »Herwegh, indem er beide Fahnen überreichte: Auf daß die Fahne Frankreichs und die Fahne Deutschlands auf ewig vereint seien! Der Welt zum Wohle.«

Schön gesagt, fand Emma. Dann ging es wieder um Crémieux. Sie saß im Lesekabinett des Palais Royal und las in deutschen Zeitungen, dass Aufständische Schloss Niederstetten niedergebrannt hätten, dass dreißigtausend Bauern aus dem Taunus nach Wiesbaden gezogen seien, dass sich in Heidelberg südwestdeutsche Demokraten getroffen hätten. Friedrich Hecker und Gustav Struve sprachen sich dabei für eine deutsche Republik aus, die liberale Mehrheit war jedoch gegen eine Revolution. Sie wollten mit den Fürsten zusammenarbeiten, ein Vorparlament einrichten. Was soll das, dachte Emma. Also Hecker. Er war der Mann, an den sie sich halten musste. Plural. An den sie sich halten mussten.

Georg bestellte bei Laurent Krustentiere. Sie sah das mit Sorge, aber sie nahm auch wahr, dass er abends häufig ausging, dass er Versammlungen besuchte und mit Berichten heimkam, dass die Deutschen diskutierten, sich für einen Feldzug nach Deutschland zu wappnen, dass sie eine Deutsche Legion gründen wollten. Er sagte zu, deren politischer Anführer zu werden. Sie war so stolz. Sie sagte Laurent, dass er keine Hummer oder Crevetten für den Verzehr mehr kaufen solle. Damit Georg nicht in Versuchung kam. Es ging jetzt um Waffen. Sie brauchten die Erlaubnis der Franzosen, dass sie mit Waffen üben durften, und sie mussten Waffen besorgen. Georg ging ins Rathaus, er schrieb einen Aufruf an die französische Bevölkerung, dass sie den deutschen Freiheitskämpfern in ihrer Stadt Waffen aushändigen mögen. Sie half mit, die Plakate an Häuswände zu kleben. Kleister an ihren Händen. Es roch gut, es fühlte sich gut an. Das war so viel besser als Reiten, Zeichnen, Singen gegen die Langeweile, das war das Leben, und dann gleich das richtige, für die richtige Sache. In der Rue de Montmarte 54 war ein Zentralbüro der Deutschen Demokraten in Paris eingerichtet worden. Dort sollten die Franzosen die Waffen abgeben, oder bei den Herweghs zu Hause am Boulevard des Capucines. Auch Geld und Lebensmittel waren erwünscht.

Emma saß in ihrer Wohnung, zwischen den Möbeln vom besten Schreiner in Paris, zwischen den Brokatvorhängen, den schweren Fauteuils, knibbelte sich die Reste Kleister von den Händen und wartete auf die Klingel. Jedes Läuten eine Hoffnung für die Revolution in Deutschland. Aber es kam nicht viel, ein paar alte Flinten, rostige Pistolen, Dolche, Säbel. Nichts für einen Krieg. Camille war noch blasser, noch stiller geworden, und sie hatte, in all der Aufregung, vergessen, den Arzt zu rufen. Sie schickte ein Billett an den Hausarzt, er kam, untersuchte Camille, der dabei zu weinen begann und lebhafter wirkte als sonst. Der Arzt sagte Dinge, die sie nicht verstand, aber es schien keinen Grund zu geben, sich größere Sorgen zu machen. Ein Rezept, eine Rechnung. Sie schickte Laurent zur Apotheke. Sie sagte Madeleine, dass sie sich mehr um Camille kümmern müsse, ihm Spiele anbieten, ihn ermuntern, sich auf die Beinchen zu stellen und das Laufen zu lernen. Er hustete stärker.

In Deutschland passierte zu wenig. Unruhe, ja, einzelne Protestmärsche, Brandstiftungen, aber eine Revolution war das nicht. Georg schimpfte gegen die ewige Lahmheit der Deutschen. Sie wüssten um die Freiheit, aber könnten sie nicht fühlen. Das Problem war, dass sie keine Idee hatten, was sie mit der Legion machen sollten. Auf gut Glück nach Deutschland gehen? Aber wohin? Wo wurden sie gebraucht? Sie warteten auf einen Ruf, aber es kam kein Ruf. Wir müssen ihnen zurufen, dass sie uns rufen sollen, sagte Emma, und Georg fand das erst seltsam, aber dann richtig.

Wer soll uns rufen, fragte er.

Hecker, sagte sie. Er ist entschlossen. Schreib ihm einen Brief.

Sie gingen zusammen ins Arbeitszimmer, das kaum noch nach faulem Fisch stank, und Georg schrieb, während sie hinter ihm stand: Paris, 15. März 1848.

Er saß da, zögerte. Fang doch damit an, dass hier viele kampfbereite Deutsche sind, sagte sie. Er tauchte seine Feder ins Fass und schrieb, dass sich in Paris in kurzer Zeit ein Korps von vier- bis fünftausend Mann bilden könne. So viele? Sie hielt das für übertrieben, aber natürlich sagte sie nichts.

Am Ende des Briefs standen die Sätze: »Ich zweifle keinen Augenblick, dass, wenn wir heute von draußen ein Zeichen zum Aufbruch erhalten, wir binnen acht Tagen wohlgerüstet an der Grenze stehen können.« Die Stimmung sei »sehr kriegerisch«.

Sehr gut, sagte Emma, so werde es sein, und da Madeleine mit Horace auf der Straße war, Camille schlief, Laurent Einkäufe machte und die Köchin halb taub war, hatte sie nichts dagegen, dass Georg sie auf seinem Schreibtisch nahm. Aber Vorsicht, sei bitte vorsichtig, sagte sie. Es war dann knapp, sehr knapp. Ein kleiner Fleck auf dem Brief an Hecker.

Waffen, sie brauchten Waffen, und es kamen so wenige. Als eines Abends die Klingel tönte, schöpften sie Hoffnung, es könne einmal ein modernes Gewehr gebracht werden, aber es war Marie, die schon eine Jagdflinte abgeliefert hatte. Sie war außer Atem und rot im Gesicht und schrie: Wien, Barrikaden in Wien, Metternich auf der Flucht. Sie sprang Georg in den Arm, und Emma stand daneben, merkte aber kaum, dass es immer noch weh tat. Als Marie sich endlich löste und ihre Freundin herzte, war alles gut. Wien, Wien, Wien. Sie tanzten Polka durch den Flur, Georg mit Marie, Marie mit Emma. Nach Wien musste Berlin fallen, und vielleicht war es schon so weit, die Meldung aus Wien war ein paar Tage alt. Champagner, Laurent, wo bleibt der Champagner? Sie feierten, als lebten sie schon in einer demokratischen Welt, deren Ausrufung sich nur durch die lahme Post verzögert hatte.

Am nächsten Morgen trafen sich die Deutschen an der Madeleine zum ersten Exerzieren. Achthundert Arbeiter, Handwerker und ein paar Professoren waren gekommen. Warum so wenige, dachte Emma. Georg stieg auf ein Pferd, auf dem er dann wacklig saß, und verkündete, in Wien sei die

Revolution ausgebrochen. Jubel. Als er fragte, wer entschlossen sei, nach Deutschland zu gehen, um die Fürsten zu stürzen, jubelten nicht mehr alle. Ein paar Männer zogen ab. Die ehemaligen preußischen Offiziere, die sich der Legion angeschlossen hatten, versuchten die Männer in Marschordnung aufzustellen, aber das gelang nur mäßig, so dass ein konfuser Haufen zur Plaine-de-Monceau zog. Dort wurde es nicht besser, Emma sah, mit welcher Verzweiflung sich die Offiziere mühten, den Arbeitern, Handwerkern, Professoren das Exerzieren beizubringen. Krumme Reihen, jeder marschierte im eigenen Tempo. Sie musste lachen. Bei den Schießübungen bildeten sich Schlangen, weil es nicht genug Gewehre gab. Kaum einer traf die Scheibe. Sie hätte so gern geschossen, um ihnen zu zeigen, wie eine höhere Tochter aus Berlin das machte. Sie konnte das. Gegen die Langeweile am Schlossplatz, Ecke Breite Straße gab es auch Schießunterricht. Im Urlaub an der Ostsee schoss sie nicht schlechter als die Herren und dachte nach einem Treffer ins Zentrum der Scheibe: Das war der Zar. Wegen der Polen.

Aber sie hielt sich zurück, schoss nicht. Vielleicht hatten diese Handwerker und Arbeiter und Professoren nie eine Frau schießen sehen, würden erschrecken und nach Hause gehen. Dann wäre die Legion noch kleiner. Emma dachte an die schneidigen Soldaten, die sie aus ihrer Heimatstadt kannte, und sie überwältigten Zweifel, dass die Revolution eine Chance hatte. Aber die schneidigen Soldaten würden nicht kämpfen, sie würden überlaufen, weil auch sie Unterdrückte waren, die sich nach Freiheit sehnten. Ohne Zweifel. Sie sah sich an der Spitze eines Heeres von zehntausend Mann in Berlin einziehen, einen Schritt hinter Georg, einen halben.

BERLIN, NOVEMBER 1842

Um zehn Uhr saß Herwegh in der kleinen Lobby seines Hotels und wartete auf Grunholzer. Er grübelte. Von Emma war nichts mehr gekommen, keine Einladung, keine Verabredung. Warum wollte sie ihn nicht? Die Droschke fuhr vor, er ging hinaus. Es war ein dunkler Tag, der Himmel hing tief und schwarz über den Kirchtürmen, das Pflaster war nass und rot, weil offenbar eine Ladung Blumen von einem Fuhrwerk gerutscht war. Herwegh sah rote Blütenblätter. Grunholzer sprang aus der Droschke und hielt ihm die Tür auf. Drinnen saß Emma.

Er war so überrascht, dass ihm nur mühsam ein Lächeln gelang. Er nahm wahr, dass Grunholzer redete, während er sich fragte, ob Emma wegen ihm oder wegen Grunholzer mitgekommen war. Ohnehin war dies kein Ausflug für eine Frau. Was sollte das?

Wir fahren jetzt über die Friedrichstraße nach Norden bis zum Oranienburger Tor, hörte er Grunholzer sagen.

Herwegh starrte aus dem Fenster. Emma saß neben Grunholzer, in Fahrtrichtung, Herwegh auf der gegenüberliegenden Bank. Er sah Baustellen, ein Heer grauer Männer, die Ziegelsteine schleppten, Wände aufmauerten oder Putz auf Fassaden schmierten. Die Stadt wuchs, wie alle Städte, in denen er auf dieser Reise gewesen war. Die Kinder starben nicht mehr so leicht wie früher, hatte Blum ihm in Leipzig gesagt. Nun mussten sie satt werden. Die große Suppenfrage. Herwegh wollte dieses Wort nicht denken.

Das ist die Manufaktur von Borsig, sagte Emma.

Er sah hinter den Fenstern einer Halle Umrisse eines Kolosses, der ahnen ließ, dass eine Lokomotive daraus werden sollte. Die Eisenbahnen werden den Kapitalismus in einem ungekanntem Ausmaß befeuern, sagte Herwegh. Marx hatte ihm das in Köln erzählt. Netter Mann, er hatte Herwegh ein Festbankett bereitet und ihm die Redaktionsräume der »Rheinischen Zeitung« gezeigt.

Sind Sie schon mit der Eisenbahn gefahren, Fräulein Siegmund, fragte Grunholzer.

Ich würde gerne, sagte Emma.

Am Oranienburger Tor bogen sie nach rechts ab und fuhren die Zoll- und Akzisemauer entlang. Plötzlich stoppte die Kutsche.

Grunholzer lehnte sich aus dem Fenster und fragte nach vorne: Was ist?

Weiter fahre ich nicht, sagte der Kutscher.

Wir hatten bis zur Rosenthaler Vorstadt vereinbart, sagte Grunholzer.

Wir hatten nicht vereinbart: in die Rosenthaler Vorstadt.

Ich sehe kein Problem.

Sie sehen das Problem, Sie haben einen Knüttel dabei.

Was für einen Knüttel, fragte Herwegh.

Grunholzer griff unter die Sitzbank und zog einen armdicken Knüttel hervor.

Sie können jetzt aussteigen und dort durch das Tor gehen, sagte der Kutscher, dann sind Sie in der Rosenthaler Vorstadt.

Preußischer Mut, seufzte Grunholzer, recht leise. Dann nahm er den Knüttel, stieg aus und bezahlte den Kutscher, der sofort wendete und eilig davonfuhr.

Sie standen auf der Straße, Baustellen, Kinder, Männer mit Handkarren. Emma trug ein dunkelbraunes Kleid, das hochgeschlossen war, darüber einen Mantel in einem noch dunkleren Braun. Sie zog aus der Manteltasche ein blassgelbes Seidentuch, das sie faltete und über ihren Kopf legte, um dann die Enden unter ihrem Kinn zusammenzubinden. Der Regen hatte aufgehört.

Ist das nicht eine zu gefährliche Gegend für eine Dame, fragte Herwegh.

Das ist es sicher nicht, sagte Emma, bevor Grunholzer etwas sagen konnte.

Vielleicht doch, sagte Herwegh.

Sicher nicht für eine Dame in Ihrer Begleitung, falls Sie das beruhigt. Lassen Sie uns bitte gehen, meine Herren. Sie lief los, und Herwegh beeilte sich, um ihr über den Rinnstein helfen zu können. Grunholzer ging voraus, den Knüttel wie einen Spazierstock aufs Pflaster tippend. Sie gingen auf ein Tor zu, von dem rechts und links kleine Spitzen nach oben wuchsen. Der Torgang war breit und hoch. Die Wache sah sie erstaunt an, Herwegh hoffte für einen Moment, dass sie aufgehalten würden, aber das geschah nicht.

Die Häuser der Rosenthaler Vorstadt waren hoch, und sie waren schlecht gebaut, die Mauern bröckelten und bauchten aus, obwohl sie nicht alt waren. Die Straßen wirkten schmutziger als die in der Stadt, Unrat, Gestank und Kinder, Kinderlärm. Emma zog mit einer Hand ihr Kleid so hoch, dass es nicht über den Boden schleifte, aber Herwegh sah, dass sich der Saum schon mit feuchtem Schmutz vollgesaugt hatte. Grunholzer sagte, dass sie eng beieinander bleiben sollten. Emma hängte sich in Herweghs Arm, und jetzt war er froh, dass sie mitgekommen war. Er streckte sein Kreuz durch.

In vierhundert Stuben leben hier zweitausendfünfhundert Menschen, sagte Grunholzer, aber das ist eine offizielle Zahl, ich glaube, dass es weit mehr sind. Was eine Stube koste, fragte Emma. Das würde sie gleich hören, sagte Grunholzer. Kinder liefen herbei, umringten die ungewohnten Gestalten, magere, schmutzige Kinder, geblähte Bäuche. Grunholzer hielt vor einem Haus und fragte, ob sie bereit seien, mit ihm hier reinzugehen. Selbstverständlich, sagte Emma. Können wir denn hier einfach so reingehen, fragte Herwegh. Die meisten Leute reagieren freundlich, sagte Grunholzer. Er packte seinen Knüttel und ging durch den Eingang. Die Tür war herausgebrochen worden und verschwunden. Sie stiegen eine schmale, dunkle Treppe hinauf, Grunholzer vorne, Emma in der Mitte. Ein halbwüchsiger Junge kam ihnen entgegen, ohne Schuhe. Er erschrak, blieb stehen, drückte sich gegen die Wand. Gelbe Augen, die ängstlich starrten. Er roch wie das Haus: Kohl, vom Nachtschweiß feuchte Betten, Urin, Ruß. Als Emma den Jungen passierte, schnellte seine linke Hand hoch und fasste an ihr Seidentuch. Herwegh wollte sie wegschlagen, aber der Junge hatte die Hand schon zurückgezogen und hinter seinen Körper geklemmt. Im nächsten Moment löste er sich von der Wand und rannte die Treppe hinunter.

In der ersten Etage klopfte Grunholzer gegen eine Tür, auf die eine 3 gemalt war. Sie lauschten, ein Surren, aber keine Antwort. Grunholzer klopfte erneut, wieder nichts. Vorsichtig öffnete er die Tür, und sie sahen in einen Raum, in dem sich fünf Menschen aufhielten, Mann, Frau, drei Kinder. Ein Seil war kreuzweise durch den Raum gespannt, und Herwegh brauchte eine Weile, bis er verstand, warum. Es teilte den Raum gleichsam in Zimmer ein, vier Zimmer. In einem stand ein Bett, in einem anderen lagen Matten auf dem Boden, im dritten wurde gekocht und im vierten stand ein Webstuhl. Ein Mann arbeitete an einer breiten, gestreiften Leinwand, ein Junge, wohl vierzehn Jahre alt, eine lange

Narbe auf der Stirn, drehte mit der Hand das Spulrad. Die anderen Kinder, vielleicht fünf und sieben, lagen auf den Matten und schauten die Eindringlinge aus verschlafenen Augen ängstlich an. Die Frau schälte grüne Kartoffeln. Niemand fragte etwas. Grunholzer stellte sich vor und sagte, er mache eine Untersuchung, die dem König übergeben werden solle. Der König müsse wissen, wie sein Volk lebt, auch wenn es nicht gut lebt. Er habe einige Fragen zu ihren Verhältnissen und könne ihnen versichern, dass es nicht zu ihrem Schaden sei. Er stellte Emma und Herwegh als zwei Menschen vor, die Interesse hätten an solchen Forschungen, weshalb sie ihn heute begleiten würden. Georg Herwegh sei ein berühmter Dichter, Autor der »Gedichte eines Lebendigen«. Sind Sie damit einverstanden, dass ich nun meine Fragen stelle, schloss Grunholzer. Der Mann sah seine Frau an, sie sah hilflos zurück. Der Mann nickte.

Grunholzer lehnte seinen Knüttel gegen die Wand und holte ein in Leder gebundenes Notizbuch und einen Federhalter aus seinem Beutel.

Haben Sie eventuell einen Stuhl für mich? Ich kann sonst keine Notizen machen.

Sie sehen doch, dass wir keinen Stuhl haben, sagte der Mann, Sie können auf dem Bett sitzen.

Grunholzer ging zum Bett und suchte einige Zeit lang eine Stelle, an der er sich niederlassen konnte, und dann setzte er sich in die Mitte, auf die äußerste Bettkante.

Sie können auch dort sitzen, sagte der Mann mit einem Blick auf Emma und Herwegh.

Es macht mir nichts aus zu stehen, sagte Herwegh. Emma nahm ihr Kopftuch ab.

Wenn ich das richtig sehe, haben Sie drei Kinder, sagte Grunholzer.

Vier.

Wo ist das vierte Kind, wenn ich fragen darf?

Unsere Elisabeth arbeitet in der Tabakmanufaktur. Um sieben am Abend kommt sie heim.

Ich würde gerne wissen, was Sie mit Ihrer Arbeit verdienen.

Der Mann sagte, dass er drei Taler und fünf Silbergroschen verdiene, wenn er einen Monat lang Arbeit habe, aber das komme nicht mehr oft vor wegen der mechanischen Webstühle, die billiger weben könnten als er. Seine Elisabeth verdiene einen Taler im Monat und müsse die Hälfte davon abgeben.

Also haben Sie vier Taler im Monat, sagte Grunholzer.

Von haben will ich nicht reden, sagte der Mann. Zwei Taler bekommt die Armendirektion für die Stube, das Brot kostet schon sechs Pfennig, der Hering auch. Kartoffeln, Holz für das Feuer. Zehn Silbergroschen kosten die Einschlagspulen, fünf Silbergroschen die Schlichte. Wenn seine Frau zum Einkaufen gehe, müsse sie Schuhe bei der Nachbarin leihen, an ihrem Schuh sei ein Riemen gerissen, und sie verlöre ihn schon auf der Treppe, aber der Flickschuster in der Nummer 7 wolle, dass sein Nachbar seine Rückstände bei ihm bezahle, bevor er den Riemen ersetzt. Die Elisabeth habe Schuhe gebraucht, als sie die Arbeit in der Tabakmanufaktur bekommen habe, denn jetzt müsse sie bis nach Charlottenburg laufen und am Abend wieder zurück. Elisabeths Schuhe seien noch nicht bezahlt, weil er zwei Wochen ohne Arbeit gewesen sei, wegen der Manufakturen mit ihren mechanischen Webstühlen.

Ich habe nicht vier Taler, sagte der Mann, ich habe vier Taler verloren, noch ehe der Monat rum ist. Wir essen früh zu Mittag, damit wir das Frühstück nicht so lange vermissen.

Aber dann ist der Nachmittag lang. Am Abend essen wir erst, wenn die Elisabeth da ist. So leiden wir keinen Hunger in der Nacht. Schlimm ist nur der Morgen.

Grunholzer schien jedes Wort zu notieren. Das Weberschiffchen sauste hin und her, der Junge mit der Narbe trieb das Spulrad an und sah aus, als würde er dabei schlafen. Herwegh stand unbehaglich neben der Tür, er hatte Mitleid, aber er wäre lieber gegangen. Emma zog einen Silbergroschen aus der Jackentasche und sagte, dass eines der Kinder ein Frühstück holen solle. Ein Mädchen stand auf, sprang über das Seil und verschwand mit dem Silbergroschen.

Seine Frau habe sechs Kinder zur Welt gebracht, sagte der Mann, aber zwei seien an den Pocken verstorben.

Gibt es keine Schule für die Kinder, fragte Grunholzer.

Es gibt eine Armenschule, aber sie sind streng dort, die Kinder müssen den ganzen Morgen aufsagen. Wann die Hohenzollern geboren wurden, wann die Hohenzollern gestorben sind. Es fehlt nur das Datum, wann die Hohenzollern die mechanischen Webstühle verboten haben.

Er schaute ängstlich zu Grunholzer. Kommt das auch in Ihren Untersuchungsbericht?

Seien Sie unbesorgt.

Wir haben nichts gegen die Majestäten, aber streng sind sie schon. Einmal Betteln macht vier Wochen Arbeitshaus, beim ersten Rückfall sind es acht Wochen, danach ein Jahr Arrest. Ohne Betteln schaffen es viele hier nicht.

Als das Mädchen zurückkam, stürzte sich die Familie auf die Semmeln und die Milch. Sie saßen auf dem Bett, aßen und tranken gierig. Grunholzer war aufgestanden und hatte sich ans Fenster gestellt. Er schaute hinaus. Emma, feuchte Augen, stand dicht bei Herwegh.

Als sie gingen, war der Flur voll mit Menschen. Es hatte

sich wohl herumgesprochen, dass sich in der Nummer 3 Fremde aufhielten, die gegen ein Frühstück Fragen stellten. Die Hausbewohner drängelten und riefen und übertrafen sich mit kleinen Botschaften des Elends, weil sie dachten, dass ihre Chancen desto besser waren je schlimmer es um sie und ihre Familien stand. Grunholzer fasste den Knüttel breit und hielt ihn quer vor der Brust, um die Leute abzuwehren. Emma und Herwegh standen hinter ihm.

Am frühen Nachmittag verließen sie das Berliner Vogtland. Sie gingen durch das Tor zurück in die Stadt, fanden bald eine Droschke und fuhren zum Schlossplatz. Niemand sprach. Herwegh schwirrte das Gehörte durch den Kopf, wie im Fieber dachte er die Worte dünne Mehlsuppe, acht von elf Kindern tot, Kleider versetzt, fünfzehn Stunden arbeiten am Tag, Armensuppe, aber im Monat nur fünfzehn Portionen pro Familie, Schuhfabrikant in Spandau, Stroh unter einer leichten Bettdecke, jeden Tag Kartoffeln und Hafergrütze, amputiertes Bein, eine Frau hat ihre Milch verloren, acht Pfennig pro Elle, Schlafbursche. Was ein Schlafbursche sei, hatte Herwegh gefragt. Na, einer, der nachts arbeite und dem man tagsüber das eigene Bett vermiete, oder umgekehrt.

Die Droschke fuhr über die Friedrichstraße, Herwegh sah Emma an. Sie trug ihr Kopftuch nicht. Verschenkt? Gestohlen? Sie war in Schweigen gefallen, seitdem einer der Heimweber seine Geschichte mit einem »Königsmann« erzählt hatte. Der Weber lebte früher innerhalb der Stadtmauern, hatte drei Zimmer für sich, seine Frau und die fünf Kinder, aber dann begann der Königsmann die Preise zu drücken, weil er das Tuch, ein feines Tuch, billiger von den Besitzern der mechanischen Webstühle bekommen könne. Der Weber senkte den Preis, bis seine Familie hungern musste. Dann verlor er den Auftrag des Königsmanns, verlor seine Wohnung und musste ins Vogtland ziehen.

Was ist ein Königsmann, fragte Grunholzer.

Na, einer der an den König liefert, sagte der Weber.

Ein Hoflieferant?

Ja, Hoflieferant.

Wie heißt er, fragte Emma.

Siegmund.

Die Droschke hielt vor dem Haus Breite Straße 1. Die beiden Männer stiegen aus und wollten Emma aus dem Wagen helfen, aber sie ließ das nicht zu. Sie verabschiedete sich knapp und ging zur Tür. Herwegh bedankte sich bei Grunholzer und lief zum Hotel. Erst als er auf der Schlossbrücke war, hörte er den Türklopfer vom Haus der Siegmunds.

Er ging die Treppe zu seinem Zimmer hoch, wurde aber vom Concierge gerufen: Herr Herwegh, hier ist ein Brief für Sie. Es war billiges Papier, darauf eine feine Schrift: Für den Dichter Georg Herwegh. Kein Absender. Er riss den Umschlag auf und sah, dass es ein kurzer Brief war, vier Sätze.

Halten Sie sich fern von dem reichen Mädchen. Ihr Vater dient dem König. Bleiben Sie unserer Partei treu.

Herwegh sah auf, in die neugierigen Augen des Concierge. Kann ich etwas für Sie tun, fragte der. Er schüttelte den Kopf und ging die Treppe hinauf.

Er lag den Nachmittag über auf dem Bett, schlief, wälzte zornige Gedanken, was wusste dieser anonyme Mensch von Emma Siegmund, schlief noch einmal, wachte verschwitzt auf. Hatte dieser Mensch nicht dort recht? Er ging zum Concierge und fragte, ob ein Billett für ihn eingetroffen war. Leider nicht, sagte der Concierge, wir hätten es Ihnen gebracht. Sind Sie sicher, fragte Herwegh.

Absolut, verehrter Herr.

Ich möchte das Billett umgehend haben.

Es gibt kein Billett.

Wenn ein Billett kommt.

Selbstverständlich.

Er ging nicht ins Kaffeehaus zum Treffen der Freien, wie beabsichtigt. Er legte sich wieder aufs Bett und wartete auf ein Klopfen. Er starrte auf die Tür, zusammengekauert, und versuchte, sich den Ablauf der Zeit so vorzustellen, dass es schon geklopft hat und er nur noch aufstehen müsse, um das Billett in Empfang zu nehmen, er also schon nach dem ersehnten Moment lebe, als könne das ein Klopfen herbeizaubern, aber es klopfte nicht, und er fragte sich, ob er je so elend gewesen war wie in diesen Stunden auf dem Bett. Dann hörte er Schritte im Flur, aber sie waren schwer, langsam, suchend, und er wusste, dass dies nicht der Page war, der rasch durch die Flure schwebte, kaum hörbar. Es klopfte, Herwegh blieb liegen, rührte sich nicht. Lichtweiß?

Herr Herwegh?

Keine rutschende Stimme, nicht Lichtweiß. Herwegh atmete nicht.

Hier ist Bruno Bauer, der Concierge sagte, dass Sie da seien. Ich muss Sie sprechen.

Herwegh träumte sich weg, in den Tiergarten, an die Seite Emmas. Er war nicht da. So war es auszuhalten. Heftiges Klopfen, Herwegh nahm es kaum wahr. Dann Stille. Er atmete wieder.

Am Abend ließ er sich ein Essen auf sein Zimmer bringen. Um neun Uhr klopfte der Page und überbrachte ein Billett. Sie wolle ihn zeichnen, ob er morgen um zehn Uhr in die Akademie kommen könne?

Er saß auf einem Stuhl und bewegte sich nicht, obwohl Emma gesagt hatte, er könne sich bewegen. Sie stand hinter einer Staffelei, und Herwegh versuchte aus ihren Bewegungen herauszulesen, was sie gerade von ihm malte. Die langen, schmalen Striche über seinen Augen, den Scheitel, der fast gerade über seine Stirn lief, um dann abrupt auf das linke Ohr zu fallen, die steile Nase oder den Bart, der sein Gesicht wie eine liegende Mondsichel rahmte? Den Oberlippenbart, der unter der Nase geteilt war? Ihm gefiel der Gedanke, dass aus der Choreographie ihrer zierlichen Bewegungen sein Gesicht entstand.

Wir sind Wesen, sagte sie, die nur als Zierrat auf der Welt sind, Flitter, aber keinen Teil der Weltseele ausmachen. Was bleibt mir: Reitstunde, Singstunde, Zeichenstunde, Literaturstunde. Sie stopfen uns voll mit Bildung, und dann? Lassen Sie uns verdorren.

Eine lange waagerechte Bewegung mit ihrer Hand, die plötzlich sank. Der Scheitel, dachte Herwegh. Unten im Stall wieherte ein Pferd der königlichen Kavallerie.

Oft, sagte sie, kommt es mir vor, als glaubten die Männer, wir wären nur zum Vergnügen auf der Welt, zum Spaß für sie, und das ist der Punkt, der mich rasend machen könnte. Man gibt uns von allen Dingen nur die Schale, von den Wissenschaften, von der Kunst, und wehe der Frau, die sich dem Kern nahern wollte.

Was ist der Kern der Kunst, fragte er.

Als Dichter können Sie die Weltseele gestalten, ihr Tiefe einhauchen.

Auch Frauen schreiben.

Ja, Bettine von Arnim schreibt, George Sand schreibt. Aber es sind so wenige. Und wer von uns darf Musik machen? Ich meine richtige Musik, virtuose Musik, nicht die Musik der Klavierstunden, das mühsame, teuer erkaufte Geklimper gegen die schleichende Zeit.

Emma erzählte von Liszt, von seiner Zeit in Berlin und dass sie zweimal bei einem Konzert war und ihn so gern angesprochen hätte, sich aber nicht getraut habe, weil jemand, der seinen Tag mit Reiten und Singen verbringen muss, nicht das Recht habe, einen so großen Künstler anzusprechen.

Aber mich hat sie angesprochen, dachte Herwegh.

Es war nichts Irdisches, sagte Emma, was aus dem Künstler spielte, die ganze Ewigkeit glaubte ich zu empfinden.

Bei Liszt?

Bei Liszt. Muss ich denn immer weniger sein als die Personen, die mir begegnen? Aber er lebt seltsam, sagte Emma.

Wer?

Liszt. Er lebt in Paris ein offenes Verhältnis mit Marie d'Agoult, er hat Kinder mit ihr, aber sie heiraten nicht. Sind Künstler so?

Manche denken, sagte er, dass sie das leben müssen, was andere nicht wagen, damit es in der Welt ist. Sie leben es für die anderen.

Tun Sie das auch, Herr Herwegh.

Meine Partei braucht mich ganz.

Schweigen, eine ganze Weile Schweigen.

Warum habe ich das gesagt, dachte Herwegh.

Sie habe so viel über die Französische Revolution gelesen, fuhr Emma fort, aber interessiere irgendeinen Menschen, was eine Frau dazu zu sagen habe? Ottilie interessiere es, Emilie interessiere es. Aber interessiere es einen Mann? Wenn wir Frauen über diese Themen reden, sind es bestenfalls schöne Worte, bei den Männern ist es Politik.

Warum beschäftigt Sie die Politik so, die Frage der Freiheit?

Sie meinen, weil ich eine Frau bin?

Das meine ich nicht.

Doch, Sie sind eifersüchtig.

Entschuldigung?

Sie denken, wenn sich eine Frau für die Freiheit interessiert, muss ein Mann dahinterstecken.

Und?

Bei mir steckt eine Frau dahinter. Meine Freundin Emilie ist Polin und hat mir erzählt, wie brutal die Russen vor zwölf Jahren den Aufstand in Kongresspolen unterdrückt haben. Wie brutal sie immer noch in Kongresspolen hausen. Wir haben viele polnische Flüchtlinge hier in Berlin. So hat es bei mir begonnen, und dann habe ich versucht, mir meine eigenen Gedanken zu machen. Diesen Ring habe Emilie ihr geschenkt, sagte Emma und hielt ihre rechte Hand hoch. Wissen Sie, was die Inschrift ist?

Das weiß ich nicht.

Noch ist Polen nicht verloren, sagte sie.

Haben Sie Ihren Vater auf den Weber angesprochen?

Schmerz in ihrem Gesicht. Er bereute die Frage.

Ich hätte Papa ansprechen müssen, aber ich habe mich nicht getraut, das gebe ich zu. Verstehen Sie das?

Ja, das verstehe ich.

Sie begann wieder zu zeichnen. Nach einer Weile fragte sie: Kann man zugleich lieben und hassen?

Warum fragen Sie das?

Das wissen Sie.

Er wusste es, »Das Lied vom Hasse«.

Am liebsten mag ich die zweite Strophe, sagte sie. Soll ich sie Ihnen aufsagen?

Bitte.

»Die Liebe kann uns helfen nicht, / Die Liebe nicht erretten; / Halt du, o Hass, dein Jüngst Gericht, / Brich du, o Hass, die Ketten! / Und wo es noch Tyrannen gibt, / Die lasst uns keck erfassen; / Wir haben lang genug geliebt / Und wollen endlich hassen.«

Sehr gut, sagte er.

Sehr guter Vortrag oder sehr gute Verse?

Vortrag.

Mir gefällt nicht alles, sagte sie.

Was nicht?

Dass die Liebe so schlecht wegkommt. Brauchen wir nicht beides, Liebe und Hass?

Natürlich. Aber die Liebe darf dem Hass nicht im Weg stehen.

Sie meinen, die Liebe der Frauen darf die Männer nicht vom Hass abhalten? Das meinen Sie doch.

Stimmt, das meine ich.

Aber die Liebe einer Frau könnte doch den Hass eines Mannes beflügeln. Wenn sie selbst hasst.

Das wäre ideal, sagte er.

Moment, sagte sie. Da ist etwas an Ihrer Unterlippe. Darf ich das näher anschauen?

Sie trat dicht an ihn heran, beugte sich über sein Gesicht und betrachtete eingehend seine Lippen. Sie haben ein kleines Mal an der Unterlippe, sagte sie.

Von Geburt an, sagte er. Ihr Mund war nahe an seinem.

Ich muss das in die Zeichnung aufnehmen. Sie ging zurück zur Staffelei, radierte. Kommen Sie zum Abendessen zu uns, fragte sie.

Wenn Sie Tischdecken vermissen, sagte Siegmund bei der Vorspeise, in Berlin sind sie aus der Mode, man legt jetzt kleine Tücher aus, so wie dieses hier, für jeden ein eigenes.

Wo lassen Sie die Tücher weben, fragte Herwegh. Er sah Emma nicht an.

In einer Manufaktur, sie weben dort genauer und billiger.

Und was wird aus den Webern, die zu Hause arbeiten? Und ihren Familien?

Die große Suppenfrage, rief Schönlein. Er lachte. Er sagte, er habe sich kundig gemacht über Charles Fourier, weil Herwegh bei ihrer ersten, so überaus angenehmen Begegnung gesagt habe, er sei ein Kommunist im Sinne Fouriers, und er wolle ihn noch einmal fragen, ob das so sei: Sind Sie ein Anhänger Fouriers? Herwegh nickte. Das sei interessant, sagte Schönlein. Er verstehe überhaupt nicht, warf Siegmund ein, was es mit diesem Fourier auf sich habe. Das könne der Dichter sicherlich am besten erzählen, sagte Schönlein, und Herwegh wusste, dass dies eine Falle war.

Wir warten, sagte Schönlein.

Ich erkläre es Ihnen: Die Freiheit ist illusorisch, wenn sie nicht allgemein ist, sagt Fourier. Von diesem Satz geht er aus, die Freiheit muss für alle gelten und in allen Belangen. Das ist wichtig. Er verfolgt die schöne Idee, dass die Menschen miteinander leben sollten, nicht gegeneinander. Sie sollen sich in Phalangen zusammenschließen, achtzehnhundert bis zweitausend Menschen in jeder Phalanx. Sie leben in einem riesenhaften Palast.

Gibt es dieses Gebäude, fragte Siegmund.

Nein, aber Fourier hat es genau beschrieben. Es existieren Zeichnungen davon. Die Menschen haben ein Recht auf Arbeit, niemand muss ohne Arbeit leben, und nicht nur das, die Arbeit soll eine Freude sein. Niemand muss tun, was er nicht mag. Die Menschen werden ihre Arbeit nicht verabscheuen, sondern lieben. Fourier geht es um Genuss, um Luxus in jeder Hinsicht. Der Mensch soll lieben können, was er tut.

Konstantinopel wird die Hauptstadt der Welt, die Phalangen ernennen ein Oberhaupt, den Omniarchen. Der führt den Weltstaat der Phalangen.

Aber was wird dann aus unserem lieben König, fragte Siegmund.

Lass unseren Gast bitte ausreden, sagte Emma.

Nun ja, wir haben das schon verstanden, sagte Schönlein, alle Menschen werden in die große Gleichheit gezwungen in den Phalangen.

Das ist nicht wahr, sagte Herwegh. Fourier geht es gerade um den Unterschied. Jeder soll so leben können, wie er möchte, er darf zu nichts gezwungen werden.

Können Sie uns den Anti-Löwen erklären, sagte Schönlein, in einem Ton, als führe er ein Verhör.

Anti-Löwe, rief Siegmund, köstlich.

Fourier, sagte Herwegh, spricht nicht nur von den Menschen, sondern von allen Lebewesen. Auch die Tiere würden in einer Atmosphäre des allgemeinen Glücks glücklich sein und einander nichts Böses antun. Der Löwe wird zum Anti-Löwen und eignet sich als Reittier.

Ein Scherz, fragte Siegmund.

Schönlein brach in Gelächter aus, aber es wirkte gekünstelt, als habe er es bei sich selbst bestellt. Siegmund und seine Frau fielen in dieses Gelächter mit einem frischeren Ton ein. Emma lächelte indifferent, ihre Freundin Emilie grinste.

Wir lassen unsere Stoffe von Löwen ausliefern, rief Siegmund, immer noch lachend, ein Scherz, ein Scherz.

Schönlein machte eine dämpfende Bewegung mit den Händen. Ruhe, rief er, bitte Ruhe. Dann fixierte er Herwegh mit einem scharfen Blick und fragte: Sagt Fourier auch etwas zur Liebe?

Die Falle schnappte zu. Herwegh hatte sich entschieden hineinzutappen. Er sagte: Fourier sieht den ganzen Menschen in seinem gesamten Leben, und dazu gehört selbstverständlich die Liebe, wie wir alle wissen.

Welche Art von Liebe meint Fourier, fragte Schönlein.

Bitte, bitte, wir wollen nicht zu genau werden, rief Siegmund.

Doch, doch, das ist wichtig, sagte Schönlein mit scharfer Stimme.

Fourier spricht sich für die freie Liebe aus, sagte Herwegh.

Stille. Herwegh sah Emma an, die verzagt in sich hineinlächelte.

Fourier, sagte er, ist davon überzeugt, dass sich der Mensch von Trieben bestimmen lässt. Er nennt zwölf. Der elfte Trieb ist der Papillon, der Trieb nach Abwechslung, nach Kontrasten.

Genauer, forderte Schönlein.

Fourier hat nichts dagegen, dass eine Frau mehrere Liebhaber hat, dass ein Mann viele Frauen aufsucht.

Schweigen am Tisch. Herwegh wollte Emma anschauen, aber er traute sich nicht.

Ist das auch Ihre Ansicht, fragte Siegmund eisig.

Sie müssen bedenken, dass Fourier davon ausging, dass der Mensch in den Phalangen so glücklich lebt, sich so gut ernährt und so anstrengungslos arbeitet, dass er hundertvierundvierzig Jahre alt wird.

Hundertvierundvierzig, du lieber Gott, krähte Siegmund. Ein Scherz, nicht wahr?

Kein Scherz, sagte Herwegh. Achtzig Jahre davon, schreibt Fourier, habe dieser gesunde Mensch Verlangen nach dem anderen Geschlecht. Er findet, dass dies zu lang ist, um nur einen Menschen zu begehren, um täglich von derselben Platte zu essen, wie er sagt.

Was sagen Sie, rief Schönlein erregt. Ist das Leben zu lang, um nur einen Menschen zu begehren? Bekennen Sie sich, Dichter.

Herwegh schaute in die Runde. Schönlein starrte fiebernd auf Emma. Frau Siegmund zeigte ein leises, etwas seltsames Lächeln, ihr Mann sah das und griff nach ihrer Hand. Fanny blickte in ein fernes Reich, Minna trank von ihrem Wein, Emilie schaute interessiert. Emma hielt den Kopf gesenkt und betrachtete ihre Hände, die in ihrem Schoß lagen.

Nein, sagte Herwegh, wenn man den richtigen Menschen findet, ist das Leben nicht zu lang, um nur einen zu begehren.

Also taugt doch der komplette Fourier nichts, schrie Schönlein und sprang auf, er ist ein Scharlatan, er schafft ein System, das mit falschen Grundlagen arbeitet, mit Lügen.

Genau, sagte Siegmund.

Herwegh war ganz ruhig, als er sagte: Ich stimme Fourier in diesem Punkt nicht zu, aber ich kann ihn verstehen. Fourier nennt sechsunddreißig Arten der Hahnreischaft, des Ehebruchs. Er benennt die ganze Verlogenheit unserer Geschlechterbeziehungen. Er sagt, dass dies vor allem zu Lasten der Frauen geht, ihnen werde Keuschheit abverlangt, während die Männer ihre Mätressen aufsuchen. Er findet es viel ehrlicher, wenn die, die das wollen, ihren Papillon offen ausleben. Er denkt dabei vor allem an die Frauen. Er schreibt: Der Mann wie die Frau wünschte ein Serail, wenn Abhängigkeit, Sitte und Gesetz sich dem nicht widersetzten. Er möchte die Gleichberechtigung der Frau, auch in diesen Belangen.

Schönlein sah Siegmund triumphal an.

Der Kulturzustand einer Gesellschaft, sagte Herwegh,

bemisst sich an der Stellung der Frau. So hat Fourier das gesehen.

Bravo, sagte Emilie, mit starkem polnischen Akzent. Minna und Fanny lächelten verlegen. Emmas Gesicht war ausdruckslos.

Und der höchste Kulturzustand ist dann wohl erreicht, wenn sich die Frauen mit vielen Männern vergnügen, sagte Schönlein. Ich glaube nicht, dass wir dem König solche Ansichten zumuten können.

Doch, sagte Emma scharf, das können wir. Auch Sie, lieber Schönlein, würden lieber unter einer Verfassung leben, ohne Zensur. Denken Sie nicht an die freie Liebe, denken Sie an Büchner, denken Sie daran, dass dieser Mann hier fortsetzen will, was Büchner begonnen hat. Verschaffen Sie ihm Zugang zum König, damit er ihn für die Freiheit gewinnt. Wer sollte das besser können als ein Dichter der Freiheit?

Alle schauten Emma an, ihre Eltern verwundert, missbilligend, die Schwestern erstaunt, Emilie begeistert, Schönlein beschämt, Herwegh lächelnd.

Ihr Wunsch ist mir ein Befehl, sagte Schönlein mit einer Verneigung.

Siegmund winkte Samson herbei, ließ Champagner nachgießen, stand auf und hob sein Glas: Auf den König.

Die anderen standen ebenfalls auf und riefen: Auf den König. Herwegh hob sein Glas, schwieg jedoch.

Siegmund klatschte in die Hände und rief: Wir haben ein kleines Vergnügen vorbereitet, lebendige Bilder. Ich bitte um Ihre Aufmerksamkeit. Alle setzten sich und schauten zur geschlossenen Schiebetür des Speisesaals, wo zwei Diener goldene Tücher um den Türrahmen drapierten. Ein Brett wurde hochkant auf den Boden gelegt und gleichfalls golden umhüllt. Das erinnerte entfernt an einen Bilderrahmen. Alle blickten zur Tür. Von unsichtbarer Hand gezogen, glitten die Flügel zur Seite. Herwegh sah einen Mann mit Bart und Turban. Um seine Schultern lag ein rotes Tuch, und seine Beine umflatterten weite, faltige Hosen, die bis knapp über die Knie reichten. Im Gürtel steckte ein Dolch. Der Mann war Samson. Auf seinem linken Arm lag ein nacktes Baby, eine Puppe. Der Mann sah das Baby liebevoll an. An seiner linken Seite stand eine Frau, die über der Schulter ein Gewehr trug, dazu ein Bündel. Mit ihrer linken Hand hielt sie eine Kiste. Sie war barfuß, während der Mann auf spitz zulaufenden Pantoffeln ging. Um den Kopf hatte sie ein weißes Tuch mit einem roten Band gebunden, Locken quollen darunter hervor. Ihr Kleid war grün, sie schaute zu dem Baby auf dem Arm des Mannes. Sein rechter Arm hielt ein Kind in einem weißen Kleid mit einer blauen Schärpe. Es schaute anhimmelnd zum Vater hoch. Von vorne bestürmte ihn ein Junge, nackt bis auf ein weißes Tuch, das um seine Hüften gewunden war. Seine Ärmchen umfassten den Vater. Im Hintergrund sah Herwegh eine Leinwand, auf die Wasser, Wolken und ein Gebirge gemalt waren. Vor dem Wasser stand das Modell eines Segelschiffs.

Alle klatschten.

Telemachs Rückkehr, rief Frau Siegmund, von Dähling.

Ach, Mama, sagte Emma, wie konnte Telemach ein Gewehr haben? Frau Siegmund sah beschämt zur Seite. Emma nahm ihre Hand und strich ihr über die Wange.

Heimkehr des Pallikaren, sagte Fanny, von Eduard Magnus. Hing in der Akademie.

Richtig, krähte Siegmund. Das Bild löste sich auf, Samson, die Frau und die Kinder verneigten sich. Wieder Applaus. Die Flügeltüren wurden zugezogen.

Die Männer zogen sich in den Salon zurück und rauchten

Zigarren, während Siegmund über die Lage auf dem Textilmarkt redete. Herwegh hörte kaum hin. Emma sah er erst zum Abschied wieder. Sie reichte ihm die Hand, ohne zu lächeln. Auf dem Weg über die Brücke fragte er sich, ob ihm der Kommunismus alles kaputtgemacht habe.

Als Herwegh zwei Tage und zwei Sitzungen später sein Bildnis sah, war er enttäuscht. Sein Bart wirkte am Kinn wie angeklebt und war auf eine alberne Weise kraus. Die Nase wirkte spitzer, als er sie sehen wollte, und saß perspektivisch nicht richtig im Gesicht. Sie schien nach rechts gebogen. War seine Stirn so hoch? Kleines Kinn, minimale Ohren. Sein Scheitel fiel zu früh ab. Immerhin zeigte sein Gesicht eine freundliche, sanfte Miene, zu sanft allerdings. Gleichwohl, er war gerührt und lobte Emma überschwänglich. Er wünschte sich viele Kopien des Porträts, um sie unter seinen Anhängern verteilen zu können. Ob sie eine Druckerei kenne, die das besorgen könnte. Sie kannte eine Druckerei.

Sie hatte ihn nicht in die Akademie bestellt, sondern in das Haus der Eltern. Ihr Zimmer fand er überraschend klein, und es zeigte sich weitgehend schmucklos. Ein Porträt Turgenjews hing an der Wand. Emma erzählte, dass er oft in diesem Haus zu Gast gewesen war, als er sich in Berlin aufhielt. Eine Hoffnung für die Literatur, sagte sie, aber nicht ihre größte. Er ließ das stehen. Zunächst saß Minna bei ihnen, wortlos, aber nach einer halben Stunde verließ sie das Zimmer, weil nun, wie sie sagte, ihre Gesangsstunde beginne.

Wissen Sie, wann ich Sie zum ersten Mal in meinem Tagebuch erwähne, fragte Emma, nachdem sie Minna mit einem Kuss verabschiedet und die Tür angelehnt hatte.

Ich wusste bislang nicht, dass Sie mich in Ihrem Tagebuch erwähnen.

Sie ging zu einer Kommode und zog ein Notizbuch heraus. Sie blätterte, hielt dann inne.

Hier. Am 28. September 1841, vor über einem Jahr.

Was haben Sie geschrieben?

Wollen Sie es wirklich wissen?

Ich will es unbedingt wissen.

»Der ›Gang um Mitternacht von Herwegh‹ ist unendlich tief und schön, ich wünschte, ich kennte den jungen Dichter.«

Sie wurde rot.

Das ist peinlich, sagte sie, errötend.

Nein, bitte, haben Sie das wirklich geschrieben?

Ja, und daneben steht eine Abschrift des Gedichts. Sie las vor: »Beim letzten Hause, auf der Bank von Stein, Will segensflehend ich noch kurz verweilen; / Treu lieb ich dich, mein Kind, doch nicht allein / Du wirst mich ewig mit der Freiheit teilen.« Lieber mit der Freiheit als mit einem Serail, sagte Emma.

Sie haben das vielleicht falsch verstanden, sagte er und wollte zu einer Erklärung anheben, aber sie legte einen Finger auf ihre Lippen und schüttelte den Kopf.

Am nächsten Tag erwähne ich Sie wieder: »Ich schlich so allein durch die Straßen und dachte viel an die schönen begeisterten Lieder von Georg Herwegh, da begegnete mir mein Freund Mercier, bleich und krank aussehend und aller guter Mut war mit einem Male fort.«

Wer ist dieser Mercier, fragte Herwegh alarmiert.

Hier steht: »Er ist der einzige, der mich geliebt, der je mich lieben wird.«

Und Sie?

Ich? Nein, ein Freund.

Wie können Sie schreiben, dass nur er Sie lieben wird?

Sie zuckte mit den Schultern.

Am 2. Oktober schon wieder, sagte sie: »Morgens las ich noch einige Sonette von Herwegh.«

Sie blätterte zurück.

Der 7. Januar: »Nichts schrecklicher als ein Leben ohne Liebe.«

Haben Sie denn nie geliebt, fragte Herwegh.

Doch.

Wen?

Piaget, meinen Schwager. Das klang trotzig, schnippisch. Sie sagten eine Weile nichts, dann erzählte sie ihm, dass sie Fannys Mann geliebt habe, aber nur so, wie ein aufrechter Mensch den Mann der Schwester lieben könne, schwärmerisch, aber keusch, und sie wisse nicht, wer trauriger über den Tod Piagets sei, sie oder Fanny.

Hier, sagte sie: 26. März 1840 – »Mein geliebter Bruder im Todeskampf«.

28. März – »Thränen«.

Er sah sie an.

29. März – »Sein Sarg unter Blumen«.

Sie weinte, er wusste nicht, was er tun sollte. Die ersten Monate nach dem Tod, sagte sie gefasst, habe sie dieses Tagebuch an ihn gerichtet, habe ihm geschrieben an den Ort, wo er sich jetzt aufhalte, aber das tue sie nicht mehr. Zum Grab gehe sie manchmal noch.

Herwegh war verstimmt. Eine unsaubere Geschichte oder nur eine Schwärmerei?

»Whistpartie. Unwohlsein. Kartoffelsalat.«

Wie bitte?

Das ist der Eintrag vom 13. September 1841, sagte Emma. Sie blätterte, las vor. Hier: »Morgens Nichts, Mittags Nichts und Abends wenig.«

Sie blätterte weiter, las: »Ich höre gern, wenn kluge Männer sprechen.«

Oh, sagte er und löste seine Arme von der Brust.

Ich war jung.

Sie lachten.

Gibt es Einträge aus dem Herbst 1842, fragte er.

Aus unserer Zeit?

Ja.

Sie blätterte. Las dann: 26. Oktober – »Kleinliche Gespräche.«

Da war er noch nicht in Berlin.

30. Oktober – »Nichts.«

2. November –

Moment, unterbrach Herwegh, was heißt nichts? Ist da kein Eintrag oder steht da der Eintrag »nichts«.

Hier steht »nichts«, sagte sie. Weiter?

Ja, weiter.

2. November – »Gräßliche Unordnung.«

4. November – »Überfluß an Langeweile.«

Sein Herz klopfte. Er war am 5. November in Berlin eingetroffen, am 6. November hatte er bei den Siegmunds an der Tür geklopft.

5. November – »Es gibt Stunden, Tage, wo ich Alles hingeben würde, ein Mann zu sein.«

Sie sah ihn an.

Sie müssen mir widersprechen, sagte sie und blätterte weiter, weil er schwieg.

6. November. Nichts.

Wieder nur das eine Wort?

Nein. Kein Eintrag.

7. November?

Auch nichts.

8. November?

Nichts.

9. November?

Nichts.

Es war ihm jetzt egal. Er würde die Tage durchfragen und sollte er auf keinen Eintrag stoßen, würde er gehen. Er würde nicht auf den König warten, Berlin sofort verlassen, nach Königsberg reisen und sich ganz in den Dienst der Freiheit stellen. Auch gut.

10. November?

Nichts.

11. November?

Nichts.

12. November?

Nicht nichts.

Also was?

Sie zögerte, wollte lesen, brach ab, machte einen neuen Anlauf, brach wieder ab.

Vorgestern, sagte Herwegh.

Ja, vorgestern. »Ich habe die ganze Zeit nicht schreiben können, der Himmel ist in mich und über mich gekommen. Einen so freien Mann sah ich nie, ebensowenig einen, der so ohne jede Spur von Egoismus gewesen wäre, sich nur als Werkzeug einer großen Idee betrachtet.«

Er stand auf, nahm ihr das Tagebuch aus der Hand, zog sie hoch, drückte sie an sich und fragte, ob sie seine Frau werden wolle. Das wolle sie unbedingt, sagte Emma. Sie küssten sich, ein bisschen schwerfällig zu Beginn, als müssten sie üben, aber dann war es das reine Glück.

Ich will dich nicht nur lieben, sagte Emma, sondern auch mit dir hassen. Wir werden lieben und hassen, das verspreche ich dir.

Das werden wir tun, sagte er.

Sie gingen hinunter in den Salon, riefen die Familie zusammen, und dann verkündete Georg Herwegh, dass er sich mit Emma verlobt habe. Ihr Bruder Gustav sprach einen Toast aus, Glückwünsche, fröhliche, auch von den Eltern. Champagner. Die Hochzeit wurde für den Mai angesetzt.

Warum symbolisiert ein Elefant Amerika, fragte Herwegh. Er stand mit Schönlein und dem Sekretär des Königs im Rittersaal des Schlosses und betrachtete eine der vier Supraporten, die vier Kontinente symbolisch darstellten. Warum vier, hatte Herwegh gefragt. Schlüter, der Architekt, habe nicht gewusst, dass Australien ein Kontinent ist, sagte Schönlein. Nun standen sie vor der amerikanischen Tür, und Herwegh wunderte sich über den Elefanten. Zu Schlüters Zeiten, dozierte Schönlein, dachten viele Menschen, Amerika sei Westindien. Der Sekretär des Königs ergänzte, sich verbeugend, dass die Karibik immer noch so genannt werde. Herwegh bedrückten diese Räume, die barocker Furor geschaffen hatte. Es schwellte, prunkte, barst, Blattgold, Kronleuchter, filigrane Üppigkeit, panische Unruhe in Holz geschnitzt, in Marmor gehauen, in Edelmetalle gestanzt, auf Leinwand geworfen, Schnörkel im Schnörkel, ein brüllender Saal.

Schönlein hatte ihn am Morgen im Hotel abgeholt, nachdem der König am Abend, offenbar im Theater, entschieden hatte, Herwegh zu empfangen. Jedenfalls schickte er ein Billett von dort an Schönlein, und Schönlein schickte sofort ein Billett an Herwegh, dass er um elf Uhr zum König kommen solle, tot oder lebendig. Er prüfte sofort, ob Hose, Rock und Hemd sauber waren, putzte ein bisschen herum, schämte sich nicht mehr für die Verschlissenheit seiner Kleidung, sondern nahm sie als Beleg für Glaubwürdigkeit. Er stutzte seinen Bart, der tatsächlich wild wucherte, das hatte Emma richtig gesehen, seine Emma. Er schlief kaum in der Nacht, weil er sich fragte, ob nicht seine Freunde, seine Partei, erwarten würden, dass er den König erschoss oder erdolchte. Er hatte so viel gedichtet über Schwerter und Flammen, die den Fürsten ein Ende bereiten sollten, dass er ihren Erwartungen mit einem Gespräch kaum genügen würde. Aber er hatte keinen Dolch, keine Pistolen, keine Bombe. Gegen fünf am Morgen schlief er ein, wachte um halb sieben wieder auf, schwitzend, mit einem schlechten Geschmack im Mund.

Der Sekretär und Schönlein führten ihn durch das Schloss, zeigten ihm Paradekammern, Rittersaal, Gigantentreppe. Er war unruhig, in seinem Magen lag ein Stein, der sich langsam ausdehnte, ihn von innen her bedrängte, während ihn von außen unsichtbare Seile zusammenschnürten. Seine Kehle hatte nur noch die Stärke eines Bindfadens, er hatte Angst, dass die Worte nicht durchfließen könnten, sobald er beim König war. Der Sekretär sagte, dass es Zeit sei, zum Arbeitszimmer Ihrer Majestät zu gehen. Sie liefen einen weiten Weg, die Gigantentreppe hinunter, eine andere Treppe hinauf, vorbei an festlich gekleideten Dienern, die Staub aus den Millionen Ritzen und Ecken des barocken Wandschmucks wedelten und sofort ihre Arbeit unterbrachen, um zu buckeln und einen guten Tag zu wünschen. Graue Gesichter. Hallende Schritte auf spiegelndem Parkett, erschreckend laut in den Riesensälen, gehemmte Schritte auf schweren Teppichen, auf denen man, dachte Herwegh, mehr schwamm als ging. Sie liefen lange. Einmal sah er am Ende einer Saalflucht einen Mann verharren, der die Hände hinter dem Rücken verschränkt hatte und die Decke betrachtete. Er sah aus wie Lichtweiß, aber er war weit weg, und dann bogen sie ab, passierten eine Tür und durchquerten einen weißgoldenen Saal. Herwegh hatte den Eindruck, als wären sie schon einmal hier gewesen.

Schließlich standen sie vor dem Arbeitszimmer des Königs, das zwei Soldaten bewachten. Herwegh, Schönlein und der Sekretär warteten eine Dreiviertelstunde, ohne zu reden, bis sich die Tür öffnete und drei Männer herauskamen, ein Offizier und zwei Zivilisten. Sie grüßten knapp, verschwanden. Nach zehn Minuten löste sich der Sekretär aus seiner Erstarrung, und im selben Moment öffneten die beiden Diener die Tür zum Arbeitszimmer. Herwegh folgte dem Sekretär in einen Raum, der ihn verblüffte, kein Barock, sondern – was? Er kannte keine Bezeichnung für das, was er sah. Er wusste nur, dass Schinkel diesen Teil des Schlosses gestaltet hatte. Der Raum war nicht überladen, er war seltsam, vor allem wegen der Decke, die sich hoch und lieblich spannte, mit vielen ineinanderfließenden Wölbungen, länglich, spitz wie Blütenblätter, weiß und blau. Der König, dachte Herwegh, arbeitet im Inneren einer Blume. Eine Unzahl von Bildern an den Wänden, ein großer Tisch, an dem der König stand, Rücken zur Tür.

Sie blieben stehen und warteten. Nach einer Weile sagte der König: Treten Sie näher, meine Herren. Sie gingen zum Tisch, und Herwegh sah, dass der König eine eigentümliche Haube betrachtete. Sie war aus Leder, vorne mit einem Adler aus Messing beschlagen, nach oben wuchs eine eiserne Spitze aus der Haube.

Was halten Sie davon, fragte der König. Ich war im Sommer bei meinem Schwager in Russland, dem Zaren, und seine Soldaten tragen solche Hauben, und mir kam der Einfall, dass sie auch gut für meine Soldaten wären, nicht wahr? Ein Fabrikant aus Elberfeld hat ein Muster für mich hergestellt. Eben hat er es mir gebracht.

Der König nahm die Haube und betrachtete sie aus der Nähe. Er trug eine Uniform, seine Stirn war gigantisch, sie nahm die Hälfte des Gesichts ein, rund wie eine Kuppel. Dünnes Haar war von hinten nach vorn gekämmt, aber es bedeckte nur die Hälfte dieses Schädels. Ein schwacher Bart, die Oberlippe frei. Warme Augen.

Wozu ist die Spitze da, Majestät, fragte Schönlein.

Der Pickel lenkt Hiebe auf den Kopf ab, sagte der König und schlug mit der Handkante von oben dagegen, ließ die Hand dann zur Seite gleiten. Er macht aber auch was her, sagte er. Probieren Sie mal.

Er reichte die Haube Schönlein, der sie irritiert aufsetzte. Der König rückte sie grob zurecht und betrachtete Schönlein wohlwollend. Fabelhaft, sagte er und klopfte kräftig auf die Haube, dort ist ein Spiegel.

Schönlein stellte sich vor den Spiegel und schaute so, dass der König zufrieden sein konnte. Der König nahm die Pickelhaube von Schönleins Kopf und reichte sie Herwegh, der zitterte, weil er gewusst hatte, dass dies kommen würde. Er war erledigt, wenn er dieses Ding aufsetzte, aber konnte, durfte man dem König ein Ansinnen verweigern? Ihm kam eine Idee.

Als angehender Bürger von Zürich darf ich die Uniform eines anderen Staates nicht tragen, sagte er. Herzrasen. Verbeugung.

Ah, verstehe, nun denn, wir wollen ja nicht aus einem Deserteur auch noch einen Landesverräter machen, bitte, setzen Sie sich.

Herwegh, Schönlein und der König setzten sich an den Tisch, der Sekretär blieb stehen. Eine kleine Lampe, absurd klein für diesen Raum, hing an einem langen Seil über dem Tisch, wie ein Kuhauge. Herwegh hatte alle Kraft verlassen.

Er sackte auf dem Stuhl zusammen, richtete sich mit Mühe wieder auf, um nicht respektlos zu wirken.

Sie dichten gut, sagte der König. Er habe einige der Gedichte gelesen, nicht schlecht, nicht schlecht, auch wenn der Dichter ja nicht gerade gnädig mit den Fürsten umspringe. Er lachte. Aber das »Rheinlied« habe ihm gefallen, patriotisch, immer ran an die Franzosen, sehr gut.

»Rheinweinlied«, Majestät, sagte Herwegh.

Wie meinen?

Das Gedicht heißt »Rheinweinlied«, wiederholte Herwegh mit brüchiger Stimme.

»Haut, Brüder, mutig drein!«, rezitierte der König, »Der alte Vater Rhein, / Der Rhein soll deutsch verbleiben.«

Das sei wohl gedichtet, fast so gut wie »Sie sollen ihn nicht haben, den freien deutschen Rhein« vom Becker, und genau zur rechten Zeit, wenn er sich richtig erinnere, als Thiers frech geworden sei, den Rhein als »natürliche« französische Ostgrenze beansprucht habe und alles, was links davon liegt, Frankreich einverleiben wollte, und das nur, weil der Thiers von seinem Debakel in Ägypten habe ablenken wollen, nun gut, der Thiers sei vor einem Jahr hier gewesen, längst abgesetzt, habe dort gesessen, wo jetzt Herwegh sitze, genau dort, und es sei kein schlechtes Gespräch gewesen, gar nicht schlecht, aber ein deutscher Gast sei ihm immer noch lieber.

Königliches Lachen, begleitet von Schönleins Untertanenlachen.

Obwohl Herwegh ja in der Schweiz lebe, sagte der König. Er könne ihm gar nicht sagen, wie froh er sei, dass die Hohenzollern das Fürstentum Neuenburg wieder zu Preußen zählen dürften, auch wenn es gleichzeitig der Eidgenossenschaft angehöre. Bonaparte habe es ihnen genommen, aber sie hätten es sich in Wien zurückgeholt, wäre doch gelacht, Preußen ohne Blick auf die Alpen. Er lachte, Schönlein mit ihm. Ein Diener brachte Champagner, goss ein, der König prostete Herwegh zu. Sie tranken.

Ob er de la Motte Fouqué gelesen habe, fragte der König, solche Bücher müsse er mal schreiben, ein bisschen Romantik, die Zeiten seien schwer genug.

Majestät, ich würde gerne mit Ihnen über eine Verfassung für ..., hob Herwegh an.

Eine Verfassung, ja, der Dichter habe recht, es komme die Zeit für eine Verfassung, aber das Volk sei noch nicht so weit, dass es unter einer Verfassung leben könne, ob Herwegh den Karl Ludwig von Haller kenne, seine Schrift »Die Restauration der Staats-Wissenschaft oder Theorie des natürlich-geselligen Zustands, der Chimäre des künstlich-bürgerlichen entgegengesezt«? Kluger Mann, fuhr der König fort, Schweizer sogar, reiner, klarer Gedanke, dieses Konzept vom Patrimonialstaat, jeder habe seinen natürlichen Platz, Herrschaft der Mächtigeren, oben natürlich der König, weil von Gott eingesetzt, und das könne, das müsse man doch natürlich nennen. Wer brauche da ein öffentliches Recht?

Herwegh fühlte sich wie übergossen von einem Strom von Worten, endlos, giftig. Er trank vom Champagner, zweite Flasche, in seinem Kopf waren all die Worte, die er hatte sagen wollen, darunter: Freiheit für die Polen, was Emma ihm aufgetragen hatte, aber er sagte nichts, sondern hörte nur zu, hörte diesen für ihn immer lauter tosenden Strom, hörte von Haller, von Calvin, von de la Motte Fouqué und all den anderen, deren Bücher sich der König vorlesen ließ. Herwegh saß da, starrte in den Champagner und lebte schon in den Tagen, die kommen würden, blamiert vor seiner Braut, vor seiner Partei. Was würde Emma tun? Er musste noch einmal das Wort ergreifen, wenigstens für die Polen fechten, aber er schaffte es nicht.

Wir müssen Feinde sein, aber wir wollen ehrliche Feinde sein, sagte der König, indem er sich erhob. Schönlein sprang auf, Herwegh auch. Er wusste nicht, worauf sich die letzten Worte des Königs bezogen, die Sätze davor lagen hinter seinem Gedankennebel.

Ja, sagte er.

Herwegh, Sie sind ein ausgezeichneter Dichter, aber Sie müssen Ihr Damaskus erleben, dann können Sie Ungeheures leisten. Er schätze Menschen, die eine Gesinnung haben. Er sei manchmal in der Schweiz, werde Herwegh dorthin zurückkehren?

Ja.

Treffen wir uns dort, rief der König leutselig.

Herwegh sagte matt, dass er bald die Redaktion der Zeitschrift »Der Deutsche Bote aus der Schweiz« übernehme. Man wolle über Politik in den deutschen Landen berichten. Ob es möglich sei, dafür die Gunst des Königs zu gewinnen, damit nicht gleich der Zensor alles ausstreiche, was interessant sein könne, die Leute wollten lesen, um sich eine Meinung, welche auch immer …

Herwegh, mein lieber Herwegh, unterbrach ihn der König, wir sind keine Unmenschen.

Es regnete, als Herwegh das Schloss verließ. Er stürmte nach Norden, weil er den Norden schon kannte, wieder zur Rosenthaler Vorstadt, bei Borsig vorbei, durch das Tor, die Armenhäuser entlang, wo ihn Kinder erkannten und ihm eine Weile folgten, um ihre Geschichten zu erzählen, wenn er ihnen Brot dafür gäbe. Oder Kuchen, rief ein Junge. Herwegh lief weiter, ohne sich zu kümmern. Er sagte die Sätze, die er beim König nicht gesagt hatte, sagte sie laut und fest und duldete keinen Widerspruch, um dann in grausiger Klarheit die Sätze zu hören, die er gesagt hatte, mit schwacher Stimme, als Untertan. Die konservativen Blätter würden ihn vernichten, die demokratischen verachten.

Als er ein Gasthaus sah, kehrte er dort ein. Niemand war in der Stube, er rief, ein Junge kam, Herwegh bestellte ein Bier, das ihm der Junge in einem Krug brachte. Er trank es in einem Zug aus, ließ sich noch einen Krug bringen. Er fragte den Jungen, ob er Papier habe und eine Feder, und dann setzte er sich hin und schrieb einen Brief: »Lieber Karl Marx, Sie werden alberne Berichte über eine Audienz beim König erhalten, der mich zu sehen wünschte. Die Nähe der Majestät hat mich nicht geblendet, und wenn es möglich wäre, bin ich noch freier von ihm als zu ihm gegangen. Zeuge unserer Unterredung war Schönlein. Nach einer Menge ungewöhnlicher Flatterien, einen so höchst ausgezeichneten Dichter von Angesicht zu Angesicht zu sehen – ich berichte einfach, um unangenehmen anderweitigen Referaten vorzubeugen –, wusste er sich gleich auf den richtigen Standpunkt zu setzen, sagte, wir seien und müssten Feinde sein, aber wir wollen ehrliche Feinde sein; wir müssen einander widerstehen. Mein Besuch freue ihn ungemein, und er dürfe versichern, unendlich mehr, als der Besuch eines anderen berühmten Mannes vor ungefähr einem Jahr, des Herrn Thiers. Er wünsche mir einen Tag von Damaskus und sei überzeugt, ich würde dann Ungeheures wirken können; hoffe, mich noch einmal in der Schweiz zu sehen, wo ich erklärte, für immer bleiben zu wollen etc. Ich erröte, Ihnen dies schreiben zu müssen; ich muss es aber, damit Sie sich bei einlaufenden Korrespondenzen in acht nehmen.«

Dann schrieb er: Nicht zur Veröffentlichung.

Er bestellte noch ein Bier. Er faltete den Brief, zufrieden, erleichtert. Dann schrieb er auf einem anderen Blatt: »Lieber Karl Marx, ich zeige Ihnen meine Verlobung mit einer Republikanerin comme il faut an, einem Mädchen, das uns allen über das Kapitel der Freiheit tüchtige Lektionen halten könnte.«

Am Ende dieses Briefes schrieb er: Zur Veröffentlichung.

Er nahm einen Schluck Bier und sagte leise: Ein König, der in einer Blume arbeitet. Er kicherte, stürzte den Rest Bier hinunter und ging. Dämmerung, es regnete nicht mehr. Er lief lange, bis er eine Droschke fand. Im Hotel überreichte ihm der Concierge vier Billetts. Bauer forderte dringend ein Gespräch. Herwegh zerriss das Papier und bat den Concierge um einen Umschlag, adressierte ihn an die »Rheinische Zeitung«, steckte beide Blätter hinein und schleppte sich dann die Treppe hinauf.

Die drei anderen Billetts las er auf dem Bett, sie waren alle von Emma.

Ich erwarte dich um drei am Nachmittag bei mir. Liebe und Hass, deine Emma.

Wo bist du, mein Liebling?

Ich mache mir Sorgen. Bereust du unser Bündnis? E.

Er wollte zurückschreiben, entschied sich aber dagegen, blieb liegen und schlief bald ein.

Am 24. November brachte Emma ihren Bräutigam zum Stettiner Bahnhof. Die liberalen Bürger Königsbergs hatten ihn zu einem Festessen eingeladen, zu einem politischen Dinner, wie es in einem Brief hieß. Kein Kuss am Bahnhof, das schickte sich nicht. Ein langer Blick, sie hielten sich an beiden Händen. Er schluckte seine Tränen weg, stieg in den Zug.

PARIS, MÄRZ 1848

Emma überlegte, was sie auf dem Feldzug der Legion tragen würde, und dachte zunächst an Schwarz-Rot-Gold, aber das war zu albern. Sie entschied sich für Schwarz, ein schwarzes Reitkleid, nein, Pantalons. Wann sollte sie jemals den Schritt zur Männerkleidung wagen, so wie George Sand, wenn nicht auf einem Feldzug? Sie fertigte eine Zeichnung an und ging zum Schneider Juman in der Rue Neuve-des-Petits-Champs, wo sie Stoffmuster durchsah und sich für schwarzen Samt entschied. Dazu einen schwarzen Reitrock. Das Ganze zweimal, bitte. Bei einem Putzmacher bestellte sie ein schwarzes Barrett. Mit Kokarde? Nein, schlicht. Eine Feder vielleicht? Warum nicht, eine Feder würde schmuck wirken, sagte Emma, aber sie durfte nicht zu lang sein, das mache einen prätentiösen Eindruck. Der Putzmacher nickte. Genau so, sagte er: eine Feder, aber nicht zu lang. Sie suchten eine Feder aus, die sich über zwei Finger erstreckte, weiß. Aber dann war Emma der Kontrast zu stark. Braun? Nein, das passte nicht. Warum nicht schwarz, flötete der Putzmacher. Schwarz zu schwarz? Sehr apart, sagte der Putzmacher. Nun gut, also eine schwarze Feder von zwei Fingern Länge. Preis? Der Putzmacher notierte einige Zahlen, addierte, strich, addierte neu. Emma wollte erst handeln, aber es ging um die Freiheit, und sie wollte nicht kleinlich sein. In Ordnung. Der Putzmacher schrieb den Auftrag, Unterschrift, Lieferung in einer Woche. Ah, und eine Anzahlung, wenn er untertänigst darum bitten dürfe. Sie zählte die Hälfte des Preises auf die Ladentheke.

An der Waffenhandlung Devines lief sie mehrmals vorbei, bis der Laden leer war und sie sich traute hineinzugehen. Sie wollte nicht sagen, dass sie ein Geschenk für ihren Mann suche, aber dann sagte sie es doch. Pistolen, sagte sie. Devines hatte seine Bestände nach den Plünderungen noch nicht ausreichend auffüllen können. Sein Angebot war klein. Er hatte nur noch Vorderlader, und Emma probierte aus, wie sie in der Hand lagen und zielte gegen ein Plakat an der Wand, das angreifende Komantschen zeigte. Devines war überrascht, wie geschmeidig sie mit einer Pistole umgehen konnte. Idiotin, dachte sie. Was trittst du hier so angeberisch auf und entlarvst dich als Lügnerin. Ihr Mann habe es ihr beigebracht, sagte sie. Devines schien erleichtert. Er klagte über die Plünderungen und sagte, dass er kein Freund der neuen Zeiten sei, dann würde das Pack regieren, das ihn ausgeraubt habe, und gegen das Pack sei selbst ein verlotterter König eine Wohltat. Immerhin, sagte er, seien ein paar Leute so anständig gewesen und hätten ihm seine Waffen nach der Revolution zurückgebracht, auch ein Deutscher. Aha, sagte Emma, die unschlüssig vor den Pistolen stand. Devines zeigte auf zwei Terzerole, die schön geschwungen und hübsch beschlagen waren. Emma nahm sie noch einmal in die Hand, zielte und entschied sich für diese Waffen. Dazu ein Satz Kugeln und ein Beutel Pulver. Sie ließ alles einpacken und trug das Paket selbst nach Hause. Es war nicht ganz leicht, ein Versteck zu finden, aber dann arrangierte sie ihre Wäsche so im Schrank, dass die Pistolen und die Munition gut verborgen waren.

Nachrichten aus Berlin, endlich. Der König versprach Preußen eine Verfassung, aber seine Soldaten schossen in die Menge, die zum Schlossplatz geeilt war. Das las Emma in einer französischen Zeitung in einem Café, in das sie manchmal ging, um das Zigarrenrauchen zu üben. Verwunderte, auch spöttische Blicke. Schlossplatz, ihr Herz hörte auf zu schlagen, um dann umso wilder zu pochen. Barrikaden, Straßenkämpfe, vor dem Haus ihrer Eltern, Breite Straße 1. Sie rannte fast nach Hause, hatte Angst vor einem Brief mit schlechten Nachrichten und hoffte auf einen Brief mit guten Nachrichten. Nichts. Dass die Welt so verschoben war. Sie lebte in Paris, im Frieden nach einer Revolution, und wusste nichts davon, wie ihre Familie lebte, in einem Bürgerkrieg. Sie schrieb der Mutter, dem Vater, dem Bruder, den Schwestern, stellte tausend Fragen nach dem Befinden, nach den Ereignissen. Sie sprach mit Georg und wollte sofort nach Berlin fahren, aber er sagte, dass den Berlinern nicht zu helfen sei, die würden es ohnehin nicht schaffen.

Hat Hecker geantwortet, fragte sie.

Er hatte nicht geantwortet. Warum nicht?

Ich fahre alleine, schrie sie, ihr erster Schrei gegen Georg.

Und die Kinder, fragte er in aller Ruhe. Und was willst du dort tun? Eine Frau allein in einem Bürgerkrieg?

Sie hätte ihm am liebsten die Pistolen gezeigt, riss sich aber zusammen und schwieg.

Am nächsten Tag schickte sie Laurent los, um die französischen Zeitungen zu kaufen. Straßenkämpfe in Berlin, wohl hundert Barrikaden, hunderte Tote. Kein Wort zum Schlossplatz. Aber das konnte sie sich ja denken, dass die Kämpfe vor dem Schloss die heftigsten waren. Hoffentlich war die Familie im Haus im Tiergarten. Papa, Mama, Minna, Fanny. Und Gustav, ihr Bruder Gustav? Sie stellte ihn sich kämpfend vor, auf einer Barrikade, auf preußische Soldaten schießend, und fand so viel Gefallen an dem Gedanken, dass sie eine Weile vor sich hinträumte. Aber ihm durfte nichts passieren. Keine Briefe. Sie eilte in das Palais Royal, aber heute trafen, wie zu erwarten war, die deutschen Zeitungen vom 18. März ein, dem Tag, an dem die heftigen Kämpfe ausgebrochen waren, aber darüber berichteten die Zeitungen naturgemäß noch nicht. Emma las trotzdem gierig und erfuhr, dass sich im Schloss zwei Parteien bekämpften, die Militärpartei um den Prinzen Wilhelm und eine liberalere Partei. Sie ging ins Café und rauchte, war aber so in Gedanken an Berlin verfangen, dass ihre Zigarre mehrmals erlosch, und der Kellner sie neu entzünden musste. Höhnische Blicke ringsum, Erleichterung. Warum sollte eine Frau auch Zigarre rauchen können? Ich schieße euch die Ohren weg, dachte sie.

Wenige Tage später, sie glaubte nicht, was sie in den Zeitungen las: Der König ehrte im Schlosshof barhäuptig Opfer der Straßenkämpfe, die Berliner Garnison wurde abberufen, der König ritt mit schwarz-rot-goldener Armbinde durch die Stadt. War die Revolution beendet, vor ihrem Eingreifen? Sie sprach mit Georg darüber, der laut auflachte. Warum beendet? Der König und all seine Beamten seien noch immer im Amt. Nichts habe sich verändert, ein paar Versprechungen, aber die würden mit Sicherheit gebrochen, sie werde schon sehen. Wir müssen die Paläste stürmen, rief Georg, erst dann ändert sich was. Sie war, in gewisser Weise, erleichtert. Ihr Georg. Die ersten Briefe trafen ein, von der Mutter, von Fanny. Sie hätten während der Schießereien im ersten Stock auf dem Boden gelegen, einige Kugeln seien durch die Fenster geflogen. Unten seien alle Scheiben zu Bruch gegangen. Eine Barrikade direkt vor dem Haus. Alle waren wohlauf, aber die Geschäfte gingen schlecht.

Nichts von Hecker. Wohin mit der Legion, die täglich exerzierte?

Karl kam zu Besuch. Jenny gehe es gut, den Kindern auch, aber Brüssel sei nicht so erfreulich als Stadt wie Paris. Die beiden Männer saßen in den Sesseln und rauchten Zigarren. Emma saß etwas abseits auf einem Stuhl am Tisch. Karl erzählte vom Bund der Kommunisten, schwärmte, das seien die Richtigen. Wie viele, fragte Georg. Einige Hundert, sagte Karl, aber es gehe noch nicht um die Zahl, es gehe um den Willen. Der sei groß. Sie hätten etwas aufgeschrieben, sagte Karl und holte ein gebundenes Manuskript aus seiner Ledertasche, das müsse Georg lesen, druckfrisch. Er reichte es ihm, ein nicht allzu dickes Heft, dessen Titelseite Georg eine Weile betrachtete, um es dann auf den Tisch zu legen. Laurent schenkte Cognac nach. Georg erzählte von der Legion, aber Karl erwiderte, es sei falsch, seine Kräfte jetzt zu verausgaben. Dies sei eine Revolution der Bürger, und sie werde scheitern, müsse scheitern. Die nächste Revolution sei entscheidend, die Revolution der Arbeiter, der Proletarier. Auch Karl war schwerer geworden, dachte Emma, sein Bart länger, fusseliger. Die Männer kamen nicht gut aus ihren jungen Jahren.

Sie hatten, als sie 1843 nach Paris zogen, zunächst überlegt, ob sie mit Ruges und Marxens zusammenziehen sollten. Karl sprach von einer Phalanx im Kleinen. Die freie Liebe erwähnte er nicht, aber Emma hatte nicht vergessen, was Georg an jenem Abend in Berlin über Fourier gesagt hatte. Sie war schwanger, als die Phalanx mit Karl und Ruge erörtert wurde, und Karl schaute ihr verstohlen auf den Bauch. Wie fand Jenny das? Jenny war ebenfalls schwanger. Die Männer diskutierten die Phalanx, fröhlich, ziemlich fröhlich, aber die Frauen mieden dieses Thema, und wusste Jenny überhaupt, dass zur Idee der Phalanx die freie Liebe gehörte? Unerträgliche Bilder tauchten auf in Emmas Kopf, abscheuliche Bilder, von denen jedoch, nur für Sekunden, ein kleiner Reiz ausging, winzig, daher nicht wirklich existent, aber doch erschreckend. Fort damit. Emma sagte nein, als sie eines Abends mit Georg alleine war, sie werde auf keinen Fall mit den Ruges, mit Jenny und Karl eine Phalanx bilden. Georg akzeptierte das. Die anderen fanden eine dritte Familie, mit der sie in der Rue Vaneau eine kleine Phalanx gründeten, waren aber schon nach zwei Wochen entzweit. Warum, darüber wurde nicht gesprochen. Sie lebten dann in getrennten Wohnungen. Karl und Jenny waren oft zu Gast bei den Herweghs. Karl hörte nicht auf, ihr auf den Bauch zu schauen, später, nach der Geburt, schaute er auf ihre Beine.

Während sie Karl betrachtete, dachte sie an die Idee von der Phalanx und dass es gut war, dass sie sich damals gewehrt hatte. Wer weiß, was ihr sonst widerfahren wäre. Ein Klopfen von Karl nachts an ihrer Tür? Wenn es überhaupt Türen gab in einer Phalanx. Sie war sich nicht sicher. Jedenfalls glaubte sie nicht, dass sie in einer Phalanx mit Karl, Ruge und Georg hundertvierundvierzig Jahre alt würde.

Karl sagte, dass Georg endlich in Klassen denken müsse, aber Georg erwiderte, dies sei nicht die Zeit für Klassen, dies sei die Zeit des ganzen Volkes, Arbeiter, Handwerker, Bürger, liberale Adelige, sie würden die Fürsten gemeinsam stürzen. Es gibt keine gemeinsamen Interessen, sagte Karl.

Laurent brachte neue Zigarren, Karl nahm eine, Georg nahm eine. Für mich auch eine, sagte Emma. Laurent stutzte und schaute sofort zu Georg. Sie sah, wie es in ihrem Mann arbeitete, er wollte etwas sagen, sagte aber nichts. Sie sagte etwas: Laurent? Schärfe in ihrer Stimme. Karl sah weg. Laurent machte ein paar Schritte zu ihr hin, indignierter Blick, er fragte, ob er ihre Zigarre präparieren solle. Das mache ich selbst, schnaubte sie. Er hielt ihr das Kästchen hin. Sie suchte eine Zigarre aus, nahm das Messer und schnitt sich ihre Zigarre zurecht. Laurent bot ihr Feuer an, sie drehte die Spitze der Zigarre in der Flamme, paffte, drehte die Spitze noch einmal, war zufrieden. Danke, Laurent. Niemand hatte gesprochen. Sie nickte den Männern zu. Kleines Nicken zurück. Sie sagte, dass Georg recht habe. Dies sei nicht die Stunde der Klassen. Sie setzte sich rüber zu den Männern, es wurde ein lebhafter Nachmittag, ein langer Abend. Sie wollten Karl überzeugen, dass er sich der Legion anschließe, aber dazu war er nicht bereit. Wohin denn überhaupt ziehen? Sie hatten keine Antwort darauf, sagten aber, dass die Revolution längst nicht vorbei sei. So ist es, sagte Karl, aber nicht so, wie ihr meint.

Später konnte Emma nicht einschlafen, stand auf, ging in den Salon und suchte die Schrift, die Karl an Georg übergeben hatte. Sie lag auf dem Tisch, Emma nahm sie mit ins Bett, um sich in den Schlaf zu lesen. Auf dem Titelblatt stand:

Manifest der Kommunistischen Partei.
Veröffentlicht im Februar 1848
Proletarier aller Länder, vereinigt euch!
London.
Gedruckt in der Office der »Bildungs-Gesellschaft für Arbeiter«
von J. E. Burghard
46, Liverpool Street, Bishopsgate.

War das nicht ein bisschen pompös? Sie las: »Ein Gespenst geht um in Europa – das Gespenst des Kommunismus.«

Ein guter Anfang, fand Emma. Dass jedoch der Kommunismus von allen europäischen Mächten als eine Macht anerkannt würde, wie es weiter hieß, hielt sie für zweifelhaft. Nein, für falsch.

»Die Geschichte aller bisherigen Gesellschaft ist die Geschichte von Klassenkämpfen.«

Nun gut, das war Karls Spleen. Sie las sich durch diese Geschichte, wusste nicht, was Pfahlbürger sind, fand interessant, was die Kommunisten über den Bourgeois und den Proletarier dachten, kam zu einer Passage, in der es hieß, der Kommunismus schaffe das bürgerliche Eigentum ab. Was würde dann aus Papas Geschäft? Sie war nicht einverstanden. Sie las weiter, schlief fast ein, bis Karl über Frauen schrieb. »Der Bourgeois ahnt nicht, dass es sich eben darum handelt, die Stellung der Weiber als bloßer Produktionsinstrumente aufzuheben.« Gut so, dachte sie. »Übrigens ist nichts lächerlicher als das hochmoralische Entsetzen unserer Bourgeoisie über die angebliche offizielle Weibergemeinschaft der Kommunisten. Die Kommunisten brauchen die Weibergemeinschaft nicht einzuführen, sie hat fast immer existiert.«

Karl kam nicht los von den Phalangen. Arme Jenny. Emma schlief ein.

Nichts von Hecker. Aber ein Freund Heckers, Joseph Fickler, Redakteur der »Seeblätter« in Konstanz, schrieb, dass die Deutsche Legion die Grenze auf keinen Fall ohne deutsches Mandat übertreten solle. Nun gut. Aber warum gaben sie ihnen nicht einfach ein Mandat? Georg und Bornstedt entschieden, dass sie die Legion nach Straßburg führen würden. Von dort war man schnell im Großherzogtum Baden.

Sie war so ungeduldig, es musste endlich etwas passieren. Aber die französischen Behörden hatten die Marschroute noch nicht freigegeben. Georg beschaffte die Dokumente über Nacht, am Morgen hasteten sie zum Versammlungsplatz, an der Barrière du Trone, wo ein seltsamer Haufen auf sie wartete. Ausgemergelte Gesichter, abgerissene Kleider. Den Arbeitern und Handwerkern aus Deutschland ging es inzwischen noch schlechter, weil die neue Regierung vor allem für die Franzosen sorgte und Deutsche kaum Arbeit fanden. Und die Legion hatte nur wenig Geld einsammeln können. Georg sollte einen Zuschuss der französischen Regierung aushandeln und hatte zweitausend Franc gefordert, lächerlich. Als Emma das vorsichtig ansprach, sagte Georg, er sei nun einmal kein Kaufmann. Das ging gegen ihren Vater, also gegen sie. Warum? Es war jetzt manchmal so mit Georg. Er setzte sich von ihr ab. Er war der Dichter, der Anführer der Legion, der Nicht-Kaufmann. Hatte es ihm vielleicht früher gereicht, dass er ein Mann war und sie eine Frau, weil damit alles gesagt war? Madeleine hatte die Pistolen gefunden, als sie Emmas Wäsche sortierte, in Emmas Worten: drin gewühlt hatte. Natürlich lief sie mit den Pistolen zu Georg, und der fragte seine Frau, was, um Himmels willen, sie mit zwei Pistolen mache? Ob sie ihn erschießen wolle? Selbstverständlich nicht. Woher sie Waffen habe? Die habe sie bei Devines gekauft, wegen einer möglichen Konterrevolution. Er schluckte das, aber danach fing es an mit diesen Spitzen, vielleicht auch wegen der Zigarre. Jedenfalls musste die Legion nachverhandeln, aber mehr als fünftausend Franc sprangen dabei nicht heraus. Zu wenig für fünftausend, für tausend, selbst für fünfhundert Kämpfer, denen ein Franc Lohn am Tag zugesagt war, dazu freie Verpflegung.

Einige Legionäre hatten die Wartezeit in den umliegenden Wirtshäusern verbracht und reichlich getrunken, als Georg und Emma die Barrière du Trone erreichten. Es war neun Uhr morgens. Seit sieben wurde gewartet. Georg stieg auf ein Pferd und hielt eine Rede.

»Uns erwartet nichts als Hunger und Kanonen«, sagte er.

Emma traf den Zimmermann, den sie aus Berlin kannte und der Robert hieß, wie sie nun erfuhr. Wo sein Gewehr sei, fragte sie ihn. Er habe kein Gewehr ergattern können, es gebe nicht genug, und die, die man habe, dürften erst auf deutschem Boden verteilt werden, die französische Regierung habe dies so verfügt. Womit er kämpfen wolle? Er sei bei den Sensenmännern eingeteilt, sagte er. Wo ist Ihre Sense, fragte sie. Eine Sense habe er noch nicht, man wolle die Bauern auf dem Wege um Sensen bitten. Emma wünschte ihm viel Glück, und der Haufen zog los, nach Militär sah das immer noch nicht aus, aber Georg schien darüber nicht traurig zu sein. Ich will keine Gamaschenknechte, sagte er.

Trommeln, Fahnen, schwarz-rot-gold und blau-weiß-rot, Gesang. Je weiter sich die erste Kolonne der Deutschen Legion entfernte, desto mehr wirkte sie wie eine Armee.

Emma hakte sich bei Georg ein, als sie zurückliefen. Es war ein schöner Frühlingstag, Sonne, Großstadtgeschäftigkeit, Flaneure.

Ich komme mit, sagte Emma.

Wohin?

Nach Straßburg.

Warum willst du dort auf mich warten? In Paris ist es bequemer für dich und die Kinder.

Ich will nicht warten, ich gehe mit dir über den Rhein.

Er blieb stehen, sah sie an, als warte er auf etwas. Dann sagte er: Du hast etwas vergessen.

Was?

Zu sagen, dass es ein Scherz ist, wie dein Vater.

Es ist kein Scherz.

Es ist ein Scherz.

Er ging weiter, zog sie mit. Eine Droschke, sie stiegen ein, Stille auf der Fahrt, nur zwei Sätze von Emma: Wir wollten gemeinsam lieben, gemeinsam hassen. So ist es nun.

Zu Hause sagte er, dass sie schon wegen der Kinder nicht mitkommen könne. Sie: Horace und Camille würden mit Madeleine nach Berlin reisen, zu ihren Eltern, sie habe das arrangiert, er müsse sich keine Sorgen machen. Er: Camille gehe es nicht gut.

Dass dir das aufgefallen ist, sagte sie. Ein neuer Ton, schnippisch-scharf. Das wollte sie nie sein. Camille ist blass, sagte Georg, ich höre ihn oft husten, aber das ist alles, was ich von ihm höre. Er sei zu still für ein Kind, das nicht einmal ein Jahr alt ist. Kein Schreien, nur Husten. Was du so alles über Kinder weißt, wollte sie sagen, sagte es aber nicht. Stattdessen: Die Berliner Luft werde Camille guttun. Sie glaubte das, weil sie ihre eigenen Zweifel längst besiegt hatte.

Aber die lange Reise?

Wir werden dafür sorgen, dass die Kinder es bequem haben.

Sie hatte Angst, dass er sie fragen würde, ob ihr die Legion wichtiger sei als die Kinder, und das wäre ja auch die falsche Frage. Ist dir die Freiheit wichtiger als die Kinder? Das war die richtige Frage, die Frage, die in ihrem Kopf rumorte und die sie nicht mit Ja beantworten konnte. Das ging nicht. Es gab kein Ja auf eine solche Frage. Es gab nur eine Entscheidung, und die war so ausgefallen, dass sie mit Georg über den Rhein ziehen würde. Und dann konnte man sagen, dass diese Entscheidung ein Ja auf die Frage bedeutete, aber das musste man nicht. Hauptsache, die Frage würde nicht beantwortet. Es stünde dort kein Ja, kein stacheliges, grausames Ja. Nur ein Handeln, und das konnte man so oder so deuten. Sollten ihre Kinder, die letzten Endes Deutsche waren, später in einem Deutschland leben, das von Fürsten regiert wurde, von Tyrannen? Als Unfreie? Somit war die Entscheidung keine Entscheidung gegen die Kinder, sondern für die Kinder, für ihre Zukunft. Mit diesem Punkt hatte ihre Gedankenmarter stets geendet. Ein guter Punkt. Auf keinen Fall wollte sie das alles mit Georg diskutieren. Er tat ihr den Gefallen. Ging in sein Arbeitszimmer und schlug die Tür hinter sich zu. Sie wusste, dass er dort nie zu einer harten Haltung fand, sondern abschloss mit dem, was er gewollt und nicht bekommen hatte. Es vergaß. Also würde sie mit der Legion nach Straßburg und über den Rhein ziehen.

Sie brachten Madeleine, Horace und Camille mit einer Droschke zum Bahnhof. Camille, der auf Emmas Schoß saß, hustete viel, und sie versuchte das mit der kalten Luft zu erklären. Nach ein paar sonnigen Tagen, fühlte sich Paris wieder nach Winter an. So war es doch. Sie blickte zu Georg, weil sie wollte, dass er ihr recht gab, aber das tat er nicht. Er sagte nichts. Madeleine saß in eine Ecke gedrückt, mit großen Augen, sie fürchtete diese Reise in das Herz Preußens, was Emmas Gefühl nicht besser machte. Aber es war entschieden, Zweifel waren verboten. Horace weinte, er wollte nicht zu den fremden Großeltern, Camille hustete. Die Droschke kam nur zäh voran, die Straße war mit Fuhrwerken verstopft. Emma fluchte. Ein Blick von Georg, aber die Comtesse fluchte ja auch. Sie trafen knapp rechtzeitig ein und eilten zum Bahnsteig, Georg mit dem Gepäck, Horace an Madeleines Hand, halb geschleppt, Camille auf Emmas Arm. Am Waggon drückte, küsste sie das Kind, als wolle sie es nie mehr loslassen, dann gab sie es Madeleine. Starker Husten. Ein bisschen wiehernd, oder nicht? Nein. Sie musste hier weg, herzte Horace kurz und zog Georg davon. Sie weinte, bis sie zu Hause waren.

Es wird ihnen gutgehen in Berlin, sagte sie in der Wohnung.

Nicht wahr, Georg?

Ja.

In Frankfurt tagte das Vorparlament. Sie forderten das Wahlrecht für alle selbständigen Männer, las Emma im Lesekabinett im Palais Royal. Hecker war mit seinen radikalen Positionen in der Minderheit: kein vorübergehendes Parlament, sondern ein permanentes, eine Republik statt einer konstitutionellen Monarchie. Bei den Wahlen zum Fünfzigerausschuss landete er auf Platz einundfünfzig. Nicht dabei. Blum drin. Jacoby drin. Venedey drin. Emma lachte noch einmal über dessen vermurkste Rede in der Salle Valentino. Mit solchen Leuten würden sie nicht weit kommen. Nach dem Scheitern verließ Hecker das Vorparlament mit seinen Getreuen. Es geht los, dachte Emma. Sie kaufte Proviant für ihre Reise, auch ein paar Pasteten von Chevin, und dann ging sie zum Friseur. Kurz, sagte sie. Kürzer, sehr gerne, sagte der Friseur, ein hagerer Mann mit einem dünnen Schnurrbart, der weit über die Wangen hinausreichte. Nein, kurz wie bei einem Mann. Madame, Sie scherzen, sagte der Friseur. Ich scherze nicht, sagte Emma, und nun schneiden Sie. Empörtes Klappern der Schere. Zweimal ließ sie nachschneiden, bis die Haare wirklich kurz waren. Georg sagte nichts zu ihrer neuen Frisur.

Anfang April fuhren Emma und Georg mit der Kutsche nach Straßburg zur Deutschen Legion, die in einer verlassenen Kaserne untergebracht war. Rund achthundert Männer, wenig. Aber bestimmt würden sich die Handwerker und Bauern ihrem Zug anschließen, wenn die Legion den Rhein überquert hatte und nach Karlsruhe marschierte oder wohin auch immer.

Emma hatte ein Zimmer mit zwei Betten in der Kaserne, aber das zweite Bett blieb leer, da bei einem Feldzug Männer und Frauen nicht ein Zimmer teilen konnten, das müsse sie verstehen, sagte Georg. Sie verstand das. An der Wand hing eine betende Madonna, aber die nahm Emma ab und legte sie in den Schrank, nach ganz unten, ganz hinten. Meistens lag sie auf dem Bett und las, »Tante Lisbeth« von Balzac. Durch das Fenster hörte sie die Männer exerzieren, das unzufriedene Gebell der Offiziere, die Schritte der Mannschaften. Sie warteten. Auf einen Brief von Hecker, auf ein Signal. Nichts. Das Essen wurde knapp. Schließlich war der Bürgermeister so gnädig, ihnen ein paar Ochsen zutreiben zu lassen. Auch Gemüse und Kartoffeln wurden geliefert. Waffen, die ebenfalls angefragt waren, bekamen sie nicht. Zu den Mahlzeiten saß sie im Casino bei den Offizieren, Bornstedt und Georg. Die Offiziere gingen galant mit ihr um, aber sie spürte, dass ihnen nicht einleuchten wollte, warum eine Frau ihren Feldzug begleitet. Sie spürte Missbilligung: Wenn eine Frau dabei war, konnte es nicht wirklich ernst sein, nicht gefährlich wirken. Sonst wäre ja keine Frau dabei. Sie spürte auch, dass sie die Erklärung nicht bei ihr suchten, sondern bei Georg. Mit ihm musste etwas nicht stimmen, wenn er seine Frau mitnahm. Sie war ihm dankbar, dass er ihr keinen Vorwurf machte. Nachts lag sie lange wach und wartete, dass er kam, aber er kam nicht. Das verstand sie nur mit Mühe.

Meistens redete im Casino Corvin, der die Berliner Kadettenanstalt durchlaufen hatte, der in Mainz und Saarlouis stationiert gewesen war, aber schon als junger Mann den preußischen Dienst quittiert hatte. Dann lebte er als Förster und als Schriftsteller. Emma kannte kein Buch von ihm. Er lästerte oft gegen die Legionäre, weil sie nicht Soldaten waren, wie er Soldaten kannte. Das klang so: Was passiert, wenn man einem Rekruten sagt, er solle sich gerade hinstellen? Der Kerl tut sein Bestes und meint, wie eine Kerze dazustehen. Aber er irrt sich gewaltig, die eine Hüfte ragt weit über eine Seite hinaus, während der Kopf auf der Schulter hängt und die ganze Gestalt einem lateinischen S ähnlich sieht. Man stellt den Mann gerade. Die natürliche Folge davon ist, dass er meint, krumm wie ein S zu stehen, und sich höchst unbehaglich fühlt. Aber wehe, er gibt diese Haltung auf. Er, Corvin, habe einen Hauptmann gehabt, Hauptmann Toll, der habe seinen Rekruten dann angeschrien: Halte er den Saukopf gerade, nehme er seine linke Schweinehüfte zurück. Bei der Demokratischen Legion, sagte Corvin, könne man dies gerade den ganzen Tag lang rufen.

Das tun Sie doch, dachte Emma. Corvin war jähzornig, ihr gegenüber aber meist liebenswürdig. Nur dass er so langweiliges Zeugs erzählte.

Nichts von Hecker, keine Depesche. Georg überlegte, ob er nach Frankfurt gehen solle, um sich vom Vorparlament ein Mandat zu holen und dafür zu werben, dass man jetzt nicht den Kompromiss mit den Fürsten suchte, sondern sie wegfegte, mit der Deutschen Legion, unter anderem. Eine Zeitung meldete, dass ein Haftbefehl gegen ihn ausgestellt sei. Georg blieb. Unter den Offizieren machte sich Spannung breit, vor allem zwischen Corvin und Löwenfels, die um den Oberbefehl rivalisierten.

Ein Brief aus Berlin: Die Kinder waren gut angekommen, alle wohlauf.

Hieß das auch, dass es Camille besser ging, gesundet auf der Reise, durch die Reise gar? Sie hoffte. Sie redete sich das zur Realität. Allerdings waren die Angaben zu den Kindern etwas knapp.

Das Vorparlament schickte zwei Emissäre zur Legion, Venedey und einen Mann namens Spatz, Robert Spatz. Sie machten einen Vorschlag: freies Geleit durch Deutschland, wenn die Legion nach Schleswig zöge. Warum nach Schleswig? Wegen der Spannungen mit Dänemark. Dort könnten sie kämpfen. Emma prustete.

Will das auch Jacoby, fragte Herwegh.

Ja.

Und Blum?

Der auch.

Sie sah seine Enttäuschung. Es war auch ihre. Sie wollten die Legion abschieben, im hohen Norden verbluten lassen, damit sie den deutschen Fürsten nichts anhaben konnte. Feiglinge. Spatz und Venedey reisten ab, hoffentlich klang das Nein noch lange in ihren Ohren.

Emma ließ sich mit einer Droschke in die Stadt fahren, machte einen Spaziergang, Modeläden, Fachwerk, das putzige Deutsch der Einheimischen: Weinstub. Bald war sie unruhig, weil sie sich abgeschnitten fühlte von den Nachrichten: von Hecker, aus Berlin. Sie rief eine Droschke und ließ sich zur Kaserne bringen. Stark geschminkte Frauen am Tor. Nichts von Hecker, nichts von ihren Eltern. Sie hatte immer einen lebhaften Camille vor Augen. In Berlin würde er sprechen lernen, den Berliner Ton, icke, jut. Süß.

Am nächsten Tag erhielten sie Nachricht von Hecker, nicht persönlich, auch nicht von einem Boten. Es stand in den Zeitungen. Hecker hatte in Konstanz die Republik ausgerufen. Hurra. Seine Worte: Sieg oder Tod für die deutsche

Republik! Genau. Sie versammelten die Legion, verkündeten die Neuigkeit. Freude, fliegende Mützen, alle dachten, dass es jetzt losging, aber es ging nicht los. Kein Ruf, kein Mandat. Egal, sagte Emma, ziehen wir los. Die Offiziere reagierten nicht.

Die Soldaten würfelten, spielten Karten, exerzierten. Schießen übten sie nicht, da die Munition nicht einmal in einem Gefecht für alle reichen würde, aber sie hofften auf überlaufende Soldaten und deren Munition. Hecker war losgezogen, hatte Konstanz mit einer kleinen Armee verlassen, sogar mit Kanonen. Es ging wirklich los. Leider wurde das Essen erneut knapp. Neue Verhandlungen mit dem Bürgermeister, wieder schlechte Stimmung. Der Streit der Offiziere eskalierte, weil Corvin nicht Löwenfels folgen wollte und Löwenfels nicht Corvin. Sie stimmten ab. Alle hoben die Hand für Corvin, außer Herwegh, der sich enthielt, während Emma für Corvin gestimmt hatte, der zwar langweilte, aber immerhin ein galanter Adeliger war, jovial, verschwatzt, gutmütig und im entscheidenden Augenblick so autoritär, wie es nötig war im Umgang mit Soldaten. Otto Julius Bernhard von Corvin-Wiersbitzki. Löwenfels war nicht nur ein Langweiler, sondern auch: starr, steif, verschlossen. Sie traute solchen Männern nicht. Sie gaben sich die Aura, als wären sie Menschen für die entscheidenden Augenblicke, an allem anderen mussten sie nicht teilnehmen. Aber in den entscheidenden Augenblicken zeigte sich, dass sie zu ungeübt waren, um mit Krisen fertigzuwerden. Als Bornstedt das Ergebnis verkündete, sagte er, Corvin habe siebenundzwanzig Stimmen bekommen. Emma hatte achtundzwanzig gezählt. Sie reklamierte das, Genauigkeit war wichtig, wenn man die Demokratie einübte, erntete aber Schweigen. Sie sah Georg an, und der sah weg. Erst später wurde ihr klar, dass man ihre

Stimme nicht mitgezählt hatte. Wie war das Wort dieses Hauptmanns Toll? Saukopf? Sauköpfe.

In der Nacht wartete sie, bis Stille über der Kaserne lag, dann ging sie hinüber zum Zimmer von Georg, wo sie ihn mit einer der stark geschminkten Frauen antraf, sie nackt, er im Nachthemd. Sie setzte sich auf den Stuhl und sagte, sie könnten weitermachen, sie werde warten, aber das konnte Georg nicht. Die Hure ging, nachdem sie ihr Geld empfangen hatte. Bin ich jetzt dran, fragte Emma. Keine Antwort. Wasch dich bitte, sagte sie, zog sich aus und legte sich ins Bett. Du musst aufpassen, sagte Emma. Sie schubste ihn vorzeitig raus, weil sie den Verdacht hatte, es könne ihm recht sein, wenn sie schwanger würde.

Wann war sie so hart geworden, so hart gegen sich und andere, fragte sie sich, als sie am nächsten Morgen dem Exerzieren zuschaute. In Berlin war sie es nicht gewesen, ein bisschen laut manchmal, ein bisschen zu forsch für eine Dame, wie es hieß, aber Mama und Papa sorgten dafür, dass das nicht überhandnahm. Es mussten die Jahre in Paris gewesen sein. Die Comtesse? Nein, so viel Macht über ihr Leben wollte Emma ihr nicht zugestehen. Ein bisschen vielleicht. Was sonst war passiert? Die Kinder. Horace hatte sie doch sanfter gemacht. Erstmal. Aber dann? Sie hatte keine Erklärung. Und warum musste sie sich diese Frage stellen? Warum konnten die Männer in allem selbstverständlich sein, die Frauen aber nicht? Vielleicht war sie hart geworden, als sie begonnen hatte, dagegen anzuleben und Selbstverständlichkeiten der Männer in ihr Leben holte. Möglich.

Neuer Besuch, diesmal aus Karlsruhe, von der badischen Regierung: Wer ohne Waffen nach Baden kommt, erhält Reisegeld. Corvin ließ die Legion antreten, erklärte das Angebot.

Zwanzig Mann verließen die Reihen, die anderen spotteten. Sie waren jetzt noch knapp achthundert. Fünftausend wollten sie sein.

Gerüchte: Hecker war mit seiner Armee in Engen gesehen worden, in Schopfheim. Fünfzigtausend hessische, bayerische und württembergische Soldaten seien als Bundeskontingent in Baden eingerückt, um dem Großherzog gegen Heckers Schar zu helfen.

Wussten Sie, dass der Großherzog von Baden womöglich nicht der legitime Großherzog ist, fragte Emma, als sie beim Abendessen im Casino saßen. Es gab Suppe, wenig Fleisch drin.

Bornstedt wusste es, Georg auch, von ihrem gemeinsamen Freund Ludwig Feuerbach, von dem Emma es auch wusste. Die anderen Offiziere sagten nichts, keine Fragen.

Der legitime Großherzog wäre Kaspar Hauser, würde er noch leben, heißt es, sagte Emma.

Unsinn.

Emma wusste nicht, wer das gesagt hatte. Lachen, Schnauben. Klappernde Löffel.

Sie erzählte, dass Ludwigs Vater Paul Feuerbach jenen Kaspar Hauser selbst in Ansbach kennengelernt habe, nachdem er aus dem Wald gekommen sei, wo er von wilden Tieren aufgezogen wurde, wie man erzählte. Paul Feuerbach, Gerichtsvorsteher in Ansbach, habe dazu eine Broschüre verfasst unter dem Titel »Kaspar Hauser oder Beispiel eines Verbrechens am Seelenleben eines Menschen«.

Was das mit dem Großherzog von Baden zu tun habe, fragte schneidig ein Offizier, dem anzuhören war, dass er wenig Lust hatte, solchem Weibergeschwätz zu folgen.

Angeblich, fuhr Emma ruhig fort, hatten Höflinge den

Erbprinzen, der 1812 geboren wurde, gegen einen kranken und schon todgeweihten Säugling ausgetauscht und im Wald ausgesetzt. Damit sollte die Thronfolge verändert werden. Der wahre Erbprinz lebte dann in den Wäldern mit den Tieren, und als man ihn fand, nannte man ihn Kaspar Hauser. Paul Feuerbach habe eine weitere Schrift verfasst, die nicht veröffentlicht worden sei, deren Inhalt sie aber kenne, da Ludwig Feuerbach sie verwahre. Sein Vater sei schon tot.

Was steht drin, fragte Bornstedt.

Genau das. Paul Feuerbach deduziert, warum Kaspar Hauser der Sohn von Karl von Baden und seiner Frau Stéphanie de Beauharnais sei, übrigens eine Adoptivtochter Napoleons.

Napoleon. Die Offiziere waren interessiert. Wurde Kaspar Hauser deshalb umgebracht?

Möglich, sagte Emma. Er starb 1833 an einer Stichwunde, aber niemand weiß, wer sie ihm beigebracht hat, vielleicht er selbst, vielleicht Schergen des Thronfolgers, der die Konkurrenz von Kaspar Hauser fürchtete.

Und dieser Thronfolger ist der jetzige Großherzog, fragte Löwenfels.

Ja.

Der also, sagte Löwenfels, nie Großherzog geworden wäre, hätte man Kaspar Hauser nicht aus seiner Wiege entführt, als er noch Erbprinz war?

Er wurde es nur, weil das kranke Kind, das für den wahren Erbprinzen in die Wiege gelegt wurde, bald starb, sagte Emma.

Schrecklich, mit den Tieren leben zu müssen, sagte Bornstedt.

Mit den Menschen ist es manchmal nicht besser, sagte Corvin.

Es lebe Kaspar Hauser, rief einer der Offiziere, nieder mit dem Großherzog.

Sie stießen an, plauderten.

Ein Legionär stürzte in das Offizierscasino und behauptete, ein Mann sei auf der Kehler Brücke arretiert worden und habe dabei gerufen, er sei gekommen, um Herwegh zu sagen, dass er schnell mit seiner Legion nach Baden aufbrechen solle, Hecker erwarte ihn bei Freiburg.

Also los, schrie Bornstedt.

Nicht auf diese Nachricht hin, sagte Georg. Zu dünn, wir wissen zu wenig.

Emma sah ihn fassungslos an. Später dachte sie, dass man ihren Blick auch feindselig hätte nennen können.

Die Männer diskutierten hitzig, was zu tun sei. Der erhoffte Ruf? Eine Falle? Einer von ihnen müsse Hecker suchen, um mit ihm das Vorgehen zu besprechen. Aber wer? Alle Offiziere meldeten sich, aber für alle galt der Einwand, dass es für sie schwierig sein würde, durch die Patrouillen und Posten der Bundestruppen zu schlüpfen. Ratlosigkeit.

Ich komme durch, sagte Emma.

Stille. Sie sah Georg an, Gleichmut in seinem Gesicht. Die anderen brachten tausend Bedenken vor, die sie als Zeichen verstand, dass ihr Vorschlag ernst genommen wurde, und die Bedenken richteten sich ausschließlich gegen sie als Frau: zu gefährlich, unschicklich, zu strapaziös. Das könne alles sein, meine Herren, sagte Emma, aber alles, was gegen sie spräche, spräche in Wahrheit für sie. Dem Argument konnte nicht jeder folgen. Sie fragte: Bestehen die Patrouillen und Posten aus Männern oder aus Frauen? Na, selbstverständlich aus Männern. Weibliche Posten, nie und nimmer, hahaha. Sie überhörte das und sagte: Und diese Männer sind Männer wie Sie alle hier am Tisch. Diese Männer denken, so wie Sie, dass eine Frau niemals als Kundschafterin unterwegs sein kann. Und lassen mich passieren. Stille. Eine Stille, die sie schon kannte, die Stille nach ihren Worten. Die Offiziere verstanden ihre Sätze allmählich, und dann gewöhnten sie sich an den Gedanken, ihre einzige Chance. Corvin nickte, Löwenfels nickte. Herwegh sah sie an, ein bisschen stolz vielleicht, dachte Emma, widerwillig stolz. Die Männer tranken auf den Mut von Emma Herwegh. Sie zog die schwarzen Samthosen an, den schwarzen Reitrock, setzte das Barrett auf, setzte es ab, noch nicht, das Barrett erst, wenn der Feldzug beginnt. Am Abend brach sie auf, um Hecker zu suchen. Eine der Pistolen steckte im Gürtel unter dem Reitrock.

Sie nahm den Zug von Straßburg Richtung Basel, eine gemächliche Fahrt durch die Nacht, nur zwei andere Passagiere in ihrem Abteil, ein Ehepaar, kein Gespräch. Sie hasste die fürsorgliche Art, wie die Frau ihrem Mann Stullen für ein Abendbrot reichte, eine Fütterung, und hier noch ein hartgekochtes Ei, Salz ist auch da, klar. Kleine Blicke zu ihr. Triumph? Sie schloss die Augen, schlief nicht ein, las, schlief dann doch, verpasste beinahe ihren Bahnhof, hastete hinaus. Sie fand einen Fuhrmann, der sie bis zum Rhein brachte, fand einen Fährmann, der sie übersetzte, fand eine Droschke, die sie nach Freiburg fuhr, und dann fragte sie sich durch zur Turnerkneipe, wie es Georg ihr empfohlen hatte. Die Turnerschaften waren lange verboten gewesen, Turner galten seit Jahn als unzuverlässige Elemente, als Verächter der Fürsten. Die könnten ihr helfen. Ich weiß, Georg, hatte sie gesagt. Sie fand die Turnerkneipe, die leer war um diese Zeit. Die Turner würden exerzieren, sagte der Wirt. Und wo? Auf dem Carlsplatz. Sie ließ sich mit einer Droschke zum Carlsplatz fahren, und dort turnten sie, junge Männer, die Räder schlugen, Kopfstände machten, Handstände, Kniebeugen, die Felgen an einer improvisierten Reckstange drehten. Sie sprach den Übungsleiter an, ob er wisse, wo Hecker sei. Er wusste es nicht. Das Letzte, was er gehört habe, war Müllheim. Sie erzählte ihm, warum sie hier war, so ungefähr jedenfalls, und weil ihm das gefiel, war er bereit, ihr einen seiner Turner als Begleiter mitzugeben. Er winkte einen jungen Mann herbei, stellte ihn als Armin Schwerthoff vor, ein großer Kerl mit aschblondem Haar, der sich so elastisch bewegte, dass es eine Freude war, ihm zuzusehen, und der sogar im Stehen eine anmutige Körperspannung zeigte. Anfang zwanzig, schätzte Emma.

Können Sie reiten, fragte sie.

Er konnte.

Kennen Sie Georg Herwegh?

Den »Morgenruf«, selbstverständlich.

Emma weihte Schwerthoff in ihre Mission ein. Er war bereit, sie zu begleiten, die Umgebung kenne er gut. Schwerthoff, der auf eine gar nicht unangenehme Weise nach frischem Schweiß roch, brachte Emma zu einem Hotel. Er versprach, Pferde zu besorgen, und wollte bei Sonnenaufgang vor ihrem Hotel warten. Am Abend besuchte Emma auf eine knappe Stunde ihre Freundin Henriette Feuerbach, nicht die Frau des Philosophen, die hieß Bertha, sondern die Frau eines nicht ganz unbekannten Archäologen. Sie hatten sich länger nicht gesehen. Was die Kinder machen? Sehr gut, sehr gut, fühlen sich wohl in Berlin, Camille lerne gerade sprechen und sei eine große Freude für seine Großeltern. Halb erfunden. Als Emma ins Hotel zurückkehrte, hatte sie das Gefühl, dass ihr jemand folgte und sah sich um. Niemand. Es waren nur wenige Straßen bis zum Hotel. Sie eilte und war sehr erleichtert, als sie vor dem Hotel einige junge Burschen erblickte, die sie als Turner vom Carlsplatz erkannte. Sie sagten, dass sie als Wachen zu ihrem Wohle abgestellt seien. Sie dankte und wünschte eine gute Nacht.

Er habe leider keinen Damensattel auftreiben können, sagte Schwerthoff am Morgen.

Ihr Glück, sagte Emma und schwang sich auf das Pferd, einen Fuchs, ehe ihr Begleiter Anstalten machen konnte, ihr zu helfen. Sie genoss seinen verblüfften Blick. Er stellte sich ebenfalls nicht ungeschickt an, saß reiterlich im Sattel, und dann ritten sie zügig aus der erwachenden Stadt. Sie trabten eine Weile, dann Schritt, um die Pferde zu schonen, der Tag würde lang werden.

Warum können Sie so gut reiten, fragte Schwerthoff.

Aus Langeweile, sagte Emma. Und Sie?

Sein Vater war Bauer, hatte Pferde. Wie es den Bauern im Großherzogtum gehe? Nicht mehr so schlecht, erzählte Schwerthoff. Die letzten Jahre seien schrecklich gewesen, schlechte Ernten, Hunger. Im Februar hätten die Bauern den Aufstand gewagt, so ziemlich als erste in Deutschland, aber die Regierung habe schnell reagiert, eine Landreform, und nun seien die Bauern ganz zufrieden. Ein Problem für Hecker, sagte Schwerthoff.

Und für uns, dachte Emma.

Sie ritten in Müllheim ein und hörten, dass Hecker hier nicht sei. Vielleicht in Zell.

Sie ritten nach Zell, Trab, dann Galopp, weit nach vorne gebeugt, der Geruch des Pferdes, der Schweiß auf seinem Hals, ein schöner Flug, ein Rennen, vorbei an Obstbäumen, Wäldchen, Weiden mit Kühen. Emma war schneller als der junge Turner, lachend überholte sie ihn. Er lachte zurück, wie schön er da war. Sie ritt eine Weile voraus, stellte sich seinen Blick vor, ihre Beine, ihr Hintern. Sie war nicht gut trainiert, aber sie konnte reiten, das musste doch gut aussehen.

Schritt, die Pferde dampften. Die gute Laune war verschwunden, sie dachte an Camille, ihren lieben kleinen Camille. Wie es ihm wohl jetzt ging? Gut, dachte sie, bestimmt geht es Camille gut. Sie dachte daran, wie sie auf seinen Namen gekommen war und wie lange sie überlegt hatte, ob das der richtige Name für ihr Kind sein könne.

Als sich Georgs Affäre mit der Comtesse anbahnte, sagte ihr Jenny, sie solle den Roman »Béatrix« von Balzac lesen, dann wisse sie alles. Warum, fragte Emma. Weil jeder wisse, sagte Jenny, dass die Béatrix de Rochefide aus dem Roman der echten Marie d'Agoult nachgebildet sei. Félicité de Touches alias Camille Maupin sei George Sand, Gennaro Conti sei Franz Liszt. Balzac habe es selbst gesagt. Emma schickte sofort Laurent los, den Roman zu besorgen, und dann las sie einen ganzen Tag und eine halbe Nacht, mit wachsendem Horror. Sie war sofort auf der Seite von Camille Maupin, als gesagt wurde, ausgerechnet von einer Fanny, dass es für eine Frau eine Sünde sei, wenn sie ins Theater ginge, die aber übertroffen werde von der Sünde, für das Theater zu schreiben. So war es doch. Musste nicht deshalb auch Amantine Aurore Lucile Dupin de Francueil das Pseudonym George Sand annehmen, musste Männerkleidung tragen und sich wie ein Mann benehmen, damit sie als Schriftstellerin anerkannt werden konnte? Grimmig las sie weiter. Marie tauchte auf, also Béatrix, die Frau mit dem österreichischen Mund und dem fetten Kinn. Emma dachte, dass Georg, ihr Georg, jetzt, genau in diesem Moment, während seine Frau allein im Ehebett lag und Balzac las, den österreichischen Mund küßte und dabei das fette Kinn hielt. Weil er dort war, wie sie ahnte, in Wahrheit aber wusste. Was weh tat, sehr. Sie kam darüber hinweg, indem sie aus dem österreichischen Mund einen Metternich-Mund machte. Georg küsste einen Metternich-Mund, also Metternich. Das hatte er davon.

Camille und Béatrix rivalisieren um einen jungen Mann, Calyste. Camille hat mit ihrer aufrechten Liebe keine Chance gegen das verlogene Werben der Béatrix. Sie ist auch älter. Béatrix gewinnt das Duell, will den Calyste dann aber doch nicht haben, weshalb er sich mit einer Sabine de Grandlieu verheiratet. Nach ihrer Hochzeitsreise gerät er wieder in die Fänge von Béatrix und wird übel verführt. Emma las Georg in der Nacht, die seiner Nacht bei Marie folgte, die Stelle vor, in der Calyste bei Marie ist, also bei Béatrix, und seiner Frau ein Billett schreibt, dass er nicht nach Hause komme. Béatrix ist unzufrieden mit seinen Worten und diktiert ihm das Billett an Sabine.

Welch ekelhaften Charakter diese Béatrix doch hat, sagte Emma zu Georg, der natürlich nichts dazu zu sagen hatte. Es war ein Fehler, mit ihm über diesen Roman zu sprechen. Wahrscheinlich fand er es interessant, dass seine Geliebte im Mittelpunkt eines Buchs von Balzac stand. Balzac aber, der offenkundig ein Herz hat, lässt die Geschichte nicht gut ausgehen für Béatrix. Calyste darf seine Sabine behalten, und am Ende wird über Marie gesagt: »Sie ist das Modell einer eitlen und leeren Natur, ohne Stärke, kokett nur um der Selbstverherrlichung willen, eine Madame d'Espard ohne deren profunde politische Kapazität, eine Frau ohne Herz und ohne Kopf. Madame de Rochefide liebt nur Madame de Rochefide.«

Sehr richtig.

Auch das musste sich Georg anhören. Mag sein, brummte er diesmal. Und zog am Abend wieder los, um Metternich zu küssen. Emma hielt das alles aus und freundete sich mit Béatrix an, mit Marie, als wäre sie, Emma, ebenfalls Teil eines Romans. So übel war Marie dann doch nicht. Den Namen Camille behielt Emma gleichwohl in guter Erinnerung, wegen George Sand, wegen des Duells mit Béatrix, bei dem Camille so viel nobler gewirkt hatte, wegen der Tatsache, dass es für Frauen manchmal besser war, zu sein wie Männer, und deshalb nannte sie ihren zweiten Sohn Camille, was sie dann Marie mit einem süßen Lächeln sagte. Sie konnte immer noch süß sein.

Damals jedenfalls. In Zell gingen sie in den Gasthof »Löwen«, der sich mit einem aufrechten, goldenen Löwen über dem Eingang zu erkennen gab, und fragten, ob Hecker hier gewesen sei. Ja, aber nun sei er unterwegs nach Lörrach oder nach Kandern. Warum wurden immer zwei Orte genannt? Verfluchte Unentschiedenheit. In Lörrach war er nicht, aber in Kandern, erfuhren sie in Lörrach, soll er sein, auf jeden Fall. Und irgendwo waren auch Struve und Sigel mit einer zweiten Freischar unterwegs. Emma und Schwerthoff ritten nach Kandern, den Berg hinauf. Es schneite. Ihnen begegneten Soldaten, die Mützen tief ins Gesicht gezogen, gleichmütige Blicke. Württemberger, sagte Schwerthoff. Starker Schneefall, und es ging immer noch hinauf, tief in den Wald hinein, ihr war kalt. Sie fragte Schwerthoff, ob er eine Liebste hatte. Ihre Stimme gedämpft, vom Schnee halb verschluckt. Er drehte sich um. Nein, keine Liebste. Sie war bereit für ihn, das war ihr schon seit einigen Stunden bewusst, sein breiter Oberkörper, sein geschmeidiges Sitzen auf dem Pferd, die sanften Bewegungen. Rache? Sie hatte manchmal daran gedacht, schon zu Maries Zeiten, aber mit wem? Karl? Ruge? Bakunin? Eine Affäre mit einem der Freunde hätte

Georg sehr weh getan, eine Affäre mit Heine hätte ihn vernichtet. Das war ihr alles zu abgeschmackt, und keiner von denen hatte einen männlichen Reiz für sie. Vielleicht Heine, süßer Kerl. Wie Armin Schwerthoff, und der kam aus einer anderen Welt, nicht aus Georgs. Einen Gasthof wird es in Kandern ja wohl geben, für die Nacht. Es dämmerte. Oder hier an dem Bach, an dem sie hielten, trotz der Kälte, des Schnees. Wenigstens ein Kuss, auf ihren nicht-österreichischen Mund. Sie stiegen ab, tränkten die Pferde, ein Blick, kein Kuss. Er wendete sich ab, aber sie sah, dass seine Gedanken nicht so weit entfernt waren von den ihren. Schüchtern. Sie freute sich auf das Bett im Gasthaus. Sie ritten weiter, dann mussten sie absteigen. Der Pfad war steil, rutschig. Sie mühte sich hinauf, Schwerthoff drehte sich besorgt nach ihr um. Es ging, es musste gehen. Sie sahen Wachfeuer, Soldaten, Hessen, in einem kleinen Lager, frierend, hungrig, Pfeife rauchend, leere, müde Blicke. Emma sah in ihnen Überläufer, sie würden sich der Legion anschließen, als Fürstenknechte hatten sie nichts zu gewinnen. Zwei Soldaten standen auf, musterten sie. Schwerthoff sollte absteigen, wurde durchsucht, abgetastet. Sein Hemd rutschte dabei hoch, ein kurzer Blick auf seinen flachen, muskulösen Bauch.

Dann standen sie vor ihr. Das würden sie nicht wagen, dachte sie, war sich aber nicht sicher.

Was wollen Sie in Kandern, fragte einer der Soldaten Emma.

Meine Schwester besuchen, sie steht vor der Niederkunft.

Sie klingen nicht so, als hätten Sie eine Schwester in Kandern.

Wie klinge ich denn?

Als hätten Sie eine Schwester in Berlin.

Ich habe zwei Schwestern in Berlin.

Und eine in Kandern?

Ja.

Eine Familie der Schwestern?

So kann man es sagen.

Sie könnte auch schießen. Sie hatte ihre Pistole griffbereit. Und dann nach Kandern preschen.

Der andere Soldat hatte nichts Verdächtiges bei Schwerthoff gefunden. Sie winkten die beiden durch, und bald sah Emma die Lichter von Kandern. Es hatte aufgehört zu schneien, sie ritten im Trab den Hang hinunter.

Ein anderes Wachfeuer, andere Soldaten, ohne Uniform, schlechtere Waffen, wenn überhaupt Waffen. Sie wirkten noch hungriger als die Hessen. Wer sie seien? Was sie wollten? Sie sei Emma Herwegh, die Frau des Dichters, und sie müsse unbedingt Friedrich Hecker sprechen, sagte Emma. Sie kannten keinen Herwegh. »Aufruf«? »Gang um Mitternacht«? Unbekannt. Ob sie so freundlich sein könnten, einen Offizier zu holen? Sie holten einen Offizier, und der kannte Herwegh, kannte den »Aufruf« und wusste sogar von der Legion. Ob sie denn auch den »Aufruf« kenne, fragte der Offizier listig. Aber sie sei doch Herweghs Frau. Woher solle er wissen, dass sie tatsächlich Herweghs Frau sei. Sie sagte ihm den »Aufruf« auf. Nach zwei Strophen winkte er ab und sagte, Hecker logiere im Gasthof »Zur Weserei«. Sie ritten durch die kleine Stadt, feste Häuser, schmuck, der Gasthof lag an einem Bach, hatte zwei Etagen und grüne Fensterläden.

Einige hundert Soldaten, schätzte Emma, keine Streitmacht. Sie saßen an Lagerfeuern, brieten Fleisch, schwatzten. Zwei Kanonen, nicht groß, aber immerhin. Die Weserei war überfüllt mit Männern, sitzenden, liegenden, stehenden Männern. Mädchen quetschten sich mit Bierkrügen durch die Reihen. Rauch, schwere, feuchte Luft. Ein Krachen, nur ein Krug, der leer und heftig auf einem Tisch landete. Blicke, eine Frau in Hosen. Wo Hecker sei? Ein Mann wies nach hinten, dort führte eine Tür in ein Nebenzimmer. Sie zwängte sich an den Männern vorbei, spürte eine Hand auf ihrem Hintern, dann noch eine. Schnell weiter. Hecker saß mit seinen Offizieren an einem Tisch und aß. Vor ihm lag, auf einer Landkarte, ein Schlapphut, an dessen Seite eine lange Feder steckte. Er war wenig älter als sie. Er sah auf und sagte: Ah, die Frau des Dichters.

Emma Herwegh, sagte sie.

Er stand auf, beugte sich über den Tisch und reichte ihr die Hand. Seine Wachen hätten ihm berichtet, dass sie nach Kandern gekommen sei. Es habe ja schon eine Poesiestunde gegeben, da draußen. Seine Offiziere lachten. Sie rückten zusammen, damit sie sich an den Tisch setzen konnte, und bestellten ein Essen und Bier für sie.

Sie kommen gerade rechtzeitig, sagte Hecker.

Warum?

Wir sitzen hier in der Mausefalle, ringsum stehen hessische Regimenter.

Dann können wir Ihnen gar nicht mehr helfen?

Wer soll uns helfen?

Die Deutsche Legion.

Ah, die Legion. Wie groß ist denn die Legion?

Fast tausend Mann.

Gewehre?

Viele.

Er lachte. Ein Offizier sagte: Das kennen wir.

Ich nehme an, meistens alte Steinschlossgewehre, sagte Hecker.

Auch neue, sagte Emma.

Der tapferste Kundschafter dieser Legion scheint eine Frau zu sein.

Die Klugheit der Legion ließ sie eine Frau schicken.

Warum Klugheit?

Weil ich hier bin.

Ihr gefiel das nicht, dieses spöttische Abklopfen. Sie musste das Gespräch wenden. Warum, fragte sie, haben Sie den Brief meines Mannes nicht beantwortet?

Ich wollte nicht, dass er kommt.

Warum haben alle so viel Angst vor uns? Die badische Regierung hat uns Geld versprochen, wenn wir nicht kommen.

Ich war dafür, sagte Hecker. Er legte Messer und Gabel beiseite, lehnte sich zurück und sagte, wenn Deutsche in Deutschland eine Revolution machen, würden viele Deutsche das begrüßen und sich vielleicht anschließen, aber wenn aus dem Ausland Leute mit Gewehren kommen, mit Gewehren oder Lanzen, egal, sei das eine Invasion, und das begrüße niemand, schon gar nicht eine Invasion aus Frankreich. Die Rheinkrise von 1840 habe hier niemand vergessen.

Aber in diesem Fall kämen doch Deutsche aus Frankreich, sagte Emma.

Sicher? Nur Deutsche. Keine Franzosen? Keine Polen?

Keine Franzosen, keine Polen, sagte Emma. Log Emma. Einer der Offiziere, Delaporte, war Franzose, und führte eine Schar von Franzosen. Mit den Polen hatte sie Polnisch gesprochen. Von Emilie gelernt. Was ging das Hecker an.

Hören Sie, sagte Emma, die Legion kann in Straßburg verhungern, sie kann auseinandergehen, oder sie kann sich in kurzer Frist mit Ihren Männer vereinigen. Es würde die Zahl Ihrer Soldaten mindestens verdoppeln, wenn ich das richtig sehe.

Hecker dachte nach, sagte dann: Ich kann Ihren Mann

nicht rufen, aber wenn er kommen will, soll er kommen. Samstagfrüh, zehn Uhr in Bantzenheim. Geht's uns gut, ziehen wir zusammen nach Freiburg. Ansonsten werden Sie hören, wo wir sind.

Abgemacht?

Abgemacht.

Sie stießen mit den Bierkrügen an. Ihr Essen kam, und sie aß gierig. Hecker fragte sie, ob ihr Mann, der Dichter, schießen könne. Das könne er, sagte sie und gab sich Mühe, so auszusehen, als wisse sie das genau.

Ich kann auch schießen, sagte sie.

Schweigen.

Wenn sie das richtig sehe, sagte Emma, sei er, Hecker, ebenfalls kein Soldat, sondern Doktor juris. Sie haben recht, sagte er, die Menschen sind das, was die Situation von ihnen verlangt. Ich war ein Oberhofgerichtsadvokat, nun bin ich ein Soldat.

Ich war eine Ehefrau, jetzt bin ich eine Kundschafterin, sagte sie.

Hecker blickte nicht auf, aß schweigend weiter, genauso die anderen. Sie trank von ihrem Bier, suchte einen Blick, um sich nicht so allein zu fühlen, fand keinen. Noch ein Schluck.

Eine Weile aßen sie still, tranken, bis ein Soldat hereinstürzte und rief, sie hätten hessische Spione geschnappt. Die Männer sprangen auf, Hecker griff zu seinem Hut, setzte ihn auf. Im Stehen tranken sie ihre Krüge leer, als wäre es das letzte Mal.

Wenn Sie Ihren Dichter erreichen wollen, sollten Sie lieber sofort aufbrechen, sagte Hecker zu Emma.

Enttäuschung, keine Nacht in der Weserei, kein junger Turner in ihrem Bett. Hecker brachte Emma zur Tür. Sie musste nicht drängeln, die Männer bildeten für ihn eine

Gasse, die breit genug war und sich erst hinter ihr wieder schloss. Er trug hohe Stulpenstiefel und einen Degen an der Seite.

Als sie draußen waren, sagte Emma: Ich möchte Sie noch etwas fragen: Warum sind Ihnen so wenige Männer gefolgt bei Ihrem Zug durch Baden?

Die Deutschen brauchen Beschlüsse, sagte Hecker. Wenn wir die Männer eines Dorfes aufgefordert haben, mit uns zu ziehen, fragten sie, ob es einen Beschluss dazu gebe. Von einer Regierung, am liebsten aus Karlsruhe. Sie würden mitgehen, sagten sie, wollten aber noch auf den Beschluss warten. Ich fragte: Wartet Ihr auf den Beschluss zur Revolution gegen die Regierung von der Regierung? Sie zuckten mit den Achseln. Einer muss doch einen Beschluss fassen, sagten sie.

Sie sind nur Bauern, sagte Emma.

Im Vorparlament war es nicht besser, sagte Hecker. Statt die deutschen Fürsten zu stürzen, statt den Schwung der Barrikadenkämpfe mitzunehmen, setzt die große Mehrheit auf Kooperation. Sie wollen einen Beschluss der Fürsten, dass sie uns die Freiheit geben. Das ist das Problem der Deutschen.

Wie in der Legion, dachte Emma. Ohne einen Beschluss von Hecker wollte sie nicht losziehen.

Sie werden sich mit meinem Mann gut verstehen, sagte sie.

Heckers Männer brachten zwei Gefangene, zittrige Gespenster, so elend wie alle hier.

Es geht nur, sagte Hecker, wenn wir die Regierung an uns reißen und die Beschlüsse verkünden. Dann wird man uns folgen. Nun holen Sie mal den Dichter herbei.

Ein fester Händedruck, ein klarer Blick, irgendwie von Mann zu Mann.

Wir sehen uns in Bantzenheim.

Schwerthoff führte die Pferde heran, sie saßen auf und ritten aus Kandern heraus, einen anderen Weg, als sie gekommen waren. Hessische Dragoner stoppten und befragten sie, diesmal rüde, ein Verhör. Wie viele Soldaten? Zweitausend. Wie viele Kanonen? Sieben. Sie schauten skeptisch. Schwerthoff wurde durchsucht und geschlagen, und dann schickten sich zwei Soldaten an, Emmas Leib zu visitieren, aber sie protestierte, beschwor den Anstand der Offiziere und kam davon. Sie ritten in den Wald hinein, den Berg hinauf, dann über die Ebene. Kein Schnee, kein Regen. Die Nacht war schwarz, sie ließen die Pferde Schritt gehen, Schwerthoff dicht neben ihr, aber der Reiz war verflogen. Es gebe noch eine Frau wie sie, sagte er. Aha, wer? Die Frau vom Struve, Amalie Struve, die mache Politik wie ihr Mann, der Gustav Struve, und zöge immer mit ihm. Also sind wir schon zwei, dachte Emma, und Bettina von Arnim und George Sand zählten auch, und, was alle vergaßen, auf dem Bild von Delacroix, das sie in Paris gesehen hatte, auf diesem Bild, das den Namen »Die Freiheit führt das Volk« trägt, wer stellt da die Freiheit dar: eine Frau. Die Frau stürmt voran, die anderen folgen. Später, später bestimmt, dachte Emma. Wenn sie starb bei diesem Feldzug, dann würde es schneller gehen. Wenn eine Frau im Kampf für die Freiheit starb, konnten die Männer die Freiheit nicht ohne die Frauen gestalten. Das konnten sie wirklich nicht. Ein Opfer also. Aber was wäre dann mit Georg? Mit Horace? Mit Camille? Sie sah sich im Kugelhagel fallen, Tränen. Sei nicht albern, dachte sie. Als es hell wurde, passierten sie eine Kolonne Soldaten, die schweigend marschierten. Sie ritt an ihnen vorbei, eine lange Kolonne, es hörte nicht auf. So viele, dachte sie.

PARIS, JANUAR 1894

Wissen Sie, was Ruge schrieb, als er von der Herzen-Affäre gehört hatte, frage ich Benjamin. Nein, sagt er, das weiß ich nicht. Benjamin isst Datteln, die vierte, er mag Datteln. Ich sage es Ihnen, Ruge schrieb: »Es ist nämlich der Sinn der Sache, dass aus dem Karneval der freien Liebe ihre Tragödie wird.« Ein weiser Satz, sagt Benjamin. Die fünfte. Wenn er weiterhin in diesem Tempo Datteln verdrückt, wird es nicht reichen. Ich konnte keine neuen Datteln kaufen, ich brauche Geld. Jetzt erzählen Sie endlich von dem Haus in Nizza, sagt er mit vollem Mund. Nein, erst erzählen Sie von der Nacht. Was geschah, nachdem Sie meine Wohnung verließen. Hoho, er lacht. Wollen Sie das wirklich wissen? Ja, sage ich fest. Ich könnte es Ihnen vorlesen, ich war heute Morgen schon im Palais Royal, habe gefrühstückt und Tagebuch geschrieben. Ich weiß, dass er jeden Morgen, also für ihn: jeden Mittag, Tagebuch schreibt, ich komme drin vor, hat er mir erzählt. Leitner und Holtoff waren im Palais Royal, sagt er, sie treten als die stärksten Männer der Welt im Casino auf und sollen den beiden Amerikanern aus den Folies Bergère Konkurrenz machen, nette Kerle. Nun lesen sie schon, sage ich. Er zieht eine Kladde aus seiner Ledertasche, legt sie auf seine Knie, setzt sein Pince-nez auf, blättert, lächelt mich an, ein bisschen verlegen, blättert wieder, scheint Seiten anzulesen, aber warum? Dann liest er: »Um ein Uhr gehe ich ins Café d'Harcourt. Fernande setzt sich zu mir. Wir sprechen über Rachel. Ich trage mich mit dem Gedanken, heute bei Fernande zu schlafen. Sie ist indessen unversehens verschwunden. Aufgeregt wie ich mich habe, suche ich bei den Brasserien in der Rue Goufflot herum und finde ein Mädchen in schlampiger Toilette mit großen geheimnisvollen Augen.« Oje, was wird er mir zumuten? »Nach längerer Unterhaltung begleite ich sie auf ihr Zimmer, das einen sehr angenehmen häuslichen Charakter trägt. Nachdem sie sich ausgezogen, setzt sie sich zu mir auf den Schoß: ›Faites-moi un petit cadeau!‹ Ich streife dabei an ihrem Schenkel eine Narbe, die mich stutzig macht. Sie sagt mir, die Nadel sei ihr abgebrochen, sie ist nämlich Morphinistin. Krank könne sie nicht gut sein, da sie mehrere Interne aus dem Hospital zu Freunden habe. In der Tat sehe ich den ganzen Schenkel voll kleiner picures. Ich frage sie, ob sie denn überhaupt noch das Bedürfnis habe, de faire la noce. O ja, man sei sogar viel erregter. Ob sie denn menstruiere. Nein. Ich lege mich sehr behaglich und in keiner Weise nach Liebe lüstern zu Bett. Sie macht sich zwei Injektionen, wäscht sich …« Immerhin. »… und legt sich zu mir. Darauf beginnt sie, auf ihre Freundin zu schimpfen in einem ununterbrochenen Wortschwall, indem sie mir zur gleichen Zeit meinen Unaussprechlichen kajoliert. Schließlich ist es so weit, mais il faut le monter. Je sens très étroite. Sie hat nicht unrecht, scheint in der Tat erregt, elle grince des dents, wenn nicht alles Komödie ist. Nachdem sie ihre Toilette gemacht, mich gleichfalls pflichtschuldigst gewaschen und wir wieder im Bett liegen, gibt sie mir ein Journal, nimmt selber ein anderes und liest, indem sie mich zur gleichen Zeit wieder ganz mechanisch bearbeitet. Indessen kommen wir überein, dass wir eigentlich noch zu Baury gehen könnten. Es ist gerade Tag geworden, wir ziehen uns an. Sie nimmt ihren Hund auf den Arm, nachdem sie ihm vorher die Locken gekämmt, und wir gehen zu Baury, wo noch eine größere Gesellschaft versammelt ist. Nachdem wir uns mit Apfeltorte und einigen Gläsern Milch gestärkt, trennen wir uns. Sie heißt Marie Louise. Rue Honge 25. Ich lege mich zu Bett, lese noch eine Stunde Nietzsche und schlafe gegen 6 Uhr ein.« Das war gestern, frage ich. Nein, sagt er, das ist schon länger her. Warum er es dann gelesen hat, könnte ich fragen, aber das tue ich nicht. So ist halt Benjamin Franklin. Es wird das Beste sein, ich gehe nicht auf seine Lesung ein, obwohl er mich erwartungsvoll ansieht. Dann kann ich ja jetzt mit der Herzen-Affäre fortfahren, sage ich. Er nickt, ein bisschen enttäuscht, legt die Kladde auf den Tisch, setzt das Pince-nez ab. Sie sind wirklich zu den Herzens gezogen, fragt er.

Alexander Herzen machte mir diesen Vorschlag, damals mochte er mich vielleicht noch. Kommen Sie mit uns nach Nizza, sagte er zu mir, dann bleiben die Kinder zusammen, und Georg wird nicht lange auf sich warten lassen. Wir wären wieder alle vereint, sagte er mit diesem Jungsblick, den er sich erhalten hatte. An eine Phalanx hat er nicht gedacht, eine Kommune ohne Schlüpfrigkeiten, das war Alexanders Idee, eine schöne Idee, und er wusste ja nicht, dass die Sache längst schlüpfrig war, dass er sich die Familie seines heimlichen Feindes ins Haus lud und den Feind auch. Herzen war noch glücklich damals. Ich sagte zu, auch auf den Rat Georgs, der mich in der Nähe Natalies haben wollte, schon wegen der Briefe, aber auch als Beobachterin, die berichten konnte, was Natalie tat und sagte. Vielleicht traute er ihren Worten in den Briefen nicht, da er nun wusste, dass sie ihren Mann noch leidenschaftlich umarmte, sich zumindest leidenschaftlich umarmen ließ. Mein Mann war eifersüchtig. Ich musste ihm alles melden, er fragte, fragte, fragte in seinen Briefen, und deshalb, denke ich, war es ihm willkommen, dass ich noch näher an sie heranrückte. Ich hatte, muss ich gestehen, auch einen Grund, eher zwei. Ich wollte meine Rolle in dieser Beziehung behalten. Der andere Grund war ökonomisch. Unser Geld reichte kaum. Ich schaue Benjamin an beim Wort Geld, aber er reagiert nicht, schaut weiter auf seine Finger, die eine Dattel halten, die Hälfte einer Dattel, in die er eben herzhaft hineingebissen hat, sieben. Da Georg keine Gedichte mehr schrieb, also nichts verdiente, da er in Zürich in einem Hotel lebte und ich ihm monatlich Geld anweisen musste, damit er leben konnte, war es knapp geworden bei uns, und Herzen hatte mich damit gelockt, dass wir die Mahlzeiten gemeinsam einnehmen würden. Ich konnte davon ausgehen, dass er mich nicht um einen Beitrag zum Essen bäte. Er war immer noch ein reicher Russe. Ich sagte zu und zog mit Horace und Ada nach Nizza. Kein Brief von Ada, wieder nicht. Was habe ich ihr getan, meinem Mädchen? Seit sie mit Antonio nach São Paulo ging, habe ich sie verloren. So wie Horace, der sich auch nur selten meldet. So wie Camille. Nur Marcel ist mir geblieben. Erzählen Sie doch weiter, sagt Benjamin. Ich erschrecke fast, als ich seine Stimme höre.

Herzen hatte eine Villa am Meer bezogen, in der Rue Anglaise, mit Blick aufs Wasser. Er wohnte mit seiner Familie im Erdgeschoss und auf der ersten Etage, ich mit meinen Kindern darüber. Acht. Die Mahlzeiten nahmen wir, wie versprochen, zusammen ein, im Esszimmer der Herzens. Es waren schöne, friedliche Stunden miteinander, Alexander sprach oft über Georg und rätselte, warum er nicht kam. Es wäre doch wundervoll, nicht wahr, Natalie, seufzte er, und Natalie ließ ein süßliches Lächeln aufscheinen, ja, Liebling, das wäre wundervoll. Vermisst du ihn auch, fragte er, harmlos, unbedarft. Ich vermisse ihn auch, Liebling, sagte die Schlange, sagte Natalie. Ich hätte am liebsten aufgeschrien bei diesen Gesprächen, blieb aber still. Und Emma vermisst ihn auch, sagte Alexander, vermisst ihn am meisten. Arme Emma. Schriftsteller sind manchmal schwer zu verstehen, nicht wahr, Emma? Ich nickte. Sie leben in einer eigenen Welt, ergänzte Natalie in perfekt gespielter Harmlosigkeit. Ich habe sie jetzt nachgemacht, für Benjamin, habe die Worte gedehnt, Pausen gelassen und die Stimme am Ende gehoben. Benjamin hat es nicht gemerkt. Die neunte Dattel ist in seinem Mund verschwunden, nun liegt nur noch eine da. Meine Arbeit als Postbotin setzte ich in Nizza zuverlässig fort, sage ich. Sobald der hauptamtliche Briefträger das Haus verlassen hatte, kam Natalie die Treppe hinauf, trank einen Tee mit mir und zog dann bald mit dem Brief ab, wenn einer gekommen war. Oft war einer gekommen. Und sie brachte mir beinahe täglich einen Umschlag für meinen Mann, weil sie im kleinen Nizza nicht so unauffällig zur Post gehen konnte wie in Paris.

»Ich breite die Arme aus. Ich warte auf Dich. Komm!« Ich sage das wieder mit Natalies Stimme. Jetzt hat er es gemerkt, er schaut mich an. So hat sie gesprochen, fragt er. Ja. Und diese Worte hat sie geschrieben, genau diese? Sie haben sie sich gemerkt? Ich habe sie mir gemerkt, ja, es ist nicht schwer, weil es die Worte sind, die ich selbst einst gedacht habe, die ich ebenfalls geschrieben habe. Und dann lese ich sie in einem Brief von Natalie, viele, viele Jahre später. Unglaublich, sagt Benjamin. Auch die Liebe, sage ich, hat nur einen begrenzten Vorrat an Sätzen. Er nickt. Ich muss Ihnen etwas gestehen, sage ich. Bitte, was? Einmal war ich böse mit ihr, böse mit einer Schwangeren, und wissen Sie warum? Grund hatten Sie genug, sagt er. Das stimmt, sage ich, aber dann war ich eines Tages im Garten, saß auf einer Bank, die dort in einem Winkel stand und schaute den Kindern beim Spielen zu. Kolja und Horace warfen mit einem Ball, den sie aus Stoffen gebunden hatten, und als ein Wurf von, ich glaube, Horace missglückte, flog der Ball über die Bank hinweg, prallte gegen die Mauer dahinter und fiel unter die Bank. Ich drehte mich um, wollte den Ball hinter der Bank hervorholen, und was sah ich? Eine Pause, die muss jetzt sein. Was? Ein Dreieck, nach unten offen, Natalie hatte es in die Mauer hinter der Bank geritzt, die Rillen waren frisch, ein Gipfel, nach unten offen, das Zeichen ihrer Liebe. Ich war so empört, so wütend, dass sie den Garten, in dem wir alle uns häufig aufhielten, die Kinder, Alexander, ich, damit zeichnete, damit schändete. Und dann waren Sie böse zu ihr, sagt Benjamin. Als sie sich am nächsten Tag bei mir einfand, um einen Brief abzuholen, fragte ich Natalie, ob sie denn wirklich glaube, dass Georg nicht komme, weil er Angst habe, ihren Bauch zu betrachten. Er war schon ziemlich dick, dieser Bauch, aber nur der Bauch, Natalie war eine dieser beneidenswerten Frauen, die nur am Bauch dicker werden, während ich mich in einen Heißluftballon verwandelte, und nach der Geburt ließ man leider nicht die ganze Luft raus. Benjamin kichert. Ja, das glaube ich, sagte Natalie, warum sollte er sonst nicht kommen? Ach, Natalie, sagte ich. Mein Ton ihr gegenüber, war manchmal der einer Mutter, nicht allzu streng, nachsichtig, aber der eigenen Überlegenheit gewiss. Georg ist kein Mann, der lange ohne Frau leben kann, sagte ich, er wird sich auch in Zürich eine genommen habe, und da er so lange bleibt, wird es eine Frau sein, die sich darauf versteht, seine Bedürfnisse zu erfüllen. Nicht nett, wahrlich nicht nett, lacht Benjamin, was sagte Natalie dazu? Das glaube ich nicht, sagte sie und stürmte davon, so hastig, dass ich fürchtete, sie könne auf der Treppe fallen, und schon hatte ich ein schlechtes Gewissen, aber sie schaffte es heil bis nach unten. An den folgenden Tagen habe ich sie voller Sorge betrachtet, ich wollte nicht, dass ihr der Seelenschmerz dieses Kind nahm. Denn dieses Kind war meine Hoffnung. Ihre Hoffnung? Natalie war doch guter Hoffnung, sagt Benjamin. Dieses Wortspiel hat nicht ihr Niveau, sage ich. Entschuldigung, sagt er und schämt sich wirklich ein bisschen. Ich hoffte, dass dieses Kind seine Mutter wieder fester an Alexander band und von meinem Georg entfernte. Natalie behielt das Kind. Und sie ließ sich nicht anmerken, dass meine Worte sie in Zweifel gestürzt hatten. Aber es war so. Wie Sie aus den Briefen wissen, sagt Benjamin.

Ich haben Ihnen den Brief herausgesucht, sage ich, gestern Abend, nachdem Sie sich so plötzlich ins Café verfügt hatten, zu ihrer belesenen Marie Louise. Er lacht. Das war doch nicht gestern, sagt er, das sagte ich doch, ich habe sie seither nicht mehr gesehen. Ich ziehe Natalies Brief aus der Ritze an der Seite meines Sessels. Er nimmt den Brief und setzt wieder das Pince-nez auf und beginnt zu lesen. Ich betrachte ihn, wie er Natalies Worte verschlingt, atemlos, scheint mir. Das halte ich nicht gut aus. Lesen Sie mir bitte vor, sage ich, die Stelle, die mit »Georg, mein Georg« beginnt, die will ich hören. Moment, Moment, sagt er und überfliegt den Brief bis zum Ende. Himmel, sagt er. Dann sucht er die Stelle, die ich ihm genannt habe, und liest vor: »Georg, mein Georg! – Lieber, Liebling – mein Ein und Alles! Was schmerzt Dich, mein Kind? Woran leidest du denn noch? Was kann ich noch für Dich tun, was noch? Lässt unsere Liebe in Deinem Herzen denn Raum für irgendein anderes Verlangen?« Hört, hört. »Sag es mir, sag es mir. Sieh mich an, die ich ganz, ganz Dein bin – brauchst du mehr?« Sie Teufelin, sagt Benjamin. Natalie, frage ich. Nein, Sie, Sie sind die Teufelin, Frau Herwegh. Ich lächele nicht, ich schaue neutral, harmlos. Er liest weiter: »Vielleicht, mein Engel, bin ich nicht genug für Dich – aber in mir ist nichts, was ich Dir nicht geschenkt habe. Ich habe geliebt, ach, ich habe in meinem Leben geliebt! Aber so, wie ich Dich liebe – niemals.« Was ist mit seiner Stimme, wird sie brüchig, kann Benjamin das nicht aushalten? Rührung? »O Georg! Mein ganzes Leben war nichts als ein Weg hinauf zu Dir.« Er lässt den Brief sinken. Ich sage schnell: Den Winkel, in dem die Bank stand, hat sie »unseren Winkel« genannt. »Wie ich Dich hier küssen werde«, hat sie geschrieben. Wie finden Sie das? Er legt den Brief neben die Schüssel, in der die letzte Dattel liegt, und nimmt das Pince-nez von der Nase. Er sieht blass aus. Er kneift die Augen zusammen, lange, er wird mir doch nicht mit Tränen kommen, nein, ich sehe keine Tränen, so sehr rührt ihn die kleine Natalie nicht mit ihrer großen Liebe, von der noch zu reden sein wird. Wie schrecklich, wie fürchterlich, sagt er. Es ist fünfundvierzig Jahre her, sage ich, als wäre gewiss, dass er meint, es sei schrecklich und fürchterlich für mich, und das dementiert er nicht.

Wir hatten auch schöne Tage, sage ich, wir gingen baden, die Kinder des Meeresgetierforschers im Meer, wir machten Ausflüge in die Seealpen, Natalie und ich und unsere fünf Kinder. Wir redeten nicht über Georg, wir redeten wenig, und ich habe auch nicht ständig gedacht, dass dies die Frau ist, die mir meinen Georg nehmen will. Ich glaubte das nicht mehr. Es gab ja eine Lösung für sie. Welche? Ganz einfach, sage ich, sie konnte nach Zürich gehen, mit oder ohne ihre Kinder, sie konnte mit Georg leben, wenn sie das gewollt hätte, aber sie wollte das natürlich nicht. Warum natürlich, fragt Benjamin. Geld, sage ich, Natalie wollte nicht ohne das Vermögen ihres Mannes leben, auf keinen Fall. Sie wusste, dass Georg nichts besaß, dass er vom Geld meines Vaters lebte, und diese Quelle würde versiegen, sobald Georg ein Leben mit ihr begann. Die kleine Natalie lebte ganz gern im Luxus, sage ich, bevor bei Benjamin allzu viele Sympathien für die kleine Natalie aufkommen oder gar Gefühle. Ich war mir da ganz sicher, und deshalb hatte ich keine Angst um Georg, deshalb konnte ich die Badeausflüge und Bergtouren durchaus genießen. Als vorweggenommene Siegerin sozusagen.

Auf den Straßen ist ein Mädchen im Seebadkostüm unterwegs, sagt Benjamin, ich habe sie zweimal flüchtig gesehen, jetzt suche ich sie schon seit Wochen vergeblich. Wir trugen keine Seebadkostüme, sage ich und erzähle weiter, bevor er von den Mädchen reden kann. Mein Freund war die Zeit, sage ich. Die Zeit, das wusste ich, würde mich retten. So überstand ich die Tage einigermaßen, das Leid kam nachts, im Bett, langes Liegen ohne Schlaf, Bilder von Natalie und Georg, Bilder aus Zürich. Es war mir angenehm, dass Natalie damit rechnen musste, Georg könne mit einer Frau in Zürich schlafen, es war fürchterlich, diesen Gedanken meinerseits aushalten zu müssen. Vielleicht war das keine Natalie, die beim Geld bleiben wollte, sondern eine Frau, die selbst Geld hatte, eine vermögende Witwe zum Beispiel.

Da konnte ich mich allerdings bald beruhigen. Georg hatte eine andere Geldquelle im Auge. Er forderte mich auf, ich solle Alexander um ein Darlehen über zehntausend Franc bitten. Er sei es leid, von so wenig Geld leben zu müssen. Und das ist ja auch wirklich hart, ich verstehe es mehr denn je. Dies ist ein Satz für Benjamin, den er aber ignoriert, und langsam ärgere ich mich darüber. Warum lässt er mich hängen? Warum befreit er mich nicht aus dieser misslichen Lage? Dreist, sagt Benjamin, zehntausend Franc von dem Mann, dem er die Hörner aufgesetzt hat. Georg, sage ich, verstand das als Entschädigung für die Leiden, die er aushalten musste, die Trennung, das Kind von Alexander. Wie bitte, empört sich Benjamin, Herzen sollte dafür bezahlen, dass er seine Frau mit einem anderen Mann teilen musste? In gewisser Weise, sage ich. Und was taten Sie, fragt er. Ich ging zu Alexander … natürlich, wirft er ein, verächtlich, natürlich gingen Sie brav zu Alexander. Ich ging zu Alexander, wiederhole ich eisern, bat ihn um zehntausend Franc, als Darlehen. Ich schilderte ihm meine schwierige Lage, der doppelte Haushalt, Nizza und Zürich, die Finanzprobleme meines Vaters, die wachsenden Bedürfnisse der Kinder und so weiter. Alexander hörte sich das an und zögerte keine Sekunde, mir das Geld zu leihen. Ich sehe Benjamin an. Ich unterschrieb einen Schuldschein und bekam die zehntausend Franc. So war Alexander Herzen, sage ich und schweige. Warten Sie die Passagen ab, die nach Ihrem Tod erscheinen, sagt Benjamin, die Gehässigkeiten. Wie soll ich die abwarten? Er lacht. Stimmt. Natürlich bekommen Sie die zehn Franc von mir, sagt er unvermittelt. Danke, sage ich. Damit er nicht sieht, wie sehr ich mich über eine Leihgabe von zehn Franc freuen muss, stehe ich auf und sage, ich mache uns einen Grog und gehe in die Küche.

Im September traf Georg in Nizza ein. Er war erst nach Genua gereist, um einen Freund zu besuchen, und von dort nahm er einen Dampfer. Wir standen alle an der Mole, um ihn zu begrüßen, Alexander, Natalie, die Kinder und ich. Er ging als Letzter von Bord, so viel Drama musste sein, und ich war die Erste, die ihn begrüßen durfte. Horace und Ada stürmten nicht los, sie kannten ihren Vater kaum noch, mehr als ein Jahr war er fort gewesen, hatte ihnen nur selten geschrieben, während ich sie angehalten hatte, dem Vater einmal in der Woche zu schreiben, was sie bald nur noch unwillig taten. Ich stürmte los und fiel ihm um den Hals, vor Natalies Augen, erdrückte ihn fast, und wenn Sie mich fragen, wie er mich umarmte, ob zurückhaltend oder freudig, dann kann ich Ihnen dazu nichts sagen. Ich spürte ausschließlich mein donnerndes Herz, ich war so aufgeregt, so voller Freude und Angst, dass ich nichts mitbekam. Endlich wieder sein Geruch, Tabak, seine Haut, sein Eau de Cologne. Ich schaute ihn an, sah seine Verzweiflung, sein Unglück. Ich musste weinen. Alexander war der Nächste, eine kurze Umarmung, aber ein langer, tiefer Blick in die Augen, Alexander klopfte ihm auf die Schultern. Sie machen es aber spannend, sagt Benjamin. Warum? Weil ich wissen will, wie ihn Natalie begrüßte. Oh, Natalie, eine ausgestreckte Hand, ein freundliches Lächeln. Nicht ... Wie sagen Sie so gerne, wirft Benjamin ein, nun sagen Sie schon, nicht ...? Nicht seifig, helfe ich ihm. Richtig, seifig, sagt er kichernd. Nein, nicht seifig, sage ich, sondern freundlich, herzlich. Sie konnte sich gut verstellen, besser als Georg, in dessen Gesicht ein Muskel zuckte. Alexander sah es nicht. Und dann ist Georg allen Ernstes in das Haus an der Rue Anglaise eingezogen, fragt Benjamin. Selbstverständlich, sage ich. Er zog in den zweiten Stock, zu mir und den Kindern, über den Herzens. Benjamin schüttelt den Kopf, er sieht traurig aus, nimmt einen Schluck von dem Grog. Was kostet es mich für Mühe, sagt er, eine Geschichte für ein Theaterstück zu erfinden, eine wirklich verruchte Geschichte über die Verlogenheit der bürgerlichen Ehe, über den Liebesabgrund, über die Skrupellosigkeit des Menschen, eine Geschichte, die das Publikum aufwühlt, von der alle sagen sollen, dass es so nicht sein kann, dass es aber im Prinzip so ist, und dann kommen Sie mit einer wahren Geschichte, die all das in den Schatten stellt, in der die Menschen nicht im Prinzip so sind, sondern konkret, in Wahrheit. Wer braucht da noch Schriftsteller, fragt Benjamin und sieht wirklich traurig aus. Sie könnten ja vom ungewaschenen Minet schreiben, sage ich, da wurde es dann sehr konkret, aber das trauen Sie sich ja nicht. Er will aufbrausen, ruhig, ruhig, sage ich. Ihr Buch ist anstößig genug, auch ohne Minet, gewaschen oder nicht. Er beruhigt sich. Ach, Frank, sage ich, die Menschen wollen nicht wahre Geschichten hören, sondern Im-Prinzip-so-Geschichten, die sind leichter zu ertragen, und dafür werden Schriftsteller gebraucht. Weiter, sagt er, erzählen Sie weiter. Was ist in diesem verruchten Haus passiert? Er wird immer blasser. Geht es Ihnen nicht gut, frage ich. Wenig Schlaf, sagt er. Ja, ja.

Der Schmetterling flog wieder, schwarz und wild, und es war schlimmer, als ich mir das ausgemalt hatte. Georg und Natalie brauchten mich nicht mehr für ihre Liebe. Sie wohnten im selben Haus und mussten sich keine Briefe mehr schreiben. Die Postbotin war arbeitslos geworden und konnte nur noch zuschauen, wie sich die beiden umschwirrten, sobald Alexander das Haus verlassen hatte, um Geschäften nachzugehen. Dann trafen sie sich auf der Bank in ihrem Winkel, ohne intime Berührung, ohne Kuss, nein, so weit gingen sie nicht. Natalie war hochschwanger. Sie umschwirrten einander wie Papillons, betrunken vom Blütenduft. Ich sah vom Fenster aus zu, von oben in der zweiten Etage, wie sie lachten, die beiden tänzelnden Schmetterlinge, und lächelnd redeten, wie sich ihre Gesichter schmerzhaft verzerrten, aber nur im Scherz, wie sie nicht anders konnten, als immer wieder eine Hand auf den Unterarm des anderen zu legen, ein freundlicher Stupser mit der Faust, die Knie gegeneinander gelehnt, und sie schüttelte ihr Haar oder warf die Arme hoch, entblößte ihre Achselhöhlen, es war Spätsommer, es war warm. Manchmal kam ein Kind vorbei und wollte etwas, ich sah auf meinem Posten hinter der Gardine, wie es störte, störte, störte und rasch weggeschickt wurde, manchmal ungehalten. So poussierten sie über Stunden und sahen glücklich aus, die runde Natalie und mein schmaler Georg, den der Kummer von Zürich abgemagert und ausgezehrt entlassen hatte. Warum haben Sie sich das angetan, warum haben Sie zugeschaut, fragt Benjamin, und ich tue so, als würde ich die Frage nicht verstehen, als müsse ihm doch klar sein, dass die ehemalige Postbotin auf eine andere Weise einbezogen sein musste in diese Liebe. Ich war nun Georgs ferne Begleiterin, Gefährtin in diesen süßen Stunden. Ich fühlte mich an seiner Seite, ich wich nicht. Natalie war gefährlich für ihn, und ich meine jetzt nicht, gefährlich für unsere Ehe, das weniger, sondern gefährlich für Georg. Aber Sie müssen doch wenigstens mit ihm über all das geredet haben, ruft Benjamin empört, Ihren Schmerz, das Grauenhafte Ihrer Situation. Ich habe nichts gesagt, Worte helfen in solchen Fällen nicht. Wobei ich einmal doch etwas gesagt habe, nur einmal: Georg, wir werden doch nicht hundertvierundvierzig Jahre alt. Aber das erzähle ich Benjamin nicht, er würde es nicht verstehen, und ich mag es nicht erläutern.

War er bei mir in der zweiten Etage, erlebte ich ihn mürrisch, traurig, in sich gekehrt. Er redete nicht, und wenn ich ihn ansprach, gab er keine Antwort oder blieb kurz, als sei er gestört worden. Dabei tat er nichts, schrieb keine Zeile, keinen Vers. Er brütete. Er hockte still in dem Arbeitszimmer, das ich für ihn eingerichtet hatte, meist saß er weit nach vorne gebeugt, den Kopf tief gesenkt, die Unterarme auf die Knie gelegt, die Hände verschränkt. So. Ich führe Benjamin die Haltung vor, sitze wie Georg damals meistens saß. Warum so, fragt er. Warum wohl, frage ich zurück und gebe gleich die Antwort: Er lauschte, er hielt den Kopf tief, damit er hören konnte, was Natalie tat oder sagte. Das Haus in der Rue Anglaise war nicht besonders hellhörig, aber wenn Natalie laut sprach oder mit Absatzen über das Parkett im ersten Stock stöckelte, bekamen wir das mit. Und während ich sie nie gehört hatte, als Georg in Zürich weilte, hörte ich sie nun täglich, weil sie damals Pantoffeln trug im Haus und nun Schuhe mit Absätzen, als hätten sie das so verabredet. Ich hörte sie mit den Kindern oder mit Alexander reden und hörte, wie sie von einem Zimmer ins andere wechselte. Und was tat mein Georg? Er stand auf und folgte ihr, folgte dem Klackern ihrer Schuhe, und wenn sie in einem Zimmer blieb, blieb er auch, über ihr, suchte sich einen neuen Platz oder rückte einen Stuhl herbei, damit er nahe bei ihr sitzen konnte, vertikal nahe.

Herrgott noch mal, schreit Benjamin. Ich schaue ihn verständnislos an. Er steht auf, wirft ein Scheit in den Kamin, so dass die Flammen wild auflodern, Funken fliegen. Er geht zum Sekretär, dreht abrupt um, setzt sich wieder, atmet durch. Haben Sie die Mahlzeiten noch gemeinsam eingenommen, fragt er scharf. Selbstverständlich. Wir saßen dort zu neunt, vier Erwachsene, fünf Kinder, die Männer redeten über Politik, die Nationalversammlung tagte wieder, wehrte sich aber nur schwach gegen Louis Napoleons Übergriffe, und die Männer sahen voraus, so wie ich, dass Frankreich wieder auf dem Weg in eine Diktatur war, die aber nicht eine Tragödie sein würde, wie bei Napoleon, sondern eine Farce, wie Karl so schön geschrieben hatte. Aber diese Worte kannten wir damals noch nicht, »Der achtzehnte Brumaire des Louis Napoleon« erschien naturgemäß erst später, und als wir dort am Esstisch der Herzens saßen, war Frankreich dem Namen nach noch eine Demokratie, eine Republik. Haben

Sie den »Achtzehnten Brumaire« gelesen, frage ich Benjamin. Aber ja, sagt er und sagt die ersten Sätze auswendig auf: »Hegel bemerkte irgendwo, dass alle großen weltgeschichtlichen Tatsachen und Personen sich sozusagen zweimal ereignen. Er hat vergessen hinzuzufügen: das eine Mal als Tragödie, das andere Mal als Farce.« Brav, sage ich. Er verzieht sein Gesicht. Alexander merkte immer noch nichts, erzähle ich weiter. Obwohl Georg und Natalie ihr Spiel in seinem Haus trieben, fragt Benjamin. Ich glaube nicht, sage ich. Er war stolz auf den großen, spitzen Bauch seiner Frau, er war glücklich, seinen Freund in der Nähe zu haben, und Sylvinet und die kleine Fadette waren geschickt darin, ihre Liebesgeschichte vor Landry zu verbergen. War Alexander im Haus, hielten sie sich voneinander fern, und beim Essen richteten sie nie das Wort an den jeweils anderen, Natalie schwieg und vermied es, Georg anzusehen, wenn er sprach. Um die Seifigkeit zu vermeiden, lacht Benjamin. Um die Seifigkeit zu vermeiden, sage ich und lache ebenfalls.

Er hätte es merken können, natürlich gab es Seltsamkeiten, die ihm hätten auffallen müssen, wäre er aufmerksam gewesen. Georg ging fast nie mit, wenn Alexander das Haus verließ, beteiligte sich nicht an den Ausflügen, und früher hatten sie so gern Ausflüge miteinander gemacht. Aber jetzt waren es die wertvollsten Stunden für Georg, wenn Natalie im Haus war, Alexander jedoch nicht. Vielleicht hat er sich gewünscht, dass auch ich das Haus für ein paar Stunden verlasse, damit er unbeobachtet sein konnte, aber den Gefallen tat ich ihm nicht. Wenn ich das richtig erinnere, hat er mir einmal vorgeschlagen, ich könne Alexander doch statt seiner begleiten. Wollte er sie verkuppeln, fragt Benjamin. So weit würde ich nicht gehen, sage ich, verstumme, zu lange, er hat gemerkt, dass ich etwas verschweige, schaut mich lauernd an.

Gucken Sie nicht wie ein Luchs, sage ich. Also? Er grinst, als er dieses Also sagt. Georg hat mir eine Phalanx vorgeschlagen. Das Grinsen verzieht sich. Eine Phalanx? Ein Leben zu viert. Er lacht, lacht, lacht, krümmt sich im Sessel. Verärgert schaue ich ihn an, wünsche ihm die Pest an den Leib. Zu viert, prustet er, mal mit der einen, mal mit der anderen. Ich stehe auf, haste zum Schreibtisch, krame einen Brief Georgs an mich heraus, suche die Stelle, lese laut an gegen Benjamin Franklins Lachen: »Alles verworren, compliciert; keine Lösung menschlicher Weise denkbar, – nach meinen Begriffen, – doch! doch! Ein schönes, harmonisches Zusammenleben freier Menschen.« Benjamins Lachen verebbt. Er schaut mich an, gierig nach diesen Worten. »Es läßt sich mit Natalie leben, glaub's mir. Sie ist so unendlich gut, so unendlich rücksichtsvoll und zartfühlend …« Moment, Moment, ruft Benjamin, können Sie das nochmal lesen? Wollen Sie mich quälen? Nein, sagt er, das will ich nicht, tut mir leid. Ich beginne trotzdem von vorn, lese noch lauter: »Alles verworren, compliciert; keine Lösung …« Sie müssen das nicht tun, sagt er, es ist in Ordnung. Noch lauter: »Keine Lösung menschlicher Weise denkbar, – nach meinen Begriffen, – doch! doch! Ein schönes, harmonisches Zusammenleben freier …« Hören Sie auf. Er schreit fast. Er wolle das nicht mehr hören. Ich lege den Brief zurück, setze mich wieder. Wir schauen uns nicht an.

Ich blieb auf meinem Posten, auch um Georg zu schützen, Georg und Natalie. Wären Sie allein gewesen und hätten sich vergessen, wären erwischt worden, die Hochschwangere und ihr Liebhaber, vielleicht von einem der Kinder, von einem vorzeitig zurückkehrenden Alexander, von einem geschwätzigen Dienstboten, hätten wir sofort das Haus verlassen müssen, auch Nizza, und davor hatte ich Angst, denn ich wusste nicht, ob Georg das überleben würde, und das meine ich ernst, ich wusste nicht, ob er eine erneute Trennung von Natalie überleben würde, und deshalb war es mein Interesse, diese Beziehung zu erhalten, bis die Flügel des Schmetterlings erlahmten, womit ich fest rechnete. Es ging Georg ohnehin nicht gut, obwohl er mit Natalie unter einem Dach leben konnte. Die Schwangerschaft und Alexanders Freude an dieser Schwangerschaft, berechtigte Freude, da es sein Kind war, das dort heranwuchs, das alles versetzte meinen Georg in trübe Stimmungen, deren bedrohlicher Charakter auch Natalie nicht entging. Sie sprach mich darauf an, sie kam immer noch hoch zu mir, auf einen Tee, meist, wenn Georg einmal doch nicht zu Hause war, und wir plauderten wie Schwestern, die sich über den Bruder austauschen, viel über Georgs Zustand, der uns beiden Angst machte. Es war absurd … Endlich, ruft Benjamin, endlich, endlich, endlich. Was? Endlich finden auch Sie mal etwas absurd. Ich schaue ihn an, sage nichts, sage lange nichts. Glauben Sie eigentlich, dass ich Gefühle habe, frage ich dann. Natürlich. Danke, sage ich. Es war absurd, hebe ich an, lasse eine kleine Pause, höre nichts von Benjamin und fahre fort, dass Natalie mich fragte, was wir tun könnten, um Georg wieder glücklich zu machen. Ich lachte laut auf, bereute es sofort, eine Unbeherrschtheit, die mich schwach wirken ließ, und sagte ruhig, vielleicht eine Spur kalt: Den Vater dieses Kindes, ich zeigte auf ihren Bauch, können Sie nicht mehr rückgängig machen, mit diesem Betrug an Georg müssen Sie leben. Diese Worte taten ihr weh, das sah ich, aber sie mussten ausgesprochen werden. Im Übrigen, sagte ich zu Natalie, gibt es hier kein »wir«. Sie verstand mich nicht, weshalb ich ihre Eingangsfrage wiederholte: Was wir tun könnten, um ihn glücklich zu machen. Ich bin, sagte ich, derzeit nicht in der Lage, Georg glücklich zu machen. Betonung auf derzeit. Es ist jetzt Ihre Verantwortung, sagte ich zu Natalie, und ich bitte Sie, kommen Sie dieser Verantwortung nach. Sie weinte. Georg habe ihr angedeutet, dass er es womöglich nicht überleben werde, wenn das Kind da wäre und sich rund um dieses Kind eine glückliche Familie bilden würde. Das könne er unmöglich mitansehen, und er habe bei einer Wanderung in den Hügeln über Nizza eine Kluft entdeckt, wohl dreißig Meter tief, und es sei ihm ein Trost, um diese Kluft zu wissen. Sie habe ihn angefleht, sagte mir Natalie, diese Kluft zu vergessen und ihr darin zu vertrauen, dass es für sie kein Glück ohne ihn gebe, dass er ihr einziges Glück sei und er sich nicht sorgen müsse, dass das Kind daran etwas ändern könne. Aber er glaubt mir nicht, sagte Natalie bei diesem Gespräch in unserem kleinen Salon. Was soll ich tun, fragte sie mich. Es ist Ihre Pflicht, sagte ich, Georg glücklich zu machen, und ergänzte in Gedanken: um ihn mir zu erhalten. Wenn Sie Ihr Kind geboren haben, fuhr ich fort, sollten Sie einen Weg finden, Ihre Affäre mit meinem Mann fortzusetzen, das wird ihm die Kluft aus dem Kopf treiben. Ich werde Ihnen helfen, Abwesenheiten von Alexander und den Kindern zu organisieren. Sie sah mich dankbar an, wie ein Kind, für das man ein großes Problem gelöst hat. Sie stand auf, versuchte einen Knicks, der eckig war, nicht gelang, und ging. Ich sehe Benjamin in die Augen, sein Blick weicht aus, er starrt ins Feuer, sagt nichts. Er schwitzt. Er reißt den Hemdkragen auf, zieht die Ärmel seiner Jacke hoch.

Ich weiß, was Sie denken, sage ich. Was? Die Alte hat Natalie dafür missbraucht, dass ihre Ehe überleben kann. Er sagt nichts. Sie haben recht und nicht recht. Ich war damals keine Alte, ich war dreiunddreißig. Das andere stimmt.

Am 20. November 1850 wurde ein Mädchen geboren, Olga. Georg saß in unserem Schlafzimmer und hörte Natalies Schreien zu. Sein Kopf war rot, das Hemd schweißnass, ich hielt seine Hand oder kochte ihm Beruhigungstee. Schweigen, Benjamin schweigt, ich schweige auch, sage schließlich: Natalie schrie fast zwanzig Stunden lang.

Mir ist kalt, sagt Benjamin, springt auf und rast wieder zum Kamin. Er legt ein Holzscheit auf die Glut, stochert mit dem Eisen herum, richtet sich abrupt auf, und ich sehe, dass er etwas sagen will, aber kein Wort herausbringt. Sein Mund steht weit offen, dann schlägt er lang auf die Dielen. Ich laufe ins Bad, hole das Eau de Cologne und reibe seine Schläfen ein. Er hat diese Zustände häufiger, nennt sie Nervenanfälle, aber ich weiß nicht, ob es das ist. Zum Arzt geht er nicht. Er schläft zu wenig, trinkt zu viel Pommery, und jede zweite Kokotte in Paris ist krank. Er kommt zu sich, rafft sich auf, lässt sich in den Sessel fallen. Ich muss jetzt still sein, muss warten, bis er wieder sprechen kann. Es wird eine Viertelstunde dauern. So kommt es auch. Er fragt mich nach einer Zigarette, ich hole eine, er steckt sie auf seine Zigarettenspitze, dann raucht er, vier, fünf Züge, bis er fragt: Haben Georg und Natalie ihre Affäre nach der Geburt wieder aufgenommen?

In den ersten beiden Wochen nach der Geburt war es ruhig im Haus, das Kind schrie manchmal, aber Olga war eher ein stilles Kind. Die gemeinsamen Mahlzeiten wurden ausgesetzt, weil Natalie Ruhe halten sollte, keine Besuche. Wir waren einmal unten, um das Baby zu bewundern, es lag in Natalies Armen, und Natalie wurde von einem glücklichen Alexander umarmt. Georg war bleich, hielt sich aber ordentlich. Komplimente, dann gingen wir. Ich hatte nun wirklich Angst um ihn, aber nachdem er ein paar Tage komplett in

Düsternis getaucht war, besserte sich seine Laune, er wirkte zufrieden, war manchmal sogar aufgeräumt. Ich merkte, dass wieder Briefe ausgetauscht wurden, diesmal ohne mich. Sie hatten einen Spalt unter einer Treppenstufe im Hausflur entdeckt und zum versteckten Briefkasten erkoren.

Ich setze mein Lorgnon auf, ziehe die anderen Briefe, die ich gestern Nacht ausgesucht habe, aus der Ritze im Sessel. Geben Sie her, sagt Benjamin und streckt die Hand aus. Ich lese selbst, sage ich, so gelangen wir schneller zu den Stellen, auf die es ankommt. Je länger ich erzähle, desto ruhiger schlägt mein Herz, ich kann Natalies Worte vorlesen. Ich entfalte den ersten Brief, suche kurz, hier, sage ich und lese: »Wie ich lausche, wenn Du herumläufst. Mit jedem Schritt, den Du machst – setzt Du mir Deinen Fuß auf die Lippen, Du schläfst auf meinen Knien, denk daran, mein Ein und Alles.« Fuß auf den Lippen – wie finden Sie das, frage ich Benjamin. Er lächelt, ein wenig genießerisch, scheint mir. Bevor er sich in unschickliche Gedanken vertieft, schicke ich eine Frage nach: Wissen Sie, wann Natalie diese Worte geschrieben hat? Nein. Am Tag nach der Entbindung vom Kind ihres Mannes. Benjamin pfeift leise zwischen den Zähnen. Unsere petite Natalie, sage ich, lege den Brief weg und nehme den nächsten: »Du bist da, tief in meiner Brust, fest darin beschlossen – Lieber, Lieber, Lieber! Adieu, gute Nacht, verlaß mich nicht, bleib bei mir, so – Du weißt, wie. Ich bin Dein, Dein, Dein! Deine Natalie!« Zwei Tage nach der Entbindung. Was meint sie, fragt Benjamin, mit »so – Du weißt, wie.« Das ist aber eine herzige Frage, sage ich, vom Autor der »Büchse der Pandora« und der Tagebücher, an denen Sie mich heute Anteil nehmen ließen. Sprachen Sie nicht gestern vom Ficken, frage ich. Frau Herwegh, ruft er empört, gespielt empört. Ich kann Ihnen nicht sagen, ergänze ich, was unsere Natalie hier im Speziellen meint, aber grundsätzlich meint sie das, da bin ich mir sicher. Sie haben recht, sagt er, Natalie meint Ficken. Ich kannte diese Briefe damals nicht, sage ich, aber ich merkte, dass sie ihre Affäre drei Wochen nach der Geburt wieder aufnahmen.

Geht es Ihnen besser, lieber Benjamin? Danke, Frau Herwegh, es geht schon wieder. Er sieht immer noch blass aus. Gehen Sie bitte zum Arzt, sage ich. Das sind doch bloß Nervenanfälle, sagt er. Erzählen Sie bitte weiter.

Können Sie sich vorstellen, frage ich, wie es ist, eine solche Affäre zweimal zu erleben? Sie meinen zweimal hintereinander, fragte er. Nein, ich meine, einmal in der Zeit, in der sie sich abspielt, und einmal später, wenn man die Briefe liest. Was war schlimmer, fragt er. Das zweite Mal, weil ich nicht mehr eingreifen konnte, weil ich in den Briefen nur das Opfer dieser Affäre war, und das habe ich damals nicht so erlebt. Ich nehme Georg eine Sache übel. Immerhin, immerhin, schnurrt Benjamin in einem mokanten Ton, der mir nicht gefällt, aber ich schlucke meinen Ärger weg und sage: Ich finde, er hätte die Briefe vernichten oder mir zu seinen Lebzeiten zeigen sollen, damit ich ihn noch fragen kann, damit nicht nur Natalie spricht, nicht nur ihre Version mein Denken beherrscht. Er hat das nicht bedacht. Oder er hat es im Sinn gehabt, und dann hat ihn der Tod überrascht. Als die Lungenentzündung ausbrach, glaubte er nicht, dass er sterben würde, und als er wusste, dass er sterben wird, war er zu schwach, um noch handeln zu können. Auch das ist eine Möglichkeit. Sicher, sagt Benjamin.

Sobald Alexander das Haus verließ, wurde ich gebeten, etwas mit den Kindern zu unternehmen. Es war Dezember, Winter, der auch in Nizza kalt und nass sein kann, wir gingen zum Strand, wir spielten Ball, suchten Muscheln, vertrieben uns für eine Stunde die Zeit, manchmal, wenn Wind vom

Meer her wehte, bibbernd, und dann gingen wir zurück in das Haus der Schande, in dem sich Georg und Natalie schon aus ihrer Umarmung gelöst hatten, jeder hockte auf seiner Etage und tat harmlos. Das Baby war bei Natalie geblieben, schlief oder war geduldet, weil es nichts preisgeben konnte. Ich war in einer Phalanx angekommen, einer Kommune, aber die war nicht so, wie Fourier sie erdacht hatte, vor allem für mich nicht. Am meisten bot sie Natalie, die über zwei Männer verfügte, und so hatte es Fourier schließlich gewollt: Die Frauen sollten selbstbestimmt lieben. Die Männer allerdings auch, aber die waren in diesem Fall ganz und gar abhängig von Natalies Wünschen. Aber hundertvierundvierzig ist sie auch nicht geworden, rutscht es mir raus. Wieso hundertvierundvierzig, fragt natürlich Benjamin. So alt werden Menschen, wenn sie wirklich glücklich sind, und wirklich glücklich werden sie nur, wenn die freie Liebe herrscht. Hurra, ich werde hundertvierundvierzig, ruft er lachend. Ich sagte doch, Natalie wurde nicht so alt, sage ich, längst nicht so alt, wie ich jetzt bin, und ich hatte in dieser Kommune nichts, was mich glücklich machen konnte.

Aber es gab bald ein Problem. Ich merkte es nicht, verstand es erst richtig, nachdem ich Natalies Briefe lesen konnte. Georg drängte sie, sich Alexander zu offenbaren, damit eine Entscheidung fallen könne, und natürlich glaubte er, die Sache würde zu seinen Gunsten entschieden. Natalie zögerte. Ich nehme wieder einen Bogen mit ihrer Handschrift und lese, diesmal mit Genugtuung: »Ich werde meine Familie lieben, solange ich überhaupt Liebe im Herzen trage – ich weiß nicht, warum und wer sie braucht – sie gehört zu meinem Wesen, ich liebe wie von Sinnen. Vielleicht ist meine Fähigkeit, zu lieben, einfach deshalb so groß, weil ich keine andere besitze?« – Kann gut sein. – »Ich liebe um meinetwillen, wie eine Egoistin.« – Sehr wahr. – »Mit meinen Kindern lebe ich ihr Leben. Es ist, als würde ich jeder ihrer Bewegungen folgen, auch wenn ich sie gar nicht sehe. Und ihnen etwas sein, ihnen das Leben wenigstens ein bißchen schöner machen – ich kann mit Worten gar nicht sagen, was für ein Glück mir das ist! Mit jeder Faser meines Daseins, klammere ich mich daran. Ich weiß auch, was ich für Alexander bin. Aber wenn ich dich leiden sehe, dann quellen mir nicht mehr Tränen aus den Augen, dann ergießt sich Blut in Strömen aus meinem Herzen. Ich reiße mich von allem los – ich weiß nicht mehr, was ich tun soll, aber ich werde alles tun – ich sinke Dir zu Füßen.« Ich frage Sie, lieber Benjamin: Was sollte Georg mit dieser Botschaft anfangen? Sie klammert sich mit jeder Faser ihres Lebens an ihre Kinder, was bleibt dann noch für ihren Liebhaber? Allerdings werde sie alles für ihn tun? Auch ihren Mann verlassen und damit ihre Kinder? Herzen hätte die vier auf jeden Fall bei sich behalten. Das war die Situation, mit der Georg klarkommen musste. Armer Georg. Immerhin erkennt Natalie, dass die romantische Liebe eine egoistische ist. Sich einem anderen so ganz an den Hals zu werfen, das dient nur der Selbsterhöhung.

Als es auf Weihnachten zuging, merkte Alexander allmählich, was sich in seinem Haus abspielte. Die Einladungen zum Essen blieben aus, er war nun seinerseits mürrisch und ging Georg aus dem Weg. Die Stimmung im Haus war aufgeladen, elektrisch, und seine erwachsenen Bewohner ahnten, dass es bald zu einer Entladung kommen musste. Ich sagte Georg, dass ich es aushalten könne, würde er mich für ein, zwei Jahre verlassen, um mit Natalie zu leben, aber dann müsse er zu mir und den Kindern zurückkommen. Er schwieg. Seine Hochstimmung war verflogen, er hatte Angst vor Natalies Entscheidung.

Noch etwas Grog, frage ich Benjamin. Sind Sie wahnsinnig, schnaubt er. Was soll ich jetzt mit einem Grog, ich brauche das Ende dieser Geschichte. Oh, sage ich, bis zum Ende ist es noch lange hin, wir steuern gerade mal auf einen zwischenzeitlichen Höhepunkt zu, auf einen Zwischengipfel sozusagen. Meinetwegen ein Zwischengipfel, sagt er, Hauptsache, Sie erzählen endlich weiter. Ich stehe auf, gehe zur Kammer. Mein Gott, ruft er, wo wollen Sie jetzt hin? Ich muss etwas holen, antworte ich.

Im Januar 1851 schenkte Natalie meinem Georg ein Bild, ein Aquarell von einem Künstler namens Guiaud. Wo ist nur das Bild? Ich krame in der Kammer herum, eine Schüssel fällt vom Regal, zerspringt zum Glück nicht. Was für ein Bild, ruft Benjamin. Ich krame weiter. Seien Sie nicht so grausam, ruft Benjamin. Da ist das Bild, da hinten, hinter dem gerissenen Regenschirm. Ich ziehe es hervor, trage es ins Wohnzimmer, stelle es auf den Tisch, damit Benjamin das Bild betrachten kann. Ist das Natalie, fragt er. Ja, das ist Natalie, sage ich. Sie steht auf dem Balkon des Hauses und trägt ein weißes Kleid. Im Garten darunter spielen die Kinder mit einer Ziege, Tata hatte eine Ziege. Sehen Sie, sage ich, was Natalie hier unten geschrieben hat. Er liest: »Und die bleiche Natalie auf dem Balkon.« Sie ist wirklich bleich, sagt Benjamin, aber warum hat sie das geschrieben? Ich zucke mit den Achseln, was weiß ich. Und hier, sage ich und lege meinen Finger über drei Buchstaben: »N. à G.« Und was heißt das hier, fragt Benjamin und zeigt auf kyrillische Buchstaben. Das ist Russisch, sage ich, und heißt: Samstag, 4. Januar. Später hat mir Natalie erzählt, dass Alexander, als er das Bild sah, dachte, sie habe es für ihn malen lassen. Es ist für Georg, sagte sie. Ich denke, dass Alexander danach alles wusste.

Mitte Januar wollten wir zusammen einen Ausflug nach

Mentone machen, ich weiß nicht mehr, wessen Idee das war, vielleicht von Alexanders Mutter, die zu Besuch war und nicht verstand, was vor sich ging. Sie hatte einen Wagen für die beiden Familien bestellt, die Kinder, Alexanders Mutter und ich saßen schon drin, Georg stand am Verschlag, aber Alexander und Natalie ließen auf sich warten. Dann kamen sie, Natalie hatte geweint, das sah ich sofort, als sie einstieg, wir rückten zusammen, und trotzdem reichte der Platz nicht für zwei Männer. Alexander bot Georg den freien Sitz an, aber der lehnte ab, und da sich Alexander ebenfalls weigerte, fuhren schließlich nur wir Frauen mit den Kindern los. Die Männer blieben am Haus zurück. Oje, sagt Benjamin. Genau, sage ich. Können Sie sich meine Angst vorstellen? Ich ging davon aus, dass Alexander soeben von Natalie erfahren hatte, wie es um seine Ehre stand. Ich rechnete mit allem, einem Mord, einem Duell, einer Schlägerei, einer Aussprache, nach der sich mein Georg in die Kluft stürzte, rechnete mit seiner übereilten Abreise, weil er ein neues Leben beginnen wollte, ohne seine Familie, vielleicht in Amerika wie die anderen Achtundvierziger, wie Hecker, Struve, Sigel, Schurz, die dann Forty-Eigthers wurden und für die Befreiung der Neger kämpften. Und ich saß eingepfercht in dieser Kutsche, mit Natalie und ihrer plappernden Schwiegermutter, mit erwartungsvollen, mal zankenden, mal feixenden Kindern, die alsbald Hunger hatten und versorgt werden mussten. Ich konnte Natalie nicht fragen in dieser familiären Gesellschaft, ich musste verzweifelt warten und hoffen, dass ich Georg nach diesem Ausflug wiedersehen würde. Natalie unterdrückte Tränen, das sah man, ihr Zustand war so schlimm wie meiner. Leid tat sie mir nicht.

Mentone ist ein hübscher Ort, der heute Menton heißt und zu Frankreich gehört. Es gibt eine Kathedrale, eine Bastion, einen kleinen Hafen und sehr ansprechende Hotels. Reiche Engländer und Russen haben hier gerne Urlaub gemacht und machen es vielleicht immer noch. Glauben Sie eigentlich, fragt Benjamin, das mich das jetzt interessiert? Erzählen Sie doch endlich, was am Ende dieses Ausflugs geschah. Nicht so rüde, junger Mann, sage ich, nicht nur die Ereignisse gehören zu dieser Geschichte, auch meine Zustände, und wenn Sie wissen wollen, wie es weiterging, haben Sie sich gefälligst anzuhören, wie ich mich in diesem pittoresken Städtchen fühlte, als ich dort spazieren ging, mit Natalie und den Kindern und Alexanders Mutter, und daran dachte, dass mein Georg vielleicht gerade von einer Kugel getroffen zusammenbricht oder schon länger in einer Blutlache liegt. Er ist ja nicht ums Leben gekommen, sagt Benjamin trotzig, er hat nach Ihrem Ausflug nach Mentone oder Menton oder wie immer dieses Nest heißt, noch fünfundzwanzig Jahre gelebt. Also seien Sie nicht so dramatisch. Vielleicht möchten Sie jetzt lieber ins Café d'Harcourt gehen, zu Ihrer Alice oder Ihrer Michelet und Ihnen ein Miezekätzchen verabreichen. Wenn Sie sich beeilen, bekommen Sie noch den letzten Omnibus. Lieber der Alice, sagt Benjamin, sie wiehert dabei immer wie ein Füllen. Ich stehe abrupt auf. Dann sollten Sie ihr dieses Vergnügen nicht länger versagen, sage ich. Er bleibt sitzen. Ich gehe in die Küche, weiß nicht, was ich dort soll, und beginne, einen Apfel zu schälen.

Ich bitte Sie um Verzeihung, Madame Herwegh, ruft er, ich habe mich gehenlassen, das sollte ich nicht tun. Ich bin nur so gespannt auf diese Geschichte, auf ihren Ausgang, aber auch auf ihren Verlauf und Ihre Zustände, das versichere ich Ihnen. Und verzeihen Sie mir bitte meine Derbheit und meine Indiskretion, ich weiß, was ich einer Dame wie Ihnen schuldig bin, habe mich nur für einen Moment zu Unbedachtheiten hinreißen lassen. Ich schäle weiter den Apfel. Er kommt in die Küche, stellt sich hinter mich, legt eine Hand auf meine Schulter. Ich genieße diese Berührung mehr, als es mir lieb ist. Bitte, sagt er. Ich sage nichts, vielleicht auch, damit er seine Hand nicht wegnimmt. Ich reiße mich zusammen, lege den Apfel und das Messer weg, er nimmt meine Hand und führt mich in die Stube zurück. Ich setze mich. Ich bin verwirrt, kann nichts sagen. Also, sagt er, Sie waren in Mentone und haben sicherlich eine heiße Schokolade in einem der feudalen Hotels getrunken, es war bestimmt kalt, es war ja noch Januar. Mitte Januar, sage ich, und es stimmt, wir haben uns eine heiße Schokolade in einem dieser feudalen Hotels gegönnt, und am späten Nachmittag sind wir zurück nach Nizza gefahren, und mit jeder Meile wuchs meine Angst.

Als wir in der Rue Anglaise ankamen, brannte Licht in der zweiten Etage, das verstand ich als gutes Zeichen. Georg lebte, er lag auf dem Bett, mit geschlossenen Augen, schlief aber nicht. Sie können sich nicht vorstellen, wie erleichtert ich war, aber dann sah ich auf meinem Kopfkissen eine der Pistolen, die ich beim badischen Feldzug dabeihatte. Sie wirkte geputzt, gereinigt. Moment, ich zeige Sie Ihnen. Ich erhebe mich aus dem Sessel, Benjamin stöhnt auf. Das ist wirklich nicht nötig, sagt er, ich weiß, wie eine Pistole aussieht. Er hat recht, ich lasse mich wieder in den Sessel fallen. Warum willst du sterben, Georg, fragte ich ihn, du hast eine Frau, du hast Kinder, du wirst von deiner Familie geliebt und gebraucht. Ich habe lange geredet, ich habe all die Dinge gesagt, die man bei einer solchen Gelegenheit sagen kann, habe geweint und gelacht, lag mit dem Kopf auf seiner Brust, kniete neben dem Bett, hielt seine Hand und küsste seine Stirn, seine Lippen. Er regte sich nicht, er hielt seine Augen geschlossen. Ich gestehe, dass ich überlegt habe, seinen Fuß an meine Lippen zu pressen, so wie Natalie es geschrieben hatte. Vielleicht mochte er das. Moment, sagt Benjamin, das konnten Sie damals nicht wissen, weil Sie den Brief nicht kannten. Ich setze die Tasse an und nehme den letzten Schluck vom Grog, er ist kalt, schmeckt scheußlich. Benjamin sieht mich zweifelnd an. Ich weiß nicht, warum ich das gesagt habe. Entschuldigung, sage ich, mir ist da etwas durcheinandergeraten. Kann passieren, sagt Benjamin.

Ich will Ihnen etwas sagen, sage ich, etwas Grundsätzliches, und ich will die Geschichte damit nicht aufhalten, keine Sorge, aber Sie sollten das wissen, bevor ich das Weitere berichte. Es ist wichtig für mich. Bitte, ich bin gespannt, sagt er. Liebende sind Kranke, sage ich, sie tun Dinge, die niemand verstehen kann, die unheimlich sind, grausam oder schlicht lächerlich, absurd, bizarr, was auch immer. Sie haben keine Kontrolle über ihr Denken. Sie, lieber Benjamin, wissen das, Sie sind ein Schriftsteller, auch die Figuren in Ihrem Stück benehmen sich, als wären sie krank, weil sie lieben, weil sie alle von diesem Frauchen verzaubert sind. Und das ist die Wahrheit, auch im wirklichen Leben, die große Liebe ist immer eine Verzauberung, so wie die Krankheit auch, von einem Zustand wird man in den anderen hinübergezaubert und weiß nicht, wie einem geschieht. Und Georg war so ein Fall. Ich möchte, dass Sie ihn als Kranken betrachten, weil Sie sonst, gingen Sie von normalen, von gesunden Zuständen aus, Urteile fällen würden, fällen müssten, die Georg nicht gerecht würden, die mir weh täten. Ich mag Sie, lieber Benjamin, und es ist mir wichtig, dass Sie auch für meinen Mann einen Hauch von Sympathie aufbringen können. So, nun habe ich Sie lange genug mit einer Vorrede gelangweilt, jetzt sage ich Ihnen, was geschehen ist. Und verzeihen Sie mir bitte meine kleine Verirrung von eben. Sie können sich darauf verlassen, dass jedes Wort meiner Erzählung der Wahrheit entspricht. Er nickt, Wohlwollen in seinen Augen.

Am nächsten Morgen schickte mich Georg zu Alexander mit der Botschaft, er möge ihn erschießen. Was? Benjamins Oberkörper schnellt vor, es hebt ihn fast aus dem Sessel. So war es, sage ich. Georg hatte mir aufgetragen, seinem Freund dies zu sagen. Aber warum haben Sie ihm das nicht ausgeredet? Ich habe es natürlich versucht, sage ich, aber Georg ließ sich nicht beirren. Er konnte so halsstarrig sein. Ich war mir sicher, dass Alexander dieses Ansinnen zurückweisen würde, weshalb es mir nicht so schwerfiel, die Botin für diese schrecklichen Worte zu spielen, und vielleicht hat Georg das auch gedacht, wer weiß. Alexander lachte auf und schmähte seinen Freund als Feigling, Georg hätte ihm das, wenn schon, selbst sagen müssen. In meiner Angst schlug ich Alexander vor, er möge Natalie erlauben, mit Georg zu leben. Alles wäre besser als ein Blutvergießen. Er lehnte ab. Ich wollte Benjamin das eigentlich nicht sagen, aber nun sage ich es doch: Ich bot Alexander an, mit ihm zu leben, wenn er Natalie freigebe. Ich würde mich um ihn und die Kinder kümmern. Benjamin schaut mich an, als sei ich die Kranke in diesem Fall, sagt aber nichts. Alexander lachte mich aus, lachte noch höhnischer, hämischer. Wie ich auf die Idee komme, er könne mit einer Frau leben wollen, die sich zur Zuhälterin ihres Mannes gemacht habe. Wie ich auf die Idee komme, ich könne ihm seine Natalie ersetzen. Er schaute mich kalt an, verächtlich, als sei ich hässlich, unerträglich, wie Abschaum musste ich mir vorkommen. Es tat weh, es tat weh. Es tut immer noch weh, aber das sage ich Benjamin nicht. Dann schickte Alexander mich zu Natalie. Sie müsse ich fragen. Sie könne mir besser sagen, was nun geschehen werde.

Natalie saß in der Bibliothek, ohne Tränen, so bleich wie immer. Das war der Vorteil ihres Teints, sie konnte nicht bleicher werden. Ich fragte nicht, was sie nun vorhabe, ich flehte sie an, mit Georg zu fliehen, ihm das Leben zu retten. Ihr Mann drohe damit wegzugehen, sagte Natalie, nach Amerika, mit den Kindern, sollte Georg in diesem Haus bleiben. Dann lassen Sie Alexander doch gehen, sagte ich. Sie könne nicht, sagte Natalie, wenn er ginge, würde sie ihm folgen, überallhin. Benjamin zieht zischend Luft ein. Das sagt sie, nach all den Liebesschwüren für Georg, faucht er. Sie müssen bedenken, sage ich, dass ich die Briefe damals, ich räuspere mich, noch nicht kannte, mir war das Ausmaß von Natalies Bekenntnissen zu Georg nicht bewusst, und dennoch war ich verblüfft, wie entschieden sie war. Ein Leben mit Georg kam für diese petite Fadette überhaupt nicht in Betracht. Und Georg, fragte ich Natalie, was ist, wenn unser Georg zugrunde geht? Unser Georg. Ich war wirklich zu allem bereit. Georg werde nicht zugrunde gehen, sagte sie, Gott werde ihn beschützen. Ihre Hände waren dabei gefaltet. Ich muss Benjamin jetzt sagen, dass ich Natalie angefleht habe, sie möge Georg bitten, dass er mich mitnimmt, wenn er geht, denn jetzt war gewiss, dass er dieses Haus verlassen musste. Natalie sagte mir zu, dass sie sich bei Georg für mich verwenden würde. Ich nahm ihre Hände, ich war ihr dankbar. Ich habe …, sage ich zu Benjamin, breche aber ab. Ich schaffe es nicht, ich kann mich nicht dazu bewegen, ihm von dieser Bitte zu erzählen. Er erspart mir eine Nachfrage.

Ich ging erneut zu Alexander, ich sagte ihm, erzähle ich Benjamin, dass Natalie bei ihm bleiben werde. Was nun zu tun sei? Alexander hatte sich gefasst, er sagte in aller Ruhe, dass er Georg erschießen werde, sollte er Nizza am kommenden Tag nicht verlassen haben. Aber wir können so plötzlich nicht aufbrechen, sagte ich, uns fehlen die Visa, uns fehlt das Geld für eine Reise. Es stimmte, die zehntausend Franc waren zu einem großen Teil verbraucht, und den Rest hatte Georg auf einem Bankkonto in Zürich deponiert, jedenfalls waren wir kurzfristig mittellos, und ich konnte bei meinem Vater so schnell kein Geld loseisen. Alexander sagte, dass er sich um die Visa kümmern würde. Zudem könne er uns das Geld für eine Reise nach Genua auszahlen, das sei weit genug weg, und dort müssten wir selbst weitersehen. Hat Alexander seine zehntausend Franc eigentlich jemals wiedergesehen, fragt Benjamin, und ich bin überrascht von dieser Frage. Macht er sich Sorgen wegen der lumpigen zehn Franc, die er mir leihen will? Nein, sage ich, die Umstände waren nicht so. Er schaut skeptisch. Es gebe noch ein Problem, sagte ich zu Alexander. Wir haben bei einigen Kaufleuten in der Stadt anschreiben lassen. Das könnten wir nicht begleichen, wenn wir nun Hals über Kopf die Stadt verlassen müssten. Alexander versprach, sich auch darum zu kümmern. Er war großzügig. Wir gaben uns zum Abschied die Hand. Ich habe ihn nie mehr gesehen, nur aus der Ferne.

Ich sagte Georg, dass wir am nächsten Tag nach Genua fahren würden, er solle sich von Natalie verabschieden. So hatte sie die Gelegenheit, ihm zu sagen, dass er mich mitnehmen solle. Warum sollte sie ihm das sagen, fragt Benjamin. Oje, nun habe ich es ausgeplaudert, nun muss ich es ihm erzählen. Ich sage ihm, um was ich Natalie gebeten hatte. Er schaut mich ausdruckslos an. Ich kann ihn nicht mehr überraschen, ich kann für ihn nicht tiefer sinken. Ich packte unsere Sachen, während Georg bei Natalie war. Als er zurückkam, sagte er kein Wort, und ich fragte ihn nichts, tat, als sei es selbstverständlich, dass ich, seine Frau, ihn auf dieser Flucht vor dem Mann seiner Geliebten begleite, denn nichts anderes war das: eine Flucht, um Georgs Tod zu verhindern. Die kleine Ada ließ ich bei einer Bekannten, Horace nahmen wir mit.

Was ich nicht sage: Ich wies unser Stubenmädchen an, bei einigen Kaufleuten Wäsche für uns zu holen und es auf die Rechnung setzen zu lassen. Wir hatten nicht genug, und so großzügig, wie Alexander war, hatte er vielleicht nichts dagegen, auch diese Summe zu übernehmen.

Ist Genua das Ende dieser Geschichte, fragt Benjamin. Nein, sage ich, so ist es leider nicht. Diese Geschichte ging weiter. Wegen eines kleinen Unfalls kamen wir an diesem Tag nur bis Mentone. Wir bezogen ein Zimmer in einer Pension. Am nächsten Morgen sagte Georg, dass er Horace nicht aushalte. Aber er ist dein Sohn, sagte ich. Es ginge nicht, sagte Georg und schlug vor, dass wir ihn zu den Herzens schicken sollten. Zu den Herzens, fragt Benjamin. Er schreit fast. Zu den Herzens, sage ich ruhig. Aber warum denn das? Ich weiß es nicht, sage ich, Georg stellte mich vor die Wahl: Entweder wir schickten Horace zurück nach Nizza oder er werde alleine weiterreisen, ohne mich also. Was sollte ich tun? Wir setzten Horace in eine Droschke und gaben dem Kutscher als Ziel die Rue Anglaise an. Das Haus könne ihm dann der Junge zeigen. Benjamin sitzt in seinem Sessel, lässt die Arme nach unten hängen, schaut mich nicht an. Haben die Herzens Ihren Sohn aufgenommen, fragt er matt. Nein, sage ich. Horace irrte für eine Weile durch Nizza, bis ihn Bekannte von uns aufnahmen, aber das wusste ich natürlich nicht in den ersten Tagen. Wir fuhren weiter … Wie alt war Horace, fragt Benjamin. Neun. Was macht er jetzt? Wie jetzt? Wo ist Ihr Sohn, wo ist Horace? In Amerika, er arbeitet bei der Eisenbahn. Schreibt er Ihnen? Manchmal. Mehr als Ada.

Wir fuhren weiter nach Genua, nahmen uns wieder ein

Zimmer in einer Pension. Wir sahen das Meer nicht, wir wachten früh auf, weil Lieferanten mit ihren Fuhrwerken durch unsere Gasse rumpelten. Wir sprachen kaum, so wie in Zürich, Georg ging auf unseren Spaziergängen bleich neben mir her, wie ein alter Mann, langsam, die Schritte vorsichtig setzend, als wäre er gebrechlich. Er aß kaum, nichts interessierte ihn, nicht die Frutti di Mare, nicht die Botanik. Da es viel regnete, gingen wir kaum raus, sondern lagen fast den ganzen Tag auf dem Bett in unserem winzigen Zimmer und lasen Bücher, die wir uns bei anderen Gästen ausliehen oder gegen unsere eintauschten. Natalie schickte Briefe, aber höchstens alle zwei Wochen. Zu selten für Georgs Zustand, er wartete und wartete, lief alle paar Stunden hinunter zur Rezeption, kam mit leeren Händen zurück. War er nicht da, wanderte er alleine durch Genua, tat ich das Gleiche. Wer mit einem Kranken lebt, wer einen Liebeskranken liebt, wird selber krank, übernimmt die Krankheit, als sei sie ansteckend, und hat den Verdruss, aber nicht die Wonnen. Kehrte Georg zurück, schaute er sofort, ob ein Brief auf seinem Nachttisch lag, aber meistens lag dort keiner. Er hängte seinen nassen Mantel auf, legte sich ins Bett, krümmte sich zusammen und sagte kein Wort. Das Zimmer war feucht von der Nässe des Mantels, und es roch nach altem Hund, weil nasse Mäntel so riechen.

Georg saß oft an dem kleinen Tisch unseres Zimmers und schrieb an Natalie, während ich las. Er sagte mir nicht, was er schrieb, er sagte mir nicht, was sie geschrieben hatte. Ich war abgeschnitten von allen Informationen. Ich sah nur, dass er meist niedergeschlagen war, wenn er einen Brief Natalies gelesen hatte. Später verstand ich warum. Hören Sie. Ich nestele einen weiteren Brief aus der Ritze hervor: »O Georg, Du sagst, dass wir niemanden verletzen wollten. Ach, nein, das wollten wir nicht, nein, nein. Aber wir haben es getan. Alles, was an Alexander leichtherzig, sorglos, kindlich war – all das habe ich ihm abgezogen wie eine Haut, nun ist er nur noch rohes, blutendes Fleisch. Ich habe Angst, ihn auch nur mit meinem Atem zu berühren – und die kleinste Kleinigkeit, die ihn daran erinnert – ah, es ist, als gösse ich ihm Gift auf die Wunde.« Langsam schien unsere kleine Natalie zu begreifen, was sie angerichtet hatte mit ihrer unendlichen Liebe. Aber ihr Bedauern galt vor allem Alexander, nicht Georg, der mindestens so litt wie sein ehemaliger Freund, eher mehr, weil er Natalie entbehren musste. Georg schrieb Alexander Briefe, aber die kamen ungeöffnet zurück.

Jeden Tag erlebte ich seine Verzweiflung, seine Lebensmüdigkeit. Deshalb schrieb ich noch einmal an Natalie, und hier, Moment, ich habe den Entwurf gleich, hier, das sind die entscheidenden Sätze: »Und jetzt fordere ich aufs neue und auf meine Kosten, daß Sie Rücksicht auf Georgs Glück nehmen, und ich wiederhole: Nur indem man lebt, kann man zurückzahlen, was man dem Leben schuldet, und nur indem Sie ihn glücklich machen, können Sie zurückzahlen, was Sie mir schulden – eine Schuld, die mehr ist als Geld.« Sie haben es wirklich bis zur Neige ausgekostet, sagt Benjamin. Was, frage ich. Na, den Schmerz, sagt er. Warten Sie es ab, sage ich.

Nach drei Monaten in Genua sagte mir mein Mann, dass er am nächsten Tag nach Zürich reisen werde, er habe alles vorbereitet. Sagte er ich, fragt Benjamin. Er sagte ich, sage ich. Er sagte, dass er alleine nach Zürich fahren werde. Verlässt du mich, fragte ich. Ja, sagte er, wir seien getrennt, seien kein Ehepaar mehr. Ich sei frei. Das war das Letzte, was ich sein wollte. Ich erspare Ihnen einen Bericht von der Szene, die ich ihm gemacht habe, von meiner Verzweiflung und Wut. Es änderte nichts. Georg reiste am nächsten Morgen nach Zürich,

ich fuhr zurück nach Nizza, zu den Kindern. Ich nahm mir eine kleine Wohnung, in der ich bescheiden mit Horace und Ada lebte. Mein Vater wies nur noch Geld für mich an, wenn ich ihm versicherte, dass ich nichts davon an Georg schicken würde, und ich hielt mich daran, schweren, schweren Herzens. Kopfschütteln bei Benjamin, der sofort damit aufhört, als er meinen Blick sieht. Er will mich nicht ärgern, gut so. Schweren Herzens, sage ich noch einmal. Manchmal erblickte ich Natalie aus der Ferne, mit Alexander oder den Kindern, nie allein. Ich sorgte dafür, dass sie mich nicht sahen. Ich habe nie mehr mit ihr gesprochen. Als sie einmal Horace traf, der alleine am Strand spielte, hat sie ihn fest umarmt, und, Mama, sagte er zu mir, sie wollte mich gar nicht mehr loslassen. Horace, müssen Sie wissen, sieht seinem Vater sehr ähnlich. Ich schrieb Georg Briefe, er schrieb manchmal zurück. Im Großen und Ganzen war ich darüber informiert, wie es mit ihm und Natalie weiterging. Die Zeitungen berichteten über Gerüchte, Louis Napoleon plane einen Staatsstreich, aber wir waren ja mit anderen Freiheitsfragen beschäftigt.

Ich wusste, dass Georg und Natalie verabredet hatten, sich in einem Jahr wiederzusehen. Ich wusste nicht, dass allmählich Zwist zwischen ihnen aufkam. Das habe ich später in den Briefen gelesen, hier zum Beispiel. Ich ziehe den nächsten Brief hervor, stelle meine Stimme auf die Stimme Natalies ein und lese: »Ich habe sie nie um ihren Segen gebeten, und wann hat sie Dir ihren Segen gegeben?« Sie, das bin ich, sage ich, Natalie schreibt über mich. »Etwa als sie Dich im letzten Augenblick vor Alexander verteidigte, indem sie ihm sagte, Du hättest ihm immer alles sagen wollen, aber ich hätte es verhindert.« Haben Sie das getan, fragt Benjamin. Sicher, sage ich. »Oder hat sie dir ihren Segen gegeben, als sie mir und Alexander in ihren letzten Briefen schrieb, einzig mein Egoismus sei die Ursache von allem gewesen, was geschehen ist, daß ich Dich angestiftet hätte, mich zu lieben?« Haben Sie das geschrieben, fragt Benjamin. Natürlich, weil es so war. Ich sagte Ihnen schon, dass Georg gezögert hatte, dass er lange nicht wollte, sie aber die großen Sirenenenlieder anstimmte und ihn in ihre angebliche Liebe hineinzog. Und Sie haben, fragt Benjamin, Natalie vor ihrem Mann schlechtgemacht? Ich habe, sage ich, Georg verteidigt. Aber hören Sie, was Natalie schreibt: »Ich danke Dir für diese letzte Anklage; immerhin läßt Du mir Gerechtigkeit widerfahren. Ja, ja! Ich war es, die Dich angestiftet hat. Es war meine Liebe, die die Deine entzündet hat!« Verstehen Sie das, frage ich Benjamin, ein bisschen aufgeregt, wissen Sie, was das heißt? Er zuckt mit den Achseln. Das heißt, Georg hatte sie angeklagt, beschuldigt, ihn mitgerissen zu haben. Sehen Sie denn nicht den Keil zwischen den beiden? Mir scheint, sagt Benjamin, Sie haben diesen Keil zwischen die beiden getrieben. Sicher, sicher, sage ich, was dachten Sie? Dass Emma, der dumme Schatz, nur zusieht, wie der Schmetterling fliegt und alle hundertvierundvierzig werden außer ihr selbst? Ich hatte kein Netz, um ihn einzufangen, aber ich konnte kleine Gewichte an seine Flügel zaubern, und das habe ich getan, ihn beschwert, beschwert, bis er sank. Wollen Sie mir das vorwerfen? Um Gottes willen, sagt er. Hören Sie weiter, rufe ich eifrig: »Du sagst, ich würde eine Rolle spielen – nun, sag, was du willst – ich bereite mich aufs Sterben vor. Ich wäre zu nichts mehr gut, wenn ich leben würde, nicht einmal für die Kinder. Ich würde sie nur lehren, zuviel zu lieben – und wozu? Man darf nicht – in dieser Welt darf man nicht zuviel lieben. Warum sollte man lieben? Um so sehr zu leiden und allem, was man liebt, Leiden zu verursachen? Das Leben wird sie ohne meine Hilfe lehren, gleichgültig zu werden, und ohne mich werden sie glücklicher sein! Ihr lieben Kleinen! Ihr liebt schon jetzt zuviel, ich habe euch schon verdorben, zugrunde gerichtet – verzeiht mir, verzeiht mir! Ihr werdet wieder genesen – vielleicht. Georg, Du wirst meinen Kindern einen großen Dienst erweisen, wenn Du mich tötest. Meinen Segen dazu hast Du im voraus! Nur Lieber, weißt Du, ich muß erst noch den richtigen Platz für sie finden, einen, der in jeder Hinsicht richtig ist, ein gutes Zuhause, und muß alles nett zurechtmachen, nett nach meinen Geschmack – vielleicht habe ich …« Und so weiter und so weiter, sage ich, immer weiter in diesem jammervollen Ton. Alles zerstören und sich dann davonmachen, sterben. Das ist die Frucht der Romantik, sage ich, sie vergöttert die Liebe und sie vergöttert den Tod. Daraus wird der Liebestod. Als Mädchen war ich auch so, sage ich, die Gedanken an eine Liebe, die zu groß wird, um sie leben zu können, um angemessen erwidert zu werden, floss über in den Gedanken, dann lieber zu sterben. Wegen Piaget. Das habe ich geflüstert, aber Benjamin hat mich gehört. Wer war Piaget? Ich winke ab. Ich habe das abgeschüttelt, sage ich, und ich lebe, Natalie nicht. Das klingt hart, sagt Benjamin. Wollen Sie mir jetzt romantisch kommen, frage ich. Nein, sagt er, erzählen Sie bitte weiter.

Sie haben sich in Turin getroffen. Wer, fragt Benjamin. Georg und Natalie. Vorher schrieb sie ihm noch einen Brief, den drittletzten. Wollen Sie den noch hören? Ja, sagt er, und die anderen auch noch, vor allem den letzten. Ich bin wieder Natalie: »Nach unsäglichen Kämpfen sah ich, daß ich dabei war, Alexanders Seelenfrieden zu zerstören, ohne Dich jemals zufriedenstellen zu können. Ich sah, daß Du zu den kleinsten Opfern unfähig warst, daß Du nur für dich lebtest. Mein Ideal wurde umgestürzt, in den Schmutz gezogen; alles, was ich hoch und für heilig hielt, wurde verachtet und zertrampelt, alle deine Versprechungen, alle meine Gebete abgewiesen.« Ist das nicht unglaublich, frage ich Benjamin, sie hat sich geweigert, Alexander zu verlassen, sie hat Georg weggeschickt, und jetzt gibt sie ihm die Schuld am Scheitern ihrer Liebe. Infam. »Du hast mich vernichtet; aber Alexanders Liebe wuchs unterdessen in all ihrer Großartigkeit, ihrer Hingabe, ihrer Unermesslichkeit – und auch seine Leiden! Er und die Kinder haben mich daran gehindert, den Tod anzunehmen, den du mir gebracht hast, und sie halten mich noch immer zurück; und wenn der Tod nicht von selbst kommt – oder wenn du, Georg, ihn mir nicht schickst, um mich von meiner Familie wegzureißen –, werde ich diese nicht verlassen, ich bin in ihr aufgegangen – außerhalb davon gibt es mich nicht mehr. Ich leide mit Dir, um so mehr, als ich die Ursache dieser Leiden bin – aber mehr kann ich nicht tun. Hier bin ich – strafe mich, töte mich, wenn das ein Trost für Dich ist, wenn Du kannst. Ich kann nicht mehr tun.« Glauben Sie ihr nichts, sage ich. Als Natalie nach Turin fuhr, nahm sie Alexander mit, als Begleitung, als Beschützer. Sie hatte nicht vor zu sterben. Es ging ihr um eine Versöhnung, um eine Aussprache. Georg und Natalie redeten eine halbe Nacht lang, dann gingen sie in Frieden auseinander. Dachte man. Georg schrieb mir, dass sie in Turin ein weißes Kleid getragen hatte, wie auf dem Bild von Guiaud.

Das Ende der Geschichte, fragt Benjamin. Leider nicht, sage ich, an diesem Punkt hätte die Geschichte ein halbwegs würdiges Ende finden können. Aber, das muss ich leider sagen, Georg ließ es nicht zu. Natalie schrieb ihm keine Briefe mehr, sie hatte wirklich den Abschluss gefunden. Und das machte meinen Georg zornig. Ein Hitzkopf war er immer gewesen. Im November erzählte mir ein gemeinsamer Bekannter, Natalie sei wieder schwanger. War Orsini dieser Bekannte, fragt Benjamin. Ja, Orsini, sage ich und werde rot, verdammt noch mal. Ich will nicht rot sein im Gesicht. Benjamin hat es natürlich gesehen und grinst. Im d'Harcourt, sagt er, war gestern ein Journalist vom »Figaro«, der mir sagte, er arbeite an einem langen Essay über Orsini, es sei wieder an der Zeit, sich mit Orsini zu befassen. Wie finden Sie das? Marcel wird es nicht gefallen, sage ich und rede schnell weiter. Natalie war schwanger, ein Schock für mich, weil ich dachte, das Kind könne von Georg sein. Ich fragte in meinem nächsten Brief, ob dem so war, und dann musste ich wieder warten, warten, warten. Endlich kam ein Brief aus Zürich, und Georg versicherte mir, dass er Natalie in Turin nicht berührt hatte, außer bei einer Umarmung zum Abschied. Ich glaubte ihm, ich war beruhigt. Ein handfester Beweis folgte bald: Dieses Kind in Natalies Bauch machte Georg wahnsinnig. Die Krankheit Liebe brach in vollem Umfang aus.

Im November passierte etwas Schreckliches. Ein Schiff sank. Es fuhr von Marseille nach Nizza, und in der Nacht ist es vor Hyères mit einem anderen Dampfer zusammengestoßen, obwohl das Wetter gut war. Hundert Menschen lagen in ihren Kojen, darunter Alexanders Mutter, Frau Haag, ihre Nichte, der Hauslehrer der Herzens, ein Hausmädchen und der taubstumme Kolja. Sie kamen von Paris, wo sie einige Wochen verbracht hatten. Nur wenige Passagiere überlebten, darunter die Nichte und das Hausmädchen, aber nicht der Hauslehrer, nicht Alexanders Mutter und nicht Kolja. Oh, sagt Benjamin. Das Haus der Herzens in der Rue Anglaise war mit Lampions geschmückt für den Empfang der Lieben. Hat Ihnen Orsini erzählt, sagt Benjamin. Ich übergehe das. Die Herzens haben unendlich gelitten. Wissen Sie von Orsini, sagt Benjamin.

Im Dezember passierte auch etwas Schreckliches, sage ich, am zweiten Dezember. Louis Napoleon löste die Nationalversammlung auf, es gab ein paar Straßenkämpfe, aber die Soldaten waren mit Schnaps und Knoblauchwurst bestochen und hielten zum Präsidenten. Der »Achtzehnte Brumaire des Louis Napoleon«, sagt Benjamin. Genau, ein Staatsstreich, Louis Napoleon verwandelte Frankreich in eine Diktatur und ließ sich dann zum Kaiser ausrufen, Napoleon III. Und niemand tat etwas, die Revolutionäre saßen in Zürich und in Nizza und waren mit Liebe, Trauer und Hass beschäftigt. Er hatte freies Spiel, herrschte nach Gutdünken über Frankreich, aber seinem Onkel kam er nicht nach, er war nur ein Clown.

Ende Dezember bekam Natalie eine Bauchfellentzündung. Georg konnte das von seiner Raserei leider nicht abbringen. Er forderte mich auf, einen Krieg gegen Alexander zu beginnen. »Die Zeit der Rücksichten ist vorbei«, schrieb er mir, und: »Glaub nicht, dass wir uns wiedersehen, bevor Du nicht an Herzen Deine Rache genommen hast.« Ich verstand meinen Georg nicht mehr, der Hass hatte ihm die Sinne vernebelt, anders kann ich es nicht erklären. Im Januar schrieb er Alexander einen Brief. Ich wusste lange nicht, was in diesem Brief stand, ich wusste nur, was er auslöste. Nach Georgs Tod, als ich seinen Nachlass durchsah und ordnete, fand ich in einem Notizbuch einen Entwurf für diesen Brief. Wollen Sie das hören? Sehr gern. Aber Sie müssen nachsichtig sein mit meinem Georg, versprechen Sie mir das? Das verspreche ich Ihnen.

Ich stehe auf und hole das Notizbuch aus dem Sekretär, wo es in einer Schublade liegt mit den Dingen, die ich vielleicht vernichten werde, bevor ich sterbe. Aber wann sterbe ich? Ich kann mich schlecht von Georgs Sachen trennen, würde gerne bis zum vorletzten Tag mit ihnen leben, um dann einen Teil zu vernichten. Wann ist der vorletzte Tag? Das ist das, was wir wissen müssten. Ich streiche über den Ledereinband, darauf ein großes G auf blauem Grund. Ich setze mich hin, öffne das Notizbuch.

Ich lese Georgs Worte: »Da ich Ihre brutalen Methoden kenne, schreibe ich noch einmal auf diesem Weg. Ich möchte alle Mittel erschöpfen, und wenn diese fehlschlagen, werde ich vor keinem Skandal zurückschrecken. Seien Sie versichert, daß meine Stimme die Stimme dieses Kindes von Inzest und Prostitution übertönen wird, welches Sie der Welt als triumphalen Beweis dafür präsentieren wollen, daß Sie nicht sind, was die Leute sagen. Da haben wir Ihre Seelengröße – eine Lösung um den Preis der Erniedrigung von ihr, um deren Besitz Sie mit mir streiten! Und doch wissen Sie von ihr selbst, daß sie niemals jemand anderem gehörte als mir, daß sie trotz all der Kinder in Ihrer Umarmung Jungfrau blieb – und bis jetzt geblieben ist. Sie wissen, daß wir in Genf, in Nizza Tag für Tag zusammen waren, so wie es die Umstände zuließen, von dieser Einheit von Seele und Sinnen, wie sie nur unaussprechlichste Liebe erhöhen und heiligen kann, Sie finden ihre Lippen noch heiß vom Küssen meines ganzen Körpers, Sie wissen, daß sie in diesem Liebestaumel in Genf ein Kind von mir empfing – und nie werde ich glauben, daß Sie damals nichts ahnten, jeder ahnte etwas – Sie wissen, aber Sie verstehen nicht –, daß sie unglücklicherweise gezwungen war, von Ihnen ein neues Kind zu empfangen, daß sie mich aber dafür um Verzeihung bat, daß ich ihr vergab. Daß meine Freundschaft für Sie damals fast so groß war wie meine Liebe, daß ich nicht mit ansehen konnte, wie Sie litten, daß wir Emma ins Vertrauen zogen, sie aber auf Knien anflehten, sich stillschweigend zu opfern.« – Was ich getan habe. – »Sie sah unsere Liebe; sie sah unsere Zuneigung zu Ihnen; und sie ließ sich darauf ein, als einzige und allein unglücklich zu sein.« Tränen, ich hasse Tränen, aber nun sind sie da, und meine Stimme bricht. Möchten Sie ein Glas Wasser, fragt Benjamin sanft. Bitte. Er geht in die Küche, gießt Wasser ein, kommt zurück und reicht mir das Glas, ich trinke. Es geht schon wieder, sage ich mit einem Lächeln. Soll ich lesen, fragt er. Nein, nein, schon gut. »Aber Sie wissen nur, wie man Frauen beleidigt, nachdem Sie die Männer durch alle mögliche Hinterlist, Scheinheiligkeit und Machenschaften vertrieben haben. Und Sie wissen auch, daß mein und Natalies Lebensziel es war, den unglücklichen Zufall in Genf wiedergutzumachen, daß sie davon träumte und an nichts anderes dachte, als von mir ein Kind zu bekommen, daß unsere ganze Zukunft auf dieser Hoffnung beruhte, und daß sie, als sie mit Ihnen sprach, dachte, diese Hoffnung hätte sich erfüllt.« Was meint er damit, fragt Benjamin. Meint er, dass Natalie dachte, sie sei von Georg schwanger, als sie ihm die Affäre beichtete? Ich weiß es nicht, ich weiß es wirklich nicht, sage ich. Manches an diesem Brief ist mir schleierhaft. »Vielleicht wissen Sie nicht, daß ich nur deshalb in der Nähe blieb, weil sie geschworen hatte, zur Flucht entschlossen zu sein. Das reicht, Sie werden nicht fortfahren mit der Prostitution eines Wesens, das ich Ihnen nicht wegstahl und das ich nur nahm, weil es mir sagte, daß Sie es nie besessen hätten; und wenn Sie doch fortfahren, werde ich jedenfalls nicht weiterleben. Zu den grundlosen Beleidigungen Emmas haben Sie die infame Behauptung hinzugefügt, vorzugeben, ich hätte Ihre Frau verführt. Genug Kränkungen rechtfertigen mich, wenn ich Genugtuung verlange. Dieses neue Kind muss mit dem Blut von einem von uns getauft werden. Das andere wurde sehr anders getauft. Tempora mutantur. Ich erwarte

Ihre Anweisungen, ich appeliere zum letzten Mal an Ihre Ehre, wählen Sie die Waffen, die Ihnen genehm sind. Würgen wir uns ab wie wilde Tiere – da wir keine Männer mehr sein sollen – und zeigen Sie ein einziges Mal, (falls da etwas ist) was Sie außer Ihrem Geldsack noch haben. Verderben dem Verderben! Genug der kalten Erwägung.« Die Notizen brechen hier ab, sage ich, und: Bedenken Sie bitte, dass dies nur ein Entwurf ist. Ich weiß nicht, was er Alexander wirklich schrieb. Aber er hat ihn zum Duell gefordert, fragt Benjamin. Das hat er wirklich. Das hat er mir mitgeteilt, auch dass er auf den Umschlag »Betrifft eine ehrliche Forderung« schrieb. Das ist alles monströs, hebt Benjamin an, aber ich unterbreche ihn sofort. Ich möchte nicht, dass Sie so reden, schon gar nicht in meiner Wohnung. Schweigen wir über diesen Entwurf zu einem Brief. In Ordnung, sagt er, schweigen wir, aber darf ich Ihnen eine Frage stellen? Fragen Sie. Inwiefern hat Alexander Sie beleidigt? Habe ich vergessen, das zu sagen, frage ich. Er nickt. Nun gut, ich kann es auch sagen. Er hat mir an den Kopf geworfen, dass er nicht verstehe, warum ich mich wie Georgs Sklavin verhalte.

Alexander, sage ich rasch, hat Georgs Brief nicht beantwortet, aber er hat Freunde beauftragt, sich mit Georg auseinanderzusetzen. Sie schlugen ihm ein Ehrengericht vor.

Wissen Sie, lieber Benjamin, sage ich, keiner dieser Männer wollte ein Duell. Sie waren heißblütig, aber nicht wirklich tatkräftig. Mein Georg war keiner, der schießt, im Großherzogtum Baden nicht, in Zürich nicht. Für Alexander Herzen gilt das auch. Sie tändelten, Briefe gingen hin und her, Sekundanten wurden bestimmt, aber nie sagte einer, jetzt ist es so weit, jetzt schießen wir uns, hier sind Ort und Uhrzeit. Sagen wir es so, damit Sie wieder frech grinsen können: Orsinis waren sie nicht. Habe ich frech gegrinst, fragt er scheinheilig. Das haben Sie, sage ich, aber nichts für ungut, Sie haben ja aus Ihrem Sessel die ganze Zeit Felices Bild vor Augen. Kann es sein, fragt Benjamin, dass Orsini Ihrem Georg ein bisschen ähnlich sah? Viele sagen das, entgegne ich, aber nun lassen Sie mich diese Geschichte zu Ende erzählen. Bevor wir dann zu Orsini kommen, sagt er grinsend. Bevor Sie dann Ihrem Minet entgegeneilen können, sage ich.

Natalie schrieb Georg einen Brief, den vorletzten, sage ich, ziehe ihn hervor und betone, dass Alexander sie wahrscheinlich aufgefordert hat, diese Worte zu schreiben. Hören Sie, lieber Benjamin, es wird spannend. Endlich wird es spannend, lacht er. Dann ich, mit Natalies Stimme, leicht überzogen, muss ich zugeben, also sehr gedehnt: »Meine unglückselige Leidenschaft hat nur als ein neues Piedestal gedient, um meine Liebe zu ihm zu erhöhen. Dieses Piedestal haben Sie mit Schmutz bewerfen wollen. Aber es wird Ihnen nicht gelingen, etwas gegen unseren Bund zu tun, der jetzt unzerreißbarer und unerschütterlicher ist denn je. Ihre Denunziationen, Ihre Verleumdungen gegen eine Frau flößen Alexander einzig Verachtung gegen Sie ein. Sie haben sich mit dieser Niederträchtigkeit entehrt. Sie haben mir auch das Gewesene widerwärtig werden lassen.« Widerwärtig. Da sind wir nun, sage ich, aus der allerhöchsten Leidenschaft wird das Widerwärtige, aus Romantik Ekel. Georg las den Brief, und dann hatte er leider die dumme Idee, ihn wieder zu schließen, das Siegel zu erneuern und den Brief als ungelesen zurückzuschicken, eine Beleidigung für Herzen. Sie sollte Georg nicht gut bekommen.

Aber erst einmal muss ich Ihnen von Natalie erzählen. Ihre Bauchfellentzündung klang langsam ab, doch dann kam ihr Sohn zwei Monate vor der Zeit zur Welt, und die Geburt hat Natalie sehr geschwächt. Es gab keine Hoffnung mehr für sie. Und was hat sie getan? Was, fragt Benjamin, weil ich schweige nach der Frage. Sie hat Georg einen Brief geschrieben, den letzten. Ich ziehe ihn hervor, lese: »Ob du mir weh getan hast? Du mußt das besser wissen als ich – ich weiß nur, daß Dir meine Segenswünsche überallhin folgen werden, immer. Mehr zu sagen – wäre überflüssig.«

Als mir Felice erzählte hatte, dass Natalie sterben würde, war es keine Frage, dass ich Natalie sofort einen Abschiedsbrief schrieb: »Natalie! Pardon de tout et pour tous et alors oublie de tout, et je te serre la main de tout mon cœur. Adieu!« Auf Französisch, fragt er. Ja, das war unsere gemeinsame Sprache. Verzeihung für alles und für alle, und danach lassen Sie uns alles vergessen. Ich nehme Ihre Hand von ganzem Herzen. Das habe ich verstanden, sagt er. Felice hat ihr diesen Brief überbracht, sage ich, aber ich weiß nicht, ob sie ihn noch gelesen hat. Am 2. Mai 1852 ist die kleine Natalie gestorben. Auch das Kind überlebte nicht.

Benjamin und ich trinken gleichzeitig einen Schluck Grog. Wir schweigen. Dann sage ich: Die Geschichte ist noch nicht zu Ende, es folgt der unrühmlichste Teil. Noch unrühmlicher, fragt Benjamin. Keine Antwort. In Alexanders Gesellschaft hielt sich seit einiger Zeit ein Mann namens Haug auf, er war Offizier im Dienst der Habsburger gewesen, bis er 48 zu Garibaldis Truppen überlief und dort fortan als General diente, auch so ein Hitzkopf, aber mit dem inneren Feuer zur Tat. Er hatte sich in den Kopf gesetzt, Alexanders und Natalies Ehre sei nur wiederherzustellen, wenn Georg den Brief noch liest, den Brief, den er Natalie zurückgeschickt hatte, angeblich ungeöffnet. Dessen Inhalt er aber kannte, wirft Benjamin ein. Brav, sehr aufmerksam. Das sage ich nicht, sondern will fortfahren, aber Benjamin kommt mir zuvor: Wovon hat Herwegh eigentlich in Zürich gelebt, wenn er kein Geld von Ihnen beziehungsweise Ihrem Vater bezog? Gute Frage. Schrieb er wieder? Nein, sage ich, er schrieb nichts, außer Briefe. Wovon dann? Er bat oft um Geld, er bettelte, aber ich blieb eisern. Die Wünsche meines Vaters galten viel für mich. Eines Tages schrieb mir Georg einen seltsamen Satz: »Ich kann dem demoralisierenden Einfluß der Armut nicht widerstehen, und dies ist nicht die Zeit, in der ein Ehrenmann sein Geld verdienen kann.« Verstehe ich nicht, sagt Benjamin. Ich wiederhole den Satz für ihn. Benjamin versteht immer noch nicht. Warum war das nicht eine Zeit, in der ein Ehrenmann sein Geld verdienen kann, fragt er mich. Ich denke, sage ich, dass Georg sagen wollte, er könne nicht mit der Arbeit, die für ihn ehrenhaft ist, Geld verdienen, mit dem Schreiben. Verstehe, sagt Benjamin, aber wovon lebte Herwegh dann? Ich erfuhr es ein paar Wochen später, sage ich, es gab einen Skandal in den Zeitungen. Sie schrieben, dass Georg die Gesellschaft einer älteren Dame gefunden hatte, einer »vieille putain«. Und das war schon der Skandal, fragt Benjamin. Nein, sie soll früher eine Geliebte von Louis Napoleon gewesen sein. Bitte? Sie hören richtig, sage ich, die Zeitungen schlachteten das genüsslich aus, kramten alles noch einmal hervor, Georgs missglückte Audienz bei Friedrich Wilhelm IV., die Lüge von der Spritzdecke und nun die Affäre des Helden der Freiheit mit einer ehemaligen Geliebten des Diktators, der damals allerdings noch kein Diktator war. Sie machten Georg erneut lächerlich. Ich schrieb ihm sofort, dass ich davon ausgehe, dass diese Geschichte nicht wahr sei, das könne ich doch, oder? Er antwortete, dass diese Dame, deren Namen er nicht nannte, ihn unterstütze, ohne Hintergedanken, dass sie aber selbstverständlich weder die Geliebte von Louis Napoleon gewesen sei noch seine, also Georgs. Haben Sie ihm geglaubt? Ich weiß nicht, Felice sagte, durch diese Taten habe sich Georg als der größte Schuft der Welt erwiesen. Aber Orsini hatte eigene Interessen, kräht Benjamin. Pff. Ich glaube, sage ich, es war mir mehr oder weniger egal. Mein Herz hatte sich verkapselt in jenen Tagen, ich wartete darauf, dass mich Georg nach Zürich rufen würde, aber ich wusste, dass es lange dauern konnte, und ich wollte nicht mehr so leiden. Die Zeitungen hatten sich auch über die Herzen-Affäre ausgebreitet, mein Mann war das Gespött der einen Hälfte Europas geworden. Und die andere Hälfte? Spottete über Herzen, weil er ein Gesetz der romantischen Liebe verletzt hatte. Und das geht wie? Dass man nicht auf seiner Frau besteht, wenn sie einen anderen Mann liebt, dass man ihr Freiheiten lässt. George Sand schrieb, die Liebe der Schweine sei nicht so roh und nicht so tierisch wie die Liebe von Männern, die sich nicht an das romantische Gesetz halten. Gefällt mir, sagt Benjamin. Ich schweige.

Was ist, fragt Benjamin. Ich mag nicht mehr, ich will von diesen Dingen nichts mehr wissen, nichts mehr erzählen. Nur noch die Geschichte dieses Generals, bitte, sagt Benjamin, wie hieß er noch? General Haug. Bitte! Nun gut. Es gibt sie ja, diese Geschichte, in meinem Kopf, in den Archiven der Zeitungen. Wenn ich sie verschweige, ändert das nichts. Ich mache es kurz, sage ich. Benjamin richtet sich in seinem Sessel auf wie ein Schuljunge, der durch seine Körperhaltung zeigen will, wie aufmerksam er ist, als Belohnung für den Erzähler. Die Erzählerin.

General Haug und ein Franzose, dessen Namen ich vergessen habe, reisten mit dem Brief nach Zürich, um Georg zu zwingen, dass er Natalies Worte las. Sie suchten ihn in seinem Zimmer auf, er war allein, das immerhin, und Haug zwang ihn, sich den Brief anzuhören. Haug riss den Umschlag auf, nahm die Briefseiten heraus und merkte dabei, dass auch ein Zettel mit Notizen in dem Umschlag steckte. Er verglich die Schrift mit der von Natalie und sah sofort, dass ein Mann diese Notizen gemacht hatte. Er las und merkte, dass dies der Entwurf für eine Antwort auf Natalies Brief war. Ich verstehe nichts, sagt Benjamin. Ganz einfach, sage ich: Georg hatte den Brief ja gelesen, hat sich daraufhin Notizen für eine Antwort gemacht, entschied sich dann anders und steckte Natalies Briefbögen zurück in den Umschlag. Durch ein merkwürdiges Versehen geriet ihm der Zettel mit seinen Notizen ebenfalls hinein. Offenbar merkte er das nicht, verschloss und versiegelte den Umschlag und schickte ihn an Natalie zurück, mit seinen Notizen. Puh, sagt Benjamin. Haug wusste nun, dass Georg den Brief geöffnet und gelesen hatte, er riss den Zettel in Fetzen, die er Georg ins Gesicht warf. Lump, soll er gesagt haben. So las ich es jedenfalls in der Zeitung. Ich las auch, dass Georg davongestürzt sein soll mit dem Ruf »Gendarmen! Ich werde ermordet!« Europa lachte. Der General setzte ihm nach und verpasste ihm eine Ohrfeige. Georg forderte ihn nicht zum Duell.

Das ist es, sage ich, das ist die ganze Geschichte. Sie hatte ein langes Nachspiel in den Zeitungen, die Leute zerrissen sich das Maul, vor allem in der »Neuen Zürcher Zeitung« und im »Nice-Matin«, Georg schrieb, ich schrieb, Herzen schrieb. So ging es eine Weile, dann war der Karneval der Liebe beendet. Was wurde aus Herzen, fragt Benjamin. Er ging bald nach London, hat sich für die Freiheit der Polen eingesetzt, hat wieder geheiratet und Kinder bekommen, mehr weiß ich nicht. Und eine Tochter aus dieser Ehe hat sich aus Liebeskummer umgebracht, sagt Benjamin und schüttelt den Kopf. Als hätte sie über Alexander Herzen auch Natalies Blut empfangen.

Ich wäre jetzt gerne alleine, sage ich. Selbstverständlich, sagt er, steht auf und zieht zehn Franc aus seiner Geldbörse. Ich nehme das Geld und sage, dass er es bald zurückbekommt, ganz sicher. Und morgen erzählen Sie mir von Orsini, sagt Benjamin. Das werden wir sehen, sage ich, am Freitag wäre es mir ohnehin lieber. Ich brauche eine Pause. Morgen gibt Marcel ein Konzert. Wollen Sie mich nicht dorthin begleiten? Ja, sagt er, wenn Sie endlich mit mir über den vierten Akt reden. Dann haben wir ein Abkommen, sage ich. Er geht. Ich räume die Küche auf. Der Apfel ist braun geworden, ich schmeiße ihn weg.

KÖNIGSBERG UND BERLIN, DEZEMBER 1842

Er hatte einen Platz in der ersten Klasse, weil Siegmund der Meinung gewesen war, der Bräutigam seiner Tochter solle nicht unbequem reisen. Im Coupé saßen zwei russische Offiziere und eine ältere Dame, die bald einschlief. Der Zug stampfte durch flaches, verschneites Land. Die Russen rauchten, niemand sprach. In Stettin fragte er bei der Post, ob ein Brief für ihn angekommen sei, aber da war nichts. Enttäuschung. Ihm fiel ein, dass ein Brief nicht schneller reisen konnte als er selbst, also kein Brief da sein konnte, es sei denn, Emma hätte ihm vorsorglich einen Brief geschrieben, als er noch in Berlin weilte, was sie offenkundig nicht getan hatte. Er wollte das nicht als Zeichen sehen.

Morgens stieg er früh in die Postkutsche, setzte sich zu einem Studenten, einem älteren Mann, den er für einen Beamten hielt, und einer jungen Frau, die recht hübsch war, wie er fand. Die Straße führte eine Weile den neuen Bahndamm entlang, an dem noch gebaut wurde. Er sah die Arbeiter Bohlen und Schienen schleppen, sah die Zeltstädte, in denen sie lebten. Felder, die düsteren Schlösser der Junker. Pferdewechsel, Nachtfahrt. Er schlief kaum, denn er saß unbequem und die Straße war schlecht. Manchmal hüpfte die Kutsche so stark, dass er mit dem Kopf gegen die Decke stieß. Verdammte Schlaglöcher, fluchte der Student, die junge, hübsche Frau kicherte, ihr Kopf lehnte oder schlug gegen seine Schulter, je nach Straßenzustand. Der Beamte schaute angewidert aus dem Fenster. Herwegh schrieb im Kopf Briefe an

Emma. Er war froh, dass er an diesen Tagen keine Zeitung lesen konnte, denn das, was er nicht las, existierte nicht für ihn. Morgengrauen, vereiste Seen, Schnee.

Die Sonne schien, als sich die Kutsche der Weichsel näherte. Wir kommen nicht rüber, rief der Kutscher nach hinten, Eisgang. Die Kutsche hielt, sie stiegen aus. Ein Dutzend Fuhrwerke parkte am Ufer, Herwegh gesellte sich zu der Gruppe von Leuten, die auf den Fluss schauten. Die Boote waren an Land gezogen. Das Eis schob sich in bizarren Blöcken und Platten das Wasser hinunter, eine Landschaft, in der Herwegh grob gepflügte Äcker sah, buschige Wälder, Türme, Paläste, Manufakturen, Köhlerhütten, dann eine Stadt in Weißgrau, mit Umland, ständig in Bewegung, fernen Zielen zustrebend, glitzernd, manchmal bunt, wenn sich das Licht eigenartig über dem Eise brach. Ein Krachen und Knirschen, eine Musik, ein Gedicht. Alle schauten auf dieses Wunder, mesmerisiert, beglückt. Wohl eine Stunde lang spürte Herwegh die Kälte nicht, starrte, starrte, aber allmählich schwand das Glück, aus der wundersamen Stadt wurde die Barriere, die sein Fortkommen verhinderte, die ihn von Emmas Briefen fernhielt, von den Freunden, Anhängern, die in Köngisberg auf ihn warteten. Er fror. Auch die anderen zitterten oder gingen hin und her, mit den Armen schlagend. Nur der Student und die junge Frau schienen zufrieden, dass sie einen Grund hatten für eine ewige Umarmung, die Hände nicht sichtbar. Bald kamen Bauern angefahren und verkauften heiße Getränke und Speisen zu unangenehmen Preisen, aber jeder zahlte. Manche kauften Decken, ein Mann einen Fuchspelz für seine Frau. Ein Hund stand auf einer Eisscholle, schaute sehnsüchtig zum Ufer, zu den Menschen. Man konnte ihm nicht helfen, das Meer würde ihn schlucken. Herwegh war nicht mehr erleichtert, dass er abgeschnitten war von den Nachrichten aus den Städten, er hatte Sorge, dass sich etwas zusammenbraute, ohne dass er Einfluss nehmen konnte.

Am Nachmittag schwächte sich der Eisgang ab, die weißgraue Landschaft zerfiel, die Städte brachen tosend auseinander, als wiederhole sich hier das Erdbeben von Lissabon, dann flossen nur noch Eisschollen, Eisfetzen vorbei, und gegen Abend setzten die Boote wieder über. Übernächtigt kam er in Königsberg an.

Im Hotel wartete kein Brief auf ihn. Der Concierge musste in Herweghs Auftrag alles absuchen, fand aber nichts. Er fragte nach einem Café, in dem viele Zeitungen auslagen, eilte dorthin, bestellte Kaffee und überflog die Überschriften zuerst in der »Hartung'schen Zeitung«, dem hiesigen Blatt, dann in der »Vossischen Zeitung« aus Berlin, in der »Zeitung für die elegante Welt« aus Leipzig, in der »Allgemeinen Zeitung« aus Augsburg. Nichts. Er holte andere Blätter, las immer hastiger, bis er seinen Namen in der »Leipziger Allgemeinen Zeitung« fand. Der Dichter Georg Herwegh, allseits bekannt durch seine »Gedichte eines Lebendigen«, werde im Mai die Berliner Kaufmannstochter Emma Siegmund heiraten. Das war alles? Gut oder schlecht? Immerhin: nichts von einem Hoflieferanten. Herwegh trank den Kaffee, dazu ein Danziger Goldwasser, dann eilte er zurück ins Hotel. Vielleicht war die Post inzwischen eingetroffen. War sie nicht.

Am Morgen händigte ihm der Concierge zwei Briefe aus. Von Emma. Er rannte aus seinem Zimmer, riss die Umschläge auf und las, einmal, zweimal. Dann schrieb er die Sätze heraus, die er nicht vergessen wollte:

»Meine Liebe steht über jedem äußeren Einfluss, sie ist meine Religion.«

»Lieben kann ich bis zur Meisterschaft – darin sitzt nun alle Klugheit und der ganze Plunder meiner kleinen Gelehrsamkeit.«

»Dein Gedicht von der Lerche lese ich wohl dreimal des Tages, und sitze ich allein, dann sage ich es mir auf. Es ist eine Glut drin, wie in keinem anderen, Du hast es mit Deinem Herzblut geschrieben.«

»Ich will nicht nur der Gefährte Deines Glücks sein; ich will und muß alles mit Dir teilen.«

Sie schrieb, seine Unterhaltung mit dem König sei Berliner Tagesgespräch. Vier Bekannte hätten mit ihr darüber reden wollen. Aber sie schrieb nicht, was sie sagten. Warum nicht? Und wer? Wen hatte sie getroffen?

Sie schrieb: »Die Leipziger Zeitung meldet heute als neueste Weltbegebenheit unsere im Mai bevorstehende Hochzeit. Bezeichnet dies nicht auf eine klassische Weise die Armut der Interessen?«

Genau. Sein gutes, kluges Mädchen.

Mittags ging er ins Café, forstete wieder die Zeitungen durch. Nichts. Er trank Kaffee und schrieb Emma einen Brief. Er schilderte die Reise, den Eisgang, die anderen Fahrgäste und schloss mit dem Satz: »Ich kann dir meine Seligkeit nicht weiter schildern, da ich sie selbst nicht begreife. Dein Georg.« Dann ging er zur Post, zahlte neunzehn Silbergroschen für das Porto.

Er besuchte Johann Jacoby, Kopf der Königsberger Donnerstags-Gesellschaft, Club der Liberalen, Arzt, ein freier Geist, der für die Gleichberechtigung der Juden kämpfte und nicht nur dafür. Kahler Kopf, hinten ein Haarkranz, großer Mund, eine steil abfallende Nase, kluge Augen. Er hatte im Februar 1841 die Flugschrift »Vier Fragen, beantwortet von einem Ostpreußen« verfasst und anonym publizieren lassen. Er forderte, dass der König Preußens Verfassungsversprechen von 1815 einhielt. Die Schrift wurde viel diskutiert. Dann schickte Jacoby dem König ein Exemplar mit Widmung. Die Anklage kam schnell. Majestätsbeleidigung sowie »Erregung von Missvergnügen und Unzufriedenheit der Bürger durch frechen, unehrbietigen Tadel und Verspottung der Landesgesetze«. Zudem Hochverrat, damit drohte ihm die Todesstrafe. Aber Jacoby fand milde Richter, kein Hochverrat, nur Majestätsbeleidigung, zweieinhalb Jahre Festungshaft. Berufung. Er wartete.

Warum haben Sie die Anonymität aufgegeben, fragte ihn Herwegh, als sie im Arbeitszimmer von Jacobys Wohnung in der Kneiphöfischen Langgasse saßen, zwischen Buchgebirgen. Eine Frau hatte Kaffee und Kuchen gebracht. Seine Gattin, Dienerin? Jacoby stellte sie nicht vor.

Ich habe meinen Namen verschwiegen, weil ich Angst vor der Strafe hatte, sagte Jacoby, aber dann wurde mir klar, dass die Angst den Fortschritt verhindert. Wenn wir etwas bewirken wollen, müssen wir mit unseren Namen für unsere Sache einstehen. Nur dann werden wir ernst genommen. Die Strafe, so sie denn kommt, ist die Zierde unserer Anstrengungen und der Skandal, der am Königtum nagt.

Sie diskutierten die Lage in Preußen, die Verfassungsfrage, die Möglichkeit einer Revolution. Es werde nicht mehr lange dauern, sagte Jacoby. Dann: Ich möchte Ihnen nicht zu nahe treten, aber ich muss Sie etwas fragen. Darf ich?

Gerne.

Ich habe gelesen, dass Sie dieses Bürgermädchen heiraten wollen. Warum tun Sie das?

Ich denke, der Grund ist, dass ich sie liebe.

Das sei ein guter Grund, sagte Jacoby, aber Herwegh möge bedenken, dass die Partei der Freiheit ihn ganz und gar brauche, dass eine Frau ihn ablenke vom Wesentlichen, und das sei nun einmal der Kampf für eine Verfassung und eine Volksvertretung.

Ich gebe Ihnen diesen Rat, guter Freund: Halten Sie es so wie ich, bleiben Sie unverheiratet. Mir führen meine beiden Schwestern den Haushalt.

Herwegh erzählte ihm, dass Emma die Freiheit so liebe wie er selbst, aber er sah die Skepsis in Jacobys Augen.

Am Abend schrieb Herwegh an seine Braut einen langen Brief, den er mit diesen Worten beschloss: »Noch etwas: Seit dem Besuch beim König bin ich viel stolzer geworden, das heißt viel freier. Das Königtum ist tot, maustot für mich und wird gar keine Zauberkraft mehr auf die Welt ausüben können. Wie klein, wie unendlich klein und ordinär ist mir der Mann erschienen! Ich fange an, Mitleid mit den gekrönten Häuptern zu bekommen. Sie spielen eine mehr als armselige Rolle. Gott, wie freue ich mich, mein Leben mit einem Mädchen teilen zu können, das für Eine Sache schwärmt, und dem ich nicht anders gefallen kann, als wie ich den Besten meiner Zeit gefalle. Du wirst mir viel, sehr viel sein; ich fürchte nur, dass du deine Forderungen zu hoch stellst. Liebe nicht allein den Poeten in mir, er möchte, so viel Mut und Kraft er in sich fühlt, die Welt zu erobern, Deinen Erwartungen nicht entsprechen können. Liebe mich so sehr, dass du auch mit wenigerem, als du in deinen Träumen von mir begehrst, zufrieden sein wirst. Dein Georg.« Er freute sich, dass er das so gut aufgeschrieben hatte.

Er traf den abgesetzten Oberpräsidenten von Ostpreußen, von Schön, er traf Ludwig Walesrode, der ein »Sendschreiben an die wahrhaft Liberalen« geschrieben hatte, und erzählte ihm ausführlich von Emmas Freiheitswillen, er traf Oberlandesgerichtsrat Crelinger, besuchte die Donnerstags-Gesellschaft, er fuhr mit Gleichgesinnten im Schlitten an die Ostsee, er besuchte Vorträge, aber er war nicht zufrieden mit diesen Leuten, die zum großen Teil der Monarchie anhingen und sich mit Reformen begnügen würden.

Er schrieb an Emma: »Politisches Geschick ist hier so selten wie überall in unserem guten Vaterlande; noch ungemein viel Vertrauen auf den guten König; Republikaner sind spärlich gesät. Die Bürgerschaft indifferent; die Frauen heller als die Männer. Poesie fehlt.«

Er schrieb: »Ja, die Welt soll erfahren, dass du mich nur gehoben, nicht gefangen hast, wie viele nun glauben werden.«

Studenten wollten ihm ein Ständchen halten, aber der Oberpräsident untersagte das, bei Strafe der Relegation. Der Polizeipräsident griff zugunsten Herweghs ein, musste aber garantieren, dass es nicht zu Exzessen kommt. Es kam nicht zu Exzessen. Die Studenten sangen Lieder vor Herweghs Hotel, darunter die Marseillaise, einige Hochrufe, die blonde Locke einer jungen Frau. Herwegh verteilte das Porträt, das Emma gezeichnet hatte, dann zogen die Studenten ab.

Herwegh schrieb an Emma: »Mein Dichten und Trachten ist nun, etwas hinaus zu schleudern, was die Menge packt und ergreift. Ein gelungenes Lied wäre hinreichend; warum kann ich keine Marseillaise schreiben?«

Er schrieb: »Jacoby gestand mir offen, dass er für mich gefürchtet hat, als er gehört, ich wolle mich verheiraten; ich habe ihn aber durch die Schilderung Deines Wesens, mein lieber Schatz, vollkommen und für immer beruhigt. Er selbst erklärte mir, nie heiraten zu wollen. Jacoby ist einer der seltenen Menschen, die Opfer zu bringen wissen.« Das stimmte. Was nicht stimmte: dass Jacoby für immer beruhigt war wegen Emma. Sie sollte jedoch nichts von solchen Zweifeln wissen, fand Georg.

Er schrieb: »Sei doch so gut und gib unmittelbar nach Empfang dieses Briefes etwa 15 Exemplare meines Porträts auf die Post; ich habe schon alle weggeschenkt, die ich mitgenommen habe.«

Café, Concierge. Er wollte lesen, lesen, lesen. Aber die Zeitungen berichteten nicht über ihn, nicht einmal die »Leipziger Allgemeine Zeitung«, Idioten, von Emma kamen kaum Briefe. Er wunderte, marterte sich. Liebte sie ihn doch nicht? Oder wurden die Briefe abgefangen, vom Zensor? Er war nervös, streifte durch die Stadt, bis neue Zeitungen in Königsberg eintrafen, bis neue Post zu erwarten war. Nichts, nichts. Erste Gerüchte tauchten in Königsberg auf und wurden in der Donnerstags-Gesellschaft diskutiert. Sie waren nicht günstig für ihn: nichts erreicht, sich vom König einlullen lassen, meistens geschwiegen, Ehrfurcht. Dass nur Emma nichts davon erfuhr.

Er lief nervös durch die Gassen, starrte in Gesichter, ob er erkannt und mit einem höhnischen Lächeln bedacht wurde. Warum nur hatte er die Porträts verteilt? Auf dem Marktplatz hörte er ein Lachen in seinem Rücken, fuhr herum und sah zwei Frauen, die ein obszönes Spiel mit Fischen trieben. Er eilte ins Hotel, kein Brief, warum nicht? Er wollte unbedingt wissen, ob Emma die Gerüchte gehört hatte, was sie darüber dachte. Sie musste ihm doch geschrieben haben. Raus aus dem Hotel, wieder die Gassen, wieder ein Café, neue Zeitungen, und nun fand er eine Notiz, die er lange anstarrte. Die Regierung von Preußen hatte seine Zeitschrift »Deutscher Bote aus der Schweiz« verboten. Falsch. Die Regierung von Preußen hatte das Verbot in Kraft gesetzt. Der Bote war schon im Oktober verboten worden, vor der Audienz. Der König hatte es womöglich, nein, wahrscheinlich gewusst, als er mit ihm sprach. Was für eine Blamage. Und: dieses Schwein. Er sah sich um. Er schaute wieder nach vorne, starrte ins Leere.

Ein Mann sprach ihn an, zornig. Warum er seine Frau so anstarre? Welche Frau, fragte Herwegh. Der Mann drohte mit einem Duell. Dann sah Herwegh gegenüber eine kleine Frau mit Eichhörnchengesicht sitzen. Er hatte sie nicht wahrgenommen, er hatte gar nichts wahrgenommen. Er sagte dem Mann, dass er eine schlechte Nachricht bekommen und wohl das Bewusstsein verloren habe. Der Mann fühlte sich verhöhnt, ließ sich aber beschwichtigen. Herwegh zahlte.

Er irrte durch die Stadt, verlief sich, fand das Hotel nicht mehr, fand es dann doch. Der Concierge gab ihm einen Brief von Emma, den Herwegh sofort aufriss und überflog. Eine Passage schrieb er auf seinem Zimmer heraus: »Ich weiß, daß uns keine idyllische Zukunft winkt, ich weiß, daß unsere Charaktere sich noch arg aneinander reiben werden, um ungehindert dieselbe Bahn zu verfolgen, aber diese Erkenntnis gibt mir Mut und Freudigkeit, statt Besorgnis. Meine Seele grüßt dich immer, immerzu. Adieu! Deine Emma.« Nichts zur Audienz.

Er schrieb einen Brief an den König, wegen des Verbots der Blätter, beschuldigte aber nicht ihn, sondern seine Minister. Als er fertig war, besuchte ihn ein Privatdozent namens Jachmann im Hotel, mit einer Empfehlung von Jacoby, Parteigänger, vertrauenswürdig. Herwegh las ihm seinen Brief an den König vor, Jachmann war beeindruckt und bat um die Erlaubnis, eine Abschrift machen zu dürfen. Er hätte gern ein solches Dokument des Mutes und des Widerstands, um darin lesen, um sich damit Mut machen zu können. Herwegh zögerte, eine solche Indiskretion konnte als Majestätsbeleidigung gelten. Bitte, sagte Jachmann, es ist nur für mich, die Größe dieser Worte wird mich erheben. Ein hagerer Mann, lang, das Gesicht von einer schweren Akne gezeichnet, aber liebe Augen und kleine Ohren. Er hatte etwas Welpenhaftes. Herwegh gestattete die Abschrift. Jachmann setzte sich an den kleinen Sekretär und schrieb Herweghs Aufzeichnungen laut atmend ab. Herwegh stand hinter ihm, achtete auf Exaktheit, griff hier und dort korrigierend ein. Jachmann ging. Herwegh schickte den Brief an den König nicht ab.

Eines Morgens, er schlief noch, klopfte der Page, brachte einen Brief und kündigte einen Besucher an. Wer kommt so früh, fragte Herwegh. Polizeipräsident Abegg. Herwegh war so wach, als hätten ihn Chinesen mit einem Feuerwerk geweckt. Er brauche zehn Minuten. Der Brief wurde unter der Tür durchgeschoben. Herwegh sprang aus dem Bett, sah gleich, dass der Brief nicht von Emma war, eine andere Schrift, sondern von Franz Liszt, der ihm schrieb, dass er das »Rheinweinlied« vertonen solle. Freude, die nur kurz währte. Und: warum solle und nicht wolle? Herwegh riss das Fenster auf, wusch sich flüchtig, zog sich an. War Jachmann ein Spitzel, hatte er die Abschrift dem Polizeipräsidenten übergeben? Aber warum kommt er selbst und schickt nicht seine Schergen? Flucht? Ein Blick aus dem Fenster, dritter Stock. Er musste ruhig bleiben, bleib ruhig. Er hörte ein Schnaufen und Keuchen auf der Treppe, im Flur. Es klopfte.

Vor der Tür stand ein riesiger Kerl, breit, feist, großes Gesicht, mit einem gewaltigen Kinn, das über den Hals lappte, munterer Blick, beinahe fröhlich. Guten Morgen, lieber Herr Herwegh. Eine tiefe Stimme, ein Bass. Verzeihen Sie meine frühe Zudringlichkeit, aber wenn schon einmal der

Mann, von dem ich so viel gelesen habe, in meiner Stadt weilt, muss ich mir doch selbst ein Bild von ihm verschaffen, und ich freue mich ganz außerordentlich, dass Sie, der berühmte Dichter, uns Königsbergern seine Aufwartung macht. Darf ich reinkommen, und sehen Sie es mir bitte nach, wenn ich Kälte mitbringe, es liegt an der Luft, über Nacht ist ein eisiger Wind aus Osten aufgezogen, der uns nun zu schaffen macht, wie so vieles aus dem Osten, wenn ich das mal sagen darf. Sie verraten mich ja nicht, nehme ich an.

Herwegh gab den Weg frei, der kolossale Mann trat herein und steuerte sofort den Stuhl am Fenster an, ließ sich fallen, sodass der Stuhl knackte, als werde er gleich brechen. Herwegh blieb an der Tür stehen.

Warum haben Sie viel von mir gelesen?

Von Berufs wegen, könnte man sagen, wenn man wollte, ich bin, aber setzen Sie sich doch …

Herwegh setzte sich aufs Bett.

… danke, ist doch viel gemütlicher so, ich bin der oberste Zensor dieser Stadt, obwohl mir das Wort nicht gefällt, gar nicht, es klingt kein bisschen schön, man müsste ein neues finden, das wäre doch mal eine erfüllende Aufgabe für einen Mann des Wortes, einen Dichter von Ihrem Format, jedenfalls lagen die »Gedichte eines Lebendigen« gleich nach Erscheinen auf meinem Tisch, druckfrisch sozusagen und äußerst lebendig, hahaha, weil ein braver Bürger aus Königsberg, der bis dahin in keiner Weise auffällig geworden war, ein Exemplar in der Schweiz bestellt hatte, und so kam ich zu einer frühen Lektüre, und kaum war ich durch, traf aus Berlin ein Brieflein ein, das mir vorschrieb, ein Verbot dieser Verslein auch in Königsberg anzuordnen, was ich pflichtbewusst tat, wiewohl vergeblich, wie Sie an Ihrer Auflage sicherlich ablesen können. Die Gedichte werden auch hier fleißig gelesen, und wir verhindern das nicht, können das gar nicht verhindern, sonst müssten wir jeden größeren Umschlag öffnen, jede Postkutsche kontrollieren, was wir natürlich nicht im Sinn haben. Auch wir schätzen gewisse Freiheiten, und jede Zensur braucht ihr Maß, und hier in Königsberg sind wir so maßvoll wie der Wellengang unserer schönen Ostsee, wenn ich das so sagen darf.

Was wollte dieser Mann, was redete er so wunderlich daher? Herwegh war auf der Hut, wollte nichts Falsches sagen, kam aber nicht zu Wort.

Wahrscheinlich denken Sie schlecht über mich, was mich ein wenig schmerzt, denn ich denke gut über Sie, Ihnen ist da mancher schöne Vers geglückt, zum Beispiel, nur ein Beispiel: »Gib uns den Mann, der das Panier / der neuen Zeit erfasse, / Und durch Europa brechen wir / Der Freiheit eine Gasse!« Vortrefflich, das ist kühn gedacht, wir haben unser Deutschland noch nicht vereint, und Sie denken schon an Europa. Verboten gehört das natürlich trotzdem, aber es ist gut gedichtet, und wenn Sie wüssten, was für ein Gekritzel so auf meinem Schreibtisch landet, Sie hätten vielleicht ein wenig Verständnis für mich.

Das glaube ich kaum, sagte Herwegh.

Weil Sie nicht wissen, was ich lesen muss, denn Sie haben ja mich sozusagen, ich sortiere für Sie vor, und ich kann Ihnen sagen, die Qualität wird schlechter, vor allem in unseren Zeitungen. Schwulst, Bombast, bramarbasierender Stil, ein dickes Wortgewölle, das kaum seinen Sinn preisgeben mag unter all den Verknüllungen. Da gehe ich scharf rein mit meiner Feder, wie Blüchers Reiter bei Waterloo, wenn ich das so sagen darf, und kein Text wird schlechter durch ein paar gut gezielte Streichungen, Kürzungen, im Gegenteil, das wissen Sie selbst. Ich will mich überhaupt nicht einen

Künstler nennen, denken Sie das nicht, aber ein Redakteur ist an mir verloren gegangen, wenn ich das so sagen darf.

Sie streichen das, was Ihnen politisch nicht behagt.

Glauben Sie? Nun, Sie mögen recht haben, wobei Behagen nicht das richtige Wort ist für das Motiv, das meine Arbeit leitet, und wir beide, Sie und ich, als Hommes de Lettres, die wir nun einmal sind, müssen doch die richtigen Wörter finden. Nennen Sie es Verantwortung, nennen Sie es Vorsicht. Wer würde die Schreiber schützen, wenn nicht ich, der Zensor, wie Sie und Ihresgleichen mich nennen, mit einem Schuss Verachtung, wie ich wohl weiß. Aber ich schütze Sie, ich passe auf, dass Sie in Ihrem Überschwang nicht mit Worten, Sätzen an die Öffentlichkeit treten, die Ihnen einen Wohnsitz in der Festung verschaffen oder im Zuchthaus. Hinter manchen Zeilen lauert sogar der Tod, wie Ihnen der vortreffliche Herr Jacoby sicherlich erzählt haben wird. War ja ein langer Abend beim Jacoby und seinen beiden Schwestern.

Haben Sie Spitzel auf mich angesetzt?

Zu Ihrem Schutz, nur zu Ihrem Schutz. Wachen wäre hier das treffende Wort. Denken Sie, ich will, dass ein Dichter in Königsberg sein Leben lässt? Um Gottes willen, nicht einmal, wenn einer schlechter schriebe als ein Indianer, der nie in einer Schule saß.

Mir ist zuwider, was Sie tun.

Herwegh kam sich verspannt vor mit seinen Sätzen, im Vergleich zu diesem jovialen Mann.

Ach ja? Das tut mir leid. Tatsächlich fiel ein trauriger Schatten über das Gesicht des Polizeipräsidenten.

Sie denken, ich sei der Mann, der verhindert, dass passiert, was Sie sich wünschen, wofür Sie kämpfen, aber so ist es nicht, das kann ich Ihnen versichern.

Er beugte sich vor und flüsterte.

Meinen Sie denn, ich wäre gegen eine Verfassung für Preußen? Mitnichten. Ich arbeite daran, dass wir eine bekommen.

Der Polizeipräsident lehnte sich wieder zurück und schaute Herwegh aus freundlichen Augen an.

Und wie?

Sie denken wahrscheinlich, ich striche aus allen Texten das Wort Verfassung, aber das entspricht nicht den Tatsachen, ich dosiere, manchmal lasse ich dieses Wort, das an sich, vom Klang her, keine Schönheit ist, stehen, jedes sechste, siebte Mal, das ist Feinarbeit, man muss das richtige Maß finden, den richtigen Tag, und deshalb lasse ich mir nicht nachsagen, ich verhindere den Fortschritt, nein, ich befördere ihn, ich steuere den Prozess, ich bin ein Kritiker der Verhältnisse, so wie Sie einer sind, nur dass Sie Worte aufschreiben und ich Worte passieren lassen, um es einmal positiv auszudrücken, aber ich werde gehasst von den Leuten, die Sie lieben. Nichts für ungut, nicht dass Sie mich falsch verstehen, mir geht es nicht um den Ruhm, er sei Ihnen gegönnt, es geht mir um die Sache, und Ihnen wollte ich das mitteilen, weil ich Sie schätze und nicht möchte, dass Sie sich falsche Vorstellungen machen von mir. Und kommen Sie mich gern besuchen in meinem Haus, ich zeige Ihnen die Töpfe und Kübel, in die ich die gestrichenen Wörter stopfe, mein Haus ist voll davon, hahaha, ein schönes Bild, finden Sie nicht auch, der Polizeipräsident öffnet einen Kübel und stopft eine Handvoll »Verfassung« hinein und einen Haufen »Freiheit« in eine Tonne und »Revolution« in einen kleinen Topf, kommt so oft nicht vor, hahaha, lieber Herr Herwegh, ich hätte Dichter werden sollen.

Der Polizeipräsident stand auf und ging zur Tür, blieb auf halbem Weg stehen und sagte: Eines noch: Wir arbeiten längst zusammen, Sie und ich, ein Stempel von mir, mit dem etwas unbequem anmutenden Wort »Verboten«, wirkt doch wie ein Gütesiegel, es fördert den Verkauf Ihrer Bücher bei den Freunden der Freiheit und damit die Freiheit. Sie können sich auf mich verlassen.

Er schüttelte Herwegh warm und lange die Hand.

Ich las, dass Sie heiraten wollen, mein Lieber. Nicht dass Sie keine Zeit mehr zum Schreiben finden, nicht dass mir der Lesestoff abhandenkommt.

Warum fürchten Sie Worte so sehr, fragte Herwegh.

Worte? Ich liebe Worte. Aber ich weiß, dass aus den Worten Taten kriechen. Und ich fürchte Taten, ich fürchte den Aufruhr, die Revolution, weil dann gestorben wird, und meistens unnötig, wenn Sie sich Frankreich anschauen zum Beispiel. Was wurde erreicht? Ein anderer König herrscht, heißt Bürgerkönig, aber dem Volk geht es nicht besser. Noch schreiben Sie nur, lieber Herr Herwegh, aber hinter Ihren Worten lauert schon die Tat, das spüre ich. Sie sind keiner, der sich mit Tinte begnügt, sie drängt es zum Schwert. Solange Sie dichten, kann ich Ihnen helfen, mit ein paar kühnen Streichungen gegen die Kühnheit, hahaha, aber haben Sie sich erst ein Pistölchen besorgt, kann ich nichts mehr für Sie tun. Lassen Sie das bitte.

Ein fürsorglicher Blick, dann ging er, Herwegh hörte ihn auf der Treppe schnaufen. Wie überrollt stand er am Fenster und schaute, wie der Polizeipräsident in eine schwarze Droschke stieg. Was war das? Sofort schrieb er Emma von dieser Begegnung.

Am nächsten Abend ging er in den Junkerhof, spät, damit alle schon da wären. Hundertfünfzig Männer saßen an langen Bänken. Als die Gäste ihn erkannten, standen sie auf und applaudierten, Hochrufe. Männer mit liberaler Gesinnung, aber auch Philister, Herwegh erkannte Philister sofort an ihren versperrten Gesichtern, Dabeiseinwollen für alle Fälle, aber Distanz, kein Wille zur Euphorie. Jachmann schüttelte ihm die Hand und führte ihn zu seinem Platz, zwischen Jacoby und Walesrode. Als alle saßen, stand Jacoby auf, begrüßte die Gäste, begrüßte Herwegh als »deutschen Held der Freiheit« und sprach einen Toast auf den »Bund der freien Männer«. Alle erhoben sich und tranken.

Warum sind keine Frauen da, fragte Herwegh seinen Nachbarn zur Linken, Walesrode.

Wir haben das diskutiert, sagte Walesrode, es wäre zu viel der Provokation.

Studenten kamen herein, in den Uniformen von Burschenschaften, was verboten war seit den Karlsbader Beschlüssen. Oder hatten die Preußen das aufgehoben? Herwegh wusste es nicht. Sein Kleinmut bedrängte, verhöhnte ihn. Viele Reden, Heldenlieder, aber er dachte an die Audienz, die Pickelhaube, den endlos redenden König und seine eigenen kläglichen Versuche, für seine Sache zu streiten. Er hatte dieses Bild bislang nicht in dieser Klarheit zugelassen, aber jetzt, im Jubel, fielen die Schleier, und dann sah er an einem Tisch, rechts hinten, nahe der Tür, Lichtweiß. Die Studenten stellten sich auf und sangen die Marseillaise. Danach trug Jachmann ein Gedicht auf Herwegh vor.

»Held der Freiheit! / teutscher Sänger, / Dreifach sei uns drum begrüßt!«

Lichtweiß grinste Herwegh an. Tränen, Jubel. Er stand auf, verbeugte sich, ging zu Jachmann, ein langer Händedruck, ein fester Blick. Eine Stimme rief: »Morgenruf«. Andere fielen ein: »Morgenruf«, »Morgenruf«.

»Die Lerche war's, nicht die Nachtigall«, begann Herwegh, mit klarer, sicherer Stimme, und das hielt er durch bis zum Ende.

Beim Essen sprach er mit von Walesrode, fragte ihn nach seinem Leben, um nicht nach dem Besuch beim König gefragt zu werden. Wo geboren? Altona. Konfession? Erst Jude, später Christ. Seit wann in Königsberg? Seit 1837. Profession: Privatlehrer für Englisch und Literatur. Bücher geschrieben? Einen »Humoristischen Fremdenführer« für Königsberg, Sonette von Shakespeare übersetzt. Ein Buch in Arbeit? Er schreibe an »Untertänigen Reden«, sagte von Walesrode, die seien aber natürlich alles andere als untertänig, im Gegenteil, könne man sagen. Wie es denn beim König war? Herwegh sagte das, was er sich zurechtgelegt hatte für diese Fälle, dass der König stur sei, verbohrt, zudem beschränkt. Er sprach viel über die Worte des Königs, um nicht über seine Worte reden zu müssen, die fehlenden vor allem. Walesrode gab sich damit zufrieden, schlug dann mit dem Messer gegen sein Glas, bis Stille einkehrte, und stand auf. Er zog einen Zettel aus der Rocktasche und las vor:

»Meine Herren, unser gefeierter Dichtergast hat's dem Martin Luther nachgetan, nicht bloß im kräftigen ›christlichen Protestieren‹ gegen die Hierarchie des politischen Papismus, sondern auch darin, dass er das Zölibat, wie es bisher unter den Priestern der Freiheit wenn nicht Gebot doch Sitte war, aufhob und sein Geschick an das eines geliebten Wesens knüpfte. Wir wissen, dass unserer tapferer Dichter deshalb nicht seine Dithyramben der Freiheit gegen eine gemütliche Familienidylle austauschen wird, hat er sich ja auch seine Geliebte nicht durch schmeichelndes Minnegirren, sondern durch eiserne Worte errungen. Nur Frauen, die hassen können, wie unser Dichter es will, können auch einen Dichter wie unsern Georg Herwegh lieben. Und gewiss, nicht nur der

Männer bedarf unsere Zeit, sondern auch der Frauen im Vollgewichte des Wortes. Frauen, welche dem Manne nachfühlen die ganze glühende Sehnsucht nach Freiheit; welche am Mann lieben den Trotz gegen alle Götzen des politischen wie religiösen Pfaffentums und den Mut und die Begeisterung des Kampfes; welche am Mann hassen die hohle Borniertheit der Mode und der Feigheit und die tausend kleinlichen Rücksichten auf eine erbärmliche Existenz im Beamtenstaate, im Philistertum und in der Familie, womit er sich vorsichtig gegen die Mahnungen der Freiheit unter vier Augen entschuldigt. – Frauen, welche nicht Mägde mit den Knechten sein wollen und welche den Eunuchen der Gesinnung, an denen Deutschland leider noch so reich ist, ihre ganze herzliche Verachtung zeigen. Lassen Sie uns meine Herren, zugleich mit der Braut unseres gefeierten Dichters allen deutschen Frauen, die so hassen und so lieben können, mit diesem Glase ein donnerndes Lebehoch trinken! Sie leben hoch!«

Alle sprangen auf und riefen: Sie leben hoch, hoch, hoch. Auch Herwegh, auch Lichtweiß. Herwegh bat Walesrode, ihm den Text zu geben, Emma würde sich freuen, diese Worte lesen zu können. Walesrode gab ihm den Text. Gegen zehn Uhr war das Festmahl beendet. Draußen wartete Polizei, aber die Gäste wurden nicht behelligt. Die Studenten begleiteten Herwegh zu seinem Hotel.

Er schrieb an Emma: »Sonntag früh. Kann ich besseren Gottesdienst halten, als dir schreiben?«

Tags darauf empfing er einen Brief von ihr und las: »Sei auch unbesorgt, Du wirst eine Marseillaise finden, wenn du willst, und mehr als diese. Einer von uns beiden schreibt sie, wenn nicht du, so ich!«

Das war stark. War es auch frech? Sie, nicht er? Verstimmt begann er mit den Vorbereitungen seiner Abreise. Er wollte noch Freunde in Danzig besuchen und am 14. Dezember in Berlin eintreffen.

Emma und ihr Bruder Gustav holten Herwegh am Bahnhof ab. Ihre Begrüßung war etwas förmlich, als seien sie sich nicht ganz sicher, ob ihr Gelöbnis die Zeit der Trennung überstanden hatte, trotz der Briefe. Sie brachten ihn zum Hotel de Russie, in dem Siegmund ein Zimmer für seinen künftigen Schwiegersohn gebucht hatte, ein sehr gutes, komfortables Hotel. Er hatte nur wenig Zeit, sich frisch zu machen, dann musste er mit Emma und Gustav zu den Siegmunds gehen, sie waren zum Mittagessen eingeladen. Ein langer Bericht von seiner Reise, eine große Menge Wein, ein riesiger Hecht, den sie nur zu zwei Dritteln aßen, Stolz bei den Siegmunds, weil Herwegh die Rede Walesrodes auf Emma vorlas, Emma bringt es noch zur Oberpräsidentin, rief Siegmund, ein Scherz, ein Scherz. Schokoladenkuchen, Warten. Warten darauf, dass er mit Emma allein sein konnte. Es war vier, als Siegmund sie entließ und sie auf ihr Zimmer gingen. Ein langer, langer Kuss, aber viel Verkehr draußen auf dem Flur. Ständig Schritte, manchmal ein Liedchen, ein Pfeifen, man war präsent und ließ keinen Zweifel daran. Die beiden setzten sich aufs Bett, befangen, nur ihre Hände berührten sich.

Mir gefällt die Rede von Walesrode nicht, sagte Emma.

Warum?

Warum müssen die Frauen dem Mann die Sehnsucht nach Freiheit nachfühlen? Warum können sie keine eigene Sehnsucht nach Freiheit haben?

Ich glaube nicht, dass Walesrode das so gemeint hat.

Doch, das hat er gemeint.

Was hast du? Freust du dich nicht, dass ich wieder bei dir bin?

Ich freue mich mehr, als ich es sagen kann. Aber ich schade dir, und das ist mein Unglück.

Sie zog aus ihrem Nachtschrank einen Ausschnitt aus der »Zeitung für die elegante Welt« und las vor: »Die Berliner, die sich gern über alles necken, haben nicht verfehlt, ihre Glossen über dies merkwürdige Mädchen zu machen. Ich hörte überall, sie sei überspannt, habe eine lange Nase, sei alt, und andere Lügen mehr.«

Er schreibt doch, dass dies Lügen sind.

Ja, aber er schreibt das, was in Berlin gesprochen wird. Was die Leute über mich denken und reden. Warum überspannt? Und warum eine lange Nase? Weil meine Eltern früher Juden waren? Aber jetzt sind sie Christen, und ich war immer eine Christin, und nichts interessiert mich weniger als meine Religion. Oder habe ich wirklich eine lange Nase?

Du hast eine schöne Nase.

Sie ließ den Zeitungsausschnitt zu Boden flattern, nahm einen anderen aus dem Schrank, reichte ihn Georg.

Hier, lies, ich mag das nicht vorlesen.

Seine Augen wanderten an die Stelle, die unterstrichen war: »Ladenhüter aus dem Hause Siegmund«. Er wusste nicht, was er sagen sollte.

Findest du mich alt, fragte sie.

Nein. Ich liebe dich.

Und weißt du, welches Wort ich auch schon gelesen und gehört habe?

Welches?

Geldheirat.

Unsinn. Das weißt du.

Das schadet dir mehr als mir. Sie wollen dir anhängen, dass der Mann, der gegen den Pauperismus kämpft, dass der Kommunist hinter dem Geld meines Vaters her ist. Die Berliner Freien spotten schon, dass du dir den Drang nach Freiheit hast abkaufen lassen.

Wir wissen, dass das nicht stimmt, sagte er.

Das wissen wir. Aber hältst du es aus, dass die anderen so über dich denken?

Es machte ihm nichts, das konnte er ihr versichern, und sie beruhigte sich. Am Abend schauten sie sich den Tasso im Schauspielhaus am Gendarmenmarkt an. Herwegh merkte, dass Emma so alarmiert war wie er selbst, dass sie Blicke einfing und zu deuten versuchte.

Die nächsten Tage verbrachten sie mit Spaziergängen, in Ausstellungen, und er saß viel im Café Stehely am Gendarmenmarkt und durchforstete die Zeitungen. Nichts. Einmal kam ihnen Bruno Bauer Unter den Linden auf Höhe der italienischen Wein- und Delikatessenhandlung Sala Tarone entgegen, und Herwegh führte Emma rasch auf die andere Straßenseite. Er schrieb ein Gedicht auf sie, warf es weg, weil es grässlich klang.

Er nahm sie mit ins Café Stehely, es war schön, so miteinander die Zeitungen zu lesen und sich für dasselbe zu interessieren. Sie fanden hin und wieder kleine Einträge oder größere Korrespondentenberichte über Herweghs Besuch beim König, Spott, Zweifel, ein bisschen Wohlwollen sowie eine pompös daherkommende Erörterung, ob Emma eine Schönheit genannt werden könne. Eher nein.

Absolut, sagte Herwegh. Ein Kuss. Blicke von anderen Gästen des Cafés Stehely, vom Ober. Noch ein Kuss.

Die Stadt bereitete sich auf die Weihnachtstage vor, Schokoladenkrippen in den Schaufenstern der Konditoreien,

Weihnachtsmänner und Adventssänger in den Straßen. Volksbesänftigendes Brimborium, dachte Herwegh, aber ein bisschen anheimelnd war es doch. Für Emma kaufte er eine Schmuckdose, die er in der Lackierfabrik Stobwasser bemalen ließ: ein Rappe, von Rosen umrankt.

Glaubst du wirklich, dass du eine Marseillaise schreiben könntest, fragte er Emma, als sie durch das Kastanienwäldchen neben der Neuen Wache wandelten.

Warum nicht?

Er wollte sagen, dass man dafür ein Schriftsteller sein müsse, aber er sagte es nicht, und das war vielleicht der Moment, in dem er endgültig wusste, dass er mit dieser Frau ewig leben würde.

Stimmt, sagte er, warum nicht.

Sie: Du hast den ersten Versuch, dann ich, in Ordnung?

Er: Oder wir schreiben sie zusammen.

Hatte er das wirklich gesagt?

Und kein Papillon?

Das war sie.

Kein Papillon.

Auch nicht, wenn wir hundertvierundvierzig Jahre alt werden?

Auch nicht, wenn wir hundertvierundvierzig Jahre alt werden.

Sie gingen an der Neuen Wache vorbei und hörten die preußische Trommel, die klein und flach war und deshalb so schroff klang.

Mit Emmas Vater führte er ein Gespräch, das er lange vor sich hergeschoben hatte. Sie saßen im Tabakzimmer und rauchten Zigarren und schwiegen eine Weile, als würden sie darauf warten, dass der andere beginnt. Rauch kräuselte zur Decke, viel Rauch.

Ich, äh, die Mitgift, Sie verstehen, sagte Herwegh.

Die Mitgift, natürlich.

Er sprach nur über Emma, das Leben, das sie gewohnt war, das er mit seinen Einnahmen als Schriftsteller nicht erhalten könne, noch nicht, und Kinder seien selbstverständlich zu erwarten, und die Schweiz, so schön sie sei, aber teuer, teuer. Siegmund nickte, Samson schlurfte herein und schenkte einen Cognac aus, sie prosteten sich zu, tranken, rauchten.

Fünftausend Taler, sagte Siegmund, jährlich, versteht sich.

Verstehe.

Noch ein Schluck, Feuer in der Kehle, kräuselnder Rauch, Enttäuschung.

Ohne ein Pferd werde Emma nicht leben können, sagte Herwegh, ein Klavier, besser ein Flügel. Gesangstunden, Zeichnen, es solle doch nicht alles vergeblich gewesen sein, es müsse doch weitergehen. Und die Kinder, die zu erwartenden Kinder, könnten nicht hinter die Mutter zurückfallen.

Sie einigten sich auf sechstausend Taler, ein Händedruck, die Gläser klangen hohl. Samson hörte, dass er nachschenken musste.

Am Ende des Weihnachtsfests – die Familie saß nach drei Tagen Braten, Geflügel, Wild, Bratäpfeln mit Vanillesoße, Schokoladenkuchen, Trifle, Riesling, Burgunder, Champagner und Cognac matt in den Fauteuils und betrachtete sinnierend die Kerzen des Weihnachtsbaumes, der wohl zum letzten Mal leuchtete – meldete Samson einen Besucher, Professor Schönlein. Er stürzte herein, mit glühendem Gesicht, und schaffte es kaum, alle nach Gebühr festlich zu begrüßen. Am Ende einer schnellen Runde stellte er sich vor Herwegh, wünschte atemlos ein frohes Weihnachtsfest und sagte, die »Leipziger Allgemeine Zeitung« habe Herweghs Brief an den König veröffentlicht. Jachmann, dieser Idiot, dachte Herwegh. Der König sei ungemein zornig über diese Indiskretion und habe die Zeitung kurzerhand verboten. Morgen trete das Verbot in Kraft. Herwegh werde auf das Polizeipräsidium bestellt, mehr habe er nicht erfahren können im Schloss, aus dem er gerade komme.

Es tut mir aufrichtig leid, sagte Schönlein, ich habe das nicht gewollt.

Nicht Ihre Schuld, sagte Herwegh.

Samson brachte Schönlein einen Cognac. Er trank ihn hastig und empfahl sich mit dem Satz, dass der König noch einen Aderlass wünsche.

Sie saßen in den Fauteuils und berieten, was zu tun sei. Flucht? Nein, ausgeschlossen, sagte Herwegh, er werde bleiben, in Ruhe erwarten, was das Schicksal für ihn vorgesehen hatte. Siegmund musste ihn nicht lange überreden, hier zu übernachten, damit ihm nicht im Hotel ein Unglück geschähe und niemand davon erführe. Sie sangen noch einmal die Weihnachtslieder, nun in tieferer Weise berührt, wie zum letzten Mal in diesem Kreis.

Herwegh bekam ein Gästezimmer zugewiesen, weit weg von Emmas Kammer, aber das verhinderte nicht das, was sein musste und um zwei Uhr morgens geschah. Herwegh hörte ein leises Knarren im Flur, dann senkte sich die Klinke an der Tür, langsam, geräuschlos. Sie hatte das Schmuckkästchen mit dem Rappen und den Rosen dabei und stellte es auf den Nachtschrank. Sie zog sich aus, als sei nichts dabei, bat Georg aufzustehen und zog ihm das Nachthemd über den

Kopf. Nackt standen sie sich gegenüber, sie nahm seine Hand und legte sie auf ihre Brust. Ihre Hand zwischen seinen Beinen. Wie im Traum ließ er das geschehen, wachte auf, als ihre Hände seine Hoden umklammerten. Dann warf er sie aufs Bett.

Um acht Uhr früh schlug der schwere Klopfer gegen die Haustür, und Samson ließ zwei Gendarmen ins Haus. Alle waren schon auf den Beinen, hatten gefrühstückt und warteten fertig angekleidet. Die Gendarmen waren sich nicht sicher, ob es zulässig war, dass Herwegh von einer Dame begleitet würde, aber sie konnten aus ihrem Gedächtnis keine Vorschrift abrufen, die dies untersagte, und hatten nach einer kleinen Diskussion keine Einwände mehr. Emma hätte sich ohnehin nicht aufhalten lassen, sie wäre dem kleinen Tross gefolgt, sagte sie Herwegh. Nun ging sie an der Seite ihres Bräutigams am Schloss vorbei, eingehakt, zwischen zwei Gendarmen. Sie passierten eine Reihe von Fuhrwerken, die das Schloss belieferten, Schweinehälften, Fische auf Eis, Früchte, Kartoffeln. Auf dem Amt ließ man sie zwei Stunden lang warten, weiterhin bewacht, dann wurden sie in das Zimmer des Polizeipräsidenten geleitet, ein mächtiger Schreibtisch aus dunklem Holz, die Wände getäfelt, die Fahne mit dem Schwarzen Adler, ein Porträt des Königs. Der Polizeipräsident erhob sich nicht, ein feister Mann, der auf seinem Stuhl mehr hing als saß. An seiner Seite stand Lichtweiß. Kein Gruß, Blick in eine Akte. Der Polizeipräsident sah auf.

Was soll die Frau hier?

Meine Braut …

Sie hat hier nichts zu suchen. Es liegt nichts gegen sie vor.

Was gegen meinen Bräutigam vorliegt, liegt gegen mich vor, sagte Emma.

Eine erhobene Augenbraue, Wortgeplänkel, das mit dem Satz endete: Nun gut, wenn Ihr Bräutigam das nötig hat.

Majestätsbeleidigung, aufrührerische Reden, Tendenz zur Verschwörung gegen den Staat, leierte der Polizeipräsident tonlos herunter.

Kein Hochverrat, dachte Herwegh, keine Todesstrafe. Erleichterung.

Womit, bitte, fragte er, habe ich eine Tendenz zur Verschwörung gegen den Staat gezeigt?

Der Polizeipräsident blätterte in der Akte: Nun, Sie haben in Köngisberg an einer Veranstaltung teilgenommen, bei der ein »Bund der freien Männer« ausgerufen wurde.

Meine aufrührerischen Reden?

Bei derselben Veranstaltung haben Sie ein Gedicht vorgetragen, ein Gedicht mit dem Titel …

Er blätterte.

»Morgenruf«, sagte Lichtweiß.

Richtig, »Morgenruf«, hier steht es. »Die Nacht soll blutig verenden … frisch auf und die Waffen gefeit … bis frei die Welt, sei der Himmel ein einig Kriegergezelt … und der Dolch der Rache gezücket« und so weiter. Haben Sie das vorgetragen?

Ich habe es auch geschrieben.

Und warum die Lerche und nicht die Nachtigall?

Das bezieht sich auf Shakespeare, »Romeo und Julia«. Julia hofft, dass die Nacht nicht endet. Ich hoffe, dass der Tag beginnt. Um handeln zu können.

Verstehe.

Und die Majestätsbeleidigung?

Öffentlichmachung eines Staatsgesprächs. Sie werden ausgewiesen, in vierundzwanzig Stunden müssen Sie Berlin verlassen. Preußisches Staatsgebiet dürfen Sie nicht mehr betreten. Sie können jetzt gehen, und nehmen Sie Ihre Braut mit hinaus.

Emma hakte sich bei ihm ein, und sie verließen das Büro.

Am 29. Dezember um elf Uhr morgens bestieg Georg Herwegh einen Güterzug Richtung Potsdam. Seine Braut und ihr Bruder Gustav begleiteten ihn bis Leipzig. Emma übergab sich im Zug. Herwegh reiste weiter nach Zürich. Emma und Gustav Siegmund kehrten zurück nach Berlin. Bis zur Hochzeit würden sie getrennt leben, weil etwas anderes nicht möglich war.

Sie schrieb ihm kurz nach der Trennung: »Ja, wir wollen nicht nur lieben, wie keine anderen, mein Georg, lieben und hassen, schon zum Schrecken der Philister.«

Anfang 1843 erschien in der »Kölnischen Zeitung« ein Gedicht von Ferdinand Freiligrath, Titel: »Ein Brief«. Ein langes Gedicht, nicht nur herabwürdigend, aber Herwegh schmerzten vier Zeilen. Sie setzten sich in seinem Kopf fest wie ein böses Lied, das eine unwiderstehliche Melodie hat.

»Du trotziger Diktator,
Wie bald zerbrach dein Stab!
Dahin der Agitator,
Und übrig nur – der Schwab'!«

Freiligrath bezog vom König eine Pension, das wusste man.

Viele Zeitungen brachten Schmähartikel gegen Herwegh. Er las sie alle, Emma auch. Am 31. Januar 1843 schrieb sie ihrem Bräutigam: »Welch Pack.«

Am 2. Februar: »Mein geliebter Georg! Die Schurkerei ist entdeckt. Unsere Briefe werden jedesmal nicht nur hier, sondern noch an mehreren Orten eröffnet und gelesen, wodurch die unerklärliche Verzögerung entsteht.«

Am 8. Februar: »Wenn ich Dir doch so ganz sein könnte, was ich möchte. Zuweilen durchschauert mich eine große Angst, ich könnte vielleicht unfähig sein, Dich ganz zu beglücken und poetisch anzuregen. Eine Frau wie George Sand, wäre sie nicht besser für Dich gewesen?«

Dann: »Ronge ist dieser Tage auch bei mir gewesen und wird Dich vermutlich in der Schweiz treffen, wohin er gestern abgereist ist, um mit Karl Fröbel eine Hochschule für Frauen zu deren Emanzipation zu errichten. Ein kleiner Mann, untersetzt, mit etwas schiefer, ausgerenkter Hüfte, glattem gutgeschnittenem, sehr gewöhnlichem Gesicht, wohlgepflegtem Bart, kurzen fetten Händen mit geschmacklosen Ringen besetzt, ohne Geist und mit vieler Bonhomie. Ich fragte ihn, was er mit diesen Frauenvereinen bezwecke, und brachte ihn durch meinen Humor, mit dem ich die Sache aufnahm, dermaßen aus dem Text, daß ich's ihm unmöglich machte, seinen Ernst zu behaupten. Die sociale und religiöse Frage soll durch diese Vereine praktisch verschmolzen ins Leben treten, durch die höhere Erziehung der Frauen auf die Elementarschulen armer Kinder, ferner auf die Mägde gewirkt werden, und durch diese wieder zurück auf die Kinder u.s.w. u.s.w. Bis dahin, sagte er, gab's in Deutschland nur zweierlei Frauen: Köchinnen und … Hier stockte er; ich half ihm weiter, indem ich das Wort ›Courtisanen‹ aussprach, und hinzufügte: Herr Ronge, Sie können ganz frei sprechen, es giebt ja nichts, was sich natürlich gesagt nicht vor und mit unbefangenen Menschen besprechen ließe. – Also Courtisanen und Köchinnen! Nun, was soll geschehen? ›Sehn Sie, Frau Herwegh, durch diese Hochschulen soll nun‹ – ›ach, ich verstehe, fiel ich ihm in's Wort, soll dies vermittelt werden, daß ferner alle Köchinnen Courtisanen werden, und alle Courtisanen kochen können, was allerdings sehr zweckmäßig wäre‹ – Mit all diesem Zeug, denn welcher ehrliche Mensch kann heutzutage solchen Unsinn ernst behandeln, hatt' ich unseren socialen Beichtiger dermaßen aus dem Text gebracht, dass er selbst in lautes Gelächter ausbrach und sich mit dem Bewußtsein entfernte, an mir keinen Adepten gewonnen zu haben. ›Die Liebe‹, Herr Ronge, hatt' ich ihm auch gesagt, ›ist der einzige Hebel zur Emanzipation der Frauen.‹«

STRASSBURG UND GROSSHERZOGTUM BADEN, APRIL 1848

Als Emma im Zug nach Straßburg saß, schlafend, betrat ein Mann das Abteil, in dem sich niemand außer Emma aufhielt, und rumorte so lange herum, bis sie wach wurde. Er grinste sie an. Ihr war bewusst, dass sie diesen Mann schon einmal gesehen hatte, aber wo? Es musste eine Weile her sein, in Berlin wahrscheinlich. Gute Reise gehabt, fragte der Mann, der einen Zylinder trug. Woher wusste er, dass ihre Reise zu Ende ging und nicht begann? Emma war misstrauisch und sagte, dass sie kein Gespräch wünsche. Frau Feuerbach habe auch kein Gespräch gewünscht, sagte er nuschelnd, aber sie hätten ihr eines verschafft. Er lachte. An diesem Lachen erkannte sie, dass er der Mann war, den sie mit Georg im Tiergarten getroffen hatte, der Mainzer, wie hieß er noch gleich? Lichtweiß. Ein langes Gespräch, sagte er, zwölf Stunden, um genau zu sein. Er lachte wieder. Wer Freundinnen vom Kaliber der verehrten Frau Herwegh habe, könne sicherlich Interessantes erzählen, da die verehrte Frau Herwegh viel herumkomme, wie man jetzt wieder sehe, zurück nach Straßburg, zurück zur Legion, zur Deutschen Demokratischen Legion. Er lachte wieder. Dieser Zug fahre auf französischem Boden, sagte Emma, etwas schwach, wie sie selbst fand. Er habe kein Recht, sie zu verhören. Schon besser. Um Gottes willen, grinste Lichtweiß, wer rede denn von einem Verhör, sie plauderten doch nur, er sei ein großer Plauderer, sie leider wohl nicht. Sie dachte an ihre Pistole, nahm dann aber das Gepäck und setzte sich in ein anderes Abteil, in dem ein Mann und eine Frau saßen. Lichtweiß folgte ihr nicht. Arme Henriette. Zwölf Stunden mit diesen Verbrechern. Ob sie ihr nun böse war?

Eine lange Umarmung mit Georg in der Kaserne, eine erleichterte Umarmung. Er rief die Offiziere im Casino zusammen. Sie brachen in Jubel aus, nachdem Emma von ihrer Reise und Heckers Ruf berichtet hatte, der kein Ruf war, aber das musste sie ja nicht sagen, ein dreifaches Hurra auf Emma, die Kundschafterin, Aufbruch morgen früh beim Hahnenschrei. In ihrem Zimmer, auf dem Bett, lagen mehrere Briefe aus Berlin, von Fanny, von Gustav, von Minna, vom Vater, von der Mutter und einer von Doktor Ebert, der Schönlein als Hausarzt abgelöst hatte. Sie riss den Umschlag auf, panisch, und gleich nach dem ersten Satz brach sie zusammen und warf den Brief weg.

»Ihr Camille, liebe Emma, ist tot – tot trotz aller unserer redlicher Bemühungen, ihn zu retten.«

Sie schrie seinen Namen, Camille, Camille, wälzte sich auf dem Bett. Dann lag sie lange still, ohne Gedanken, da sie jeden Gedanken, der heranschlich, sofort vertrieb, bis sie nach einer Viertelstunde den Brief vom Boden klaubte und weiterlas.

»Ich schreibe nicht, um Ihnen Trost zuzusprechen. Ich kenne Ihr kräftiges Gemüt, das den schon zu finden wissen wird.«

Ach, nicht so kräftig, wie er dachte.

»Nur zu Ihrer Beruhigung teile ich Ihnen Folgendes über den Verlauf der Krankheit und namentlich über den Leichenbefund mit:

Camille litt in Folge von Zahnreiz an einer Krankheit, die mir so wie Bartels …«

Welcher Bartels?

»... von vornherein durchaus klar war. Es war Hirncomzestion mit der Neigung zur schnellen Wasserausschwitzung, die zahnenden Kindern eigentümlich ist.«

Sie hatte nie davon gehört.

»Was dagegen zu tun ist, steht fest. Bartels und ich waren über die Art der Behandlung auch nicht einen Augenblick verschiedener Meinung. Es ist auch Alles schnell, ohne Zaudern, rechtzeitig angewandt u. energische in ähnlichen Fällen wirksame Mittel sind für die Zeit aufgespart, wo es zu spät war.«

Was hieß das?

»So sind denn auch bei Camille Blutegel, ...«

Bestimmt hat er sich geekelt, der arme Kleine.

»...Erdumschläge, Moschus und kalte Gießungen frühzeitig in Gebrauch gegangen, und diesen Mitteln ist es noch zuzuschreiben, dass das Leben des Kleinen um mehrere Tage – retrahiert ist. – Bei schleichend auftretenden Hirnausschwitzungen zahnender Kinder werden die Kranken überhaupt nur selten gerettet, das lehrt zur Genüge unsere medizinische Statistik. Nie aber ist unseres Wissens ein von dieser Krankheit leidendes zahnendes Kind hergestellt, wenn es zugleich tuberkulös war. Um dies in Bezug auf Camille zu wissen, bat ich um die Section des Leichnams.«

Aufgeschnitten?

»Sie bestätigte meine schon vor dem Ableben gehegte Befürchtung von der vorhandenen Tuberkulose. Die Section ergab zuerst das, was nach den Krankheitserscheinungen unserer Annahmen gemäß vorhanden sein musste, Wasserausschwitzung zwischen den Hirnhäuten und in den Gehirnkammern, welche in Folge des Wasserergusses bedeutend erweitert waren. Die Lungen waren beiderseits mit Tuberkeln versehen. In der linken Lunge waren sie noch im rohen Zustande (Miliartuberkeln), in der rechten dagegen schon im infiltrierten und erweichten Zustande, was auf ein längeres Bestehen, wahrscheinlich seit der Geburt, hindeutet. In der rechten Lunge hatte sich sogar schon eine haselnussgroße Tuberkelhöhle (Kaverna) gebildet. Noch mehr waren die zur Lunge gehörigen Drüsen (Bronchialdrüsen) von der Tuberkulose ergriffen. Sie waren bis zur Größe von Walnüssen aufgeschwollen und durch u. durch mit erweichter Tuberkelmaterie angefüllt. Endlich fanden sich auch in den Nieren und Gekrösdrüsen einzelne rohe Tuberkeln. – Dieser Befund nun lässt mich die Behauptung aussprechen, dass das Kind – wenigstens nach dem gegenwärtigen Standpunkt unserer Wissenschaft – nicht zu retten war. Sollte aber die Möglichkeit der Rettung durch irgend welche noch unbekannte Mittel oder zufälligen Umständen zugegeben werden können …«

Was denn nun?

»… so musste wegen der vorhandenen Tuberkulose das zukünftige Leben des Kleinen doch immer nur ein höchst trauriges sein. Er würde dann vielleicht die Kinderzeit unter häufigem Kränkeln durchgemacht haben, die Pubertätszeit aber würde höchst wahrscheinlich die in ihm schlummernde Krankheit zur Reife gebracht und ihm in der Blütezeit des menschlichen Lebens nur das kurze sieche Leben und den elenden langsamen Tod eines Schwindsüchtigen gelassen haben. Deswegen meine ich, es ist besser, dass er jetzt gestorben ist, …«

Nein, nein.

»… und das wollte ich Ihnen zu Ihrer Beruhigung sagen, wie für mich und unsere ärztliche Behandlung der Leichenbefund eine Beruhigung geworden ist.«

Beruhigung? Warum Beruhigung? Nichts konnte sie beruhigen.

»Es gibt gewisse perfide feindliche Kräfte in der Natur, denen die Wissenschaft bis jetzt noch nicht gewachsen ist. Ich schrieb Ihnen den Leichenbefund so genau, weil ich erfahren, dass Herwegh sich mit Anatomie beschäftigt hat, ...«

Von Krabben.

»... und daher selbst in der Seele klar zu sehen vermag.«

Sie, Emma, etwa nicht?

»Grüßen Sie ihn herzlich von mir, und seien Sie gewiss des innigsten Mitgefühls Ihres

alten Freundes H. Ebert.«

Das sollte sie trösten? Nein, sollte es eben nicht, wegen ihres starken Gemüts. Ihr Camille, von Beginn an zu einem frühen Tod verurteilt, unrettbar? Sie war auch dankbar. Dass die Reise nach Berlin keine Rolle spielte, jedenfalls nicht erwähnt wurde. Dass sie ihren Camille nicht hätte retten können, wenn sie mit ihm in Paris geblieben wäre. Wobei das, genau genommen, nicht in dem Brief stand, wie ihr klar war, aber es lag nahe. Eine schleichende Hirnausschwemmung infolge Zahnreizes, die in Berlin nicht zu heilen war, konnte auch in Paris nicht geheilt werden. So viel stand fest. Als wären die Ärzte in Paris besser als die in Berlin, französische besser als deutsche. Dann doch eher das Gegenteil. Sie las die anderen Briefe, alles Beileidsbekundungen und Berichte, wie süß und tapfer ihr kleiner Camille an seinen letzten Tagen gewesen sei. Und Horace sei ein so wunderbarer, kerngesunder Junge. Und sie würde noch viele Kinder bekommen. Aber keinen Camille mehr, dachte Emma, nahm die Briefe und ging mit ihnen zu Georg.

Er packte. Sie überreichte ihm wortlos den Brief von

Doktor Ebert. Er las den ersten Satz, nahm sie in den Arm, las weiter, und redete lange und tröstend auf sie ein, aber warum hatte sie das Gefühl, dass er nur sie tröstete, nicht sich selbst? Dann lagen sie stumm im Bett, sie schlief in seinen Armen, wachte, schlief, bis sie die Trommel weckte, die nicht preußisch scharf und spitz klang, sondern runder und voller, französisch. Generalmarsch. In ein Leben ohne Camille. Sie ging auf ihr Zimmer, ohne Camille, wusch sich, ohne Camille, zog sich um, ohne Camille. Sie packte und ging auf den Kasernenhof. Es war Ostersamstag. Sie trug die schwarzen Samtpantalons, den schwarzen Reitrock und das schwarze Barett, ohne Feder. Sie hatte die Feder abgenommen, zu keck für eine Mutter in Trauer. Apart, sagte Corvin. Die beiden Pistolen steckten in ihrem Gürtel, dazu ein Dolch. Sollten sie kommen, die Fürstenknechte.

Zählappell. Sie waren noch achthundert Mann, eine Marketenderin und sie, Emma Herwegh, Mutter nur noch eines Kindes. Marsch zum Bahnhof, vorne die schwarz-rot-goldenen Fahnen, dahinter Georg, Corvin, Bornstedt, dann die Soldaten der Legion, geführt von ihren Offizieren: sechzehn Kompanien, vier Bataillone, ein Regiment. Emma ging hinten, so war es besprochen. Sie lief vor dem Bagagewagen, auf dem die Marketenderin saß. Einige tausend Straßburger säumten die Straßen, riefen Vive la République, manche lachten, obwohl die Kolonne nahezu in Reih und Glied marschierte. Die Franzosen stellten einen Sonderzug, der die Legion nach Bantzenheim bringen sollte. Als sie die Lokomotive sahen, überkam ein Dutzend Legionäre die Angst, und sie wollten nicht mit der Eisenbahn fahren. Zu schnell. Alle wurden überzeugt, bis auf zwei. Die waren damit aus der Legion entlassen. Der Zug dampfte gemächlich den Rhein entlang. Die Männer sangen.

Als sie ausstiegen und ausluden, merkten sie, dass sie die Kisten mit den Gewehren vergessen hatten. Flüche. Corvin hätte fast zwei Legionäre erschossen. Zehn Mann fuhren mit dem Zug zurück, sollten ein Fuhrwerk besorgen und die Gewehre damit herbeischaffen. Sie hatten auf eine Depesche von Hecker gehofft, oder einen Boten, aber da war nichts. Warum nicht? Wie war das Treffen von Kandern ausgegangen? Die Gewehre kamen, wurden verteilt. Es waren zweihundert. Jeder suchte nach dem Gewehr, mit dem er geübt hatte. Chaos. Corvin befahl, dass jeder das Gewehr nehmen musste, das ihm zugeteilt wurde. Murren. Hunderte blieben ohne Gewehr. Leutnant Schimmelpennig führte die Kompanie an, die zu einem geringen Teil mit Sensen bewaffnet war. Es ist ein Anfang, dachte Emma.

Französisches Militär marschierte auf und bildete in einiger Entfernung einen Kordon. So viel Misstrauen. Es wurde Ruhe befohlen, die Soldaten legten sich ins Gras, schliefen, dösten, spielten Karten.

Am 24. April 1848, Ostermontag, um ein Uhr morgens, überwand die Deutsche Demokratische Legion den Rhein bei Kembs. Es war eine milde, sternklare Nacht. Boote lagen bereit, die Fischer forderten das Fährgeld vorab. Bei einem Boot mussten sie die Sitze rausschrauben, damit der Bagagewagen hineinpasste. Das hielt auf. Corvin fauchte. Nur nicht zu laut jetzt. Georg, eine doppelläufige Pistole im Gürtel, stieg in das erste Boot, Emma in das letzte. Man half ihr hinein. Es gab kaum Platz für alle, sie saßen gedrängt, einige standen. Leise rauschte der Strom, die Riemen plätscherten im Wasser. Ein Mann ging über Bord, als er seinen Platz wechseln wollte. Der Strom zog ihn weg von seinem Boot, sie ruderten ihm nach, aber dann war er verschwunden. Sie lagen da, lauschten, schauten auf den schwarzen Rhein. Sie hatten keine Zeit, ruderten weiter, auf das deutsche Ufer zu. Würden die Hessen sie erwarten, ein württembergisches Bataillon, ein badisches? Preußen? Stille in den Booten, leises Rudern. Emma sah, wie die Männer aus dem ersten Boot an Land gingen, sich verteilten und die Gegend absuchten. Die anderen Boote verharrten auf dem Wasser. Warten. Nichts, kein Schuss. Corvin winkte. Alle gingen an Land, Sumpf, nasse Füße, aber gute Laune. Der Übergang war geglückt. Emma erfuhr, das Corvin in der Nacht zuvor einen Scheinangriff auf eine Rheininsel befohlen hatte, um die Regierungstruppen in ein falsches Gebiet zu locken. Gut gemacht. Aber warum hatte ihr niemand etwas gesagt? Nicht einmal ihr Mann.

Zählappell. Sie zählten sechshundertfünfzig Legionäre. Sie zählten noch einmal. Sechshundertfünfzig. Hundertfünfzig hatten sich davongemacht. Flüche.

Sie warteten ratlos, weil sich keiner von Heckers Leuten zeigte. Corvin schickte Späher los, sie kamen zurück und meldeten, dass kein Mensch zu sehen war. Wohin jetzt? Sie diskutierten, stritten. Zweifelnde Blicke trafen Emma, auch böse. Hatte sie nicht gesagt, sie sollten sich bei Bantzenheim mit Hecker treffen? Hatte sie ihn überhaupt gesprochen? Oder in Freiburg Kaffee getrunken und einen Friseur aufgesucht. Das las Emma in den Blicken einiger Offiziere. Niemand sagte ein Wort.

Warum nicht nach Kandern, fragte Emma. Da war Hecker zuletzt, und vielleicht ist er noch dort.

Corvin überzeugte das nicht, aber dann entschieden sie sich für Kandern, weil sie kein besseres Ziel wussten.

Die Trommel wurde gerührt, Generalmarsch, die Kompanien stellten sich auf. Um sechs Uhr morgens marschierte die Legion los, nach Osten, über die Rheinebene. Die Höhen des Schwarzwalds zeichneten sich blass gegen den Himmel ab. Als es heller wurde, sahen sie, dass oben Schnee lag. Die Sonne schob sich gelbglühend hinter den Gipfeln hervor. Alle blickten dorthin, sahen die Almen, den Wald, die Felsen. Emma sah den Weg zur Freiheit. Sie sollte auf dem Bagagewagen mitfahren, aber sie lief mit den Soldaten, zwischen Hauptfeld und Nachhut. Vielleicht dachten die anderen, dass sie keine Soldatin war, aber sie wusste, dass sie eine Soldatin war. Wenn der Feldzug scheiterte, war Camille vergeblich gestorben, dachte sie und schob den Gedanken sofort beiseite, aber er kam zurück. Der Feldzug würde nicht scheitern.

Sie musste an die Spitze gelangen, zu Georg, zu den Entscheidungen, beschleunigte ihren Schritt und überholte nach und nach die Kolonne. Alle sprachen über den Hunger. Seit Straßburg war die Legion ohne Essen geblieben. Die Kirschbäume blühten, weiße Hauben über den Stämmen. Leere Felder. Sie erreichte Georg, erntete einen Blick, in dem sie Unmut sah, aber nicht sehen wollte, also war da kein Unmut bei Georg. Sie reihte sich hinter ihm ein. Es ging bergan, sanft, gut zu laufen, Stunde um Stunde. Emma merkte, dass sie solche Strecken nicht gewohnt war. Sie keuchte, aber keuchte leise, damit sie niemand für schwach hielt. Manchmal presste sie ihr Keuchen weg. Die Sonne stieg, es wurde warm. Kirchtürme in der Ferne, Bauernhöfe, Bauern auf ihren Feldern. Niemand rannte weg, niemand lief herbei. Emma hatte einen Rhythmus gefunden, mit dem sie mithalten konnte, ohne sich zu überanstrengen. Die anderen trugen ihr Gepäck, sie nicht. Ihr Koffer lag auf dem Bagagewagen, darin die Pasteten von Chevin und der Brief von Doktor Ebert.

Am späten Vormittag näherte sich die Legion einem Dorf. Der Bürgermeister kam ihnen mit einer kleinen Delegation entgegen. Wo sind wir hier? Tannenkirch. Wo ist Hecker? Sie wussten es nicht. Der Bürgermeister sagte, es habe eine Schlacht gegeben, bei Kandern, auf der Scheideck, und Heckers Truppen hätten verloren. War er tot? Nicht dass sie wüssten, vielleicht in die Schweiz geflohen. Sie standen reglos da, Corvin, Bornstedt, Löwenfels, Georg, Emma, und schauten einander nicht an, als fürchteten sie die eigene Mutlosigkeit im Gesicht der anderen zu entdecken. Alles ist verloren, bevor es begonnen hat, dachte Emma und dachte Hirncomzestion, dachte Todesursache, dachte Camille und brach den Gedanken ab. Essen Sie erst mal etwas, sagte der Bürgermeister. Die Bewohner von Tannenkirch stellten Tische in die Sonne, brachten Rauchfleisch, Schinken, Brot, Eier, Wein. Die Legion aß schweigend. Der Bürgermeister sagte, Struve und Sigel stünden mit dreitausend Mann am Stohren, bei Todtnau. Warum er das nicht gleich gesagt habe, fragte Corvin. Der Bürgermeister zuckte mit den Achseln. Sie wurden wieder munter. Wenn sie Struve in Todtnau erreichten, würden sie eine schlagkräftige Armee beisammenhaben und könnten ihr Ziel doch noch erreichen, Freiburg, Karlsruhe, den Sturz der Regierung, und dann fort mit diesem Kaspar-Hauser-Ersatz.

Waren Regierungstruppen in der Gegend? Der Bürgermeister hatte niemanden gesehen. Er zeigte sich erleichtert, dass die Legion nicht aus blutrünstigen Freischärlern bestand, Franzosen, Polen, wie man ihm hatte weismachen wollen, sondern eine ganz ordentliche Armee ordentlicher Deutscher zu sein schien, auch wenn es offenbar ein wenig an Ausrüstung mangelte. Oder sehe er dort hinten Franzosen mit der Trikolore? Ja, aber nicht viele. Ob er sich nicht anschließen wolle mit seinen Bauern, fragte Corvin. Wollte er nicht, für ihn sei die Revolution vorbei, die Bauern hätten bekommen, was sie wollten, alles gut. Emma schwieg. Sie bezahlten das Essen, kauften acht Sensen und ließen sich eine Quittung ausstellen, um sich das Geld später aus der Staatskasse zu holen, wenn es ihre Staatskasse war, in korrekter Summe. Die Dorfbewohner sammelten dreißig Pfund Schießpulver aus ihren Beständen für die Jagd, wollten aber kein Geld dafür. Ein Geschenk. Weil die Legion so sympathisch war. Emma glaubte eher, dass die Bauern aus Mitleid handelten. Sie würden schon sehen. Sie war so gespannt auf Amalie Struve und ihren Hinterkopf.

Als sie Tannenkirch verließen, erspähten sie zwei Reiter in hessischer Uniform auf einem Höhenzug. Die beiden regten sich nicht, standen da wie ein Denkmal. Nach einer Weile ritten sie gemächlich in den Wald. Wolken zogen auf, Regen. Viele Legionäre hatten keine Jacke, Emma war ganz gut geschützt in ihrem Überrock von Jamal, gute Nähte, sie hielten dicht. Die Straße wurde schlammig, sie setzte sich auf den Bagagewagen. Emma ohne Camille, Emma mit Camille. Manchmal erwachte sie aus Gedanken, in denen er lebte. Sie zitterte, weinte, und die Marketenderin fragte, was die Dame bekümmere. Es sei schon gut, sagte Emma und schloss die Augen. Wasser lief am Kragen vorbei ihren Rücken hinunter.

Gegen zwei Uhr nachmittags zog die Legion in Kandern ein. Die Offiziere, Georg und Emma setzten sich in die leere Stube der Weserei, wo ihnen der Wirt den Verlauf der Schlacht erklärte. Eine Übermacht, keine Chance, aber Gagern sei gefallen, der Anführer der Gegenpartei. Kurzer Jubel, immerhin. Der Wirt ließ keine Sympathien erkennen. An dem einem Abend hatte er Heckers Schar verköstigt, am nächsten Mittag die Sieger der Schlacht, nun trank die Legion seinen verdünnten Wein. Er rechnete sicherlich damit, dass dies nicht die letzten Truppen waren, die durch Kandern zogen. Neutralität als Geschäftsprinzip, dachte Emma. Eine der älteren Kellnerinnen sprach sie an, die gnädige Frau sei doch schon einmal hier gewesen und habe mit dem Hecker gesprochen? Ja, das war ich, sagte Emma. Ob die gnädige Frau mit ihr kommen wolle? Emma stand auf, folgte der Kellnerin misstrauisch zu einem kleinen Haus. Sie gingen hinein, im Flur der Geruch von Armut. An der Kellertreppe blieb Emma stehen. Warum in den Keller? Bitte, flehende Augen. Sie folgte der Frau in den Keller, blieb auf halber Treppe stehen, lauschte, weil sie etwas gehört hatte. Die Treppe knarzte unter den Schritten der Kellnerin. Als sie unten war, hörte Emma ein Röcheln.

Was ist das?

Ein Soldat, kommen Sie bitte.

Sie hatte Angst, es könne Schwerthoff sein, aber der war doch mit ihr nach Freiburg geritten. Sie folgte der Kellnerin, stand dann in einem finsteren Raum, in dem neben einem Verschlag für Äpfel ein Lager aus schmutzigen Decken gebaut war. Ein Mann lag dort, ohne Uniform, einer von Heckers Leuten, nicht Schwerthoff. Um seine Brust war ein Verband gewunden, so schmutzig wie die Decken, durchgeblutet. Er habe einen Schuss in die Lunge bekommen, sagte die Frau. Der Mann öffnete die Augen, gelb, matt, er war Anfang zwanzig. Er sagte etwas, das Emma nicht verstand. Er sagt immer, dass er nicht in den Karzer will, sagte die Frau. Aber was solle sie mit ihm machen? Der Arzt stehe auf Seiten der Regierung, und teuer sei er auch. Der Soldat, so jung, so jung, er könne doch nicht neben ihren Äpfeln sterben. Dann müsse sie den Leichnam heimlich fortschaffen, aber wie? Ich habe Angst, sagte die Frau. Ob die gnädige Frau den Soldaten nicht mitnehmen könne? Wie soll das gehen, fragte Emma. Auf dem Wagen, sagte die Frau. Auf dem Wagen werde der Soldat erst recht sterben, er brauche Ruhe, Erholung. Sie gab der Frau Geld für den Arzt, verließ den Keller und eilte zurück in die Weserei.

Corvin und Löwenfels stritten wieder. Die Karten waren nicht da, waren vergessen worden, in Straßburg, in Bantzenheim oder in Tannenkirch. Sie gaben sich gegenseitig die Schuld. Der Wirt schlichtete und zeigte ihnen auf seiner Karte, wie sie gehen mussten, erst nach Marzell, dort Quartier machen, dann durch das Münstertal und hoch in Richtung Wieden. Dort weiterfragen.

Sie marschierten los. Emma taten bald die Füße weh, sie setzte sich auf den Bagagewagen, lehnte sich gegen die Munitionskisten und schlief ein, schlief eine Stunde, bis ein Schuss sie weckte. Emma schreckte hoch, sah sich um und verstand nicht, wo sie war. Zwei Legionäre liefen auf eine Wiese, suchten, bis einer einen Hasen an den Ohren hochhielt. Hurrarufe. Emma lehnte sich zurück, schlaftrunken. Und wenn der Name ein Fluch gewesen war? Sie hatte Camille gewählt, weil sie George Sand bewunderte, aber ein bisschen auch, weil Marie dieser Name an Béatrix erinnern würde. Ein kleiner Triumph für Emma, zwei Triumphe: Camille war ihr Kind mit Georg und nicht Maries. Konnte das einen Fluch ausgelöst haben? War Camilles Tod Maries Rache? Sie wollte nicht abergläubisch sein, auf keinen Fall, aber sie wurde den Gedanken nicht los, dass sie Camille mit seinem Namen dem Tod ausgeliefert hatte. Sie stieg vom Bagagewagen und lief eine Weile. Der Weg stieg steil an, die Kolonne marschierte weit auseinandergezogen, und sie hatte keine Chance, Georg an der Spitze zu erreichen.

Sie passierten einen Jesus am Kreuz, aus frischem Holz

gezimmert, ein kleines Dach über dem Kopf mit der Dornenkrone. Sie dachte an ihren Urlaub im Schwarzwald, vor zwei Jahren, im April 1846, eine Wanderung mit Ludwig und Bertha Feuerbach, den Freunden, und Ludwig hatte ihr auf einer Etappe sein »Wesen des Christentums« erklärt. Gott sei das offenbare Innere, das ausgesprochene Selbst des Menschen. Sie verstand nicht gleich. Das Wetter war besser gewesen als jetzt, sie wanderten über grüne Hügel, die in der Sonne satt leuchteten. Georg ging mit Bertha voraus, Ludwig und Emma folgten. Die Religion sei die Spiegelung des menschlichen Wesens in sich selbst, sagte Ludwig. Der Mensch verobjektiviere, vergegenständliche das göttliche Wesen in ihm und verehre es als ein anderes, von ihm unterschiedenes, eigenes Wesen. Ach so. Heißt das, fragte sie, Gott sei wie eine Spiegelung des Menschen in sich selbst? Richtig, sagte Feuerbach. Es gäbe Gott also nicht, gäbe es keinen Menschen? Genau. Das heißt, der Mensch habe Gott geschaffen? Das könne man so sagen, sagte Feuerbach. Sie war ihm dankbar, die kleine Lektion half ihr, mit ihrer religiösen Irritation klarzukommen. Sie glaubte nicht an Gott, hielt es aber nicht für ausgeschlossen, dass er da war. Betete sogar hin und wieder. Aber das war, gemäß ihrer Schwarzwälder Erkenntnis, ein Selbstgespräch und nicht der Hilferuf an den Gott der Kirche. Den sie nicht mochte. Den selbst geschaffenen konnte sie mögen, dachte sie damals auf der Wanderung neben Feuerbach. Sie waren so entspannt gelaufen, so mühelos, ein paar Stunden nur. Am Abend, im Gasthaus, erzählte Feuerbach von Kaspar Hauser.

Jetzt war es so erschöpfend, so endlos. Das letzte Stück bis Marzell ließ sie sich wieder fahren, vorbei an einer Wassermühle, vor der eine Schar schmutziger Kinder stand und den Zug der Legionäre stumm betrachtete. Wenn Gott eine

Schöpfung der Menschen war, dachte sie, und die Fürsten ihre Macht von göttlichem Willen ableiteten, dann leiteten sie ihre Macht nur vom eigenen Willen ab. Damit hatten sie keine Legitimation, denn eine Selbstlegitimation war keine. Ein Argument mehr.

In Marzell waren die Höfe in die Hänge gebaut worden, weit verstreut. Georg und ein paar Offiziere verhandelten mit Bauern über Einquartierungen. Da sie zahlten, war es kein Problem, alle Legionäre in Scheunen unterzubringen. Für die Herweghs räumte ein Bauernpaar sein Schlafzimmer, gegen vierfaches Entgelt. Emma zog mit Georg in eine schlichte Kammer mit Kruzifix über dem Bett. Da die Legion schon verteilt war, hielten sie es für problemlos, die Nacht miteinander zu verbringen. Die Bauern wunderten sich über die Frau und ließen sich versichern, dass es einen Trauschein gab. Corvin bezeugte das. Wunde, dampfende Füße, vor allem bei Georg, Blasen, abgeschürfte Haut. Armer Schatz. Hast du auch die ganze Zeit an Camille gedacht? Ein Nicken, nicht allzu kräftig. Sie wuschen sich, nacheinander, in einem Zuber, der in der Scheune stand und gegen weitere Franc mit heißem Wasser aufgefüllt wurde. Dann aßen sie auf dem Bett die Pasteten von Corvin. Keine Cornichons.

Als Georg schlief, nahm Emma den Brief von Doktor Ebert und lief zu der Scheune, in der sie Stabsarzt Doktor Rode wusste. Sie tappte zu den Männern, die hinten im Stroh lagen, und betrachtete die Schlafenden einen nach dem anderen. Der sechste war Doktor Rode, aber bevor sie ihn wecken konnte, hörte sie das Spannschloss einer Pistole klicken. Erschrocken drehte sie sich um. Der vierte Mann, den sie gemustert hatte, war aufgewacht und hielt ihr eine Pistole ins Gesicht.

Nicht schießen, sagte sie leise.

Frau Herwegh, sagte er, nun selbst ein bisschen erschrocken.

Er senkte die Pistole. Sie sah, was er dachte.

Ich brauche Doktor Rode, sagte sie schnell.

Geht es Ihnen nicht gut?

Nein.

Er ist ein guter Arzt, sagte der Mann, legte die Pistole ins Stroh und rollte sich wieder zusammen.

Sie setzte sich neben Doktor Rode ins Stroh und berührte ihn sanft an seiner Schulter. Er wurde nur langsam wach, und bevor er etwas Falsches denken konnte, sagte Emma: Mein Kind ist gestorben, erst ein Jahr alt. Können Sie mir erklären, was eine schleichende Hirnausschwemmung infolge Zahnreizes ist?

Doktor Rode richtete sich auf, schlaftrunken, und machte Licht in einer Laterne, die neben ihm stand. Er las Doktor Eberts Brief, las ihn noch einmal. Er habe keinen Zweifel an der Diagnose des werten Kollegen in Berlin, sagte er schließlich, aber eine schleichende Hirnausschwemmung in diesem jungen Alter sei ihm nicht häufig untergekommen, offen gesprochen nie, aber das heiße nicht, dass sie nicht möglich sei, so wie alles möglich sei beim Menschen.

Wie sich eine schleichende Hirnausschwemmung bei Erwachsenen auswirke, fragte Emma.

Ruhe, schnaubte einer der Offiziere.

Rode sprach noch leiser: Oh, da gebe es kein einheitliches Bild, je nach den Eigenschaften des Blutes und dem Zustand des Gewebes im Kopfbereich.

Schmerzen? Sie sah ihn bange an.

Nein, da könne er sie beruhigen, ihr Junge sei ohne Schmerzen aus dem Leben geschieden, bei der schleichenden Hirnausschwemmung könne es in der späten Phase sogar zu euphorischen Zuständen kommen, je jünger der Patient, desto wahrscheinlicher.

Danke, sagte Emma.

Sie lief zurück zu ihrem Bauernhaus, legte sich ins Bett und schlief nicht ein.

Ich habe die ganze Nacht gehasst, sagte sie am Morgen zu Georg. Ihr Camille war gestorben, weil sie ihn nach Berlin hatte reisen lassen müssen, weil sie nicht bei ihm sein konnte. Diesen Gedanken hatte sie nun akzeptiert. Der Weg zu diesem Gedanken sah so aus: Sie hatte Horace und Camille wegschicken müssen, weil der Krieg gegen die Tyrannei der Fürsten notwendig war. Wären sie nicht solche Tyrannen, hätte sie in Paris bleiben können, und Camille würde leben. Camille war ein Opfer der Tyrannei, daran konnte es keinen Zweifel geben. Dann hasste sie bis zum Morgen.

Wir müssen siegen, sagte sie zu Georg, schon wegen Camille.

Keine Antwort. Warum konnte er nicht einmal euphorisch sein? Warum konnte er nicht einmal wütend sein?

Eine Stunde hinter Marzell standen sie auf einem Felsen und blickten in ein schmales Tal, durch das sich ein Bach wand. Sie hatten einem Müller eine Landkarte abgekauft, und mit deren Hilfe versuchten die Offiziere zu ergründen, welcher der Berge in der Ferne der Stohren war. Die Meinungen gingen auseinander, aber dann kam ein Bauer vorbei und konnte ihnen den Stohren zeigen. Er schien so weit nicht weg zu sein. Die Legion schöpfte Mut und zog munter los. Als sie eine Wiese passierten, auf der einige Knechte mit Sensen das Gras mähten, stellten sich zwei von Schimmelpennigs Sensenmännern hinzu und halfen lachend. Fröhliche Rufe: Jeder Halm ein Hesse. Sie kauften den Männern ihre Sensen ab.

Emma machte sich wieder auf den Weg an die Spitze und traf dabei auf Robert, den Zimmermann aus Berlin. Wie es ihm gehe? Das Laufen sei er gewohnt, es mache ihm nichts, sagte er ihr. Und wie gehe es der gnädigen Frau? Auch gut. Ob er die gnädige Frau etwas fragen dürfe? Selbstverständlich, wenn er sie Emma nenne. Er wisse, warum er hier mitziehe, sagte der Zimmermann, er wisse, warum die Offiziere mitziehen. Er wisse nicht, warum die gnädige Frau, warum Emma mitziehe. Warum ziehe denn er mit, fragte sie. Das schlechteste Leben kenne er schon, sagte der Zimmermann, Hunger, keine Arbeit, kein Platz zum Schlafen, und ob er in Paris sei oder durch dieses Tal ziehe, sei so verschieden nicht. Entweder täten die Füße weh vom Laufen oder der Rücken von den Steinen, auf denen er schlafe. Aber wenn er hier mitgehe und für den Kommunismus kämpfe und die Freiheit, dann habe er immerhin die Hoffnung, dass am Ende all der Strapazen und Gefahren ein besseres Leben stehe.

Und die Offiziere, fragte Emma.

Die Offiziere könnten jetzt schon ein gutes Leben haben, sagte der Zimmermann, aber sie wollten nicht nur gut leben, sondern mitreden in der Politik, wollten Wahlen, bei denen sie wirklich wählen können und vielleicht selbst Minister werden. Aber jetzt habe er so viel geredet und wisse noch nicht, warum die gnädige Frau mitziehe, denn ein gutes Leben habe sie sicherlich schon, und selbst bei einem Sieg der Revolution werde sie nicht wählen können, weil Frauen nun mal nicht wählen dürfen. Warum also? Dieser schlichte Satz, dass Frauen auch nach der Revolution nicht würden wählen können, weil sie nicht wählen dürfen, hebelte Emmas Gemüt aus. Ihr war so klar gewesen, warum sie mitzog, besser gesagt, es hatte sich so klar angefühlt, ohne klare Gedanken. Und nun machte ihr dieser Handwerker, dem seine ungeschliffene

Sense über der Schulter lag, bewusst, dass es ein Naturgesetz gab, gegen das keine Revolution wirkte. Frauen dürfen nicht wählen. Was sie natürlich immer gewusst und hingenommen hatte. Doch nun konnte sie für ein paar Minuten nichts sagen, zu traurig. Dann: Ich übe für die nächste Revolution, sagte Emma zu dem Zimmermann, der sie daraufhin so verblüfft, so ratlos ansah, dass es ihr leidtat, ihn mit diesem schroffen Satz in Verwirrung gestürzt zu haben. Immerhin machte er sich Gedanken über ihre Lage. Andere nicht.

Ich begleite meinen Mann, sagte Emma und freute sich mit dem Zimmermann, dass er zurückfinden konnte in eine Welt, die für ihn verständlich war. Sein Gesicht hellte sich auf. Sie sind eine verdammt gute Ehefrau, sagte er, und das empfand sie als Kompliment. Sie wünschte einen guten Tag, nicht zu viele Blasen und strebte weiter nach vorne zu Georg, vorbei an Bauernhöfen, die aus Holz gebaut waren und deren Dächer weit nach unten reichten, wie Mützen, vorbei an Legionären, die am Wegesrand pinkelten und dabei nicht mit den Augen und Ohren einer Frau rechneten. Sie furzten, sie zogen an ihrem Geschlecht, um letzte Tropfen hervorzuzwingen, und dann sahen sie Emma, die vergessen hatte, dass man nicht hinschauen durfte, und die Männer erschraken und grinsten verlegen. Sie konnte sich entsetzt abwenden oder grinsen. Sie grinste. Osterglocken, Veilchen.

Emma beneidete Georg, als er ihr erzählt hatte, dass er beim Sturm auf den Palast Teil einer Menge war, die nach einem höheren Ziel strebte. Nun war sie auch Teil einer solchen Menge, die rau war und nichts zu tun hatte mit ihrem Berliner oder Pariser Leben, aber sie hielt das aus, und das würde die Comtesse wahrscheinlich nicht, trotz der Zigarren. Die konnte froh sein, dass sich einer ihrer weißen Windhunde der Revolution angeschlossen hatte, so war sie auch beteiligt, ein bisschen wenigstens. Emma reihte sich hinter Georg ein. Auch hier vorne war die Stimmung gut, Schwarz-Rot-Gold wehte in dem leichten Wind, der durch das Tal zog. Corvin erzählte, wie 1830 in Mainz, nach dem Sturz der Bourbonen in Frankreich, die Bürger plötzlich schwarz-rot-goldene Kokarden trugen und die Offiziere der preußischen Armee damit provozierten. In jedes Parole- und Wachtbuch sei eine solche Kokarde geheftet gewesen, damit die Soldaten sie erkennen und den Träger arretieren konnten. Die Arretierten seien auf die Zitadelle gebracht worden, manchmal mit Kolbenstößen getrieben. Dann habe man sie der Mainzer Polizei übergeben, die sie freiließ. Er selbst habe damals ein Hündchen gehabt und dem eine schwarz-rot-goldene Kokarde ans Halsband geheftet, um diese Farben lächerlich zu machen, und nun gehe er hinter dieser Fahne her, und der König sei mit einem schwarz-rot-goldenen Band am Arm durch Berlin geritten. Alles sei so anders. Warum er die Seiten gewechselt habe, fragte Emma. Er habe schon früh den Dienst quittiert, weil er Besseres wusste für sein Leben als die preußische Armee, und dann habe er in Paris so viel Elend unter den Deutschen gesehen, dass er sich der Legion anschloss, auch um noch einmal Soldat sein zu können, ohne Preußen unterstehen zu müssen.

Ein Bote von der Vorhut lief herbei und meldete, im nächsten Dorf tue sich Verdächtiges. Frauen und Kinder würden ihre Häuser verlassen und das Vieh mitnehmen. Corvin befahl eine strenge Marschordnung für die erste Kompanie, Georg und Emma wurden ans Ende beordert. Georg protestierte, aber Corvin machte ihm schnarrend klar, dass Herr Herwegh der politische Anführer der Deutschen Demokratischen Legion sei, Corvin der militärische. Wenn ein Kampf drohe, habe allein er das Sagen, und hier drohe ein Kampf, und im Kampf wolle er nur Soldaten sehen, keine Zivilisten, nicht einmal Dichter. Das war unverschämt, aber Georg fügte sich und ließ die erste Kompanie vorüberziehen. Kaum hatten ihn die Soldaten passiert, stapfte er hinterher, Emma an seiner Seite. Sie sah das Dorf, das nicht anders war als die anderen hier, Höfe, ein Wirtshaus, ein Rathaus, ein paar Bürgerhäuser, Bauernhöfe, aber alle Fensterläden waren verrammelt. Eine Frau trieb einen Esel den Hügel hinauf. Die erste Kompanie vereinte sich mit der Vorhut, Kampfposition, fertig zum Sturm. Drei Männer tauchten auf der Dorfstraße auf, einer hielt eine weiße Fahne, der Bürgermeister, der zitternd bat, das Dorf zu verschonen. Warum er solche Angst habe, fragte Corvin. Sie hätten Hessen in der Nähe gesehen und fürchteten ein Gefecht in ihrem Dorf, und dann würde alles zerstört werden. Wo sind Hessen, schnauzte ihn Corvin an. Der Bürgermeister zeigte unbestimmt in die Richtung, in welche die Legion marschierte. Ob er die Soldaten bitten dürfe weiterzuziehen, flehte der Bürgermeister. Corvin befahl dem ersten Bataillon, ans andere Ende des Dorfes vorzurücken und eine Barrikade zu errichten. Zwei Bataillone wurden an die Flanken verlegt, eines sicherte zur Hälfte dieses Ende des Dorfes und sollte zur anderen Hälfte beim Barrikadenbau helfen. Emma freute sich, dass die Legion den Befehlen flüssig nachkam. Sie hatte erstmals das Gefühl, Teil einer militärischen Menge zu sein. Der Drill hatte gefruchtet. Sie lief zur Barrikade, sah zu, wie dic Männer zwei Fuhrwerke nebeneinanderstellten und die Lücken mit Dingen stopften, die sie in den Höfen, Häusern und Scheunen auftrieben. Ein wuchtiger Schreibtisch war auch dabei. Der Bürgermeister jammerte, war aber klug genug, nicht einzugreifen. Löwenfels zog mit drei Männern los, um die Gegend auszukundschaften. Dann herrschte Stille im

Dorf, die Sonne schien ins Tal, es war warm, und Emma ging ins Rathaus, um sich einen Stuhl zu holen. Es war verlassen, niemand da. Sie durchstreifte die Räume und blieb für ein paar Minuten im Büro des Bürgermeisters, setzte sich in seinen Sessel und kostete an dem Gefühl, das Sagen zu haben. Nicht schlecht. Es wäre eine bessere Welt, sie war sich sicher. Sie stand auf, nahm einen leichten Stuhl aus dem Vorzimmer und trug ihn auf die Straße. Sie setzte sich und genoss die Sonne.

Aber es passierte nichts. Die Offiziere wurden ungeduldig. Wo blieb Löwenfels? Er kam und berichtete von einer hessischen Patrouille, die er in großer Entfernung gesehen hatte, auf anderen Hügeln, fünf Soldaten. Und jetzt? Sie beschlossen, heute so weit wie möglich zu marschieren, weg von den Hessen, nahe ran an Struve und seine dreitausend Mann. Und Amalie, dachte Emma.

Die Barrikade blieb zurück, sie zogen weiter durch das Tal, das Emma nicht mehr freundlich und lieblich vorkam. Sie liefen und liefen, zehn Stunden seit dem Aufbruch heute morgen, zwölf Stunden. Emma fiel zurück und hockte sich auf den Bagagewagen. Die Marketenderin war nicht mehr da, hatte sich mit ihren wenigen Waren davongemacht, weil es mit diesen Soldaten nichts zu verdienen gab, die sind noch ärmer als die ärmsten Landsknechte, hatte sie zu Emma gesagt, und Kredit gebe sie denen auch nicht, die seien ja nicht einmal auf Beute aus. Aber Emma war nicht lange alleine auf dem Wagen, weil Löwenfels seine Füße blutig gelaufen hatte und nicht mehr marschieren konnte. Er schlief bald ein. Der Bagagewagen zog an Soldaten vorbei, die nicht weiterkonnten, die im Gras saßen, die Schuhe ausgezogen hatten, und was für erbärmliche Schuhe das waren, löchrig, ohne Riemen, zum Teil ohne Sohle. Der Stabsarzt hatte gelogen, das wusste sie, aber das hieß nicht, dass Camille unter Schmerzen gelitten hatte. Der Stabsarzt wusste einfach nicht, mit welchen Symptomen eine schleichende Hirnausschwemmung infolge Zahnreizes einhergeht.

Würden ihre Eltern Camille in Berlin begraben? Hatten sie schon? Sie mochte den Gedanken: da, wo sich seine Eltern begegnet waren. Sie hoffte, Camilles Grab bald besuchen zu können. Insgeheim: wenn sie in Berlin einritt. Löwenfels rollte in einer Bodenwelle an sie ran, und Emma spürte am Bein, welche Art von Träumen er gerade genoss, wenn es Träume waren. Wahrscheinlich tat er nur so, als würde er schlafen. Sie rückte ab und richtete sich auf. Es war vollständig dunkel, keine Sterne, und der Wagen zog an Schemen von Gestalten vorbei, die wankten, schlichen oder seltsam tänzelten, als probierten sie bei jedem Schritt eine andere Stelle ihres Fußes, mit der sie ohne Schmerz auftreten konnten. Es gab auch große Gestalten, Riesen, die Emma erst verstörten, dann beängstigten, aber es war weniger eine Angst vor denen als eine Angst um sich selbst, weil sie glaubte, dass sie den Verstand verliere. Bis sie begriff, dass diese Schwarzwälder Riesen nichts anderes waren als Legionäre, die ihre fußlahmen Kameraden huckepack genommen hatten. Sie war erleichtert, musste allerdings auf Löwenfels aufpassen, da sie das Ende des Bagagewagens schon erreicht hatte, von ihm robbend verfolgt, und keine Fluchtmöglichkeit mehr sah.

Es ging steil bergan, das Pferd mühte sich. Emma setzte sich an den hinteren Rand, ließ die Beine hängen und versuchte, nicht an die Schmerzen im Gesäß und im Rücken zu denken, was schwierig war. Lichter, sie sah Lichter unten im Tal, und, wenn sie sich umdrehte, weit oben, und sie wunderte sich, wo überall in dieser Wildnis Menschen lebten, denn am Tag hatte sie so viele Behausungen nicht gesehen.

Sie dachte an Helgoland, ihre Urlaube dort, das Dampfschiff, das sie hinüberfuhr, die tosende Nordsee, der viele Regen, die jungen Männer, die ihr den Hof machten, aber nicht so richtig, nicht ernst, eher so, als müssten sie es tun, und dann wirkten sie verschreckt, wenn sie laut auflachte oder harsche Worte gegen den Zaren ausstieß. Artig fuhren sie fort in ihrem Werben, aber wehe, wehe, sie ging ein bisschen darauf ein, dann suchten sie verzweifelt nach Höflichkeitsformeln, mit denen sie sich davonmachen konnten, ohne gegen den Anstand zu verstoßen. Dann nahmen sie einen Dampfer nach Hamburg, versprachen treuherzig einen Besuch in Berlin und kamen nicht. Die älteren Verehrer sahen ihr die mangelnde Sanftheit nach, um Abwechslung zu bekommen von der Gattin, Papillon avant la lettre, jedenfalls für sie, und denen war sie auch noch mit fünfundzwanzig jung genug, weil ihre Haut noch nicht alt war, nur das Alter selbst war alt, zusammen mit dem grausamen Wort unverheiratet. Diese alten Urlaubsgesellen hätte sie leicht bekommen können, für eine Nacht, für den Urlaub oder um wenigstens den Zustand Jungfrau, den Titel altes Mädchen beenden zu können, aber sie wollte nicht. »Lieber kein Herz als ein bewohntes«, schrieb sie damals in ihr Tagebuch. Ein schöner Satz, dachte sie auf dem Bagagewagen. Hätte sie doch Schriftstellerin werden sollen? Eine Marseillaise hätte sie dann bestimmt schon geschrieben.

Wie war sie jetzt auf Helgoland gekommen, hier in den Bergen?

Die Schaukelei, natürlich.

Sie werde sehnsüchtig erwartet, sagte Corvin, als der Bagagewagen gegen Mitternacht vor einem Gasthof namens »Hirschen« hielt, einem wuchtiges Haus mit einem Dach, das weit nach vorne ragte. Die Küchenmädchen seien längst zu Hause, und der Wirt, dem Herzog treu ergeben, weigere sich, ihnen zu helfen. Corvin führte sie in die Küche, und Emma, erschöpft, ausgezehrt, selbst hungrig und in der Erwartung angekommen, einen dampfenden Teller vorzufinden, stand ratlos vor einem Herd und riesigen Töpfen. Drei Mann waren abkommandiert, ihr zu helfen, und sie gab zweien den Auftrag, Kartoffeln und Rüben zu schälen, und Zwiebeln, und ließ Schinken würfeln, und das alles braute sie zu einer merkwürdigen Suppe zusammen, über die sich aber niemand beklagte, so ausgehungert und übermüdet waren alle. Georg war mit Einquartierungen beschäftigt, doch dieses Dorf verhielt sich nicht freundlich, sie hörte ihn barsch werden, Befehle erteilen und Beugemaßnahmen anordnen, die zwei Legionäre für ihn umsetzten. Am Kragen packen, eine Ohrfeige verpassen, den Arm verdrehen. Herwegh verteilte Quartierszettel auch an die Widerwilligen, die Legion fand ihren Platz in Wieden. Das war der Name des Dorfes, schnappte Emma auf. Corvin konnte seine Stiefel nicht ausziehen, so geschwollen waren seine Füße. Seine Ordonnanz schnitt den Schaft auf, dann ging es. Die meisten liefen herum, als wateten sie auf einem Misthaufen. Einige Soldaten schliefen auf den Tischen, andere auf dem Boden der Gaststube, und noch immer kamen Nachzügler, wurden mit Emmas Suppe versorgt, die sie in sich hineinlöffelten, als wäre sie ihnen heilig. Ein Kompliment? Emma wusste es besser. Sie hatte ihre Portion schon gegessen.

Ein Zimmer im Gasthof, mit Georg, die Disziplin ließ nach. Sie halfen sich gegenseitig aus den Stiefeln, legten sich hin, lagen still da, ratlos, ob sie sich einander zuwenden sollten, und dann ließen sie es, schliefen rasch ein, wurden kurz darauf wieder wach, weil jemand an die Tür klopfte. Georg solle sofort in die Gaststube kommen. Die Hosen hatte er noch an, wieder rein in die Stiefel, den Schmerz wegtreten, Emma ordnete ihr Haar, folgte ihm.

In der Gaststube saß ein Mann und berichtete, Struve und Sigel seien vor Freiburg geschlagen und vertrieben worden, es gebe kein Heer mehr, mit dem sich die Legion vereinen könne. Sie sei auf sich allein gestellt. Emma verstand nicht, wer dieser Mann war und warum ihm vertraut wurde, weil ihn die Offiziere dicht umdrängten, aber sie sah die Wirkung seiner Worte in ihren Gesichtern. Was tun? Was tun? Worte flogen, heftig, laut. Den Kampf suchen. Alles voller Hessen. Auch Württemberger. Ehrenvoller Rückzug. Schweiz. Sie hatte in einem Kühlfach Milch in einer Kanne gesehen, ging hin und trank. Sah den Männern aus der Ferne zu. Und Amalie, was war mit ihr?

Georg kam und sagte, dass es keinen Sinn mehr habe. Sie würden nach Rheinfelden marschieren, noch in dieser Nacht. Von da in die Schweiz. Er drehte sich abrupt um und ging die Treppe hinauf zu ihrem Zimmer. Sie schaute ihm nach, seine schleppenden Schritte, sein gebeugter Gang. Sie schüttete sich noch einmal Milch in den Becher, trank und versuchte sich an dem Gedanken, dass dies nicht wahr sei, dass sie noch immer in der Welt lebe, die vor einer Stunde real gewesen war. Zunächst gelang das, aber dann wurde Generalmarsch getrommelt, und sie wusste, sie würden jetzt losziehen, abziehen, fliehen. Seltsamerweise dachte sie an Heine, an das Spottgedicht, das er schreiben würde, daheim bei Mathilde, in der Rue d'Amsterdam, manchmal blind. Sein Wagen war während der Februarrevolution requiriert worden, und sein Diener musste ihn nach Hause tragen. So stand es jetzt um ihn. Ein junger Siecher, aber er würde sich allen überlegen fühlen, die sinnlos in den Krieg gezogen waren. Sowas konnte er gut. Sie trank ihren Becher leer, die Trommel schlug immer noch Generalmarsch, sie eilte nach draußen und sah die Lichter in den Häusern ringsum, sah Legionäre herbeiströmen, verärgert, verdattert, unendlich erschöpft. Es dauerte, bis alle versammelt waren. Plötzlich Unruhe. Rufe, ein Spion, ein Spion. Drei Legionäre schleppten einen Mann herbei, der sich erkundigt hatte, wohin sie ziehen würden, sich dabei als Bauer ausgab, aber nicht so sprach, wie Leute von hier sprachen. Es war Lichtweiß, der lange Mantel, der Zylinder, das Grinsen. Georg ging hin und sagte, dieser Mann sei einer von den Mainzern, die für Metternich gearbeitet haben. Auch wenn Metternich nach England geflohen sei, einer wie Lichtweiß würde immer einen Fürsten finden, für den er spionieren könne. Sie stellten ihm Fragen, aber Lichtweiß sagte nur, dass sie verloren seien, Hecker geschlagen, Struve und Sigel geschlagen. Seine Worte rutschten. Und die Legion sei nicht gerade in bester Form, wenn er das richtig sehe. Für das Grinsen, das nun folgte, muss er sterben, dachte Emma und war ein bisschen erschrocken, dass Corvin sagte, hier gebe es keine andere Strafe als den Tod, als habe er Emmas Gedanken gelesen und aufgegriffen. Auf Spionage steht die Todesstrafe, sagte Corvin. Aber wer könne ein solches Urteil aussprechen, wer sei die Regierung, erwiderte Lichtweiß. Sie überlegten. Hecker habe die Republik in Baden ausgerufen, sagte Emma, und sie seien hier im Auftrag von Hecker, verträten also die Republik Baden. Georg sah sie erstaunt an, auch Corvin, der dann Lichtweiß im Namen der Republik Baden zum Tode verurteilte. Lichtweiß lachte, drei Männer wurden als Erschießungskommando eingeteilt und gingen mit ihm einige Schritte zur Seite. Sie zielten, einer traf nicht, und bei den beiden anderen versagte das Gewehr, weil das Pulver nass geworden war. Lichtweiß rannte davon. Eine kurze Verfolgung, aber keiner der Legionäre hatte die Kraft, einen Wettlauf zu gewinnen.

Um vier Uhr morgens trat die Legion den Rückzug an, nicht über die Straße, sondern den Belchen hinauf, damit sie nicht entdeckt würden. Nach einer Viertelstunde konnte das Pferd den Bagagewagen nicht mehr ziehen, weil der Hang zu steil war. Sie luden ab, verteilten die Munitionskisten auf Soldaten, auch Emmas Koffer. Löwenfels kletterte auf den Rücken eines Legionärs und ließ sich tragen. Corvin hatte die Stiefel seiner Ordonnanz übernommen. Emma hoffte auf das Pferd, denn wenn diese Männer meinten, sie die ganze Zeit als Frau behandeln zu müssen, dann bitte auch in diesem Moment, da es eine Erleichterung war, eine Frau zu sein. Sie bekam das Pferd, die Welt blieb stimmig, blieb symmetrisch, Gott sei Dank. Ein Soldat besorgte ihr einen Sattel und Zaumzeug bei einem Bauern, der sich gegen diese Requirierung, die er Diebstahl nannte, mit sturem Festhalten wehrte, weshalb er niedergeschlagen wurde. Emma zäumte das Pferd rasch auf und ritt den dunklen Hang hinauf, vorbei an der Legion, für die Gänsemarsch angeordnet war. Sie erreichten die Schneegrenze, und dann verschwanden sie im Wald. Je höher sie kamen, desto tiefer war der Schnee. Die Männer stapften schwer. Die Kolonne stockte, blieb stehen. Es ging minutenlang nicht weiter, die Männer froren, Emma auf dem Pferd fror noch mehr. Dann ging es weiter, bis zum nächsten Stau. Es begann zu schneien, heftig, der Schnee fiel zwischen die Bäume. Die Männer riefen, wenn sie den Anschluss verloren hatten, um zur Kolonne zurückzufinden. Manchmal kamen Antworten, manchmal nicht. Der Schnee schluckte die Worte, das Pferd rutschte, scheute. Emma stieg ab und führte es am Zügel hinter sich her. Schnee brach in Klumpen von den Bäumen, manchmal knickte ein Ast und fiel mit seiner Last zu Boden. Emma erschrak jedesmal, denn sie konnte diesen Marsch nur aushalten, wenn sie sich abkapselte von der Welt des Marsches, dem Schnee, dem steilen Anstieg, der Kälte, wenn sie in Gedanken zurückkehrte nach Berlin in die Zeit, als sie ein Mädchen war, ein junges Mädchen, weiße Kleider, weiße Schuhe, ein blaues Haarband, Singen, Klavierspielen, Zeichnen, Hauslehrer, ein Pferd wird gekauft, ein Pferd stirbt, Tränen, Untröstlichkeit, ein neues Pferd, die Ostsee in den Ferien, Segelboote, Minna, Fanny und ein Junge, der Camille sein musste, der Camille hätte werden können, wäre er sieben, acht Jahre geworden. Das Pferd rutschte, blieb stehen, sie zog am Zügel, keine Bewegung, dann doch, dann stand es wieder, sie legte ihre Arme um seinen Hals, schmiegte sich an den langen Kopf, liebes Pferd, sie flüsterte. Das Pferd bewegte sich nicht, Männer schwankten an ihr vorbei, sie hatte Angst, dass sie alleine zurückbleiben könne, aber sie wollte das Pferd nicht aufgeben, flüsterte, fluchte, dann ließ sie es stehen, reihte sich ein in die Kolonne, folgte dem Rücken vor ihr. Sie stieg, kletterte, rutschte, hielt sich an Bäumen fest. Der Legionär, dem sie nachtappte, nutzte sein Gewehr wie einen Stock, aber dann brach der Schaft, ein Knick im Gewehr, und er warf es weg, hundertneunundneunzig, egal, egal, er kletterte weiter. Emma rutschte, fiel, glitt nach unten, ihre Hände griffen in den Schnee, hofften auf eine Wurzel, fanden eine. Weiter, tief gebückt, kroch sie schon? Sie japste, zu wenig Luft. Wie große Wächter standen die Fichten, weiß, aber traurig, die vielen Arme hingen herab, und der Mann hinter ihr, war der schon ein Hesse? Sie drehte sich um. Niemand da. Sie schaute genauer, dann kam einer, eine undeutliche Gestalt, so sehr mit dem Klettern beschäftigt, dass er vielleicht nicht wusste, ob er Hesse war, Badener, Württemberger oder Legionär. Sie zog weiter. Ein Mann saß an eine Fichte gelehnt. Georg? Nein. Wo war Georg? Sie überholte den Mann, der Richard von Löwenfels auf dem Rücken trug, stapfte weiter, und plötzlich war sie allein, niemand vor ihr, niemand hinter ihr. Sie rief, sie schrie, sollte sie warten oder weitergehen? Sie hastete voran, erblickte ein Reh, das ihr zuzusehen schien, verfluchtes Reh, weiter, weiter. Zum Glück gab es eine Spur, und dann fand sie wieder Anschluss. Es wurde heller. Ihr Herz pumpte, pumpte, pumpte.

Sie war oben, der Weg wurde eben, die Kolonne rückte zusammen, dann ging es hinunter, und sie sah die Männer rutschen und fallen, und schon rutschte sie auch. Fallen, aufstehen, weiter. Vorwärtsgehen? Rückwärtsgehen? Manchmal ging es nur rückwärts, kriechend, mit Händen und Füßen Halt suchend. Dann gab es keinen Halt mehr. Eine Lichtung war zum Eisfeld geworden, die Legionäre glitten auf dem Hosenboden hinunter, Emma genauso, auf dem schwarzen Samt, ihr Hintern erst kalt, dann brennend heiß. Was für einen schönen Schlitten das kleine Mädchen gehabt hatte, das mit dem blauen Band im Haar. Rote Nasen, den Kreuzberg hinunter, Glocken, Lachen. Irgendwo fiel ein Schuss. Aufstehen, einreihen, weitergehen. Sie sah Licht und passierte Männer, die sie staunend ansahen, kleine, drahtige Männer mit schwarzen Gesichtern, die vor dem Stollen eines Bergwerks standen, Fackeln in den Händen. Ein paar Hütten duckten sich unter den Bäumen. Ein richtiger Weg, breit, wenig Schnee, sie ging zügiger, stürzte über eine Wurzel und blieb liegen. Sie war ohnmächtig, dann spürte sie eine Hand auf ihrer Wange und sah Georg neben sich sitzen, im Schnee. Die schwarze Figur, sagte er, sie ist wieder da. Sie verstand erst nicht, dann erinnerte sie sich an den Veitstanz und sagte: Nein, Georg, da ist keine schwarze Figur. Ich habe Hunger, sagte er. Sie hatte viele Legionäre Schnee essen sehen und gab Georg Schnee zu essen, aß selbst Schnee. Sie kauten, obwohl es nichts zu kauen gab.

Komm, Georg, sagte Emma, und sie zogen gemeinsam weiter, Hand in Hand. Die Lichter erwachender Bauernhöfe, weiter, immer weiter, Stunde um Stunde, quälender Hunger, Füße, schwer wie Felsen und wund. Sie umgingen Dörfer, schickten Späher aus, die nichts Verdächtiges entdeckten, bis sie eine Patrouille württembergischer Reiter sahen, hinter einem Wald, eine Meile westlich. Corvin ließ den Tross ein bisschen weiter östlich marschieren. Aber das war nicht mehr das richtige Wort. Sie gingen, schlichen, stolperten. Am Abend, nach vierzehn Stunden, sahen sie die Lichter der Stadt Zell. Seit Marzell waren sie sechsunddreißig Stunden unterwegs, mit der kleinen Pause in Wieden, wo sie ein, zwei Stunden geschlafen hatten. Emma dachte an Ludwig Feuerbach: Ein Wesen ohne Leiden ist ein Wesen ohne Wesen. Ihr Freund, so klug. Zell kannte sie ja schon.

Eine weiße Fahne, der Bürgermeister. Er weinte. Bitte, bitte. Hat er Soldaten gesehen? Bei Schopfheim stünden sechshundert Württemberger. Sie würden doch nicht plündern, flehte der Bürgermeister? Nein, das macht die Legion nicht. Sie requiriert und zahlt mit guten Franc. Die müden Männer bauten eine Barrikade an dem Stadttor, von dem der Weg nach Schopfheim führte, eine hohe Barrikade. Die Offiziere, Georg und Emma versammelten sich im Gasthof »Löwen«, der mit dem goldenen Löwen über der Tür. Sie setzte sich an den grünen Kachelofen und war so erschöpft, dass sie sich wie eine leere Hülle vorkam, ohne Knochen, ohne Muskeln, ohne Eingeweide. Sie wollte die Stiefel ausziehen, aber eine Hülle kann sich ihre Stiefel nicht ausziehen, und Emma wusste, dass Blut in den Stiefeln war, und würde sie das Blut sehen, müsste sie sicherlich denken, dass sie nicht weitergehen konnte, aber dieser Gedanke war unmöglich. Also blieben die Stiefel an. Kaffee, Brot, Marmelade. Die Offiziere berieten, was zu tun sei. Direkt weiter nach Rheinfelden? Dafür ist die Legion zu erschöpft. Hier rasten und am Morgen weiterziehen? Das ist zu gefährlich, Zell, von Hügeln umgeben, ließ sich nicht verteidigen. Aber die erschöpften Männer. Aber die Gefahr, von den Hügeln zusammengeschossen zu werden. Streit, laute Stimmen. Emma biss in ihr Marmeladenbrot, nahm einen Schluck Kaffee. Ihr war alles egal, und dann doch nicht. Sie stand auf und ging hinaus. Den ersten Soldaten, den sie traf, fragte sie, ob er hier rasten wolle, auch wenn die Gefahr groß sei, dass Württemberger von den Hügeln ringsum schießen würden. Er sah sich um, ein Kirchlein klebte an einem der Hügel. Lieber abhauen, sagte der Mann. Sie eierte auf wunden Füßen durch die Stadt, in der die Läden vor den Fenstern geschlossen waren, Licht drang durch Ritzen, Stille. Emma spürte eine tiefe Verachtung für diese Bürger, die nichts für die Freiheit tun wollten. Sie fragte andere Legionäre, sie tappte zur Barrikade, fragte dort. Fast alle hielten diesen Ort für zu gefährlich. Die Männer hatten einen Schäferkarren in die Barrikade geschoben. Darauf lag der Schäfer, der nicht aufgewacht war. Emma kehrte zurück in den Löwen, wo immer noch gestritten wurde, und sagte, dass die Männer weiterziehen wollten. Woher sie das wisse? Sie habe gefragt. Wir ziehen weiter, sagte Corvin. Kein Generalmarsch, Aufbruch in aller Stille. Die Legion, hundemüde, quetschte sich an der Barrikade vorbei, nahm aber nicht den Weg nach Schopfheim, sondern stieg die Hügel hinauf. Zwei alte Frauen aus dem Wirtshaus hatten sich bereit erklärt, ihnen den Weg nach Rheinfelden zu zeigen. Sie gingen mit Fackeln voran. Sieht so nicht jeder, wo wir sind, fragte Emma ihren Mann, der sich neben ihr den Pfad hinaufschleppte. Er sagte nichts. Sie hatte das Gefühl, auf dem eigenen Blut in den Schuhen auszugleiten. Ein breiter Bach, Corvin half ihr hinüber, trotzdem nasse Füße. Wieder ging die Sonne auf, die Legion marschierte den Kamm des Hügels entlang, Bauernhöfe, eine Kuh, die ihr eben geborenes Kalb leckte, Dörfer. Sie requirierten einen Leiterwagen und ein Pferd. Die Munitionskisten wurden verladen, das übrige Gepäck, auch Emmas Koffer, und sie fand wieder ihren Sitz neben den Kisten, mit Georg. Es war eng, zwei Männer, die nicht mehr laufen konnten, lagen ebenfalls auf dem Leiterwagen. Löwenfels war in Zell geblieben, konnte nicht mehr. Corvin ließ Wachen vor die Türen der Gasthöfe stellen, damit kein Legionär hineinging, um sich zu stärken, um sich auszuruhen. Einige Männer blieben stehen, brachen zusammen, setzten sich ins Gras, legten sich unter Bäume. Die Vögel zwitscherten, niemand sprach. Plötzlich waren die beiden alten Frauen weg.

Am 27. April, um neun Uhr morgens, stolperte die Legion runter nach Dossenbach, eine Kirche, ein Rathaus, Häuser, Gehöfte. Die Legionäre waren seit fünfzig Stunden ohne Schlaf, außer den ein, zwei Stunden in Wieden. Emma dachte an Horace. Was machte Camille? Zwischen Wachen und Einnicken und Aufwachen war er in ihren Gedanken mal lebendig, mal tot. In Dossenbach öffneten sich die Türen, Bauern boten Speck und Brot an, die Legion kaufte, kaufte, stellte Quittungen aus, ließ sie unterschreiben, als ob sie noch Aussicht auf einen Staatsschatz hätten. Eine Meile weiter, bei

Niederdossenbach, unterhalb eines Laubwalds, befahl Corvin eine Rast. Die Männer fielen hin, wo sie standen. Essen wurde verteilt. Emma schnitt Brot für sich und Georg, schnitt Speck, als Schüsse fielen. Ein Mann von der Vorhut rannte herbei, Württemberger, schrie er. Der Tambour, ein Franzose, schlug einen Wirbel, aux armes, aux armes. Schüsse vom Rand des Laubwaldes, Emma sah die Pulverwolke, sah Soldaten in Uniform, sah Legionäre fallen. Die Offiziere schrien, sie hörte Delaporte Les Francais à moi rufen. Einige Männer hasteten zum Leiterwagen und rissen die Munitionskisten herunter. Ob sie aus Papier kleine Tüten falten und Pulver hineinfüllen könne? Sie konnte, natürlich. Sie faltete, Georg schüttete Pulver hinein, Legionäre hetzten herbei und holten sich die Tütchen sowie Bleikugeln aus einer Kiste. Schreie, Schüsse. Stabsarzt Rode behandelte in der Deckung des Leiterwagens eine Schusswunde, offenes Fleisch, Blut, Emma sah nur kurz hin. Verwundete krochen heran, stöhnend, schreiend. Emma faltete, faltete, sah nicht auf, wusste nicht, wer im Vorteil war, wer im Nachteil. Schüsse, Schreie. Das Papier ging aus. Sie öffnete ihren Koffer und zog die Seidenbluse heraus, die für bessere Anlässe gedacht war, für die Schlüsselübergabe in einer eroberten Stadt, für eine Siegesfeier, zerriss die Bluse und hielt Georg kleine Seidensäckchen hin, damit er das Pulver dort hineinschüttete. Vaters exquisite Seide, die auch König und Königin gern trugen. Noch eine Bluse, ein Halstuch. Sie hörte Gebete von den Verwundeten, einer schrie nach Gottes Hilfe. Was er wohl nicht wusste, dachte Emma: Wenn Gott vom Menschen erschaffen war, dann konnte er nicht mehr tun, nicht mehr sein als der Mensch, der ihn erschaffen hatte. Aber die Betenden waren ruhiger als die anderen. Zum ersten Mal erkannte sie einen Sinn in der Religion.

Sie sah, wie Schimmelpennig seine Sensenmänner zum Sturm sammelte. Sie hockten geduckt im Gras, sprangen dann auf und rannten los, zum Laubwald hinauf, die Sensen erhoben. Emma zerriss eine dritte Seidenbluse, die letzte. Das Knallen von Gewehren, Rauchwölkchen am Waldrand, ein paar Sensenmänner fielen, die anderen liefen weiter, Schimmelpennig voran. Emma vergaß, Pulver in die Seidenfetzen zu füllen und beobachtete die Attacke der Sensenmänner. Soldaten traten aus dem Wald, empfingen die Sensenmänner mit Pistolen und Säbeln, Männer fielen, vor allem Sensenmänner. Schimmelpennig, der einen Säbel hatte, stürzte sich auf einen Offizier, sie fochten, Blut spritzte aus der Hand des Offiziers, etwas flog durch die Luft, und das konnten nur Finger des Offiziers sein, der nun wütend auf Schimmelpennig eindrang und seinen Säbel durch den Hut gegen Schimmelpennigs Schläfe hieb. Er fiel, ein Württemberger stach ihm in die Brust, und im nächsten Moment schüttete Georg Pulver in ein Seidensäckchen, das ihm Emma hinhielt. Sie füllten, füllten, hörten wieder Schüsse. Schimmelpennig wurde herbeigetragen, aus dem Bauch blutend, tot. Der Zimmermann aus Berlin kroch heran, lag stöhnend, röchelnd, neben dem Leiterwagen. Sie hätte ihm gern Wasser gegeben, aber sie musste Säckchen herstellen. Georgs bleiches Gesicht, Haar und Bart wirr, die Wangen eingefallen. Er schöpfte Pulver aus der Kiste, füllte automatisch die Säckchen, die sie ihm hinhielt. Liebe. Bange sah sie, wie das Pulver zur Neige ging. Kein Ton mehr vom Zimmermann, er lag reglos im Gras. Sie zog ihre Pistolen, legte eine auf den Leiterwagen, gab das Seidensäckchen, das Georg zuletzt befüllt hatte, nicht weiter, sondern schüttete das Pulver in den Lauf ihrer eigenen Pistole. Sie blickte auf und sah Legionäre rennen, aber nicht zum Laubwald hinauf, in die andere Richtung. Delaporte lief am Leiterwagen vorbei und rief ihnen zu, der Kampf sei verloren, sie sollten sich in Sicherheit bringen. Die nächste Ladung Pulver in Georgs hohler Hand, aber sie hielt ihm kein Seidensäckchen hin, sondern schlug gegen seine Finger, das Pulver staubte auf, und sie nahm die schwarze Hand und riss ihren Mann mit, sie rannten geduckt über die Wiese, pfeifende Kugeln, dann rein in den Wald und rennen, rennen, rennen. Äste schlugen ihr ins Gesicht, Augen zu, Augen auf, weiter, mehr Äste, Augen zu, Augen auf, Georg hinter ihr, nicht mehr an ihrer Hand. Sie rannte, bis es nicht mehr ging, ließ sich fallen, schnappte nach Luft. Georg lag neben ihr, Striemen im Gesicht, Blut in Rinnsalen. Sie hörten Schüsse, Schreie. Wir müssen weiter, keuchte Emma.

Stundenlang irrten sie durch den Wald, verharrten vor Lichtungen, bis sie sicher waren, dass hier keine Württemberger lauerten, rannten dann über die Wiese, wieder in den Wald hinein. Sie lagen am Rand eines Weges, im Gestrüpp, und hörten einen Trupp Kavallerie vorüberziehen. Prasselnde Hufe, sie hatte dieses Geräusch geliebt, jetzt machte es ihr Angst. Sie warteten, bis der Hufschlag verklungen war, liefen über den Weg, ließen sich vom Wald verschlucken. Manchmal hörten sie Stimmen, einmal trafen sie drei Legionäre, die auch nicht wussten, wo sie waren. Emma erschrak, als sie den Zustand dieser Männer wahrnahm. Ausgemergelte, abgerissene Gestalten, Lumpenproletariat. Sie hatte das während des Feldzugs nicht so gesehen, da machte die Erhabenheit ihres Vorhabens, die Revolution, auch diese Männer ein bisschen erhaben. Sie verabredeten, sich wieder zu trennen. Kleine Gruppen haben bessere Chancen, sagte Emma. Die drei Männer wankten davon. Emma und Georg warteten eine Weile, zogen weiter. Als sie einen Bach rieseln hörten, folgten sie dem Geräusch, dann lagen sie am Ufer, schöpften klares, kaltes Wasser mit ihren Händen und tranken gierig.

Emmas Pistolen steckten im Gürtel. Aber gegen wen damit kämpfen? Gegen Kavallerie? Sich selbst erschießen, vorher Georg? Nein, das nicht. Karzer, Festungshaft, vorher der Gier von Soldaten ausgesetzt sein? Sie verscheuchte die Bilder, die sich in ihrem Kopf ausbreiteten. Vielleicht war es genau anders, vielleicht gab es Gnade für eine Frau. Sie würde Georg jeden Tag besuchen, jeden Tag.

Am Nachmittag konnten sie nicht mehr. Sie lehnten sich gegen einen Stapel Holz und schliefen im Nu ein, wurden aber kurz darauf von einem Mann geweckt. Panik. Ob es ihnen nicht gutginge? Ein Bauer. Sie müssten keine Angst haben, sagte der Mann, der sich als Jacob Bannwarth vorstellte. Ob sie auch an der Schlacht in Niederdossenbach teilgenommen hätten? Ja, sagte Emma. Sie hatte keine Kraft mehr, eine andere Geschichte zu suchen, zu finden. Dieser Bauer war ihr Schicksal, das akzeptierte sie. Er nahm sie mit in sein Haus. Auf dem Weg dorthin, in das Dorf Karsau, sagte Bannwarth, dass er nicht viel übrighabe für die Revolution, weil für die Bauern eine stabile Ordnung das Beste sei, solange es gerecht zugehe, und er könne nicht klagen, seitdem es die neuen Gesetze gebe. Den Dichter Georg Herwegh kannte er nicht. Sie könnten Essen bekommen und einen Kaffee, aber er könne ihnen keine Herberge anbieten, hier seien überall Württemberger, und die würden vielleicht auch sein Haus durchsuchen.

Sie saßen in seiner Stube, aßen, tranken, unterhielten sich mit dem Bauern, während seine Frau und seine Tochter am Herd standen und herüberstarrten. Er sagte, dass er sie in Bauernkleider stecken und aufs Feld schicken werde. In dieser Tarnung sollten sie den Tag verbringen, um dann im Schutz der Dunkelheit nach Rheinfelden weiterzuziehen, zur Brücke. Einverstanden. Sie mussten ihm trauen, einen anderen Weg gab es nicht. Die Tochter schlich herbei und flüsterte ihrem Vater etwas ins Ohr. Der Bauer lachte und sagte, dass sein Mädchen gerne die Hose von Emma berühren würde, einen solchen Stoff habe sie noch nie gesehen. Ob sie das dürfe? Natürlich. Das Mädchen kam und strich Emma über das samtene Bein.

Ist das schön weich, sagte sie.

Es war noch viel weicher, sagte Emma. Ihre Hose war starr vor Dreck. Auch du bist eine Lumpengestalt, dachte sie.

Sie hörten Pferde, die Kavallerie. Bannwarth brachte sie schnell auf den Boden. Die Pferde hielten, Klopfen an der Tür. Die schneidige Stimme eines Offiziers, schnelle, kurze Fragen. Emma und Georg kauerten auf dem Boden, altes Gerät, Truhen, Spinnweben, Rattendreck. Sie lauschten, verstanden nichts. Die Soldaten zogen weiter.

Die Bäuerin brachte Kleidung auf den Boden, ihre und die ihres Mannes. Sie zogen sich aus, ihre dreckigen, stinkenden Kleider, die einst teuer gewesen waren, und schlüpften in die derben, aber sauberen Bauernsachen. Ein langer Rock für Emma, weite Hosen für Georg.

Der Bauer gab ihnen Rechen, mit denen sie zu einer frisch gemähten Wiese liefen, wo sie Gras sammelten, bemüht, nicht zu langsam zu sein, einen ähnlichen Rhythmus zu finden wie die Bauern und deren Mägde und Knechte auf den umliegenden Feldern. Emma schlief stehend ein, schreckte auf, zog den Rechen durch das Gras, schlief wieder ein. Blasen an den Händen. Sie dachte kurz, zwischen Dämmern und Harken, dass sie das Karl erzählen müsse: sie und Georg bei der proletarischen Arbeit. Ob ihn das freuen würde? Und was hätte Fourier gesagt? Als es dämmerte, kamen der Bauer und ein Knecht mit einem Ochsenkarren angefahren. Emma setzte sich zum Knecht auf den Bock, Georg legte sich nach hinten, er war berühmt, er konnte erkannt werden. Eine kurze Fahrt bis zur Brücke von Rheinfelden, der Posten war nicht aufmerksam, sie gelangten ohne Probleme auf die Schweizer Seite, nahmen ein Hotel und schliefen in weißen Laken, wachten auf und schliefen miteinander, ohne aufzupassen, und schliefen weiter.

Am 5. Mai 1848, acht Tage nach der Schlacht von Dossenbach, las Emma in der »Hofratszeitung«: »Gleich zu Beginn des Gefechts verschwand Herwegh, der vor Schreck fast ohnmächtig geworden, und ward feldflüchtig. Die Entschlossenheit seiner Frau allein rettete ihn in einem Wägelchen, dessen Spritzleder sein Versteck ward, so oft die Flucht mitten durch Züge von Reitern ging, denen nicht in den Sinn kam, ein fahrendes Weib anzuhalten, und so entkam er über die Brücke bei Rheinfelden.«

Die Spritzdecke machte eine Karriere, die nicht aufzuhalten war. In den »Fliegenden Blättern« erschien eine Karikatur, die Emma auf dem Kutschbock zeigte, eine Peitsche in der Hand, ein wehender Schleier. Unter der Spritzdecke liegt Georg, die Hände gefaltet, der Kopf riesig, das Gesicht angstverzerrt. Dazu eine Strophe von Georgs Gedicht »Der Freiheit eine Gasse«. Es tat ihr so weh, als sie das im Lesekabinett vom Palais Royal sah. Sie sagte Georg nichts. Aber sie wusste, dass er alles mitbekam. Er schwieg. Laurent brachte ihm zweimal in der Woche Krustentiere, die Tür zum Arbeitszimmer war stets verschlossen, und Georg reagierte empfindlich, wenn man ihn störte. Madeleine kam mit Horace, der Junge zeigte sich verschlossen und sagte auf die Frage, wie es war in Berlin: Gut, Mama. Er berlinerte nicht. Sie fragte Madeleine nach den letzten Tagen von Camille. Husten, Husten, Schmerzen, Weinen. Emma schnitt ihr das Wort ab, sie wollte nichts mehr hören von dieser hysterischen Frau. Hatte sie, Emma, nicht für Camille an diesem Feldzug teilgenommen, für seine Zukunft? Er wäre stolz gewesen auf die Mutter, ganz sicher. Und auf den Vater?

Im August traf ein Brief ein vom Naturforscher Karl Vogt, dem guten Freund, der Georg die Krabben nahegebracht hatte und nun im Parlament in der Frankfurter Paulskirche saß. Georg sprach mit ihr nicht über den Brief. Sie ging in sein Zimmer, als er das Haus verlassen hatte, ohne zu sagen, wohin er wollte. Der Brief lag auf dem Schreibtisch und roch nach Meer, weil Georg ihn mit seinen Krabbenhänden angefasst hatte.

Vogt schrieb:

»Die niederträchtigen Verdächtigungen der Hofratszeitung haben das erreicht, was sie beabsichtigten, und zwar Ihren totalen Ruin in der öffentlichen Meinung in Deutschland, und das, glaube ich doch, können Sie nicht gleichgültig ansehen. Noch einmal, Sie glauben vielleicht nicht, wie tief die Geschichten von dem ›Spritzleder‹ etc. überall eingewurzelt sind, und welches schiefe Licht dadurch auf Sie geworfen wird. Versäumen Sie ja nicht eine solche Rechtfertigung – sie ist für das größere Publikum unbedingt eine Notwendigkeit, es sei denn, Sie wollten sich in einem andern Weltteil begraben.«

Sie sprach Georg auf den Brief an. Du musst etwas tun. Du musst dich wehren. Er saß auf seinem Stuhl, apathisch, trübe Augen. Er nickte, tat aber nichts.

Henriette schickte ihr aus Freiburg einen Steckbrief, den sie erst belustigt, dann verärgert las:

»C861. (3)1. Nr. 79. Bruchsal. (Aufforderung und Fahndung.)

Die Untersuchung gegen die aus Frankreich eingedrungenen deutschen Arbeiter, hier insbesondere die Untersuchung gegen Emma Herwegh, Ehefrau des Literaten Georg Herwegh aus Württemberg, betreffend.

Emma Herwegh, Ehefrau des Literaten Georg Herwegh, derzeit in Frankreich niedergelassen, soll wegen Theilnahme an hochverrätherischen Handlungen im Großherzogtum in Untersuchung genommen werden.

Da sie flüchtig ist, wird sie hiermit öffentlich aufgefordert, sich

binnen vier Wochen

bei dem Untersuchungsgerichte zur Einvernahme zu stellen, als sonst nach Lage der Akten gegen sie verfügt würde.«

Träumt weiter.

»Die sämmtlichen resp. Behörden werden ersucht, auf die Flüchtige, deren Personsbeschrieb, soweit derselbe ermittelt werden konnte, unten folgt, zu fahnden, und sie im Falle der Betretung anher zu verbringen.

Signalement.

Alter, 30 bis 34 Jahre

Größe, mittlere.

Haare, blond.«

Blödsinn.

»Gesichtsform, oval.

Stirne, hoch.

Augen, schwarzbraun.

Nase, gebogen.«

Pff.

»Mund, klein.
Zähne, ganz gut.
Kinn, spitz.«
Leider wahr.
»Sie spricht den Berliner Dialekt.
Bruchsal, den 11. Juli 1848.
Großh. bad. Untersuchungsgericht.
Schaible.«
Diesen Schaible würde sie gern in die Finger bekommen.

Ein paar Tage später setzte sie sich hin und schrieb auf, wie sie den Feldzug erlebt hatte, eine Antwort auf alle Vorwürfe gegen Georg, er sei feige gewesen, er habe die Legion verantwortungslos in diesen Krieg geführt. Es wurde ein Heldenlied, natürlich, das hatte Georg verdient, ihr Mann, und wenn die anderen alles verdrehten und in Lügen gossen, hatte sie das Recht, die Dinge so darzustellen, wie sie gewesen waren oder wie sie hätten sein können, hätten alle alles richtig gemacht, aber wer macht schon immer alles richtig, und dann noch bei einem solchen Feldzug unter widrigen Bedingungen und bei all den Gefahren. Sie schloss ihren Bericht mit den Worten: Vive la République démocratique et sociale. Sie suchte lange nach einem Titel, dann schrieb sie: »Zur Geschichte der deutschen demokratischen Legion aus Paris. Von einer Hochverräterin.«

Niemand wollte das schmale Buch, das Heldenlied, drucken, dann vermittelte es Vogt an einen kleinen Verlag in Grünberg. Es erschien 1849 und fand kaum Beachtung.

Georg hatte zwar hinten im Wagen gelegen, aber nicht unter einer Spritzdecke, da war sie sich sicher.

Im Februar 1849, gut neun Monate nach der Schlacht von Niederdossenbach, brachte Emma ein Mädchen zur Welt, Ada.

Heinrich Heine ließ sich etwas Zeit, dann schrieb er das Gedicht »Simplizissimus I.«

Der eine kann das Unglück nicht,
Der andre nicht das Glück verdauen.
Durch Männerhaß verdirbt der eine,
Der andre durch die Gunst der Frauen.

Als ich dich sah zum ersten Mal,
War fremd dir alles galante Gehöfel;
Es deckten die plebejischen Hände
Noch nicht Glacé-Handschuhe von Rehfell.

Das Röcklein, das du trugest, war grün
Und zählte schon sehr viele Lenze;
Die Ärmel zu kurz, zu lang die Schöße,
Erinnernd an Bachstelzenschwänze.

Du trugest ein Halstuch, das der Mama
Als Serviette gedienet hatte;
Noch wiegte sich nicht dein Kinn so vornehm
In einer gestickten Atlaskrawatte.

Die Stiefel sahen so ehrlich aus,
Als habe Hans Sachs sie fabrizieret;
Noch nicht mit gleißend französischem Firnis,
Sie waren mit deutschem Tran geschmieret.

Nach Bisam und Moschus rochest du nicht,
Am Halse hing noch keine Lorgnette,
Du hattest noch keine Weste von Sammet
Und keine Frau und goldne Kette.

Du trugest dich zu jener Zeit
Ganz nach der allerneusten Mode
Von Schwäbisch-Hall – und dennoch, damals
War deines Lebens Glanzperiode.

Du hattest Haare auf dem Kopf,
Und unter den Haaren, groß und edel,
Wuchsen Gedanken – aber jetzo
Ist kahl und leer dein armer Schädel.

Verschwunden ist auch der Lorbeerkranz,
Der dir bedecken könnte die Glatze -
Wer hat dich so gerauft? Wahrhaftig,
Siehst aus wie eine geschorene Katze!

Blödsinn, dachte Emma. So viele Haare hatte Georg gar nicht verloren.

Die goldnen Dukaten des Schwiegerpapas,
Des Seidenhändlers, sind auch zerronnen –
Der Alte klagt: bei der deutschen Dichtkunst
Habe er keine Seide gesponnen.

Ist das der Lebendige, der die Welt
Mit all ihren Knödeln, Dampfnudeln und Würsten
Verschlingen wollte, und in den Hades
Verwies den Pückler-Muskau, den Fürsten?

Ist das der irrende Ritter, der einst,
Wie jener andre, der Manchaner,
Absagebriefe schrieb an Tyrannen,
Im Stile der kecksten Tertianer?

Ist das der Generalissimus
Der deutschen Freiheit, der Gonfaloniere
Der Emanzipation, der hoch zu Rosse
Einherritt von seinem Freischarenheere?

Stimmt nicht. Georg hatte beim Feldzug kein Pferd, er konnte gar nicht reiten.

Der Schimmel, den er ritt, war weiß,
Wie alle Schimmel, worauf die Götter
Und Helden geritten, die längst verschimmelt;
Begeistrung jauchzte dem Vaterlandsretter.

Er war ein reitender Virtuos,
Ein Liszt zu Pferde, ein somnambüler
Marktschreier, Hansnaar, Philistergünstling,
Ein miserabler Heldenspieler!

Als Amazone ritt neben ihm

War sie jetzt dran?

Die Gattin mit der langen Nase;

Hörte das nie auf? Heine ein Antisemit? Aber er war doch jüdischer Abstammung. Oder war ihre Nase wirklich zu lang?

Sie trug auf dem Hut eine kecke Feder,

Nicht wahr.

Im schönen Auge blitzte Ekstase.

Nicht geschmeichelt fühlen, auf keinen Fall.

Die Sage geht, es habe die Frau
Vergebens bekämpft den Kleinmut des Gatten,
Als Flintenschüsse seine zarten
Unterleibsnerven erschüttert hatten.

Sie sprach zu ihm: »Sei jetzt kein Has,
Entmemme dich deiner verzagten Gefühle,
Jetzt gilt es zu siegen oder zu sterben –
Die Kaiserkrone steht auf dem Spiele.

Denk an die Not des Vaterlands
Und an die eignen Schulden und Nöten.
In Frankfurt laß ich dich krönen, und Rothschild
Borgt dir wie andren Majestäten.

Wie schön der Mantel von Hermelin
Dich kleiden wird! Das Vivatschreien,
Ich hör es schon; ich seh auch die Mädchen,
Die weißgekleidet dir Blumen streuen!« –

Vergebliches Mahnen! Antipathien
Gibt es, woran die Besten siechen,
Wie Goethe nicht den Rauch des Tabaks,
Kann unser Held kein Pulver riechen.

Die Schüsse knallen – der Held erblaßt,
Er stottert manche unsinnige Phrase,
Er phantasieret gelb – die Gattin
Hält sich das Tuch vor der langen Nase.

Lass es doch.

So geht die Sage – Ist sie wahr?

Nein.

Wer weiß es?

Ich.

Wir Menschen sind nicht vollkommen.
Sogar der große Horatius Flaccus
Hat in der Schlacht Reißaus genommen.

Das ist auf Erden des Schönen Los!
Die Feinen gehn unter, ganz wie die Plumpen;
Ihr Lied wird Makulatur, sie selber,
Die Dichter, werden am Ende Lumpen.

Selber Lump.

PARIS, JANUAR 1894

Felice Orsini war zwei Jahre jünger als ich, sage ich. Er stammte aus der Emilia-Romagna … Moment, fällt Benjamin mir ins Wort. Was ist mit dem vierten Akt? Wollen Sie mir endlich etwas dazu sagen? Ja, sage ich und ziehe das Manuskript aus der Ritze. Und? Er schaut mich an wie ein Schulbub. Der vierte Akt gefällt mir nicht. Er sackt zusammen, übertrieben, wie gespielt, richtet sich wieder auf, nimmt einen Schluck Grog. Aber warum denn nicht. Es gibt keine Moral, sage ich, niemand hat eine Moral. Casti-Piani erpresst Lulu wegen des Mordes an Doktor Schön, Rodrigo Quast erpresst Lulu, Lulu benutzt die Geschwitz, um Rodrigo Quast ins Verderben zu führen, alle spekulieren mit Jungfrauaktien und ruinieren sich, Puntschu ist hinter der zwölfjährigen Kadidja her, ich schaue Benjamin streng an beim Wort zwölfjährig, und dann sagt die Mutter, Moment hier: »Aber haben Sie doch Mitleid, meine Herren; sie ist ja noch vollkommen Kind!« Und Sie lassen Puntschu daraufhin sagen: »Das würde mich verdammt wenig genieren!« Ich schaue Benjamin wieder streng an. Am Ende, nachdem der Kurs der Jungfrauaktien gefallen ist, macht die Mutter die arme Kadidja zur Hure. Und warum muss das sein, frage ich Sie, sage ich zu Benjamin. Aber in Ihren Geschichten haben die Leute doch auch keine Moral, sagt er und schaut mich herausfordernd an. Das stimmt nicht, sage ich, sie ringen alle mit sich, sie wollen gut sein, aber sie können es nicht, weil sie wahrhaftig lieben, jedenfalls kann ich das für meinen Georg sagen, und in meinen Geschichten, wahren Geschichten, haben alle ein Ideal, selbst Natalie, die Liebe, die Freiheit, die Demokratie. Sie schreiben nur über Zyniker, denen nichts etwas bedeutet. Ich hoffe, Sie verschonen die nicht, wenn Sie den fünften Akt schreiben. Das wird in London sein, sagt Benjamin. Er weiß natürlich, dass er mir damit weh tut, dass er mir fehlen wird. Wer kommt mich dann noch besuchen? Wir schweigen. Dann sage ich: Der Gedanke an die Freiheit lässt sich nicht einhegen. Wenn man ihn aufnimmt, weil es einem um die politische Freiheit geht, dann fallen die Grenzen des Denkens, und sie fallen für alles. Denken Sie an Danton, wie er gelebt hat. Das ist meine Erklärung für das, was uns passiert ist, sage ich. Möglich, sagt Benjamin.

Hören Sie, sagt er, ich lese Ihnen vor, was ich von unserem Tage gestern aufgeschrieben habe. Oje, denke ich, aber er zieht schon seine Kladde aus der Ledertasche, schlägt sie auf, blättert und liest: »Am Nachmittag nehme ich den vierten Akt unter den Arm und gehe damit zur Read. Sie hat mir versprochen, ihn noch einmal lesen zu wollen. Im Salon herrscht Halbdunkel. Eine schlanke Figur erhebt sich neben der Read und streckt mir die Hand entgegen. Es ist die Nemethy. Madame Read sitzt im Fauteuil zusammengesunken neben dem Kamin, sieht sehr leidend aus und hat einen starken Schnupfen. Die Rede kommt aufs Konzert, und ich fühle mich wonnig berührt, wie die Nemethy sagt, Marcel Herwegh möge sich doch in einem Orchester engagieren lassen. Er spiele ohne Empfindung.« Das ist schreiend ungerecht, finde ich. Warum sagt die Nemethy das? »Jeder Zigeuner sei ihr lieber.« Miststück. »In Paris sei er eventuell noch möglich, dagegen in Deutschland würde sich kein Mensch um ihn kümmern. Ich empfehle mich, mache Toilette, gehe dinieren und nachher zur alten Herwegh. Sie fragt mich, ob sie

›convenable‹ aussehe. Ich sage ihr, sie sei elegant. Sie hat sich eine Brosche, die ihr die Marquise Tollney geschenkt, an die Hutbänder gesteckt. Sie sagt, die Mode könne sie nicht mehr mitmachen, es bleibe ihr nichts übrig, als Moden zu kreieren. Sie gibt mir das Geld für die Hinfahrt in Papier eingewickelt. Das sei weit praktischer, indem man es nicht erst zusammenzusuchen brauche. Sie hatte mir schon vorgestern gesagt, daß sie die eine Droschke bezahle. Nachdem sie noch einige Male mit dem Licht in die Kammer gelaufen, bittet sie mich, das Papier aufzumachen, sie glaube zwei Franc zuviel hineingewickelt zu haben, es sei eine Republik gewesen. Ich habe das Geld längst herausgewickelt, leere also meine Taschen, es findet sich auch ein Zweifrancstück, es ist aber keine Republik. Sie sagt, dann müsse sie es woanders hingetan haben, sie kenne ja ihr Geld so genau, sie habe es für etwaige unvorhergesehene Ausgaben mitnehmen wollen. Sie fürchtet sehr, während des Konzerts einen Diarrhöanfall zu bekommen …« Warum musste er das aufschreiben? Das ist doch peinlich. »… und wickelt deshalb ihr letztes Ende Licht in ein Papier. Sie gibt es mir, ich möchte es in die Tasche stecken, fordert es dann aber wieder zurück, wickelt es aus und zündet es noch einmal an. Sie wolle doch zu Hause noch einen letzten Versuch machen. Ich solle derweil den Wagen holen. Ich hole den Wagen und erwarte sie vor der Tür. Während der Fahrt erzählt sie mir, daß fünf oder zehn Billette verkauft sind, Marcel habe gestern abend noch 150 an Duchemin zum Verteilen gegeben. Im Vestibül der Salle Frand erkundigt sie sich beim Personal nach den Einrichtungen, um im Notfall gleich orientiert zu sein. Der Saal ist schon zur Hälfte gefüllt, alles Einladungen, ein unelegantes Publikum. Nachdem wir in der zweiten Reihe Platz genommen, kommen Dr. Beluse, Mademoiselle Riocii, Herr und Frau Duchemin, um die Alte zu beglückwünschen. Dann tritt Marcel auf und spielt eine hübsche Suite von Sinding. Ich habe mir alle Mühe gegeben, ihn mit Applaus zu begrüßen. Herr und Frau Duchemin, denen die Alte ...« Verzeihen Sie bitte das harsche Wort, ich meine es liebevoll, sagt Benjamin zu mir. Schon gut. »... die Alte nach dem letzten Konzert bittere Vorwürfe über ihr kühles Verhalten gemacht, scheinen das gleiche getan zu haben. Im übrigen herrscht lautlose Andacht. Dann folgten Henri Falk und Madame de Lewenoff auf zwei Klavieren. Die Lewenoff, stark dekolletiert, hellgetüpfelt, hat das Auftreten einer übergeschnappten Köchin. Unter ihrem Spiel zittert der riesige Flügel wie ein Zeitungsblatt. Er fährt bei jedem Anschlag zurück. Sie droht, ihm die Beine zu brechen. Nachdem sie sich für den Mangel an Applaus mit einer ungraziösen Verbeugung bedankt und von Herrn Falke eine immense weiße Papiertüte erhalten, in der sich Rosen befinden sollen, erscheint eine zweite Köchin und singt einige Lieder ohne Stimme, ohne Geschmack, von denen man glücklicherweise kein Wort versteht. Bevor Marcel zum zweitenmal auftritt, packt mich die alte Herwegh krampfhaft am Arm und sagt: ›Wenn er wiederkommt, gehen Sie doch ein wenig aus sich heraus. Tun Sie mir den Gefallen.‹ Ich gehe also aus mir heraus, indem ich den ...« Er stockt, er will die folgenden Worte nicht lesen, das merke ich. Lesen Sie ruhig weiter, sage ich, mir ist durchaus bekannt, dass Sie meinen Sohn nicht leiden mögen. »... den Ekel überwinde, den mir sein Anblick verursacht, und den scheußlichen Eindruck, den mir die Sängerin hinterlassen.« Benjamin überliest eine längere Passage, setzt dann wieder ein. »Auf der Heimfahrt erzählt mir die Alte, daß an der Kasse noch fünf Billette genommen worden sind. Das Defizit werde dreihundert Franc betragen. Wenn sie ihren Sohn so spielen höre, möchte sie ihm die Sterne vom Himmel herunterholen.« Das stimmt und ist sehr schön gesagt. »Ich gehe ins Café d'Harcourt und setze mich, da sonst kein Platz zu finden, zu der niedlichen kleinen Madeleine, die vorigen Sommer einige Male bei mir übernachtete. Dann kommt Gaston Fero. Er ist wieder vollkommen obenauf. Madeleine gefällt ihm nicht schlecht, wenn sie nur nicht so anständig angezogen wäre. Überdies werde ich ihm wohl schon die Preise verdorben haben. Gestern hat ein Mädchen im Gespräch mit einigen Herren einen kleinen Revolver aus dem Korsett gezogen. Darauf ist er zum Gérant gegangen und hat ihn gebeten, ihr das zu untersagen.« Benjamin klappt die Kladde zu, schaut mich an. Schon zu Ende, frage ich. Ja, sagt er, was hatten Sie erwartet? Eins ihrer Abenteuer mit den Damen. Vermissen Sie das, fragt er. Gott behüte, sage ich. Aber seien Sie bitte nicht so hart mit meinem Sohn. Er ist ein guter Junge, und er wird noch ein großer Geiger, darauf können Sie sich verlassen. Er glaubt das nicht, ich sehe die Zweifel, die Abneigung. Erzählen Sie mir von Orsini, sagt er.

Ich habe mich gefreut, dass Benjamin mich elegant fand, schon gestern, als er mir das im Konzertsaal sagte. Wussten Sie, sage ich, dass als junges Mädchen alles an mir hübsch war, ohne dass ich es im Ganzen war? Wie geht das, fragt er. Mein Haar war nicht sehr voll, aber seidenweich, sage ich. Schmale Stirn, die Nase außerordentlich fein, die Lippen ideal, eine kleine Taille, Hände und Füße geradezu künstlerisch gebildet. Aber warum waren Sie dann nicht insgesamt hübsch? Vielleicht war alles falsch komponiert, sage ich, vielleicht war es das Kinn. Beim Kinn hörte alle Schönheit auf, und vielleicht verdirbt das Kinn alles. Mein Kinn macht einen spitzen Bogen nach vorne. Jeder sieht das. Benjamin hat es längst gesehen. Ich mag Ihr Kinn, sagt er. Danke. Ich mache jetzt mit Felice weiter, in Ordnung? Er nickt, fragt dann: Was haben Sie da für ein Buch? Es liegt neben mir ihm Sessel, er hat es erspäht, ich hebe es hoch, zeige ihm den Titel. Er liest: »Erinnerungen von Alexander Herzen«. Das haben Sie gelesen? Natürlich habe ich das gelesen, über mich stand nicht viel drin. Die bösen Dinge kommen ja erst noch. Ich möchte Ihnen etwas vorlesen, sage ich, keinen Brief, sondern eine Passage, in der Alexander seinen Freund Orsini beschreibt. Ich mag Alexander nicht, wie Sie sich denken können, aber ich finde, er hat Felice treffend beschrieben, besser, als ich es könnte. Hören Sie zu, es ist eine längere Passage: »Solche Persönlichkeiten wie Orsini wachsen und werden nur in Italien, und zwar zu allen Zeiten und in allen Epochen. Das sind Künstler und Verschwörer, Märtyrer und Abenteurer, Patrioten und Condottieri, Männer wie Teverino und Rienzi, jedenfalls alles andere, nur keine banalen Philister und Kleinbürger. Solchen Individualitäten begegnet man in den Chroniken jeder italienischen Stadt. Sie fordern unsere Bewunderung heraus, im Guten wie im Bösen; durch ihre Leidenschaft und ihre Willenskraft. Ein unruhiger Sauerteig gärt seit der frühesten Jugend in ihnen, sie brauchen die Gefahr, den Glanz, den Lorbeer und den Ruhm; das sind rein südliche Charaktere, denen das Blut heiß durch die Adern rinnt, von einer Leidenschaft, wie wir sie gar nicht kennen, zu jedem Opfer und jeglichen Entbehrungen bereit, von einer Art Hunger nach Genuß getrieben! Ihre Aufopferung und ihre Hingebung paart sich bei ihnen mit Unduldsamkeit und Rachsucht; sie sind schlicht und treuherzig, falsch und verschlagen zugleich. Wahllos in ihren Mitteln, fragen sie nicht viel nach Gefahren; sie sind Nachkommen der römischen Väter des Vaterlandes und Zöglinge jesuitischer Priester in Christo, gebildet an klassischen Erinnerungen und den

Sagen von den mittelalterlichen Kämpfen. So lebt in ihrer Seele noch manche antike Tugend und manches katholische Laster. Ihr eigenes Leben ist ihnen nicht viel, aber ebensowenig achten sie das Leben ihrer Nächsten; ihre ungeheuere Ausdauer und Beharrlichkeit hat viel vom angelsächsischen Eigensinn. Und während sie einerseits eine geradezu naive Vorliebe für alles Äußerliche und eine Eigenliebe, die bis zur Eitelkeit, bis zu wollüstigem Verlangen nach Macht, Beifall und Ruhm geht, haben, zeichnet sie andererseits ein geradezu römischer Heroismus aus, der weder vor Entbehrungen noch selbst vor dem Tode zurückscheut. Menschen von solcher Energie …« Nein, das überspringe ich, Moment, ich blättere um, Kasematten, Granate, Volksseele, nein, ich suche etwas anderes, hier: »Menschen vom Schlage Orsinis üben eine gewaltige Wirkung auf andere Menschen aus, sie gefallen durch die Geschlossenheit ihrer Individualität, und doch fühlt man sich ihnen gegenüber nicht ganz frei und ungezwungen. Man betrachtet sie mit einer gewissen unruhigen, nervösen Freude, in die sich eine Art Scheu mischt, mit der wir die graziösen Bewegungen und die samtweichen Sprünge eines Panthers bewundern.« O ja. Nur gedacht, nicht gesagt. »Sie sind Kinder, aber – böse Kinder. Nicht nur die Hölle Dantes ist mit ihnen ›gepflastert‹, alle folgenden Jahrhunderte, die sich an seiner düsteren Poesie und an der bitteren Klugheit eines Machiavelli gebildet haben, sind voll von ihnen. Mazzini gehört ebensosehr zu ihnen wie Cosimo Medici, Orsini und Giovanni da Procida. Im Grunde genommen muß man auch den größten Abenteurer und Seefahrer Columbus und den größten ›Banditen‹ der letzten Jahrhunderte, Napoleon Bonaparte, dazu rechnen.« Und jetzt noch das, Benjamin, können Sie noch zuhören? Bitte, lesen Sie. »Orsini war ein ungewöhnlich schöner Mann.« Wie Georg.

»Seine schlanke und anmutige Gestalt erregte allgemein Aufmerksamkeit. Er war still, sprach nur wenig und niemals laut, und gestikulierte weniger mit den Händen als seine Landsleute. Sein langer schwarzer Bart verlieh ihm das Aussehen eines jungen etruskischen Priesters. Sein ganzer Kopf war außerordentlich schön. Nur die unregelmäßige Linie der Nase bildete eine kleine Dissonanz. Und doch lag in Orsinis Zügen, in seinen Augen, in seinem häufigen Lächeln, seiner sanften Stimme etwas, was die Vertraulichkeit entfernte. Man hatte das Gefühl, dass er sich sehr beherrschte und sich nie gehen ließ, daß diese lächelnden Lippen nie ein Wort sprachen, das nicht vorher überlegt war, daß hinter diesen funkelnden Augen Abgründe lagen, daß er dort, wo unsereiner nachdenklich werden und vor etwas zurückschrecken würde, noch lächeln könnte, ohne eine Mine zu verziehen und seine Stimme zu erheben, und ruhig seinen Weg fortsetzen würde, ohne Zweifel und ohne Reue.« So war Felice, sage ich, genau so. Er war der geborene Verschwörer, der geborene Revolutionär. Und der geborene Liebhaber, scheint mir, sagt Benjamin.

Ich ignoriere auch das und setze meine Erzählung fort: Schon als Halbwüchsiger erschoss er einen Menschen, den Diener seines Onkels, weil der eine Liebschaft Felices verraten hatte. Früh begann er, für die Freiheit und Einheit Italiens zu kämpfen, gegen Habsburger und Franzosen, und machte mit bei der Gruppe »Italienische Verschwörung der Söhne des Todes«, wurde verhaftet, wurde amnestiert und ging ins Exil. Im Sommer 1850 kam er nach Nizza. Felice freundete sich bald mit Alexander an, und als Georg aus Zürich eingetroffen war, verkehrte er auch mit ihm. Er besuchte uns oft in unserem Haus. Bald dachte ich, dass er eher meinetwegen kam. Er setzte sich zu mir, und wir plauderten über das Leben und die Schönheit der Gefahr. Sie sind eine ungewöhnliche Frau, sagte er, weil Sie die Schönheit der Gefahr kennen. Ich mochte ihn, weil er so war, wie Alexander ihn beschreibt. Und er hat mich nicht enttäuscht. Als Louis Napoleon die Nationalversammlung aufgelöst hatte, plante Felice mit anderen Verschwörern in einem Boot nach Marseille überzusetzen, um Frankreich auf seinem Weg in die Diktatur zu stoppen. Sie taten es schließlich nicht, aber sie hatten diesen Plan, immerhin, der dann an irgendetwas gescheitert ist, während sich die anderen nur um Liebesangelegenheiten kümmerten. Aber Orsini kümmerte sich doch auch ein wenig um Sie, sagt Benjamin und will dabei schelmisch aussehen. Felice machte mir den Hof, das ist richtig, sage ich. Als Georg sich von mir getrennt hatte und wieder nach Zürich gezogen war, kam Felice noch häufiger, und wir redeten über politische Dinge, so wie ich früher oft mit Bakunin geredet hatte. Im April 1852 hat er mir seine Liebe erklärt und mich um meine Gunst gebeten. Ich wollte darüber nachdenken, aber dann starb Natalie, und wir waren alle zu aufgewühlt für die Liebe. Ein paar Wochen später fragte Felice wieder. Und Sie haben ja gesagt, ruft Benjamin. Nein, ich habe nicht ja gesagt, ich habe mich hingesetzt und Georg einen Brief geschrieben. Warum das? Weil ich ihn um Erlaubnis gebeten habe, eine Beziehung zu Felice Orsini eingehen zu dürfen. Das ist nicht wahr, sagt Benjamin. Selbstverständlich ist das wahr, entgegne ich, eine Spur entrüstet, alles, was ich Ihnen sage, ist wahr. Aber warum haben Sie das getan? Ich war immer noch die Ehefrau von Georg Herwegh, sage ich, er hatte unseren Bund aufgelöst, nicht ich, und er auch nur mündlich, wir waren nicht geschieden, für mich waren wir Eheleute, wenn auch im Wartestand. Ich wollte zurück zu Georg und auf keinen Fall etwas tun, was diese Rückkehr gefährdet hätte. Deshalb bat ich meinen Mann um Erlaubnis für die Nähe zu einem anderen Mann, versicherte ihm aber, dass ich jederzeit zu ihm nach Zürich kommen würde, wenn er mich nur riefe. Georg ließ sich Zeit mit der Antwort, eine Zeit, in der ich Felice auf Abstand halten musste, sein Werben wurde drängender, es war für mich nicht mehr möglich, alleine mit ihm zu sein und dabei den Anstand zu wahren. Ich empfing ihn nur noch, wenn die Kinder in der Wohnung waren. Sie haben eben gehört, was für ein ungestümer Mann er sein konnte, trotz der Stille, die ihn oft umgab. Ein Panther, sagt Benjamin und grinst.

Endlich kam der nicht nur von mir ersehnte Brief aus Zürich. Ich sei frei, schrieb Georg, ich könne machen, was ich wolle. Ich will Ihnen etwas sagen, lieber Benjamin, ich habe einiges durchgemacht, einiges erlitten, wie Sie nun wissen, aber nichts hat mich so gekränkt wie diese Zeilen meines Mannes, diese schroffe Gleichgültigkeit, als hätten wir nicht zwanzig Jahre miteinander gelebt, Kinder gezeugt und aufgezogen, gemeinsam einen Revolutionsfeldzug mitgemacht, eine Schlacht überstanden, als hätten wir nicht, in einer revolutionären Zeit, Haltungen und Ideale miteinander geteilt, als hätten wir nicht eine große Liebe miteinander begonnen, als hätten wir nicht die Aussicht, diese große Liebe fortsetzen und in neue Höhen führen … Ich breche ab, ich weine, aber das ist mir egal. Benjamin zieht ein Taschentuch aus seiner Jacke, kommt zu mir und reicht mir das Taschentuch. Ich schluchze haltlos hinein. Er legt seine Hand auf meine Schulter, ich nehme die Hand, halte mich fest an der Hand. Seine andere Hand streicht über meinen Kopf. Ich lasse seine Hand los, sage, es ist schon gut. Er geht zurück zu seinem Sessel, und noch während er unterwegs ist, sage ich, dass ich am folgenden Tag Felice zu mir rief, um ihm mitzuteilen, dass mich mein Mann freigegeben habe für eine Beziehung mit ihm. So haben Sie das gesagt, fragt Benjamin, ich meine, so formal? So habe ich das gesagt, ja. Keine Spur von Romantik, fragt er. Hören Sie mir auf mit Romantik, sage ich. Aber ein bisschen gemocht haben Sie ihn schon? Ich habe Felice geliebt, aber ich habe ihm nicht gehört. Ich habe immer nur Georg gehört. Und Orsini war bestimmt ein stürmischer Liebhaber, wenn Herzen ihn richtig beschrieben hat, sagt Benjamin, mit Minet und allem. Mit Minet, ja, denke ich und schaue Benjamin dabei strafend an. Wie kann er so mit mir reden. Verzeihung, sagt er und kichert. Und, verdammt, ich muss grinsen, versuche, meine Mundwinkel einzufangen, zurückzuhalten, aber ich merke, dass ich scheitere. Wir grinsen beide. Er nickt dabei, wissend. Seine rechte Hand tappt gegen das Ende der Armlehne des Sessels. Eine leider stark abgewetzte Lehne. Weiter, bitte weiter, sagt Benjamin Franklin. Wenn er denkt, er könne nun Einzelheiten erfahren, täuscht er sich.

Felice kam morgens, sage ich, wenn die Kinder in der Schule waren. Er sprach ständig über Louis Napoleon, und ich hörte ihm gerne zu, weil er so schön hassen konnte. Ich sagte ihm »Das Lied vom Hasse« auf, die Worte dabei, so gut es ging, ins Französische übersetzend. Was ist das Lied vom Hasse? Ein Gedicht meines Mannes, aus den »Gedichten eines Lebendigen«: »Wohlauf, wohlauf, über Berg und Fluß / Dem Morgenrot entgegen / Dem treuen Weib den letzten Kuß / Und dann zum treuen Degen! / Bis unsere …« Was ist, fragt Benjamin. Es fällt mir nicht mehr ein, sage ich traurig, ich habe vergessen, wie es weitergeht. Nicht schlimm, sagt er. Doch, sage ich, Moment, den Schluss weiß ich noch: »Wir haben lang genug geliebt / Und wollen endlich hassen!« Felice hat das gut gefallen. Georg hasste damals nur noch

Herzen, Felice hasste Louis Napoleon. Ich nehme an, diese Gespräche fanden im Bett statt, sagt Benjamin. Wenn Sie es genau wissen wollen, erwidere ich scharf: ja. Noch genauer: nackt. Die ganze Wahrheit: erlöst. Wissen Sie jetzt ausreichend Bescheid? Ich weiß ausreichend Bescheid, danke vielmals. Dann kann ich ja weitererzählen, oder? Sie können weitererzählen. Danke, sage ich. Sehr gerne, sagt er. Benjamin verneigt sich leicht in seinem Sessel. Dann zieht er seine Zigarettenspitze aus der Tasche, fragt mich nach einer Zigarette, ich gebe ihm eine, gestern gekauft, von seinem Geld, er zündet sie an, raucht, schaut mich erwartungsvoll an.

Ich glaube, sage ich, Felice hasste Louis Napoleon so sehr, weil sie einmal dieselben Ideen geliebt hatten. Als Louis Napoleon ein junger Mann war, gehörte er den Carbonari an, so wie Felices Vater. Den Köhlern? Sie können ja Italienisch, lieber Benjamin. Ein bisschen. Die Carbonari waren ein Geheimbund, der sich für die Freiheit und Einheit Italiens verschworen hatte, gegen Habsburger, Franzosen und den Papst. Ihre Losung hieß: Iustum necare reges Italiae. Es ist gerecht, Italiens Könige zu töten, sagt Benjamin, der Schlaumeier. Sie machten einen Aufstand, scheiterten, wurden verfolgt, lösten sich auf. Die Carbonari gingen in den Geheimbund »Junges Italien« über, dem sich Felice anschloss. Und er blieb bei seinen Ideen, während Louis Napoleon sie verriet und ein stumpfsinniger Diktator wurde. Ich bestärkte Felice darin, ein Attentat auf Napoleon III. zu verüben. Ich habe meine Männer immer in der Idee zur Tat bestärkt. Sie waren eine Anstifterin, sagt Benjamin. Was sollte ich anderes sein? Ich verstehe die Frage nicht, sagt er. Als Frau, sage ich. Er antwortet nicht, lässt das stehen. Wir hatten eine schöne Zeit, Felice und ich, sage ich.

Im Mai 1853 inszenierte Richard ein Musikfest in Zürich,

mit Ausschnitten aus seinen Opern. Georg schrieb mir einen Brief, der mit diesen Worten endete: »Komm, liebe Emma, das ist das Einzige, was ich noch sagen kann und sagen will.« Wenn Benjamin hier Tränen erwartet, hat er sich getäuscht. Das stehe ich durch und sage unbekümmert: Am nächsten Morgen sagte ich Felice, dass ... Hinterher, kräht Benjamin dazwischen. Hinterher sagte ich Felice, dass mein Mann mich zu einem Musikfest nach Zürich eingeladen habe und dass ich dieser Einladung nachkommen werde. Aber nicht in diesen Worten, sagt Benjamin. Warum nicht? Nicht so formell. Möglich, sage ich, möglich, dass ich damals anders gesprochen habe als jetzt. Aber die Botschaft war diese: Ich werde nach Zürich reisen, werde meinen Mann treffen, und es ist nicht gewiss, dass ich zu ihm, zu Felice, zurückkehren werde. Felice sah durchaus bekümmert aus, aber er hat nicht versucht, mich von dieser Reise abzuhalten. Ich hatte kein Hehl daraus gemacht, dass mir nichts so viel bedeutet wie meine Ehe, und Felice war ein Mann, der verstand, was eine große Sache ist und was nicht. Ich gab die Kinder in die Obhut von Freunden und fuhr nach Zürich.

Ich stehe auf. Was tun Sie? Ich hole das Programm, sage ich. Nicht nötig, sagt er, aber ich hole das Programm, setze mein Lorgnon auf und sehe die Blätter durch. Ich sage: Richard hatte zweiundsiebzig Musiker aus der Schweiz und Deutschland aufgeboten, dazu hundertzehn Sänger. Das Programm umfasste den Friedensmarsch aus »Rienzi« und Sentas Ballade, die Ouvertüre und den Matrosenchor aus dem »Fliegenden Holländer«, den Einzug der Gäste, den Pilgerzug und die Ouvertüre aus dem »Tannhäuser« sowie aus dem »Lohengrin« Vorspiel, Männerchor, den Brautzug, die Einleitung zum dritten Akt und das Brautlied. Benjamin schaut säuerlich. Am 18. Mai war das erste Konzert im Theater in Zürich. Es war voll, und hinterher brach ohrenbetäubender Jubel aus. Nie mehr habe ich solche Ovationen gehört, die Menschen klatschten und schrien wie wahnsinnig. Aber was war mit Herwegh und Ihnen, fragt Benjamin. Bei Sentas Ballade nahm er meine Hand, sage ich. Benjamin schaut mich an, ich schweige. Und das war alles, kein Wort der Entschuldigung? Das war nahezu alles. Ich wusste, dass er nichts sagen würde, ich wusste auch, dass ich ihm besser keine Vorwürfe machte, wollte ich eine Chance haben, zurückkehren zu können. Ich holte die Kinder aus Nizza und verabschiedete mich von Felice.

Das würde ich gerne ein bisschen genauer wissen, sagt Benjamin. Also gut: Wir trafen uns an der Strandpromenade, wir gingen spazieren und haben uns versprochen, dass wir Freunde bleiben, dass wir uns nicht aus den Augen verlieren. Das war alles, fragt Benjamin. Im Großen und Ganzen, ich habe geweint, Felice hat auch geweint. Dann sind wir auseinandergegangen. Das war im Mai 53. Anfang Juli traf Franz Liszt in Zürich ein. Drei Tage später machten Richard, Georg und Liszt eine Reise über den Vierwaldstädter See bis zur Rütli-Wiese. Dort schworen sie sich ewige Freundschaft. Mitte Juli kamen sie zurück, am Tag darauf fuhr Georg mit Richard zu einer Brunnenkur in St. Moritz. So blieb es. Entweder sie gingen gemeinsam auf Reisen, oder Georg saß bei Richard in der Wohnung, im Zeltweg 13. Manchmal war ich auch eingeladen, eher selten. Richard mochte mich nicht, aber Georg und Richard waren unzertrennlich, waren wie Zwillinge, wie Landry und Sylvinet, aber ohne die kleine Fadette. Ich war draußen, denn wenn Richard einen nicht mochte, dann konnte er einem das Gefühl geben, von der Pest befallen zu sein. Kennen Sie die Pestarztmasken aus dem sechzehnten Jahrhundert, die mit den langen Schnäbeln? Ich habe Bilder gesehen, sagt Benjamin. Dann wissen Sie vielleicht, dass in den Schnäbeln Schwämme steckten, die mit einer wohlriechenden Essenz getränkt waren, Zimt und Nelken, weil die Leute glaubten, es gebe einen Pesthauch, gegen den man sich mit einem angenehmen Geruch schützen könne. Hat wahrscheinlich nichts genützt, aber ich kam mir vor, als trage Richard in meiner Gegenwart eine solche Maske gegen den Pesthauch, der von mir ausging. Und die Musik dieses Scheusals wird immer noch gespielt, selbst hier, in Paris. Marcel wollten sie zumuten, in einer konzertanten Aufführung einiger Stücke von Richard mitzuspielen, aber das hat er natürlich abgelehnt.

Richard war … Ich wüsste eigentlich lieber, wie es mit Orsini weiterging, unterbricht mich Benjamin, es muss doch noch etwas passiert sein. Stimmt. Am 2. September 53 sammelten sich dreißig Verschwörer an der Grenze zum Fürstentum Modena, wurden entdeckt, beschossen und gefangen genommen. Nach zwei Monaten kam Felice frei, im Sommer 54 tauchte er in Zürich auf. Er wohnte bei uns. Dann … Das geht mir jetzt zu schnell, sagt Benjamin, das war doch bestimmt nicht leicht für Herwegh, den ehemaligen Liebhaber seiner Frau in der eigenen Wohnung aufzunehmen? Was sollte er sagen, frage ich. Er hatte mir zugemutet, mit seiner Geliebten unter einem Dach zu leben. Dagegen musste er wenig aushalten. Das Problem war eher, dass Felice während der Herzen-Affäre auf Alexanders Seite gestanden und ein paar hässliche Dinge über Georg gesagt hatte. Die ersten Tage waren schwierig, dann ging es. Georg war viel weg, im Zeltweg 13. Als Richards Hund Peps starb, legte er sich einen neuen zu und nannte ihn Fips. Und, fragt Benjamin. Was und? Warum erzählen Sie mir das von Peps und Fips? Weil es mir eingefallen ist, sage ich. Was fällt Ihnen noch zu Orsini ein? Nicht viel, sage ich. Sie wollen mir erzählen, dass Sie keusch miteinander blieben? Wo denken Sie hin, sage ich empört. Kein Kuss? Kein Kuss, die Wahrheit, die reine Wahrheit, denke ich und sage: Ich hoffe nicht, dass Sie mich beleidigen wollen. Natürlich nicht, sagt er. Dann kann ich jetzt mit der Geschichte fortfahren? Sehr gern.

Felice hatte wieder einen Plan für eine Revolution. Die Habsburger hatten damals Truppen aus ihren italienischen Besitzungen in Siebenbürgen stationiert, in Hermannstadt. Er wollte dorthin reisen und die Italiener gegen die Habsburger aufwiegeln, damit von dort das Feuer eines Aufstands auf Italien übergreift. Als Feind Österreichs stand Felice auf allen Fahndungslisten, weshalb er nicht mit seinem Pass reisen konnte. Sie haben ja schon angemerkt, lieber Benjamin, wie ähnlich sich die beiden sahen. Georg war großmütig genug, ihm seinen Pass zu überlassen. Aus Georg Herwegh machte Felice mit wenig Aufwand Giorgio Hernagh. Mit diesem Pass reiste er nach Siebenbürgen. Wieder Tränen zum Abschied, fragt Benjamin. Keine Tränen. Aber jetzt hatte Ihr Liebhaber die Identität Ihres Mannes, sagt Benjamin, ist das nicht hübsch? Ich machte mir vor allem Sorgen um Felice, sage ich.

Der gefälschte Pass überzeugte alle Grenzer, Felice kam bis Hermannstadt, aber im Dezember wurde er dort verhaftet, als Giorgio Hernagh, nicht als Felice Orsini, und von den Österreichern in eine Festung in Mantua gebracht. Georg war darüber so entsetzt wie ich. Ein paar Wochen später bekam ich einen Brief aus Mantua, ein paar nichtssagende Worte, unterzeichnet »Giorgio Hernagh«. Das konnte nicht sein, er konnte nicht einen solch banalen Brief geschickt haben. Georg sagte, dass Felice eine Geheimtinte verwendet haben könnte. Wir hielten den Briefbogen unter eine Berzeliuslampe, und nun tauchte ein langer Brief auf. Felice schilderte uns, wie es in der Festung zuging und bat um Geld, weil er die Wärter bestechen wollte, mit fünftausend Franc, aber so viel Geld konnten wir nicht besorgen. In weiteren Briefen forderte er das Geld so unverschämt ein, dass ich die Verbindung abbrach. Aber das hielt nicht lange, ich konnte ihn nicht in der Festung darben lassen, ich schrieb ihm wieder. Er hatte sich inzwischen einen neuen Plan ausgedacht. In der Festung war es offenbar Sitte, dass die Gefangenen das Essen gemeinsam mit den Wärtern einnahmen, und er hatte vor, eine solche Gelegenheit zu nutzen, um ihnen Opium in den Wein zu träufeln, damit sie fest schliefen und er fliehen konnte. Es war kalt in der Festung, deshalb würde niemand Verdacht schöpfen, wenn er sich einen Mantel schicken ließ. Diesen Mantel sollten wir kaufen und die Knöpfe mit Opium füllen. Das taten wir. Ich höhlte Knöpfe aus, schüttete Opium hinein und bezog sie mit Stoff. Ich nähte die Knöpfe an den Mantel, und Georg gab das Paket auf die Post. Wir warteten, bangten. Einige Wochen später kam wieder ein Brief aus Mantua. Der Plan war gescheitert, weil das Opium die Wärter nicht betäubt hatte. Munter wachten sie die ganze Nacht, und Felice konnte nicht fliehen. Ich könnte ihm besseres Opium besorgen, sagt Benjamin. Ohne Zweifel, denke ich.

Felice hatte eine neue Idee: Er forderte ein Buch, dem wir Sägeblätter beilegen sollten. Die Kontrollen in der Festung seien nicht gründlich. Ich besorgte das Buch, Georg die Sägeblätter. Am Tag vor Heiligabend 1855 schickten wir ein Paket nach Mantua. Im April 56 tauchte Felice in Zürich auf. Er erzählte uns, wie mühevoll es war, die Gitter zu zersägen, ohne dass die Wärter es merkten, er brauchte Wochen dafür.

Am 30. März nahm er nachts das Gitter raus und seilte sich ab, vierzig Meter tief. Das Seil reichte nicht ganz, er musste springen, fünf Meter tief, schlug sich das Knie auf, verstauchte seinen rechten Fuß. Er humpelte davon. Moment, wirft Benjamin ein, woher hatte er ein so langes Seil? Ich weiß es nicht, sage ich, vielleicht waren es auch zusammengebundene Laken. Fünfunddreißig Meter lang? Er schaut skeptisch. Fünf Meter und nur ein verstauchter Fuß? Egal, sage ich, er war da, er hinkte. Er blieb drei Wochen bei uns in Zürich. Dann reiste er nach … Halt, ruft Benjamin, nicht so schnell. Wie war das in Zürich? Wie war was? Ihr Verhältnis, Orsini und Sie, wie war das? So wie immer, sage ich. So wie in Nizza oder wie beim letzten Mal in Zürich, leidenschaftlich oder keusch? Keusch. Darf ich jetzt mit der Geschichte fortfahren, frage ich. Nein, sagt er, das dürfen Sie nicht. Sie sagen mir einfach die Wahrheit. Die Wahrheit ist, sage ich nicht, dass es keine drei Tage gedauert hat, bis ich mit Felice im Bett lag, und so blieb es die ganze Zeit. Und warum soll Benjamin das nicht erfahren, er wird es verstehen. Ich erzähle es ihm. Huh, sagt er, hat Herwegh nichts gemerkt? Ich denke schon, dass er es gemerkt hat. Felice bestand darauf, dass ich mich in dieser Zeit nicht von Georg berühren ließ, und daran habe ich mich gehalten, und daran wird Georg gemerkt haben, was geschah, wenn er außer Haus war. Leider konnte ihn Richard nicht so häufig empfangen, da er am »Siegfried« schrieb und von einer Gesichtsrose gequält wurde, die ihn manchmal aufs Bett warf. Ich lebte wieder in einer Phalanx, der zweiten, aber diesmal hatte ich eine Menge Freude daran und Georg nicht. Er bewahrte die Fassung. Kein Schwein also? Wieso Schwein, frage ich. Im Sinne von George Sand, sagt Benjamin. Kein Schwein im Sinne von George Sand, sage ich. Die Männer gingen passabel miteinander um, und zu dritt redeten wir manchmal darüber, wie geschickt Louis Napoleon den Krieg auf der Krim genutzt hatte, um seine Macht in Frankreich zu stärken. Wir hassten zu dritt. Hatte Orsini eigentlich eine Frau, fragt Benjamin. Selbstverständlich, sage ich, er war verheiratet.

Felice ging bald nach London, ich sah ihn nie mehr wieder. Ein paar Briefe, dann war er aus meinem Leben verschwunden. Bis ich kurz nach dem 14. Januar 1858 wieder von ihm hörte, nicht von ihm persönlich, sondern über die Presse. Das Attentat, sagt Benjamin. Genau, das Attentat. Orsini warf, sage nicht ich, sondern sagt Benjamin, eine Bombe auf Napoleon III. Jeder weiß das, sage ich, damals wurde Felice weltberühmt. Leider traf er nicht richtig, sagt Benjamin. Acht Tote, sage ich, vor der Pariser Oper, hundertachtundvierzig Verletzte, aber Kaiser und Kaiserin, die gerade aus ihrem Wagen stiegen, blieben unversehrt. Die Gaslampen erloschen, Glas splitterte. »Maria Stuart« sollte gespielt werden.

Es war übrigens besser, dass Felice nicht richtig traf, so hatte das Attentat mehr Wirkung. Und welche, fragt Benjamin. Es trug dazu bei, dass große Teile Italiens befreit und vereint wurden. Aber Orsini starb doch unter der Guillotine, sagt Benjamin. Das stimmt, Marie war dort, sie hat es mir genau beschrieben. Marie d'Agoult? Ja, meine Freundin. Sie schrieb, dass zehntausend Soldaten gebraucht wurden, um den Platz mit der Guillotine zu schützen. Eine gewaltige Menge war gekommen, in allen Bäumen saßen Knaben und Männer, und viele hatten ihr Haupt entblößt, als Felices Kopf fiel. Bis zur letzten Sekunde hat er sich würdevoll betragen. Benjamin und ich blicken zu dem Porträt an der Wand, sagen nichts. Schweigeminute.

Benjamin fragt: Und warum hat Orsini Italien befreit? Das

habe ich nicht gesagt. Doch, vor drei Minuten. Sie hören mir nicht richtig zu, sage ich. Doch. Nein, das tun Sie nicht. Ich habe Ihnen gesagt, dass der Prozess dazu beitrug, dass große Teile Italiens befreit wurden. Er atmet durch. Also gut, sagt er, erzählen Sie jetzt weiter? Ich nicke. Dann fällt mir etwas ein. Wahrscheinlich wissen Sie nicht, dass ich in dem Prozess gegen Felice eine Rolle gespielt habe. Stimmt, das weiß ich nicht. Ich zitiere aus dem Gedächtnis, was ich in der Zeitung las, zigmal las im Laufe der Jahre: »Eine Frau wollte nicht, dass er stirbt. Mit einem Gespür, einer Hingabe und Weisheit, wie es nur warmherzige Frauen haben können, sorgte sie dafür, dass er die Instrumente seiner Befreiung erhielt.« Das war ich, sage ich. Das habe ich verstanden, sagt Benjamin, aber warum sagte der Anwalt das in diesem Prozess. Ich denke, sage ich, dass er unterstreichen wollte, dass jemand, der von einer warmherzigen Frau gerettet wird, kein schlechter Mensch sein kann. Was hat das mit Italiens Befreiung zu tun, mit der Befreiung von Teilen Italiens, fragt Benjamin. Nichts. Wie finden Sie, dass er mich eine warmherzige Frau nennt? Er zögert, nur einen Moment, aber ich habe es gemerkt. Wunderbar treffend, sagt er. Heuchler. Nur gedacht, nicht gesagt. Und jetzt zu Italien, sagt er. Felice richtete in seiner Verteidigungsrede einen Appell an Napoleon III., dass er helfen möge, Italien vom Joch der Habsburger und des Papstes zu befreien. Das hat sich der Kaiser zu Herzen genommen, er traf sich bald heimlich mit Ministerpräsident Cavour vom Königreich Sardinen-Piemont, und sie haben vereinbart, gemeinsam Krieg gegen die alten Mächte zu führen. Sie haben gewonnen, und das war der erste Schritt zu Italiens Einheit. Verstehe, sagt Benjamin. Leider wurde es ein Königreich, sage ich, keine Republik, aber immerhin.

Es wäre schön, würde er jetzt sagen, wie richtig es war,

dass ich Felice nach unseren Liebesstunden darin bestärkt habe, einen Anschlag gegen Napoleon III. zu verüben, dass Georg und ich Felice bei seinem Kampf gegen die Habsburger unterstützt haben, dass wir ihn aus dem Gefängnis in Mantua holten, dass Georg und ich unseren Teil dazu beitrugen, dass sich die Freiheit ein bisschen ausbreiten konnte, aber er sagt es nicht. Also sage ich es.

Er faltet die Hände unter dem Kinn und schaut mich an. So kann man es sehen, sagt er, durchaus, durchaus, gratuliere. Georg, sage ich, war nicht erfolglos, wie oft behauptet wird. Er hat sogar noch seine Marseillaise geschrieben, das hatte er sich vorgenommen, als wir uns Zweiundvierzig in Berlin kennenlernten. Es hat lange gedauert, aber es ist doch noch passiert. Sie wissen das, nehme ich an. Entschuldigung, sagt Benjamin, aber ich weiß im Moment nicht, wovon Sie reden. Sie wissen nicht, dass Georg das Bundeslied für den Allgemeinen Deutschen Arbeiterverein geschrieben hat, Lassalles Partei? Tut mir leid, ich weiß davon nichts. Es ist so traurig, denke ich, so unendlich traurig. Aber von Lassalle haben Sie gehört, sage ich giftig. Sie wissen wahrscheinlich, dass er sich wegen Helene von Dönniges mit diesem Walachen, dessen Namen ich vergessen habe, duelliert hat. Wissen Sie das? Ja. Immerhin, aber Sie wissen vielleicht nicht, dass Lassalle ein enger Freund meines Mannes war, dass mein Mann zu ihm fuhr, als die Liebesgeschichte um Helene so verwickelt war wie die um Natalie, dass er ihn beriet und tröstete. Und Sie wissen selbstverständlich nicht, dass die Gräfin Hatzfeld, die Freundin Lassalles, nach dem Duell an mich telegraphierte, dass Ferdinand schwer verletzt war und dringend einen Arzt brauchte. Wir schickten sofort unseren Freund Professor Billroth, der aber nicht mehr helfen konnte. Und ich gehe davon aus, dass Sie nicht wissen, dass mein Mann die Inschriften für Ferdinands Lassalles Sarg gedichtet hat. Und vielleicht wissen Sie auch nicht, dass mein Mann Mitglied des Allgemeinen Deutschen Arbeitervereins war und dass ich Mitglied werden wollte, aber sie ließen mich nicht hinein, weil ich eine Frau bin.

Und mein Mann hat tatsächlich das Bundeslied komponiert, als Lassalle noch lebte, und Hans von Bülow hat es vertont. Und bestimmt wissen Sie, dass Hans von Bülow der Mann ist, der mit Cosima verheiratet war, Tochter von Marie d'Agoult, jener Hans von Bülow, der zunächst nicht merkte, dass ihn seine Frau mit seinem Freund Richard Wagner betrog, dessen Werke er oft dirigierte. Der nicht einmal mitbekam, dass seine Tochter Isolde in Wahrheit von Richard gezeugt war, bis ihm gesagt wurde, dass Cosima nun zu Richard überwechseln werde, zu Isoldes wahrem Vater. Das wissen Sie doch bestimmt. In groben Zügen, sagt Benjamin. Sehen Sie, sage ich. Und dann sage ich nichts mehr. Benjamin sitzt betreten vor mir. Es tut mir leid, sagt er, dass mir nicht bewusst war, dass Ihr Mann das Bundeslied für Lassalle komponiert hat. Schon gut, sage ich. Je stärker die Arbeiterbewegung wird, desto stärker wird sich das Bundeslied verbreiten, bis jedes Kind es kennen wird.

Ich pfeife das Lied, dann singe ich: »Mann der Arbeit aufgewacht! / Und erkenne deine Macht! / Alle Räder stehen still, / Wenn dein starker Arm es will.« Moment, sagt er, das kenne ich, diesen letzten Vers habe ich schon gehört. Wie geht der noch? Alle Räder stehen still, wenn dein starker Arm es will. Das ist bekannt, sagt er.

Ich sagte Ihnen ja, sie waren zu beschäftigt, sage ich. Womit? Wer? Na, mit der Liebe, sage ich, Lassalle starb deshalb, Georg versäumte es, neue Lieder zu schreiben, Karl zeugte ein Kind mit seiner Haushälterin. Und Bismarck triumphierte, und Louis Napoleon, bis ihn Bismarck zurechtstutzte. An uns ging das alles vorbei.

Ich sage Ihnen noch was, sage ich. Es ist eine Schande, dass ich so arm bin, dass ich mir zehn Franc von Ihnen borgen musste. Bis 1845 bekamen wir jährlich zwanzigtausend Franc von meinem Vater, zwanzig Jahre später nur noch tausendvierhundert Franc. Georg schrieb zwar wieder, schrieb Gedichte gegen den deutschen Einheitstaumel, der nicht mehr mit dem Gedanken an Freiheit für das Volk verknüpft war, sondern von der Obrigkeit verordnet und mit Blut und Eisen durchgesetzt wurde. »Du bist im ruhmgekrönten Morden / Das erste Land der Welt geworden: / Germania mir graut vor dir!« Das sind, in meinen Augen, die besten Zeilen, die Georg je geschrieben hat, aber wer wollte die schon lesen, sich zu Herzen nehmen. Sie rannten alle mit, als Bismarck losstürmte. Selbst Lasalle hat sich heimlich mit ihm getroffen. Es ging nur noch um Einheit, nicht mehr um Freiheit.

Wir gerieten an den Rand, ins Vergessen, erzähle ich. Noch in Zürich haben wir die meisten Zeitungen abbestellt, ich musste auf meine Zigarren verzichten … Zigarren, fragt er mit großen Augen. Natürlich habe ich Zigarren geraucht, sage ich, und als mein Vater 1865 starb, hatten wir fast nichts mehr. Wir haben erst Georgs Bibliothek verpfändet, für annähernd siebentausend Franc, wir haben die Cupidos und Amouretten aus Bronze verkauft, das heißt, ich habe das getan, weil Georg zu praktischen Handlungen nicht in der Lage war, und ich bin eine Kaufmannstochter, wie Sie ja wissen, ich habe einen Kupferstich und zwölf silberne Teelöffel verkauft, die Büsten von Goethe und Schiller, den Bücherschrank, Nussbaum, zweiflügelig. Die Wohnung wurde immer leerer, die Schuldenlast kaum weniger. Schließlich zogen wir um nach Baden-Baden, als Georg amnestiert worden war, ich bettelte bei der Schiller-Stiftung um eine lebenslängliche Pension für ihn, viele Schriftsteller bekamen eine Pension der Schiller-Stiftung, nicht aber mein Georg, der vielen immer noch als Landesverräter galt. Ich schrieb einen Bettelbrief an Ludwig Feuerbach, aber der hatte auch kein Geld. Wissen Sie, was er geschrieben hat, frage ich Benjamin. Hat er nicht Gott abgeschafft? In gewisser Weise, sage ich, aber das meine ich nicht. Was meinen Sie? Er schrieb: Ein Wesen ohne Leiden ist ein Wesen ohne Wesen. Ist das ein Trost, fragt Benjamin. Ja, sage ich.

Georg starb 1875 in Lichtental, nur achtundfünfzig Jahre alt, Lungenentzündung und ein Leberleiden. Alkohol? Warum muss Benjamin mich das fragen? Ich kann es nicht gehört haben. Wussten Sie, dass Brahms in Lichtental einige Sätze für das deutsche Requiem komponiert hat, frage ich Benjamin. Er schüttelt resigniert den Kopf. Hat er, sage ich scharf. Freiligrath kam zu Georgs Beerdigung, sonst nicht viele, ausgerechnet Freiligrath, obwohl sie sich bekämpft hatten als junge Männer. »Der Dichter steht auf einer höhern Warte / Als auf den Zinnen der Partei.« Das kennen Sie doch wohl? Natürlich, sagt Benjamin. Das ging gegen die politischen Dichter, vor allem gegen Georg. Aber mein Georg hat sich wacker gewehrt: »Partei! Partei! Wer sollte sie nicht nehmen, / Die noch die Mutter aller Siege war! Wie mag ein Dichter solch ein Wort verfemen, / Ein Wort das alles Herrliche gebar?« Ich frage nicht, ob ihm diese Worte bekannt sind. Und Wagner, fragt Benjamin. Er kam nicht zur Beerdigung, sie hatten sich längst zerstritten, weil Richard zum Fürstenknecht geworden war. Sie schrieben gehässige Gedichte übereinander.

Die Geschichte ist zu Ende, sage ich, ein bisschen rüde im

Ton, Sie können jetzt gehen. Stimmt nicht, sagt er, die Geschichte geht noch zwanzig Jahre weiter, bis heute. Sie Schmeichler, sage ich. Wen interessiert, was mit mir ist? Mich, sagt er. Ich war die Frau von Georg Herwegh, sage ich, und für eine Weile die Geliebte Felice Orsinis. Das ist alles. Sehr bescheiden, sagt er. Ich bin nicht bescheiden, sage ich, das war ich nie. Ich wusste nur, was ich sein kann und was nicht. Herzen nannte mich Georgs Sklavin, und er hatte recht, aber niemand versteht, warum ich das war, warum ich so viel ertrug. Warum denn, fragt Benjamin. Was meinen Sie, was eine Frau tun musste, die in der Politik wirken wollte? Er zuckt mit den Achseln. Sie musste den richtigen Mann heiraten, das war damals so, nur über die Liebe konnte man sich emanzipieren, und jetzt ist es nicht viel anders. Ich konnte politisch wirken, weil ich einen politischen Mann hatte und später einen politischen Geliebten. Anders ging es nicht. Dafür hat es sich gelohnt. Und wenn ich mich mit Amalie Struve vergleiche, die sich den Schädel vermessen lassen musste, um in die politische Welt hineinheiraten zu können, dann war mein Schicksal so schlecht nicht.

Ist das nicht ein bisschen übertrieben, fragt Benjamin. Nein, sage ich, stehe auf und gehe zum Sekretär. Ich wollte das nicht tun, weil ich nicht beleidigt wirken will, aber nun tue ich es doch. Ich krame Heckers Schrift aus dem Sekretär und setze mich wieder. Was ist das, fragt Benjamin. Friedrich Hecker kennen Sie ja. Den Revolutionär? Ja, ich traf ihn in Kandern vor der Schlacht auf der Scheideck. Ich weiß, Sie haben mir davon erzählt, mehrmals. Aha, dann wissen Sie ja Bescheid. Aber Sie wissen nicht, dass Hecker danach in die USA auswanderte, als Farmer lebte, für die Union im Bürgerkrieg kämpfte und später mit politischen Vorträgen durch die Vereinigten Staaten und Deutschland reiste. Das wusste ich nicht, sagt Benjamin. Dieser Vortrag hier ist 1872 gedruckt worden, und ich habe ihn mir gekauft, aus alter Verbundenheit, obwohl Hecker uns viel zu spät rief und damit die Revolution schwächte. Worum geht es in dem Vortrag, fragt Benjamin, der ungeduldig zu werden scheint. Zu seinen Frauen will. Der Vortrag heißt »Weiblichkeit und Weiberrechtelei«. Das klingt nicht nett, sagt Benjamin. Hören Sie zu, sage ich, danach können sie gehen.

Ich lese, obwohl es mir schwerfällt: »Was wider die Natur ist, ist Unnatur, Zerrbild. Das Mannweib und der weibische Mann sind Mißgestalten, Carikaturen. Das Weib, welches unter Frauen oder unter Männern sich in Wort und That wie ein Mann benimmt, dessen gröbere Vergnügungen und Genüsse sucht oder theilt, wird zur widerlichen Fratze. Keinen Dichter wird die kegelschiebende Jungfrau begeistern.« Ich mache eine Pause. Das hat Hecker geschrieben, fragt Benjamin. Hat er Sie … ich meine … Benjamin stottert. Ich weiß nicht, ob er mich gemeint hat, sage ich. Das wollte ich nicht sagen, ruft Benjamin schnell. Wollte er doch. Beruhigen Sie sich, sage ich, und hören Sie zu. Ich überspringe einige Absätze und lese weiter: »Die Natur weist damit schon dem Weibe einen anderen Thätigkeits- und Berufskreis an, als dem Manne. Die Muskeln sind beim Weibe schwächer, dünner, weicher, weniger hervortretend; Gelenksbänder, Sehnen biegsamer, beweglicher, daher die Bewegungen feiner, graziöser, leichter und rascher. Zellgewebe und Saft sind reichlicher als im männlichen Körper vorhanden, die Blutbildung geht leichter und rascher von Statten. Der weibliche Körper bedarf weniger und leichterer Nahrung als der Mann. Die Lungen des Weibes sind kleiner, die Knochen feiner, die Körpergröße eine geringere, die Stimme ist feiner, der Bart ist ihr versagt. Das Maaß des Schädelumfanges ist kleiner, das Gewicht des weiblichen Gehirns von zwei bis sechs Unzen geringer als das des Mannes.« Benjamin lacht, lacht laut. Ihr Gehirn ist kleiner als meines, liebe Frau Herwegh, kräht er. Und deshalb bin ich wahrscheinlich dümmer als Sie, sage ich. Das sind Sie nicht, sagt er entrüstet. Aber warum schreibt Hecker das sonst, frage ich und fahre fort mit Heckers Text: »Die Nerventhätigkeit ist vorwaltend, die Muskelkraft ihr untergeordnet. Die Sinnesorgane sind kleiner, feiner, empfindlicher, und für Eindrücke empfänglicher. Der Bau des Weibes ist auf Anmuth, Formenschönheit, auf feineres, regeres Empfinden, größere Empfänglichkeit für die feinsten Eindrücke reizbarer angelegt. Nennt mir die Blume, die schöner blüht als ein seelenvolles Frauenauge.« Da hat er immerhin recht, sagt Benjamin. Gilt vor allem für Ihre Augen. Charmeur. Still jetzt.

»Durch das ganze teutsche Leben zieht im großen Ganzen ein Faden der Scham, der Zucht, der Sitte, der Häuslichkeit und des Familienlebens, das nur der recht erkennt, der unter Slaven, Romanen, Celten und Orientalen verkehrt hat. Keine teutsche Hausfrau würde es je über ihre Lippen gebracht haben, was im Januar dieses Jahres 1872 die Coryphäen der Sorosis in Washington laut ausschrieen, – die Apotheose der Prostitution. Wenn Sorosis mit solchen Mitteln und Lehren vortritt, um ihren Zweck der Emancipation zu bewerkstelligen, wohin würde das Schiff treiben, wenn erst das Ziel erreicht wäre.«

Sorosis, fragt Benjamin. Das, sage ich, war in New York ein Club von Frauen, der die Interessen von Frauen vertrat, sich für das Wahlrecht einsetzte, auch für das Recht, gewählt zu werden. Eine Präsidentin der Vereinigten Staaten von Amerika, sage ich, denken Sie nur. Ausrufezeichen, nicht gesagt, aber meine Stimme entsprechend angehoben. Oh, sagt

Benjamin. Was soll das heißen: oh? Ich wusste das nicht, sagt er. Jetzt kommt etwas, das sie vielleicht auch noch nicht wussten, sage ich und lese weiter: »Das Peripherische im Baue des Mannes weist ihn auf das Meer des Lebens, das Concentrische im Baue des Weibes weist sie nach Innen, in das Haus, in die Familie.« Verstehe ich nicht, sagt Benjamin. »Das Weib ist die Poesie, der Mann ist die Prosa der Schöpfung. Sein Denken beherrscht vorzugsweise der Verstand, das ihrige das Gefühl. Seine Kraftäußerungen sind auf Gewalt, die des Weibes auf Anmuth und Schönheit gerichtet.« Jetzt kommt es, sage ich zu Benjamin, hören Sie genau zu. Ich lese langsam, betont: »Wenn die Frauen daher die Ausübung aller politischen Rechte verlangen, von den Pflichten aber die schwersten zu erfüllen außer Stande sind, weil die Natur sie anders organisierte, wenn sie ferner von Pflichten nur die üben wollen, die ihnen und ihrer Natur zusagen oder gefallen, wenn ihnen die Wahl der Pflichterfüllung zustehen soll, ob der Organisation, ob der Schwäche ihres Geschlechts, so wird die nichtswürdigste und gefährlichste Aristokratie, die Aristokratie der Schwäche statuiert.« Ist das nicht abscheulich, frage ich Benjamin. Er sitzt schon auf der Kante seines Sessels, will nur noch weg. Ich blättere vor, sage, zwei Sätze, aber die müssen Sie sich noch anhören. Hier: »Wer keinen Krieg führen kann, kann auch keinen Krieg beschließen. Wer nicht zu Schutz und Trutz erschaffen ist, kann auch nicht über Schutz und Trutz verfügen.« Und da fragen Sie mich, rufe ich erregt, ob ich übertreibe. Hecker hat das geschrieben, obwohl er mich in Kandern getroffen hatte, nach meinem Ritt durch die feindlichen Reihen, obwohl er wusste, dass ich in Niederdossenbach meinen Mann gestanden habe, dass Amalie, die Frau seines Freundes Struve, nie von dessen Seite wich, dass ich meinen Mann aus der Schlacht gerettet habe – obwohl er das alles wusste, schrieb Hecker diesen Dreck von der Aristokratie der Schwäche. Ich sage Ihnen etwas, lieber Benjamin Franklich, der erste Schritt zur Emanzipation war die Liebe, der zweite ist das Wahlrecht, aktiv und passiv. Er schaut betreten drein, der arme Kerl. Ich lege Heckers Schrift zur Seite.

Nun lasse ich Sie gehen, vielleicht fällt ja noch ein Minet für Sie ab. Ich stehe auf, er auch. Ich habe noch eine Frage, sagt Benjamin. Nur wenn ich eine kurze Antwort geben kann, sage ich. Das weiß ich nicht, sagt er. Fragen Sie endlich. Hat Herwegh jemals ein Gedicht über Sie geschrieben? Das hat er, sage ich. Sagen Sie eins auf für mich? Es ist lang, sage ich. Bitte, sagt er. Gut, sage ich, es heißt »An Emma«, 1845 hat er es geschrieben.

Komm, mein Mädchen, in die Berge,
Wo der Himmel tiefer blaut
Und das stille Volk der Zwerge
Uns kristallne Schlösser baut.
Wo der Liebe morgenhellen
Traum kein Schleicherohr belauscht.
Und: Triumph! von tausend Quellen
Der vereinte Donner rauscht.

Wie entfremdet ist die Erde,
Wie entweiht ihr Element,
Seit der Mensch mit Angstgebärde
Nur nach Schattenbildern rennt.
Wieviel Staub auf allen Wegen
Wühlt er auf zu seiner Ruh –
Komm, auf unbetretnen Stegen
Führ' ich dich den Sternen zu:

Komm, wo kaum der Gemse Spuren
Reinstem Schnee sind eingedrückt
Und das Reich der Kreaturen
Lebt in erster Lust beglückt;
Dort, das Silberhaupt in Ehren,
Sieh den Gletscher: Welch ein Mann,
Den ein Sonnenblick verklären,
Aber nicht mehr schmelzen kann!

Komm, wo dir der Sturm die Locken
Aus der heißen Wange streicht,
Kaum der dumpfe Klang der Glocken
Und kein Glauben Dich erreicht.
Während er im Tale zittert,
Losgebundner Knechte Schwarm,
Ruhen wir, wenn's hochgewittert,
Freudetrunken Arm in Arm.

Komm, mein Mädchen, laß dich fassen,
Tragen zu des Adlers Nest;
Menschen lieben, Menschen hassen,
Und wer bliebe felsenfest?
Was sie beten, was sie fluchen,
Ach, ich konnt es nie verstehn –
Blumen laß uns, Blumen suchen!
Mädchen, willst du mit mir gehn?

Und jetzt, sage ich, gehen Sie bitte.

Bücher entstehen durch Lesen, dieses ganz besonders. Viel verdanke ich folgenden Büchern:

Ulrich Enzensberger: Herwegh. Ein Heldenleben – Edmund Hallett Carr: Romantiker der Revolution – Michail Krausnick: Emma. Herweghs verfluchtes Weib – Barbara Rettenmund / Jeannette Voirol: Emma Herwegh – Heidemarie Vahl / Ingo Fellrath: »Freiheit überall, um jeden Preis!« Georg Herwegh 1817–1875 – Frank Wedekind: Die Tagebücher. Mein besonderer Dank gilt dem Herwegh-Archiv in Liestal in der Schweiz.